HEYNE <

Zum Buch

Ein neuer Fall für Rechtsmedizinerin Carina Kyreleis: Nachdem sie nur knapp einem Autounfall entgangen ist, wird Carina Kyreleis im Wohnhaus des jugendlichen Fahrers mit einem schrecklichen Bild konfrontiert. Im Schlafzimmer findet sie die Eltern des Fahrers auf – tot und in bizarrer Hochzeitstracht gemeinsam auf dem Ehebett liegend. Kriminalhauptkommissar Matte Kyreleis übernimmt den Fall. Überraschenderweise will er Carina bei den Ermittlungen nicht dabeihaben. Was verbirgt er?

Zur Autorin

Stephanie Fey, geboren 1967, arbeitete viele Jahre als Illustratorin und Malerin, bevor sie Schriftstellerin wurde. Sie ist verheiratet, hat drei Kinder und lebt mit ihrer Familie am Starnberger See. Für »Die Gesichtslosen«, den ersten Teil der Rechtsmedizinerserie, erhielt sie 2012 den Entdeckt! Amazon-Autorenpreis. Weitere Informationen zur Autorin unter www.stephanie-fey.de

Stephanie Fey

DIE VERSTUMMTEN

Roman

WILHELM HEYNE VERLAG
MÜNCHEN

MIX
Papier aus verantwortungsvollen Quellen
FSC
www.fsc.org
FSC® C014496

Verlagsgruppe Random House FSC-DEU-0100
Das für dieses Buch verwendete FSC®-zertifizierte Papier
Holmen Book Cream für Taschenbücher liefert Holmen Paper,
Hallstavik, Schweden.

Originalausgabe 03/2013

Printed in Germany 2013
Redaktion: Tamara Rapp
Umschlagfoto: Johannes Wiebel unter Verwendung
eines Motivs von Korionov | shutterstock.com
Umschlaggestaltung: Johannes Wiebel, punchdesign, München
Satz: Geiner & Reichel, Köln
Druck und Bindung: GGP Media GmbH, Pößneck
ISBN: 978-3-453-40979-8

www.heyne.de

Für Thomas Forever

Heute wird es wieder früher spät.

Sie war niemand, es gab sie nicht mehr. Wie Worte nach einem Streit oder das, was auf dem Papier übrig bleibt, wenn man alles wegradiert. Ein Wesen, das gewesen war. Sie hörte ihre Füße im Feuer schreien. Bald würden die Flammen an ihr hochkriechen, sie auflecken, wie eine Katze einen Rest Milch. Nur mehr eine Stimme, die schwieg. Ein Ohr, das vertrocknete, ein Herz, das davonlief.

Die Schlechtigkeit derer, die sie eingesperrt hatten, hüllte sie ein und legte sich auf sie. Sie sollte werden wie sie.

Der Ursprung.

1.

Düsseldorf-Oberkassel, 1. April 1991

Das Gras raschelte, als Salamander sich vor den Gartenstuhl kniete und die Waffe ausrichtete.

»Zu niedrig«, zischte er.

Iris reichte ihm ein Handtuch als Unterlage, das sie von einer Wäscheleine geklaut hatte. Er steckte das Magazin auf, und es klickte, als er entsicherte.

Ob Salamander durch die dichten Zweige der Alleebäume, dreiundsechzig Meter bis zum Ziel, überhaupt etwas erkennen konnte? Sie spähte durch das Fernglas, zoomte auf das Paar, das in der Küche miteinander redete. Was würden die beiden tun, wenn sie wüssten, dass das ihre letzten gemeinsamen Minuten waren? Würden sie sich noch einmal berühren? Was würden sie sagen? Erleichterten Worte das Ende, oder bedeutete Sprache dann ohnehin nichts mehr?

Iris drückte auf ihre Quarzuhr. Gleich. Ein süßlicher Geruch umwehte sie, sie wandte sich um. Einbildung, nichts weiter. Manchmal, wenn sie einen neuen Auftrag ausführte, glaubte sie, der Geruch der früheren Opfer wäre in ihre Poren gedrungen und strömte aus ihr hervor, wie ein altes Parfüm, das sie nicht mehr losbrachte. Sie schluckte dagegen an. Im Schritttempo fuhr eine Streife vorbei und hielt mit laufendem Motor vor dem Haus. Wenn die Beamten ausstiegen, um die

Zielpersonen zu warnen, war die Sache gelaufen. Jetzt hieß es abwarten. Vor Anspannung schliefen ihr die Zehen ein. Vorsichtig, möglichst ohne Geräusch, hob sie die Füße in den Sicherheitsstiefeln ein wenig und wackelte mit den Zehen, um das Ameisenkribbeln zu vertreiben. Salamander bewegte sich nicht; wie um seinem Tarnnamen alle Ehre zu machen, war er mit dem Rasen verschmolzen.

Endlich gab die Polizei wieder Gas und fuhr weiter. Es dauerte noch eine Weile, bis hinter dem Fenster im ersten Stock eine Gestalt erschien. Salamander schoss. Die erste Kugel durchschlug die Scheibe und drang in die Wirbelsäule des Mannes. Augenblicklich sank er zusammen. Die zweite Kugel traf seine Frau, die herbeigelaufen war. Ohne Worte erhob sich Salamander und überließ Iris den Platz. Vor dem Gartenstuhl kauernd, legte sie den Zeigefinger auf den Abzug und blickte durch das Zielfernrohr zum Fenster. In vierundzwanzigfacher Vergrößerung suchte sie den Raum hinter der zersplitterten Scheibe ab. Nichts rührte sich. Oder doch? Sie drückte ab, schoss ins Regal. Ein paar Bücher flatterten heraus.

»War noch was?«, fragte Salamander.

»Nur eine Fliege.« Sie sammelte die Patronenhülsen auf und ließ andere, mitgebrachte, dafür ins Gras fallen. Dann zerlegte sie die Waffe in zwei Teile, drehte den Lauf im gefrorenen Gras, um ihn abzukühlen. Das Magazin gab sie Salamander, den vorderen Teil der Waffe schob sie sich vorsichtig zwischen die Brüste und verbarg ihn so unter der Polizeiuniform.

Freitag
Zwei Stunden nach dem Ursprung

Der Mensch ist das einzige Geschöpf,
das sich weigern kann zu sein, was es ist.

Albert Camus

2.

»Hast du Schmerzen?«, fragte Carina.

Ihr Vater winkte ab, ließ sich in Zeitlupe auf dem Beifahrersitz seines Autos nieder und schaffte es nur unter Mühen, den Gurt zu packen und über die rechte Schulter zu ziehen. Die Schussverletzung in der Hüfte, die ihm sein ehemaliger Arbeitskollege Krallinger vor zehn Monaten zugefügt hatte, bereitete ihm immer noch Probleme. Carina legte seinen Walkingstock, bei dem er die Schlaufen abgeschnitten hatte, auf die Rückbank und half ihrem Vater den Gurt festzustecken.

»Weißgrau gestreiftes Stehkragenhemd zur dunkelblauen Jeans, schick siehst du aus.«

»Findest du?« Er zupfte an der Bügelfalte über den Knien herum. »Ich hab das Bügelwasser nicht gefunden und die Hose stattdessen mit Leitungswasser besprengt, jetzt ist alles noch etwas feucht.«

Sie schnupperte. »Ein neues Aftershave? Da wird sich Ma…, ich meine Silvia freuen«, korrigierte sie sich schnell. Noch immer fiel es ihr schwer zu akzeptieren, dass Silvia nicht ihre richtige Mutter war. Einunddreißig Jahre lang hatte sie das geglaubt. Wer konnte sagen, ob sie es jemals erfahren hätte, wenn Matte nicht angeschossen worden wäre.

»Na, dann los.« Sie rutschte mit dem Sitz vor, stellte den Rückspiegel ein und verschaffte sich einen Überblick über die Schalthebel. Der Sitz lag tiefer als im Peugeot ihrer Kollegin Susanne Schmetterer, deren Auto sie sich ab und zu auslieh, wenn sie zu einem rechtsmedizinischen Gutachten aufs Land fahren musste. Carina wunderte sich, wie ihr Vater, der nur zwei Zentimeter größer als sie war, über die Kühlerhaube seines Fords sehen konnte. Mit dem Starten des Motors schaltete sich automatisch das Radio ein. Sie lenkte den Wagen aus der Tiefgarage und wurde von der Sonne geblendet, die nach dem heftigen Gewitter, das vor zwei Stunden auf München niedergegangen war, wieder grell herunterbrannte. Carina klappte die Blende herab.

»Brauchst du das Navi?« Ihr Vater schob die Hand unter den Gurt, wo er auf die OP-Narbe drückte.

»Aus München finde ich schon raus, aber dann zu Silvias Seminar … wo ist das überhaupt?«

Er zog einen kleinen Zettel aus der Brusttasche. »In der Turmackerstraße. Gleich am Ortsanfang von Garmisch, hat sie gesagt.«

Bereits am späten Vormittag war die Innenstadt verstopft. Als hätten die Urlauber den Platzregen abgewartet und würden allesamt genau jetzt aufbrechen. Wohnmobile mit Fahrrädern und Vans mit Dachgepäckständern preschten durch die große Pfütze an der Ausfahrt und bespritzten die Fußgänger, die gerade ihre Schirme geschlossen hatten. Als sich endlich eine Lücke auftat, schoss Carina mit einem Schlenker in die Albert-Roßhaupter-Straße. Matte zischte durch die Zähne und klammerte sich am Fenstergriff fest.

»Was sagt der Arzt zu deiner Narbe, ist alles gut verheilt?« Hätte das Projektil, das ihm aus der Beckenschaufel entfernt worden war, nur wenige Millimeter daneben eingeschlagen, wäre es tödlich gewesen. »Du weißt, dass so eine Schusswunde jederzeit hochgehen kann?«

»Hochgehen! Wie du dich ausdrückst, als wärst du beim Sprengkommando. Manchmal sticht es, aber das ist normal.«

»Normal? Wer sagt das?« Sie fuhr ein paar Meter in Richtung der nächsten roten Ampel, bremste dann, weil ein Wagen von links auf ihre Spur einscherte.

Matte strich ihr über den Arm. »Konzentrier dich auf die Straße. Mir geht's gut, wirklich, da ist nichts.«

»Fühlt es sich komisch an, spürst du ein Ziehen oder Stechen? Darf ich es mir mal ansehen?«

»Das würde dir so passen, dass sich dein alter Vater vor dir entblößt, nichts da.« Er tätschelte ihre Hand, die auf dem Lenkrad lag. »Aber nett, dass du dich um mich sorgst. Mich drückt nur der Scheißgürtel, dabei ist er ohnehin im letzten Loch.« Er öffnete die Schnalle und atmete aus. »Vielleicht sollte ich weniger Ausgezogene essen oder mir Hosenträger zulegen. Mit dem Stock zusammen, das gibt den perfekten Opa.« Sein Enkel Sandro, der Sohn ihrer Schwester Wanda, hatte heute seinen letzten Kindergartentag. »Wann ist noch mal Sandros Abschiedsfeier?«

»Um zwei geht's los.« Carina sah auf die Uhr am Armaturenbrett, vier nach elf. »Das schaffen wir locker, eine Stunde nach Garmisch, dann eine zurück. Wir könnten sogar noch mittagessen gehen, ja?«

»Wieso, gibt es da nichts, im Kindergarten? Aber gute Idee, lieber essen wir vorher was.« Er seufzte. »Drei Kreuze, dass diese nervige Kindergartenzeit endlich vorbei ist.« Laut Wanda waren alle Erzieher unfähig und erkannten Sandros

Stärken nicht. Wo er doch mit sechs Jahren schon eigene Songs komponierte. »Erzähl du lieber was. An was seid ihr gerade dran? Rekonstruierst du mal wieder ein Gesicht?«

Sie schwieg. Nicht sie, sondern er war mit Antworten überfällig.

»Was gibt's Neues in Haidhausen, wie sind deine Nachbarn?«, bohrte er weiter.

Außer dem Hausmeister hatte Carina noch niemanden kennengelernt; vielleicht sollte sie mal mit einem Guglhupf herumgehen und sich vorstellen: Hallo, ich bin die Rechtsmedizinerin aus dem Dachgeschoss, also wenn bei Ihnen mal ein Toter herumliegt …

Vor dem Luise-Kiesselbach-Platz standen sie im Stau. Ferienbeginn in Bayern. Manche Eltern schienen ihre Sprösslinge gleich nach der Zeugnisverteilung verladen zu haben.

»Wenn da was wäre bei dir, eine Bauchfellentzündung oder Ähnliches, würdest du mir das sagen?«, wandte sie sich an ihren Vater.

»Wenn, wenn … du klingst wie der Wenn-wir-Kurti, aber der war das nicht.«

»Kurt Krallinger war was nicht?« Carina kapierte gar nichts mehr. »Heißt das, du kannst dich nicht mehr erinnern, ob er auf dich geschossen hat?« Sie drehte das Radio leiser.

Matte rutschte auf seinem Sitz hin und her. »Doch, er hat auf mich geschossen, aber da steckt mehr dahinter.«

Am Montag begann der Mordprozess. Anfangs hatte es geschienen, als würde es zu keiner Anklage kommen, da Krallinger für das Bundeskriminalamt gearbeitet hatte und der Fall intern geklärt werden sollte. Aber ob unter dem Druck der Medien oder weil Mattes Chef einen guten Draht zur

Staatsanwaltschaft hatte, wider Erwarten fand die Verhandlung nun doch in München und nicht in Wiesbaden beim BKA statt, und ihr Vater würde nicht nur als Zeuge, sondern auch als Nebenkläger auftreten.

»Krallinger ist geschickt worden. Ich glaube, für das, was er getan hat, wird er nicht verurteilt.«

Sie spürte, worauf das hinauslief. Ihr Vater spekulierte seit Wochen, ob Krallinger, wie Krallinger und warum Krallinger, und darüber jetzt zu diskutieren würde die ganze Fahrt dauern. Mit anderen Worten: Er käme mal wieder davon. Carina bog auf die regennasse Autobahnauffahrt Richtung Garmisch, wechselte auf die linke Spur und gab Gas. Das würde sie nicht zulassen.

»Du kannst in den fünften schalten.« Matte klopfte auf das Armaturenbrett, als wollte er einen Gaul beruhigen. »Ist besser fürs Getriebe.«

Als die Achtziger-Zone hinter ihr lag, überholte Carina Wagen für Wagen. Nach einer Familienkutsche mit Surfbrettern auf dem Dach scherte sie ein und drosselte das Tempo. Plötzlich war keiner mehr vor ihnen, sie hatte alle abgehängt. Das bedeutete freie Sicht und Zeit zum Fragen. Sie holte tief Luft. Er sollte ihr einfach alles sagen, alles von Anfang an und den ganzen Rest. Matte richtete sich auf und drehte das Radio wieder lauter.

»Shine on« erklang. *I could use the same old lies, but I'll sing.*

James Blunt dehnte *dieselben alten Lügen* über zwei Takte, das passte, dachte Carina. Hoffentlich versuchte ihr Vater es jetzt nicht mit Singen. Sie schaltete das Radio aus. »Erzähl mir von ihr«, fing sie an. »Wer ist meine Mutter, wie habt ihr euch kennengelernt, warum hat sie mich loswerden wollen?«

»Sie hat dich nicht loswerden wollen.«

»Ach, nicht?« Hundertzwanzig Stundenkilometer, hundertdreißig. Die Fahrbahn war trocken, anscheinend war das Gewitter nur über München niedergegangen. Sie beschleunigte weiter, als neue Wagen in Sicht kamen. »Wie nennt man das sonst, wenn eine Mutter ihr Kind weggibt und sich nie mehr meldet, über dreißig Jahre lang? War sie Fallschirmspringerin und hat mich nach der Geburt irgendwo abgeworfen?« Sie überholte und gab weiter Gas. Ihr Vater presste sich in die Rückenlehne und trat in die Fußmatte. »Wie wäre es, wenn du mir einfach alles über sie erzählst, gleich hier und jetzt.« Carina schrie es fast. Dabei hatte sie sich vorgenommen, ganz ruhig zu bleiben. Etwas Schwarzes weit vorne raste auf sie zu. Eine Kamikaze-Fliege, dachte sie noch und richtete sich im Sitz auf, als auch schon ein Mini Cooper auf sie zuschoss.

Matte griff ihr ins Lenkrad und riss es herum. Der Ford schlenkerte, Carina knallte mit dem Kopf gegen die Seitenscheibe, ihre Brille verrutschte. Das junge Gesicht des Fahrers, als die Wagen aneinander vorbeiwischten, brannte sich auf ihre Linse. Augen und Mund weit aufgerissen, wie zu einem Schrei. Dann war er an ihnen vorbei, so nah, dass sie glaubte, die beiden Karosserien hätten Funken gesprüht. Sie starrte in den Rückspiegel. Ein roter Volvo befand sich noch auf der linken Fahrspur, versuchte hektisch auszuweichen und drehte nach rechts. Der Mini schrammte seinen Kotflügel und prallte ab, kreiselte um sich selbst und überschlug sich dann. Auch der Volvo schlingerte und preschte auf die Böschung zu. Carina bremste auf dem Seitenstreifen. Erst jetzt merkte sie, wie ihr Herz raste. Um ein Haar wären sie mit dem Geisterfahrer zusammengestoßen. Entschlossen schluckte sie das aufsteigende Frühstück hinunter, schob den Bügel ihrer Brille wieder aufs Ohr und rieb sich die pochende linke Schläfe. Das gab eine Beule.

Hellwach und ohne zu zögern drückte ihr Vater auf die Freisprechanlage und verständigte den Notruf.

»Wir müssen da hin«, sagte er. »Los, lass mich ans Steuer.« Er schnallte sich die Hose zu, drängte Carina auszusteigen und hievte sich, als gäbe es seine Verletzung gar nicht, über den Schalthebel auf den Fahrersitz. Kaum war Carina ums Auto herumgelaufen und auf der Beifahrerseite eingestiegen, legte Matte den Rückwärtsgang ein und fuhr auf der Standspur in Richtung der Unfallstelle. Jetzt war sie es, die sich am Fenstergriff festklammerte; sie fühlte sich wie in einem Waggon der Wilden Maus auf dem Oktoberfest. Sie zwang sich, nicht an den Autounfall in Mexiko zu denken, und ignorierte ihren blubbernden Magen. Auto fahren war wieder selbstverständlich geworden, hatte sie noch bis vor wenigen Minuten gedacht. Und es war fast, als könnte Matte zaubern und hätte sich diese Aktion herbeigewünscht, nur damit er keine Auskunft über ihre Mutter geben musste.

»Kleb die Leuchte aufs Dach«, forderte er sie auf. »Als Signal für die anderen, langsamer zu fahren.« Sie zog das Blaulicht aus dem Handschuhfach, öffnete das Fenster und setzte es aufs Autodach. Der Fahrtwind linderte ihre Übelkeit. Tief sog sie die kühlende Luft ein. Vor ihrem inneren Auge sah sie immer noch die angstgeweiteten Augen des jungen Geisterfahrers.

Nachdem sich der Mini überschlagen hatte, war er weit hinten an die Mittelleitplanke geprallt und stand nun halb im Grünstreifen und halb auf der linken Spur. Der Volvo, den sie gerade erreicht hatten, hing mit dem rechten Rad in der Böschung, die linke Vorderseite war eingedrückt.

Matte stellte den Motor ab und stieg aus. »Schau du nach den Verletzten, ich versuche den Verkehr aufzuhalten.« Er holte das Warndreieck und eine Kelle aus dem Kofferraum, den Stock auf der Rückbank ignorierte er. Mit großen Schritten spurtete er auf die Autobahn und schwenkte die Kelle, um die nachfolgenden Fahrer zu warnen.

Carina suchte nach dem Verbandkasten unter dem Rücksitz. Keiner da. Wie vorbildlich, vor allem für einen Polizistenwagen. Sie streifte sich Einmalhandschuhe über, von denen sie immer welche in ihrer Umhängetasche hatte, und stieg aus. Einen Moment schwankte sie. Der Kreislauf. Sie senkte den Kopf zu Boden, atmete tief ein und aus und wandte sich der Volvofahrerin zu, die bereits aussteigen wollte.

»Sind Sie verletzt?« Carina trat rasch auf sie zu und berührte die Frau an Schulter und Arm.

»Nein, ich glaub, mir ist nichts passiert.« Die Fahrerin war zwar blass, schien aber wirklich unverletzt.

»Setzen Sie sich wieder und bleiben Sie bitte im Wagen, bis der Notarzt kommt«, bat Carina, griff auf den Rücksitz, wo eine blaue Decke voller Hundehaare lag, und hüllte die Frau darin ein.

Dann spähte Carina über den Volvo hinweg. Ihr Vater hatte es tatsächlich geschafft, den Verkehr abzubremsen und an der Unfallstelle vorbeizuleiten. Einspurig, wie im Gänsemarsch, mit Warnblinklicht, fuhren die Autos weiter. Carina wartete eine Lücke ab, gab dem nächsten Wagen ein Handzeichen und rannte quer über die Straße.

Der Kopf des Minifahrers war im Airbag versunken, sein

linker Arm hing aus dem zersplitterten Fenster. Sie beugte sich zu dem jungen Mann hinunter und sprach ihn an. »Hallo, können Sie mich hören?« Er reagierte nicht, atmete nur flach und kaum wahrnehmbar. Im Wrack eingesperrt … eine Erinnerung blitzte in ihr auf. Ganz allein hatte sie in Mexiko ums Überleben gekämpft, weil ihr Exfreund sie für tot gehalten hatte und abgehauen war. Wie oft würde sie das noch einholen? Aber das war längst überstanden, sie konnte sich auf die Gegenwart konzentrieren. Zuerst tastete sie durch das Fenster nach der Halsschlagader des Fahrers und fühlte seinen Puls. Er lebte. Vorsichtig hob sie sein Gesicht aus dem Airbag. Seinen noch nicht ganz ausgeformten Gesichtszügen nach, halb Kind, halb erwachsen, schätzte sie ihn auf höchstens achtzehn. Er musste gerade erst den Führerschein gemacht haben. Seine Haut glühte. Auf der Nasenspitze, den Wangen und der Stirn bildeten sich Brandblasen, durch die ausströmenden Gase beim Entfalten des Luftsacks hatte er Verbrennungen erlitten. Auch wenn die Dinger inzwischen sehr gut den Kopf- und Halsbereich schützten, sicherten sie nicht gegen alle Arten von Verletzungen. Aus einer großen Schnittwunde am Ellbogen lief Blut. Vorsichtig hob sie den Arm an, wischte mit der Shirtkante die Glassplitter aus dem Fensterrahmen, legte den Arm wieder ab und presste mit zwei Fingern die Schlagader nahe der Achsel ab, bis die Blutung aufhörte. Dann suchte sie den Oberkörper des Verletzten ab, ertastete eine Fraktur an der Schulter, aber keine größeren offenen Wunden. Erst als sie mit der freien Hand vorsichtig den Kopf drehte, merkte sie, dass aus dem rechten Ohr Blut sickerte. Ob es aus dem Gehörgang kam oder von außen in die innere Ohrmuschel gelaufen war, konnte sie wegen der vielen Verletzungen nicht feststellen. Es bestand definitiv der Verdacht auf eine Schädelbasisfraktur. Wie lange brauchte die Rettung, um hier zu sein? Er musste so schnell wie möglich aus dem Auto heraus und beatmet werden. Mit den Fingern auf der Schlagader konnte sie nicht weg, bis Hilfe eintraf. Hoffentlich waren seine Beine nicht eingeklemmt. Die Fahrertür ließ sich nicht öffnen, mit einer Hand schon gar nicht. Sie spähte ins Wageninnere. Alle Gegenstände waren durcheinandergeworfen und mit Glassplittern übersät. Eine Zeitschrift, Scheibenkratzer, CDs, ein Handbesen, eine Straßenkarte, Taschentücher. Sie glaubte die Ecke eines Verbandkastens am Boden des Beifahrersitzes zu erspähen und streckte sich danach, verrenkte sich halb den Hals. Es war wohl eher ein Laptop, und darunter lugte ein Griff heraus. Carina stach das markante eingravierte »G« ins Auge. Endlich ertönte das Martinshorn; die Feuerwehr und die anderen Einsatzwagen rückten an.

»Saßen Sie mit im Auto?« Ein Mann mit Warnweste kam herbeigeeilt.

Hoffentlich war das der Notarzt. »Ich bin Rechtsmedizinerin«, brüllte sie gegen den Lärm eines vorbeibretternden Lastwagens auf der wenige Meter entfernten Gegenfahrbahn an.

»Rechtsmedizin? Dann ist er schon tot?«, schrie der Mann zurück.

»Nein. Er lebt noch.« Was war denn das für einer, erster Tag im praktischen Jahr, oder was? »Ich bin hier mit …« Sie deutete mit dem Kopf auf ihren Vater; er sprach mit der Feuerwehr, die die Unfallstelle abzusperren begann.

»Mit meinem Chef? Ich bin Kriminalmeister Peter Schuster und war bei einem Einsatz in der Nähe, als der Notruf kam.«

Erwartete er jetzt ein Lob von ihr? Sie musterte ihn. Den Haaren nach zu urteilen, die verstrubbelt in alle Richtungen abstanden, und dem verknitterten T-Shirt, das an seinem dürren Körper unter der Warnweste klebte, war der Einsatz eher ein Schläfchen im Polizeiwagen gewesen.

»Und Sie sind …?«

Sie ignorierte seine Frage. »Geben Sie mir Ihren Gürtel zum Abbinden und Taschentücher, wenn Sie welche dabeihaben.« Hoffentlich redete dieser Peter Schuster nicht nur, dachte sie. »Oder holen Sie …« Aber er hielt ihr das Gewünschte bereits entgegen. Nachdem sie einen Druckverband an der Schnittwunde angelegt hatte, hob sie den verletzten Arm vorsichtig ins Wageninnere. »Los, wir müssen versuchen, die Tür aufzukriegen.« Peter Schuster stemmte sich gegen die verbeulte Fahrertür und drückte sie auf, als wäre sie aus Pappe. Carina wollte den Fahrer herausheben.

»Warten Sie, das übernehme ich.« Mit seinen eins neunzig, wie Carina schätzte, musste er sich zur Hälfte einrollen, um in den Mini zu kriechen. Behutsam umfasste er den Kopf des Bewusstlosen, legte ihn sich in die Armbeuge wie einen Säugling und schob den Fahrer zu sich an den Rand des Sitzes. Dann griff er ihm unter die Achseln und zog den rechten Arm an die Brust des Mannes.

»Vorsicht«, sagte Carina. »Das linke Schlüsselbein ist gebrochen. Peter Schuster legte den Verletzen auf dem Grünstreifen ab, schob ihm seine Warnweste unter und brachte ihn in die stabile Seitenlage. Carina tastete den Kopf ab. Hirnmasse war keine ausgetreten. Sie zog dem jungen Mann die Augenlider auf und untersuchte die Pupillen. Sie waren vergrößert. »Er muss so schnell wie möglich in eine Klinik.«

Peter Schuster nickte und lief los. Nur wenige Augenblicke später rollte ein Rettungswagen rückwärts zu ihnen heran. Nachdem Carina dem Notarzt ihren Befund genannt hatte, intubierte er den Fahrer sofort, legte ihn auf eine Trage und übernahm die Weiterversorgung.

Carina zog die Handschuhe aus und steuerte auf ihren Vater zu, der mit der Frau aus dem Volvo sprach.

»Ihre Art, einen kühlen Kopf und damit den Überblick zu bewahren, kam mir gleich bekannt vor.« Peter Schuster holte Carina ein, als sie die abgesperrte Autobahn überquerte, und zog sich den Gürtel wieder in die Hose, den ihm der Notarzt zurückgegeben hatte. »Sie sind Mattes Tochter, stimmt's?« Mit blutverschmiertem Gesicht strahlte er sie an. »Die berühmte Gesichtsrekonstrukteurin. Ihr Vater redet pausenlos von Ihnen.«

Das kam ihr reichlich übertrieben vor. Mattes gesammelte Worte konnte man in einer Streichholzschachtel verwahren. Vermutlich hatte ihr Vater in einer Sitzung einfach nur mal erwähnt, dass er zwei Töchter hatte, mehr nicht. Peter Schuster hatte er ihr gegenüber als übereifrig bezeichnet oder so ähnlich; das war ihr in Erinnerung geblieben. Aber solange er die Erste-Hilfe-Griffe beherrschte und zupackte, war sein Tatendrang in Ordnung. Sein blutiges T-Shirt schlackerte ihm aus der Hose, die Hose selbst hing ihm, trotz Gürtel, fast unten am Oberschenkel. »Sie haben Blut im Gesicht.«

»Was, wo?« Mit einem Schlag erbleichte er, schwankte, seine Augenlider flatterten. Bevor er auf die Straße knallen konnte, hakte sie ihn unter und führte ihn in den Schatten eines Feuerwehrautos. Er rutschte zu Boden, lehnte sich an die Leitplanke und keuchte.

»Carina, kannst du mir den Stock bringen?« Ihr Vater, auf die Fahrertür des Volvo gestützt, winkte ihr.

»Halten Sie den Kopf zwischen die Knie, dann wird es gleich besser. Ich hole was zu trinken«, sagte sie zu Peter Schuster. »Bin gleich zurück.« Mit dem Walkingstock und der Wasserflasche aus ihrer Tasche lief sie zu ihrem Vater.

Ein Sanitäter maß der Volvo-Frau, die noch in die Decke gewickelt war, gerade den Blutdruck. Mit einem Nicken nahm Matte Carina den Stecken ab. Die Frau berichtete gerade, dass der Geisterfahrer in letzter Sekunde ausgewichen war und das Lenkrad herumgerissen hatte.

»Geht's wieder?«, fragte sie, zurück bei Peter Schuster, als er getrunken hatte.

»Ich kann … nur … kein Blut … sehen.« Er japste noch. »Ich krieg's … einfach nicht in den Griff.«

»Als Sie mir mit dem Druckverband geholfen und den Verletzten aus dem Auto gezogen haben, habe ich nichts davon bemerkt.«

»Da war auch kein Blut.«

Carina lachte. »Im Gegenteil, da war jede Menge.« Dass sich einiges davon jetzt auf seiner Kleidung befand, darauf wies sie ihn besser nicht noch extra hin. Besonders an seinen Ärmeln und am Halsausschnitt seines Shirts, wo die Weste nicht aufgelegen hatte, waren lauter Flecken.

»Echt? Ich hab ehrlich gesagt nicht so genau hingesehen. Am schlimmsten ist es sowieso, wenn Blut an mir klebt. Das kann ich überhaupt nicht haben. Aber Sie haben sich auch verletzt?« Er zeigte auf ihre Beule.

»Carina?« Ihr Vater rief schon wieder nach ihr.

War sie sein Butler? Sie rutschte neben Peter Schuster auf den Boden, bis das Feuerwehrauto sie verdeckte. »Ach, nichts, ich habe mir nur den Kopf angehauen, als ich dem Fahrer ausgewichen bin.« Dass ihr Vater schnell reagiert hatte, musste sie ihm nicht auf die Nase binden. »Warum sind Sie dann bei der Mordkommission, ich meine, da blutet doch öfter einer?«

»Sie trösten mich ja nicht gerade.« Er grinste, und die Farbe kehrte in sein Gesicht zurück. »Mein Metier ist die Sprache, also nicht meine eigene, sondern mehr das, was die anderen sagen und schreiben. Ich möchte mich spezialisieren, als Sprachprofiler.«

»Ein Täterprofil, das nur die Sprache analysiert? Davon habe ich noch nie gehört.«

»Erpresserbriefe zum Beispiel, die sind wie ein Fingerabdruck.«

»Ach, hier seid ihr.« Ihr Vater humpelte dreibeinig zu ihnen herüber. »Peter, was hockst du hier rum? Lass die Feuerwehr Platz machen, damit der Hubschrauber landen kann.« Der Kriminalmeister sprang auf, kurz schien er noch einmal aus dem Gleichgewicht zu geraten, dann fasste er sich und hastete los.

Matte beugte sich zu Carina. »Hast du irgendwelche Papiere bei dem Geisterfahrer gefunden? Die Kennzeichenüberprüfung ergab, dass der Halter ein dreiundvierzigjähriger Jakob Loos sein soll. Das kann er doch nicht sein, oder?«

»Da musst du die Rettung fragen.« Sie stand ebenfalls auf und klopfte sich den Hintern ab. »Ich habe mich um den Verletzten gekümmert, nicht um seine Sachen. Vielleicht ist es sein Sohn, außerdem ist da …« Der Hubschrauber kreiste über ihnen und verschluckte ihre Worte.

3.

Endlich Ferien, der blaugrüne, letzte Schultag war vorbei. Doch sie konnte sich nicht freuen. Die silbernen Minuten, die sie mit Sara verbrachte, rasten durch sie hindurch. Gleich würden sie für sechs lange Wochen getrennt werden. Je näher sie der Bushaltestelle kamen, desto langsamer schob sie ihren Cityroller. Dicht an dicht gingen sie durch die Pfützen, das Wasser lief ihr in die Sandalen und quietschte unter ihren Zehen. Ihre Schultern und Ellbogen streiften aneinander. Stehen bleiben durften sie nicht, Sara musste den Bus erwischen, und außerdem würden dann auch die hellgelben Sommerferien schneller beginnen und wieder vorbei sein. Und sie konnten sich wiedersehen.

Sie schwiegen. Dabei hatte sie nach der Zeugnisverteilung noch darauf gefiebert, Sara zu erzählen, was in der Pause passiert war. Tim hatte sie geküsst, einfach so. Kurz nachdem es zu donnern und zu blitzen angefangen hatte, weswegen sie alle im Schulhaus bleiben mussten. Erst versuchte er ein Popcorn von ihrem T-Shirt zu zupfen, aber das war nur aufgemalt, vorne die gestreifte Schachtel und darum herum verteilt bis über die Schultern die Körner. Sein Gesicht war plötzlich ganz nah gewesen. Dann spürte sie seine Lippen auf den ihren, feucht und kitzelig warm. Und schwupp, als es gongte, lief er schon wieder davon, sah sie nicht mehr an, auch nicht als er sein Zeugnis kriegte, an ihrer Bank vorbeischlendert. Das konnte sie Sara nicht kurz nebenher erzählen, das mussten sie durchsprechen, in Ruhe, stundenlang, wie sonst immer an den Nachmittagen. Ihr fehlten auch die Worte; wie sollte sie Sara fragen, ob sie es doof fand, dass sie sich noch heute Morgen, in letzter Minute, umentschieden und abgesagt hatte? Sie traute sich einfach nicht, allein und ohne ihre Eltern, nur mit Saras Familie in Urlaub zu fahren. Beim Bushäuschen angekommen, zog sie aus ihrer Tasche, die am Rollerlenker hing, Saras Zeugnis. Ihre Freundin hatte vergessen, eine Mappe mitzunehmen. Sie reichte es ihr. Sara faltete das Zeugnis zweimal zusammen und schob es in die hintere Hosentasche. So was hätte sie sich nie getraut. Was, wenn die Einsen verknitterten? Dann fielen sie sich um den Hals.

»Das ist so schade«, sagte Sara. »Willst du nicht doch? Ich leih dir auch meinen nagelneuen Tankini.«

Das Teil, halb Bikini, halb Badeanzug, hatte Sara selbst entworfen und genäht. Sie schüttelte den Kopf, und beide weinten. Normalerweise heulte nur sie. Wie schon im Kindergarten brach sie auch jetzt noch, am Ende der dritten Klasse, bei jeder Kleinigkeit in Tränen aus. Als gäbe es da einen Schalter, auf den man nur einen Blick werfen musste, und sofort spritzte das Wasser aus ihren Augen wie aus einer Gießkanne. Wenn sich jemand in ihrer Klasse ihre Brotzeitbox aus dem Schulranzen schnappte und herumwarf, stand sie da und heulte. Wenn ihre Mitschülerinnen sich zwischen ihr oder der dicken Steffi beim Mannschaften-Wählen entscheiden mussten, hieß es: »Nehmt ihr die Mimose, dann nehmen wir die Knödelsteffi.«

Mimose, das war das schlimmste Wort, das sie bis dahin gehört hatte. Ihr Papa musste es zu Hause richtig aus ihr herauspressen, weil sie es kaum über die Lippen brachte, so zitterten die.

»Eine Mimose ist eine Pflanze mit einer wunderschönen sternförmigen Blüte, die sich zurückzieht, wenn man sie berührt. Sie schützt sich selbst und weiß sich zu helfen, wenn sie in Gefahr gerät, das ist doch einzigartig.«

Was nutzte ihr das? Gerade wenn sie dagegen ankämpfte und die Zähne zusammenbiss, schwappten die Tränen aus ihr heraus, wie bei einem Topf, der überlief. Es passierte einfach, auch wenn sie versuchte, an was Schönes zu denken, so oft wie möglich aufs Klo ging und so wenig wie möglich trank, bis ihre Haut sich schuppte und sie einmal beim Sport sogar ohnmächtig wurde. Umsonst. So wie andere Mädchen ständig ein Zickzackmuster kicherten, heulte sie. Das sollte anders werden, nahm sie sich vor. Nach den Sommerferien würde sie trocken wie eine Wüste die vierte Klasse beginnen.

»Komm, wir tauschen«, schlug Sara vor, als der Bus hielt und die Türen aufsprangen.

Sie verstand nicht. Wollte sie an ihrer Stelle zu ihrer Oma fahren, anstatt nach Italien zu reisen?

»Schnell, beeil dich.« Sara schlüpfte aus den Ärmeln ihres Shirts mit dem gestickten Schmetterling, der vorstand, wenn man darüberstrich, und die Perlen und Pailletten klimperten in allen Farben, als sie es auszog. Ihr eigenes Oberteil dagegen war ausgewaschen, das Popcorn löste sich an manchen Stellen, vielleicht hatte sie es auch mit der Dauerheulerei aufgeweicht. Sie streifte Saras Schmetterling über und reichte ihr das alte Shirt, dann umarmten sie sich noch einmal, drückten

Popcorn und Schmetterling aneinander. Ganz lila roch Sara, genau wie ihre Lieblingsfarbe. Saras Geruch umwehte sie, bis ihre Freundin in den Bus gestiegen und nicht mehr zu sehen war.

Als sie den Roller wendete und sich auf die Rolltreppe stellte, war das Lila in ihre Nase geschlüpft. Und sie verwandelte sich in Sara. Manchmal passierte ihr das nach einem Film, dass sie sich wie die Heldin der Geschichte fühlte. Nun hielt sie den Kopf wie ihre beste Freundin und warf die Haare wie sie zurück, obwohl ihre Locken viel zu kurz zum Wehen waren. In der S-Bahn zeichnete sie Saras Wortbild auf ihren Notizblock und auch das von Tim, die ganze lange Fahrt bis nach Gauting. Am Bahnhof saugten alle Eltern die Schulkinder in die Autos. Nur sie schob ihren Roller alleine durch die Unterführung, holte nach der Treppe Schwung und fuhr zur Siedlung zwischen den hohen Bäumen, die die Sonne verschluckten. Auf einmal verdrängte ein Grau das Lila, es schmeckte nach Zwiebeln. Hinter ihr atmete jemand, bestimmt ein Radfahrer oder Jogger, der sie überholen wollte. Sie drehte sich um, aber da war keiner. Die Straße leuchtete wasserblau-menschenleer, als wären alle schnell ins Haus gelaufen.

Saras Schmetterling zappelte. Sie strich darüber, flüsterte ihm zu, dass er keine Angst zu haben brauchte, und schob ihren Roller über die Gehsteigkante. Da rutschte ihre Tasche vom Lenker, Zeugnis, Stifte und Block flogen auf die Straße. Sie legte den Roller hin, lief der grünen Eins in Kunst hinterher, sammelte alles ein und stopfte es wieder in die Tasche zurück. Eine Eins im Zeugnis bedeutete umsonst Dampferfahren am Starnberger See. Vielleicht gleich zu Ferienbeginn, hatte Oma gesagt.

Plötzlich wuchs ihr Schatten, von ganz allein. Komisch, dachte sie noch, wollte sich aufrichten, um zu sehen, was mit der Sonne los war, ob das Gewitter aus München ihr bis hierher nachgeflogen war. Eine Sekunde vielleicht oder weniger dauerte das, so lange, wie eine Fliege braucht, um abzuheben und dem Schlag zu entkommen. Dann packten Hände sie, warfen ihr Zwiebelhäute über. Ihr Vater fing sie manchmal in seiner Jacke ein, nur zum Spaß, aber er ließ sie immer gleich wieder los. Diese Schatten drehten sie noch fester ein, wie das allerletzte Stück Klebeband, das bremst und nicht mehr vorwärts noch rückwärts kann. Etwas presste sich auf ihr Gesicht. Da brach sie in Tränen aus, sie konnte einfach nicht anders. Sie zerfloss in ihrem Tränenmeer, und es schmeckte nach Blut.

Freitag

Fünf Stunden nach dem Ursprung

Was hast du für große Hände!
Dass ich dich besser packen kann.

Rotkäppchen, Brüder Grimm

4.

Weil die Murnauer Unfallklinik mit mehreren Notfällen belegt war, flog der Hubschrauber den schwer verletzten Geisterfahrer nach einigem Hin und Her ins Klinikum Harlaching.

»Jakob Loos hat seinen siebzehnjährigen Sohn Enrico auf das Auto mitversichert«, sagte Matte zu Carina und schob das Handy ein. »Ich habe im Präsidium nachgefragt. Vermutlich hat dieser Enrico noch nicht mal den Führerschein.«

Da ihr Vater bestimmt noch einige Zeit an der Unfallstelle zu tun haben würde, fragte sie jemanden von der Verkehrspolizei, ob sie mit zurück in die Innenstadt fahren konnte. Wenigstens sie als Tante wollte es, wenn auch knapp, zu Sandros Abschiedsfeier schaffen.

Matte hielt sie zurück. »Warte, Peter Schuster übernimmt den Rest hier. Du kannst mit mir fahren.«

Carina sah, wie der Sprachforscher die Absperrbänder aufwickelte. Anscheinend traute ihm ihr Vater inzwischen mehr zu als noch vor ein paar Monaten.

Sie stieg auf der Beifahrerseite ein. »Hast du Mam…« Sie stockte, legte sich den Gurt an. »Ich meine, weiß Silvia Bescheid, dass wir sie erst jetzt abholen?«

Er warf den Walkingstock wie einen Schirm auf den Rücksitz, drehte den Zündschlüssel und startete den Motor. Eigentlich war ihr Vater heute nur als Beifahrer vorgesehen gewesen. »Sie ist bereits im Zug.« Mit einer Handbewegung verabschiedete er sich von den Kollegen, rollte an den Rettungswagen vorbei und gab Gas. Scheinbar keine Spur von Schmerzen oder einem Zwicken mehr in seiner Hüfte. Aber sie wusste es besser. In ihr keimte der Verdacht, dass er es schlicht nicht ertrug, wenn sie seinen Wagen lenkte.

Mit Warnblinklicht reihten sie sich zwischen die anderen Autos ein, fuhren bis zur nächsten Ausfahrt bei Starnberg und wendeten über die alte Bundesstraße nach München zurück.

»Ich frag mich, wo der Junge auf die falsche Spur aufgefahren ist. Hoffentlich gibt es Zeugen oder Aufnahmen der Verkehrspolizei.« Matte war bereits ganz in den Fall vertieft und verschwendete keinen Gedanken mehr an seine Frau.

»Wir können Silvia zumindest am Hauptbahnhof abholen. Sie hat doch Gepäck«, schlug Carina vor.

»Das geht nicht. Wir müssen zu den Eltern von dem Jungen.«

»Was heißt hier wir, ich komme nicht mit.«

»Du hast ihrem Sohn das Leben gerettet, da dachte ich …«

»Ob er überlebt, ist noch in der Schwebe. Außerdem hat mir dein neuer Kollege geholfen.«

»Der Peter? Auf den ist Verlass, der macht sich gut, seit ich ihm mal die Leviten gelesen habe.«

Carina nervte sein Lehrmeistergetue. Redete er vor anderen auch so von ihr? »Was war damals eigentlich mit ihm und dieser Zeugin?«

»Peter hat sich einlullen lassen und Sachen herausgegeben – was er nicht durfte. Er achtet eben mehr auf den Klang einer Stimme und die Wortwahl als auf die Aussagen selbst.« Ihr Vater berührte ihre Beule an der Schläfe. »Tut's weh?«

Sie zuckte zusammen.

»Sollen wir wegen einem Eisbeutel an einer Apotheke halten?«, schlug er vor. »Oder magst du gleich ein richtiges Eis essen, irgendwo?«

»Es geht schon.« Jetzt kramte er wieder sein Haschpapigetue heraus. Sie seufzte. Wann hörte sie endlich auf, darauf hereinzufallen? »Wo wohnt die Familie Loos?«, fragte sie.

»In der Menterschwaige.«

»Harlaching? Dann passt es ja, dass ihr Sohn in diese Klinik gebracht wurde. Und du kannst mich dort rauslassen, ich fahr mit der Tram weiter.« Sie sah auf die Uhr am Armaturenbrett. Zwanzig vor zwei. Den Anfang der Feier würde sie vermutlich verpassen.

»Wir fahren danach direkt zum Kindergarten weiter, ja? Es dauert nicht lange, versprochen.« Als ob er die Reaktion der Eltern vorhersehen könnte, wenn sie erfuhren, dass ihr Sohn mit Papas Auto abgehauen war, als Geisterfahrer Menschenleben gefährdet hatte und nun schwer verletzt im Krankenhaus lag.

In der ehemaligen Villenkolonie Menterschwaige, hoch über der Isar, suchten sie eine Weile, bis sie das richtige Haus fanden. Neben renovierten Jugendstilvillen standen Betonkästen aus den Siebzigerjahren. Das ganze Viertel war von großen Bäumen überschattet. Hier hatte das Gewitter sogar Äste auf die Straße geworfen. Einige Gullys waren übergelaufen, und die Anwohner mussten hoffen, dass die Sonne das Wasser verdunsten lassen würde oder es nach und nach versickerte. Matte weigerte sich, das Navi zu benutzen. In seiner Heimatstadt brauchte er das nicht, behauptete er.

Carinas Kehle war völlig ausgetrocknet. Ihre Wasserflasche hatte Peter Schuster bekommen. »Hast du irgendwas zu trinken hier?« Nach Wasser fragte sie erst gar nicht, er gehörte zu der Generation, die Wasser ausschließlich zum Waschen benutzte.

»Im Handschuhfach müsste eine Dose Limo sein.«

Wie brachte er das Pappzeug nur hinunter? Lauwarm noch dazu, aber besser als nichts, dachte sie, und trank etwas.

»Ich weiß nichts über sie«, fing er plötzlich an.

Carina verschluckte sich und sprühte Limo auf ihre Brille und an die Windschutzscheibe. Von der Familie Loos sprach er wohl kaum. Das wäre ein großer Zufall gewesen, wenn er die Familie vorher gekannt hätte.

»Ich meine die Verwandten deiner Mutter, ihre Eltern, ihre Geschwister; ob sie noch leben.«

Sie putzte sich erst die Brille, schnäuzte den Rest Limo in das Taschentuch und staunte. Ganz von selbst hatte er zu sprechen begonnen. Ein Wunder! Doch sie verkniff sich eine bissige Bemerkung, nicht dass er wieder in Schweigen verfiel. »Wie wäre es, wenn du mir erst mal was über sie selbst erzählst? Wie heißt sie, wo wohnt sie, wo habt ihr euch kennengelernt, warum hat sie mich weggegeben?« Zu viele Fragen auf einmal, das spürte sie sofort. Aber es brannte in ihr wie diese Scheißlimo, die in ihrer Nase klebte. Sie wollte endlich alles wissen, um es dann abhaken zu können. Egal was sie gleich erfuhr, ihren Namen, ihren Beruf, her mit dem Grund, basta und weg.

»Wir waren zusammen auf der Polizeihochschule. Ich hätte nie gedacht, dass sie mich überhaupt bemerkt. Sie war nicht nur wunderschön, sondern auch noch schlau, die beste unseres Jahrgangs und bei den Professoren die Vorzeigestudentin.

Und irgendwann, ach, das führt jetzt zu weit. Da, Rabenkopfstraße, Nummer dreiundzwanzig.« Er setzte den Blinker und fuhr rückwärts in eine Parklücke. Carina wartete gespannt. Sollte sie ihn anspornen, oder redete er von selbst weiter?

Er stellte den Motor ab und löste den Gurt. »Wir bieten den Loos-Eltern an, sie ins Krankenhaus zu fahren, ist ja gleich um die Ecke.« Er hatte wieder komplett auf Beruf umgeschaltet.

Carina war nahe am Platzen. »Was führt zu weit, *was*?« Sie hielt ihn am Arm fest, als er die Tür öffnete und aussteigen wollte. Er zog den Fuß zurück und ließ die Tür wieder zufallen. Dann starrte er eine Weile auf die angetrockneten glänzenden Limoflecken auf der Armatur. Carina hätte am liebsten mit den Füßen gescharrt oder ihm einen Stoß verpasst. Sie traute sich kaum zu atmen. Endlich fing er wieder zu sprechen an. »Wir waren bis kurz vor dem Abschluss zusammen, und danach haben wir uns aus den Augen verloren. Jeder wollte Karriere machen, man musste schauen, wo man blieb.«

»Hast du gewusst, dass sie mit mir schwanger war? Hat sie mich wegen ihrer Karriere dir überlassen, oder was?«

Er streichelte ihr über den Arm, doch sie schlug seine Hand weg und rieb sich über die Haut, als habe er sie verbrannt.

»Lass uns das hier hinter uns bringen, ja? Wie wäre es, wenn wir uns morgen zusammensetzen und über alles reden? Silvia möchte dir auch einiges sagen.« Sein Dauertrick; wenn ihm nichts mehr einfiel, schob er seine Frau vor.

Über den gepflasterten Vorplatz mit Doppelgarage, auf dem nach dem Unwetter lauter Blätter und abgebrochene Äste lagen, gingen sie zu einem großen, mit Holzlamellen verkleideten Haus, das Carina an ein selbst gebasteltes Kartonhäuschen erinnerte. Das Pultdach fiel nach Süden steil ab. Sie standen vor der längeren Seite und läuteten neben einem durchsichtigen Plexiglasschild, das wie ein Firmenschild wirkte: *Familie Jakob und Olivia Loos.* Drinnen tat sich nichts. Matte stützte sich auf seinen Walkingstock und wählte die Festnetznummer der Familie. Sie hörten das Telefon im Haus klingeln und sahen zu dem großen Fenster im ersten Stock hinauf, direkt über der Tür. Dahinter stand ein alter Schreibtisch mit einer Telefonanlage. Aber keiner hob ab. Nach einer Weile sprang der Anrufbeantworter an, eine Automatenstimme, die die Nummer wiederholte.

»Vielleicht sind sie verreist«, sagte er. »Die Handynummern konnten noch nicht ermittelt werden. Entweder haben sie Prepaidhandys oder gar keine Mobiltelefone, soll es durchaus noch geben. Aber dem Grundstück nach zu urteilen, ist es hier hypermodern. Wahrscheinlich hat Jakob Loos als Architekt alles selbst entworfen.«

Das erklärte den Schachtelstil, dachte Carina, und versuchte mit einem Blick zum Nachbarn zu erkennen, wie das Haus zu dessen Baustil passte. Doch die Tujenhecke war trotz des Gewitters dicht geblieben und drei Meter hoch. Das halbierte Dach ähnelte dem Looshaus hier, ansonsten erkannte sie nicht viel. »Gibt es Verwandte, die wissen könnten, ob sie in Urlaub gefahren sind? Vielleicht gießt eine Nachbarin die Blumen oder füttert die Fische.« Sie ging zurück zum Bürgersteig. »Ich frag mal nebenan.«

»Bleib hier.« Matte winkte sie zurück. Er war an die Tür getreten und lauschte. »Bestimmt sitzen sie hinten im Garten. Ich hör was.«

Dumpfe Bässe dröhnten, jetzt hörte Carina es auch.

»Wir schauen mal hinters Haus«, schlug er vor. »Wenn sie nur vergessen haben, das Radio auszumachen, können wir immer noch die Nachbarn fragen.« Als sie durch die Gartentür über die Wiese stapften und das Haus umrundeten, rechneten sie damit, dass ein Alarm ausgelöst wurde, aber es blieb still bis auf den monotonen Beat, der aus dem Haus drang. Eine weiße Katze mit kleinen schwarzen Flecken, der die überlange Zunge aus dem Maul hing, als wäre sie auf der Suche nach dem letzten Wassertropfen, sprang durchs dampfende Gras und verschwand im Gebüsch. Carina konnte es ihr nachfühlen, was hätte sie jetzt für einen Schluck Wasser gegeben.

»Sie hat sich was vom Schinken geklaut«, sagte Matte, fuchtelte mit dem Stock herum, zeigte auf das Frühstücksgeschirr auf der Terrasse. In der Butter klebten Aststückchen, der Sonnenschirm stand schief und war zur Hälfte zurückgeklappt. Der Regen hatte einen perfekt gedeckten Tisch zerstört. Im Kaffeerest einer Tasse zappelte eine Fliege und starb den Koffeintod. Wespen sirrten um wässrige Marmeladengläser und angebissene Brote. Die Schiebetür ins Haus stand eine Handbreit auf.

»Herr Loos, Frau Loos, sind Sie zu Hause?« Matte rief durch den Spalt ins Wohnzimmer und versuchte die Musik zu übertönen. Keine Reaktion. Er drehte sich wieder zu Carina um. »Ist das Jazz?«

»Papa!« Von Musik hatte sie wenig, aber ihr Vater anscheinend überhaupt keine Ahnung. »Du müsstest das eigentlich kennen. Die Sechziger- und Siebzigerjahre, na?«

Ihr Vater runzelte die Stirn. »Ich kenne nur die Beatles und ein paar Schlager. Da ich als Student nicht wusste, wie man Rolling Stones schreibt, habe ich KISS in die Pultlehne meines Stuhls geritzt, aber was die für Musik machen, weiß ich bis heute nicht. AC/DC habe ich mit dem ADAC verwechselt.«

Carina lachte. »Der Beat auf den zweiten und vierten Takt, horch. Na?«

Er lauschte eine Weile, zuckte dann mit den Schultern. »Klingt, als wäre es immer wieder dasselbe Lied oder als würde es hängen, wie früher bei einem Kratzer auf der Schallplatte.«

Carina spähte durch die Terrassentür. Das Soundsystem blinkte rot. Es war entweder auf *Repeat* gestellt oder einfach ein endlos langes Stück. »Achte auf diesen blechernen Klang zwischendrin«, half sie ihm auf die Sprünge. »Das ist Reggae.«

»Ach so, Bob Marley, hört man den heutzutage wieder?« Er griff nach innen, wuchtete den Hebel für die Verankerung nach oben und schob die Tür auf.

»Dürfen wir das denn?«, fragte sie.

Ihr Vater überhörte ihre Frage. »Riechst du das?« Er lehnte seinen Stock in eine Nische.

Carina schnüffelte und folgte ihm ins Haus. Der Gestank nach Angebranntem stieg ihr in die Nase. Matte suchte den Lautstärkerregler an der Musikanlage, entdeckte schließlich die Fernbedienung auf dem Wohnzimmertisch.

»Brauchst du Handschuhe?«, fragte sie.

»Das ist doch kein Tatort.« Er legte die Fernbedienung wieder weg und riss einfach den Stecker aus der Wand. Bob Marley verstummte; der Klang hing noch eine Weile wie ein Schrei in der Luft.

Mit der abrupten Stille machte sich in Carina ein mulmiges

Gefühl breit. Sie sah sich um. Rechts hinter einem Geländer führte eine Treppe in den Keller. Da war etwas, doch die Wand lag im Schatten. Sie schnupperte, einen Moment lang hatte sie so etwas wie Pulver gerochen, aber bestimmt täuschte sie sich, denn der Gestank nach Angebranntem übertünchte alles. Sie folgte ihrem Vater in die Küche, der einzige abgetrennte Raum zu dem riesigen offenen Wohnzimmer. Im Toaster steckten zwei fertig geröstete Scheiben Brot. Übergekochte Milch schwamm auf dem Ceranfeld, war zum Teil schwarzkrustig angetrocknet, der Rest den Ofen hinab auf den Boden gelaufen. Der eingebrannte Topf stand eingeweicht in der Spüle. Jemand hatte die Herdplatte abgeschaltet und Salz darauf gestreut, ein altes Hausmittel zur Geruchstilgung, das allerdings diesmal versagte.

»Vielleicht war das der Sohn, und danach ist er mit Papas Auto weg.«

»Du glaubst, wegen übergekochter Milch wird einer zum Geisterfahrer?«

Matte drehte an einem Griff, aber es war kein Küchenschrank, sondern eine holzverkleidete Tür zur Speisekammer, die in einen schmalen Raum mit vollen Regalen und einer Kühltruhe führte. Gleich dahinter ging es in die Garage. Fahrräder in sämtlichen Varianten, auch ein Tandem und eine Rikscha standen dort, und an der Wand hing sogar ein Hochrad.

»Mehr eine Radlfamilie.« Matte stützte sich auf das Regal mit Tomatensoßen aller Geschmacksrichtungen und spähte um die Ecke in die Garage. »Auf Jakob Loos ist nur der Mini zugelassen, kein Zweitwagen. Olivia hat anscheinend kein Auto.«

»Und wenn die Eltern mit dem Zug in den Urlaub gefahren sind und Enrico das Haus überlassen haben?«, spekulierte Carina. »Lass uns noch kurz im ersten Stock nachsehen, und dann gehen wir besser.«

Er nickte, schloss die Garagentür wieder. Auf der Treppe nach oben bemerkte Carina eine Veränderung an ihm. Er berührte das Geländer nicht, obwohl er sich sicher schwertat, ohne Stütze hinaufzusteigen, da sein Stock draußen an der Terrassentür lehnte. Vorsichtig setzte er einen Fuß vor den anderen, als hätte er nun doch die Sorge, er könnte Spuren verwischen. Carina betrachtete die ungleichmäßig bestückte Fotogalerie an der Wand. Einige Nägel waren leer. Kleine Gemälde mit bunten Mustern hingen neben Familienfotos: Enrico als Kind auf einem Fahrrad mit Stützrädern, dann beim Wandern mit Rucksack und Steigeisen. Ein Hochzeitsfoto in einem herzförmigen Silberrahmen war mit dem Datum von Ostern dieses Jahres beschriftet. Also hatten die beiden erst geheiratet.

Wie ein dünner Faden folgte ihnen der Gestank der angebrannten Milch nach oben.

Der Schreibtisch mit der Telefonanlage, den sie vom Eingang durch die Scheibe gesehen hatten, fand sich links gleich nach dem Treppenaufgang. Gleich gegenüber der letzten Stufe stand *Rico's* auf einem wie ein Autokennzeichen geprägten Metallschild an der Zimmertür. Ein Rauchen-verboten-Button prangte über einem Plakat von der Bundeszentrale für gesundheitliche Aufklärung, auf dem eine Frau einem gelangweilt dastehenden Mann in die Unterhose griff; dazu der Text: *Zu viel Alkohol = nix los in der Hos'*.

Die Zeiten hatten sich verkehrt, früher rauchten Jugendliche heimlich auf dem Zimmer, heute verboten sie es den Eltern, dachte Carina. Hatte Enrico trotz des guten Vorsatzes an seiner Zimmertür etwa getrunken? Ihr war nichts aufgefallen, eigentlich reagierte sie empfindlich auf eine Alkoholfahne. Zwischen den vielen Gerüchen eines Menschen, ob tot oder lebend, konnte sie das meist ganz gut herausfiltern. Ihre Nase unterstützte sie als Werkzeug noch vor dem Skalpell.

»Gib mir besser doch Handschuhe«, bat Matte, auch Carina streifte sich welche über. Dann schob er die Tür zu *Rico's* Zimmer auf. Eine geräumige Sporttasche lag auf dem Boden, aus der fast ein ganzer Hausstand ragte, ähnlich dem, wie er in Carinas Tasche steckte. Socken, Boxershorts, Ordner, Turnschuhe, Deo, Hefte, Schreibzeug, ein Schlafsack, halb aufgerollt. Das Bett wirkte unbenutzt, die Decke und das Kopfkissen waren ordentlich gefaltet. Neben Enricos Zimmer befand sich ein kleines Bad mit Dusche, Toilette und Waschbecken. Alles penibel sauber, wie ein frisch aufgeräumtes Hotelzimmer, eine Zahnbürste in einem Glas, sogar ein gefaltetes Handtuch hing über dem Halter.

Im nächsten Raum fehlten die Möbel. Bis auf Ringe an der Vorhangstange war er leer. Wurde hier gerade renoviert? Carina kam ihrem Vater zuvor und drückte die Klinke an der Stirnseite ins nächste Zimmer.

Auf den ersten Blick bot sich ein friedliches Bild. Ein Brautpaar, wie auf dem Hochzeitsfoto von der Treppe. Unverkennbar, es waren Enricos Eltern. Nur dass sie nicht unter blauem Himmel standen, sondern auf dem Doppelbett lagen, die Oberkörper zugedeckt. Olivia trug ein Brautkleid über den Jeans, ihr rechter Arm hing herab, und die Spitze ihres Zeigefingers berührte den Teppichboden.

Eine Fliege sirrte über dem Ehebett.

Die wächsernen Gesichter, die halb geöffneten, glanzlosen Augen und das kleine Loch in Jakobs Stirn sagten Carina, dass beide, obwohl kein Blut zu sehen war, nicht mehr lebten.

5.

München-Grünwald, vier Monate vor dem Ursprung

»Frau Schwalbe, der Bach stottert, weil der CD-Spieler spinnt.« Elena, die Azubine, stürmte in ihr Privatzimmer, riss mit ihrem Ärmel den Stapel Sterbebilder herunter, der, frisch aus der Druckerei, auf der Kommode lag. »Tut mir leid.« Sie bückte sich und sammelte alles wieder auf.

»Moment.« Noch einmal biss Gloria von der Semmel ab, setzte die letzten Häkchen in das Sargausstattungsformular im Computer und schickte die Bestellung mit einem Klick ab. Aus einer Schreibtischschublade nahm sie eine Tube und reichte sie Elena.

»Zahnpasta?«

»Reib die CD damit ein, dann gut abspülen und abtrocknen, danach müsste das *Agnus Dei* wieder laufen.«

Elena nickte. »Und die Gemeinde Taufkirchen fragt wegen einer Grabauflösung an.«

»Ich rufe zurück.« Eigentlich hatte sie noch in Ruhe frühstücken wollen. »Noch was?«

»Äh ja, ein Anruf aus dem Hospiz. Frau Schwalbe, bei Ihnen klebt da was Rotes.« Elena tippte auf ihren eigenen Mundwinkel.

»Marmelade, nichts weiter.« Gloria wischte sich übers Gesicht.

Als das junge Mädchen gegangen war, fuhr sie den Computer herunter und schaltete den Wasserkocher ein. Nachdem sie in der bauchigen Silberkanne einen Chai aufgegossen hatte, trug sie das Tablett mit dem Teegeschirr und einem Teller Keksen in das Beratungszimmer und stellte es auf dem achteckigen Tisch im Erker ab. An diesem Morgen stand ein erstes Gespräch für die Beisetzung zweier Unfalltoter an. Gloria nahm das Sieb aus der Kanne, fächelte sich den Geruch in die Nase, schloss die Augen und sog den Vanilleduft ein. Sie sah auf die Uhr. Zwei vor acht. Sie ließ sich auf der gepolsterten Bank nieder, die genau in die Fensternische eingepasst war, schob sich ein Karamellplätzchen in den Mund und ließ es auf der Zunge zergehen. Ihr Blick huschte an ihrem Körper hinunter, ihr Bauch drohte ihren Busen zu überholen. Die Knopfleiste spannte, dabei hatte sie sich erst Ende letzten Jahres zwei neue Kostüme angeschafft, ein dunkelgraues und ein schwarzes. Sie aß nun einmal gerne, warum sollte sie sich beherrschen? Dreihundertfünfundsechzig Tage im Jahr Rufbereitschaft, vierundzwanzig Stunden am Tag stand sie für alle um sich herum zur Verfügung, nur das Essen, wenn auch meist nebenbei, gehörte ihr. Lautes Tschilpen drang von draußen herein, als verhöhnte sie jemand. Sie wandte sich um und spähte zum Fenster hinaus. Im Garten keckerte eine Elster, wetzte ihren Schnabel an den kahlen Ästen des Kirschbaums. Wo eine Elster ist, ist der Tod nicht weit, hieß es. Das passte zu einem Bestattungsunternehmen. Gloria hakte eine Scheibe auf und legte einen Keks aufs Fensterbrett. Aufgeschreckt flog der schwarz-weiße Vogel davon.

Es klopfte. Sie erhob sich, schnippte ein paar Krümel vom Kragen und ließ Olivia Loos herein. Ein Gespräch wie alle anderen; dass es für sie längst Routine war, durfte sie die Betroffene nicht merken lassen. Gloria heuchelte keine Anteilnahme, sie hatte die Verstorbenen zu Lebzeiten nicht gekannt, stattdessen bot sie eine Tasse Tee an und schenkte ein.

»Danke.« Olivia Loos setzte sich und sah sich um. »Ein Bestatterbüro habe ich mir anders vorgestellt.«

»So? Wie denn?«

»Na ja, irgendwie förmlicher, nicht so gemütlich; und ich dachte, dass ich mit einem Mann reden würde, der hinter einem Schreibtisch sitzt. Arbeiten Sie nicht mit Computer?«

»Doch, aber für den Anfang reichen mir ein paar Notizen.« Sie schlug ihre Schreibmappe auf und nahm die Personalien der Schwiegereltern auf, die vor zwei Tagen tödlich verunglückt waren und im Kühlraum nebenan lagen. Als sie nach Feuer- oder Erdbestattung fragte, zückte Olivia Loos ihr Handy, um sich mit ihrem Mann und ihrem Schwager zu beraten. »Die beiden haben mich geschickt, als könnte das hier nur von einer Frau erledigt werden.« Sie holte tief Luft, steckte das Handy wieder ein. »Also werde ich auch allein entscheiden. Meiner Schwiegermutter hätte ein pompöses Grab vielleicht gefallen, aber Victor, meinem Schwiegervater bestimmt nicht. Zwei Urnen in einer Nische, das wäre in seinem Sinn gewesen … also, ich bin für Einäscherung.«

Gloria notierte den Wunsch, bat um ein Foto für die Sterbebilder und fragte nach einem letzten Gedicht oder Gruß, den sie dazudrucken sollten.

Olivia überlegte. »Darf man was mit in den Sarg legen?«

»Eigentlich ist das nicht erlaubt. Nicht mal in den eigenen Kleidern darf feuerbestattet werden, weil die meisten Fasern Chemikalien enthalten.«

»Auch kein Buch? Ich meine, das ist doch aus Papier und verbrennt.« Olivia zog ein zerfleddertes Taschenbuch aus ihrer Handtasche, dessen Cover so abgegriffen war, dass man den Titel kaum lesen konnte. »Und es ist nicht irgendein Buch, sondern Victors Lieblingsbuch. Ich dachte mir, meine Schwiegereltern wollten es vielleicht bei sich haben, auf ihrer letzten Reise.« Ihre Lippen zitterten. Tränen tropften auf den Umschlag. »Victor hat uns oft seine Lieblingsstellen daraus vorgelesen. Mein Mann, Jakob, also …« Sie schnäuzte sich. »Das Verhältnis zu seinem Vater war schwierig. Victor hat seine Söhne nur gelobt, wenn sie vorzeigbare Leistungen erbrachten. Jakob ist auch Architekt geworden wie sein Vater, aber egal welchen Auftrag er erhielt, er stand immer in seinem Schatten. Stellen Sie sich vor, als Neugeborene hat Victor seine Söhne nicht mal in den Arm nehmen können. Aus Angst, er würde sie fallen lassen, jedenfalls hat er mir das anvertraut, als ich ihm Enrico, meinen Sohn, kurz nach der Geburt gereicht habe. Da hat er so gezittert und geweint. Häuser hat Victor gebaut, verschachtelte Konstruktionen, aber ein Kind war ihm zu zerbrechlich. Viel Zärtlichkeit hat es in ihrer Ehe nicht gegeben. Aber geliebt haben sie sich, auf ihre Weise. Ich mochte beide; und ich bin als Einzige Victors Gedankengebäuden gefolgt, wie ich seine Ausführungen nannte. Alles baut aufeinander auf, dieser Satz passt zum nächsten wie Ziegelsteine, nichts wurde einfach so ausgesprochen. Ich hab ihm auch dann noch zugehört, wenn alle, selbst seine Frau, genervt waren und gingen. Victor und ich haben stundenlang über alles Mögliche gesprochen. Er hat mir auch zugeredet, an meinen Geschichten dranzubleiben.« Sie wischte sich die Augen.

»Was für Geschichten denn?« Gloria fragte selten nach, ließ die Angehörigen einfach reden. Normalerweise interessierten sie weder die Todesursache noch die Familienverhältnisse. Doch Olivia rührte etwas in ihr an, das sie an ihre eigene Familie erinnerte – falls es so etwas jemals gegeben hatte.

»Ich arbeite freiberuflich, unter anderem im Recherche-Ressort des Münchner Tagblattes; mich beauftragen die Kollegen, wenn sie tiefer in ein Thema einsteigen wollen. Oder umgekehrt, manchmal stoße ich auch auf etwas und schreibe es auf.«

Gloria legte ihren Kugelschreiber zur Seite und lehnte sich zurück.

»Entschuldigen Sie, das hier ist nicht der Ort, um über mich zu sprechen.« Olivia trank ihre Tasse leer.

»Ich finde schon.« Quellen zu studieren war auch einmal ihr Job gewesen. Diese Journalistin erinnerte sie an sich selbst, allerdings war Gloria damals jünger gewesen, vielleicht zu jung. »Über was schreiben Sie denn? Erzählen Sie doch ein bisschen, wenn Sie mögen.« Gloria schenkte ihnen beiden nach.

»Mich interessieren die Folgen einer Tat. Wie lebt man damit? Als Täter oder als Opfer. Wie wirkt sich das auf das weitere Leben aus – und auch auf das der nächsten Generation, der Kinder. Mein Schwiegervater war in der Hitlerjugend, sagte sogar, das sei die schönste Zeit seines Lebens gewesen. Die Ideologie dahinter hat er als Vierzehnjähriger einfach nicht erfasst, nur das Gemeinschaftsgefühl genossen und dass man durch Leistung aufsteigen konnte. Leider führte er das dann bei seinen Söhnen fort.« Sie strich über das Buch. »Victor hat sich sehr für meine Arbeit interessiert, er unterstützte mich darin weiterzumachen. Momentan recherchiere ich an einer Sache, in die das BKA verwickelt ist. Kurt Krallinger, der seine Geliebte ermordet und dann in der Isar versenkt hat, haben Sie davon gehört?«

»Ich hab's in der Zeitung gelesen.«

Olivia sah auf die Uhr. »Aber ich halte Sie da mit Dingen auf, die gar nichts mit der Beerdigung zu tun haben.« Sie zupfte an einer gewellten Ecke des Buchs herum. »Ich glaube, ich behalte es doch lieber – als Erinnerung.«

Im Ausstellungsraum zeigte Gloria die Modelle der Aschekapseln und Überurnen. Die Särge würden, wie bei einer Feuerbestattung üblich, aus schlichter Kiefer sein und die Verstorbenen einfache Totenhemden tragen. »Die Asche Ihrer Schwiegereltern darf nicht zusammen in eine Kapsel, das geht in Deutschland leider nicht. Aber wenn Sie möchten, können Sie die Asche in einer Doppelurne, die über die Kapsel gestülpt wird, beisetzen.«

Olivia entschied sich für eine getöpferte Doppelurne in Form eines Tropfens, der in der Mitte durch eine kleine Treppe geteilt war. Dazu gehörte ein Kerzenhalter, der die Stufen nach oben beleuchtete.

Wenige Minuten nachdem sich Olivia Loos verabschiedet hatte, tippte Gloria den Auftrag in den Computer und schickte ihre Anweisungen an die Mitarbeiter, die Friedhofsverwaltung und das Krematorium. Als sie das Teegeschirr im Erkerzimmer aufräumte, lugte sie aufs Fensterbrett. Der Keks war weg, vielleicht hatte ihn sich die Elster geholt, still und heimlich. Gloria schwitzte, sie öffnete den obersten Blusenknopf. *Der Wenn-wir-Kurti.* Wahrscheinlich leuchtete ihr Hals gerade wie Krallingers Feuermal. Auf dem Tisch lag das Buch, Olivia hatte es vergessen. Gloria wollte es zu den Leichenschaupapieren legen und warf einen flüchtigen Blick darauf. Sie hatte mit einem hochliterarischen Titel gerechnet, vielleicht Gedichte oder Goethe oder irgendwas in der Art, doch da stand *The Green Mile,* von Stephen King. Ein englischer Roman? Sie schlug eine Seite auf und las ein paar Zeilen, es war auf Deutsch und nahm sie sofort gefangen, als wäre es für sie geschrieben worden. Diese Journalistin kratzte an der Panzertür ihrer Seele.

Ich leide immer wieder an Schlaflosigkeit … und so versuche ich, für die schlaflosen Nächte eine Geschichte parat zu haben. Ich erzähle sie mir selbst, während ich in der Dunkelheit liege … Jede Nacht fange ich wieder von vorne an … aber es ist beruhigend und als Zeitvertreib allemal besser als Schafe zählen.

6.

Sie spazierte durch die Straßen, setzte sich auf die zerknitterte Mauer, die unter ihr einsackte, und ließ die Beine überm Abgrund baumeln. Über sich das Laternenpapiermuster der Häuser. Auf einmal liefen die Dächer über, als würde die Sonne schmelzen, und aus den Fenstern tropfte Blut.

Ihr Papa behauptete immer, man würde von etwas träumen, was man kannte. »In veränderter Form zwar, aber du bist schon mal dort gewesen.«

Doch wann war sie durch diese Stadt gegangen, hatte die Spitztürme angefasst, sich vielleicht daran gestochen? Und wann hatte sie in dem weißen See unterhalb der Schlucht gebadet, der nach Katzenmilch roch?

»Vielleicht kennst du sie aus einem Buch oder von Fotos, oder sie ist aus vielen Bildern wie ein Puzzle zusammengesetzt. Wie heißt sie denn, deine Stadt?«

Weder die Farbe des ersten Buchstabens noch das Wortbild fielen ihr ein, sobald sie aufgewacht war, doch sie würde es herausfinden. Jedes Mal vorm Einschlafen beschloss sie an den Stadtrand zu laufen, bis zum Schild mit dem Namen, oder einen der Einwohner zu fragen. Aber sie fand nie ans Ende der Straßen, und ihr begegnete niemand. Stets umgab sie ein Knistern, als blätterte jemand hinter ihr in einer Zeitung, doch wenn sie sich umwandte, war sie allein.

Als sie die Augen aufschlug, glaubte sie noch zu träumen, so stark war der Geruch nach Frischgedrucktem. Vielleicht hatte sie endlich eines der Häuser betreten. Die Möbel glichen den ihren, waren aber etwas anders gestellt, gedrängter, vielleicht war das Zimmer eingelaufen. Sie behielt den Schrank im Blick, womöglich ruckte er gleich einen Schritt auf sie zu oder kippte, wenn sie blinzelte. Das Regal hing tiefer über dem Schreibtisch. Baby Lou und Delphi lagen nicht im obersten Fach. Bestimmt beschwerten sich ihre Puppen und Stofftiere, an den falschen Platz geräumt worden zu sein. Zusammengeknickt, durcheinandergewürfelt, verkeilt, umgedreht, von jemandem, der in ihnen nur Stoff und Plastik sah. Frau Velic, die Putzfrau, machte das nie. Sie mochte Puppen, sprach sogar mit ihnen, wenn sie sie hochhob und darunter Staub wischte.

Dabei hielt sie doch immer Ordnung, jedes Ding hatte seinen unverrückbaren Platz. Außer Mama und Frau Velic durfte keiner in ihr Zimmer, auch Sara nicht. Sie spielten überall sonst im Haus. Mama erlaubte es. Nur wenn sie zu laut waren, zu viel auf dem Sofa herumhopsten oder zu lange fernsahen, dann mussten sie raus, in den Garten oder die Garage.

»Was ist in deinem Zimmer so geheim«, hatte Sara schließlich gefragt, »dass du es mir nicht zeigen willst?« Erst als sie einmal kurz hineindurfte, gab sie Ruhe, wirkte aber ein bisschen enttäuscht. »Ein Bett, ein Schrank, ein Regal, ein Schreibtisch. Ist das alles? Ich dachte, du hast einen Müllberg oder einen Tümpel, wo man einsinkt, oder wenigstens einen Haufen Dreckwäsche rumliegen.«

Jetzt war nicht mal Spielzeug zu sehen und auch keine Bücher. So viele besaß sie zwar noch nicht, auch am Ende der dritten Klasse tat sie sich mit dem Lesen schwer. In den Schulbüchern waren die Buchstaben alle schwarz oder in einer anderen falschen Farbe. Sie hielt, was ihr einfiel und was sie erlebte, in bunten Mustern fest wie in einem Tagebuch. Die Bilder brauchte sie nicht zu verstecken, ihre Eltern konnte sie nicht deuten, das hatte sie einmal ausprobiert und ihre Mutter gefragt, ob sie erkennen könnte, was sie gezeichnet hatte. Mama schüttelte den Kopf. Während sie es ihr erklärte und auf die einzelnen Bilder deutete, notierte sich Mama mit Bleistift alles an den Rand, als würde sie mit ihren Bildern so eine Art Chinesisch oder Krixelkraxel fabrizieren, das man sich unmöglich merken konnte. Damit wusste sie, wenn sie es nicht verriet, blieb, was sie festhielt, geheim. Am liebsten wäre sie gleich aufgesprungen und hätte, was ihr passiert war, aufgezeichnet. Aber ihre Arme gehorchten ihr nicht, das musste am Traum liegen, da bewegte man sich ja oft so merkwürdig – und jetzt eben gar nicht. Sie konnte sich auch kaum hören, so als wäre ihr Körper gar nicht vorhanden, sie war nur Gedanke und Augen. Sie versuchte an sich entlangzusehen. Unter ihrer Nase fing die Patchworkdecke an, die hob und senkte sich, wenn sie atmete. Alles schmeckte blau, wie die Straße, auf die die Schatten gefallen waren. Vielleicht war das Knistern im Traum gar kein Papier gewesen, sondern die Zwiebelhäute, in die sie sie gewickelt hatten? Ob ihre Beine übereinandergeschlagen waren oder im Schneidersitz verschränkt, wie sie es oft zum Einschlafen im Bett machte, spürte sie nicht. Ihr Kopf drehte sich nicht, so sehr sie es auch wollte. Sie versuchte mit der Nase zu wackeln, aber nichts rührte sich. Im Haus war es still. Keine alte Klaviermusik, die dunkelrot klimperte und aus Ecken bestand, drang aus Papas Arbeitszimmer zu ihr herauf, auch kein spiralnudeliges Radiogedudel aus der Küche. Doch da war etwas, das roch wie ein Mückenstich, rosagelb und laut.

Sie versuchte ihre Zunge zu bewegen. Lahm, ganz langsam, wie eine Winterschnecke, die in der Sonne auftaute, schaffte sie es, sich über die Lippen zu lecken. Sie schmeckte Blut. Da fiel es ihr wieder ein.

Vielleicht träumte sie gar nicht, dachte sie noch und tauchte einen Zeh in den Katzenmilchsee.

7.

»Zwischen den durcheinandergeworfenen Sachen in dem Mini Cooper lagen ein Laptop und eine Pistole, vermutlich eine Glock«, sagte Carina.

»Warum erfahre ich das erst jetzt?« Ihr Vater funkelte sie an. »Ich hab dich doch gefragt, ob da noch irgendwas war.«

»Irgendwas? Du hast mich gezielt nach seinen Papieren gefragt, und ich hab dir gesagt, dass ich weder in den Jackentaschen des Verletzten noch sonst wo gesucht habe.« Sie fand das Ganze selbst etwas peinlich. Sie hatte es ihm sagen wollen, als der Hubschrauber landete, aber er hatte nicht mehr zugehört, und danach war es ihr entfallen. Die Fakten hatte sie wahrgenommen, aber nicht interpretiert, so machten es Rechtsmediziner eben. Und außerdem, wer rechnete schon damit, dass hier anstelle von besorgten Eltern zwei Tote lagen?

Übers Handy verständigte Matte seine Kollegen und bat sie, sich darum zu kümmern, dass der Geisterfahrerwagen in die technische Abteilung gebracht wurde. Er ging nach unten. Da sie beide keine Schutzkleidung trugen, vermieden sie es, das Schlafzimmer zu betreten. Im Türrahmen stehend prägte sich Carina für ihr inneres Archiv alles ein. Minutiös leuchtete sie den Raum aus, als schwebte sie unter der Zimmerdecke, betrachtete alles aus Elsterperspektive bis hinein in den Flor des Teppichs. Noch war es ruhig. Kein Verdacht geäußert, keine Vermutung aufgestellt. Das Dreieck zwischen dem Täter, den Opfern und ihr, die durch die Leichenschau und später die Obduktion mithelfen würde, den Fall aufzuklären, war noch unberührt.

Jede Falte im Bettzeug, ebenso die Art, wie die Decke auf den Oberkörpern lag, registrierte sie. So deckte man sich nicht zu, wenn man zu Bett ging oder fror. Das hier wirkte, als hätte jemand etwas *verdecken* wollen. Die Neigung der Köpfe. Jakob Loos, seiner Frau zugewandt, vielleicht hatte er sich im Sterben gedreht, vielleicht hatte ihn auch der Täter so hindrapiert. Carina bemerkte die kleine, kreisförmige Wunde in Jakobs Stirn, die auf eine Schussverletzung hindeutete. Woran Olivia gestorben war, konnte sie von der Tür aus nicht erkennen. Ihr Kopf lag auf ihrer rechten Schulter, so als sei sie zusammengesunken. Die Mundschleimhaut hinter ihren leicht geöffneten Lippen war zu einem schmalen Saum vertrocknet. Im Mundwinkel klebte ein rosa Spuckegerinnsel. Für einen Doppelmord war das Zimmer erstaunlich sauber. Keine Blutspritzer an der Wand, den Bettpfosten oder dem Boden. Auch nicht auf den übrigen Möbeln, zwei Schränken und einer Kommode, bei der die mittlere Schublade etwas vorstand, so als wäre sie eilig hineingeschoben worden und hätte sich verkantet. Auf Olivias Nachtkästchen lag ein zerfleddertes Taschenbuch, dessen Titel sie nicht entziffern konnte. Außerdem trug die Tote nur einen Schuh. Carina bückte sich und sah unters Bett, ob der zweite darunter lag. Unter Olivias Seite hatte sich ein dunkler Fleck ausgebreitet, und beim Bettpfosten lag etwas im Teppich, das eine kleine Gurke, ein Tampon oder eine Patronenhülse sein konnte.

Nichts deutete auf einen Kampf hin. Ein Paar, das der Tod geschieden hatte, auch wenn ihre Leichname nebeneinanderlagen. Hatten sie beschlossen, ihrem Leben gemeinsam ein Ende zu setzen? Wenn ja, was hatten sie sich im Moment davor gesagt, mit welchen Worten sich aus dieser Welt verabschiedet, in der Hoffnung auf ein Wiedersehen? Polizeisirenen ertönten und kurz darauf Stimmengewirr unten im Haus. Matte gab der Spurensicherung Anweisungen. Carina richtete sich wieder auf und konzentrierte sich erneut auf Olivia. Ihr rechter Arm hing aus dem Bett, und ihre Hand wirkte, als trüge sie einen rotvioletten Handschuh. Die Fingerbeeren und Nagelbetten waren noch dunkler verfärbt. Totenflecken. Ihr Zeigefinger war von der Hand abgespreizt und berührte den Teppich. Ein heller Fahrer im dunklen Flor. Olivia hatte noch etwas hineingekratzt. Das musste sie unbedingt festhalten. Ein verschnörkeltes Zeichen – oder waren es richtige Buchstaben? Sie hörte Schritte auf der Treppe und zog ihr Handy heraus, um die Stelle im Teppich zu fotografieren. Etwas stieß sie zur Seite, Carina fing sich an der Wand ab, aber das Handy fiel zu Boden.

»Oh, Verzeihung, ich hab dich gar nicht gesehen.« Verena Thiel, Vincents neue Kollegin von der Spurensicherung, voll bepackt mit ihrer Fotoausrüstung, hatte ihr Stativ ausgefahren. »Geht's? Hab ich dir wehgetan?« Sie wuselte um sie herum.

Carina schüttelte den Kopf. Ihr fehlte nichts. Sie spähte auf den Teppich. Unter Olivias Hand waren nur noch helle Schuhabdrücke zu sehen, so als hätten die Zeichen nie existiert.

8.

München-Schwabing, vier Monate vor dem Ursprung

Es war nichts Ungewöhnliches, dass Gloria Schwalbe ins Hospiz gerufen wurde. Meist wollten Angehörige eines Verstorbenen letzte Dinge besprechen. Doch diesmal verlangte der Sterbende selbst nach ihr, um seine Beerdigung zu regeln.

»Meier mit ei?«, fragte sie, als sie in dem lichtdurchfluteten Wohnhaus am Rande des Englischen Gartens mitten in München eintraf und die vielen Namensschilder an den Türen las. Sie musste an einen Sketch von Karl Valentin denken. Mair, Mayer, Meir, da gab es einige Varianten. Und bevor sie alles absuchte und irgendwo störte, fragte sie lieber jemanden vom Pflegepersonal.

»Wir haben momentan nur einen Bewohner mit diesem Namen«, erklärte eine Pflegerin und begleitete Gloria den Flur entlang.

Bewohner nannten sie die Leute hier, dachte Gloria, so hatte jede Institution ihre Eigenheit. Erst Patient im Krankenhaus, dann Bewohner im Hospiz, und bei den Schwalbes hieß es dann Verstorbener.

»Dafür haben wir zweimal Schmidt, besser gesagt *hatten*, Frau Schmidt ist heute Nacht gestorben.« Vor einer Zimmertür lag eine Rose auf dem Boden, und daneben stand eine brennende Kerze. »Damit wissen die Besucher und auch das

Personal gleich, dass hier jemand von uns gegangen ist.« Die Frau blieb vor der nächsten Tür stehen. »So, hier ist Herrn Meiers Reich. Als Folge seiner Krebserkrankung leidet er an einer Stimmbandlähmung, also haben Sie bitte Geduld mit ihm. Wenn Sie Hilfe brauchen, können Sie mich jederzeit holen. Ich bin am Ende des Ganges, rechts, die letzte Tür, dort haben wir ein Kind …« Sie brach ab, zurrte ihren Schal fester um den Hals, schob die Hände in die Strickjacke und lief mit gesenktem Kopf weiter. Der Umgang mit dem Tod war auch für die, die ihm alltäglich begegneten, nicht immer leicht.

Die drückende Hitze einer bullernden Heizung empfing sie. Auf den ersten Blick glaubte Gloria, das Bett im Meier-Zimmer sei leer. Kaum eine Erhebung war unter der Decke auszumachen. Bunte Wollsocken, die am Fußende an die Bettwand stießen, und ein kahler Kopf mit großen Ohren auf den Kissen verrieten, dass hier ein Zweimetermensch lag. Die Haut gelb wie die mit Pusteblumen bedruckte Bettwäsche. Vermutlich gab es nicht nur eine Bestatterindustrie, sondern auch ein Hospizbedarfsgeschäft, dachte sie. Vom Tod leben.

Sie trat näher und erschrak. Nichts wie weg, war ihr erster Impuls. Doch sie verharrte, konnte sich nicht von dem Anblick lösen. Hier starb einer von jenen, denen sie den Tod gewünscht hatte. Noch atmete er, ganz leicht hoben und senkten sich die Pusteblumen. Hoffentlich litt er Höllenqualen, sie fühlte sich augenblicklich in die Zeit vor über zwanzig Jahren zurückversetzt, als sie noch eine andere gewesen war. Wie konnte es sein, dass innerhalb eines Tages alle Jahre in sich zusammenfielen und sich in einem einzigen Augenblick bündelten?

Der Riese – oder vielmehr sein Schatten – lag vor ihr. Er, der sich so häufig unter Türen hindurchgeduckt und auf alle herabgesehen hatte, dass er einen krummen Hals bekam. Sie bräuchte ihm nur Mund und Nase zuhalten, vermutlich nur ganz leicht, und es wäre vorbei mit ihm. Aber nein, sie würde sich nicht die Finger schmutzig machen, noch hatte er sie nicht erkannt. Sie wandte sich zum Gehen.

»Bleib.« Es war mehr ein Hauch als ein Wort, ein Geräusch wie aus einer alten Lautsprecheranlage. Vielleicht hielt er sie für eine Pflegekraft. Sie würde Michael anrufen und herschicken, damit er an ihrer Stelle die Formalitäten aufnahm.

»Setz … dich.« Er quälte sich von Atemzug zu Atemzug.

Ihr Puls raste. Calimero alias Claudio Meier. Damals hatte sie sich gefragt, warum er ausgerechnet diesen Namen gewählt hatte. Wie eine Zeichentrickfigur, ein schwarzes Küken mit Eierschale auf dem Kopf sah er nicht gerade aus. Er hatte also einfach die Buchstaben seines echten Namens, wenn es denn sein echter war, durcheinandergewürfelt. Sie sah ihn augenblicklich wieder vor sich, den Tüftler, immer einen Kugelschreiber in der Hemdtasche, falls er einem Rätsel begegnete. Mit einem schnellen Griff zog sie den Stuhl zu sich heran, weit genug weg von seinen dürren Klauen, und setzte sich auf die Kante. War das ein Kichern, was er da probierte? In jedem Fall hörte es sich eher an wie das Rasseln von Knochen, die aneinanderrieben.

»Komm nä…her.«

Der alte Trick, Rotkäppchen war auch darauf hereingefallen. Calimeros Hände unter der Decke konnte sie nicht ausmachen. Sie klammerte sich am Stuhl fest, sprungbereit, falls er gleich eine Waffe zog.

Stille, nur die Heizung rauschte. Sie glaubte, er wäre eingeschlafen, aber plötzlich schnellte sein Kopf vor, die gelben Augen drohten ihm aus den Höhlen zu kullern.

Er hustete. »Bestah…tterin, perfeh…kt. Als Gloh…ria Schwah…lbe hast du zu…ge…legt, ah…ber das steht dir. Auch wenn dir …« Wieder ein Husten. »Der Reh…gen…man…tel nicht mehr pas…sen wird.«

Wollte er sich mit ihr etwa über ihr Gewicht unterhalten?

Er keuchte, hustete, würgte die Worte hervor. Auf dem Nachttisch stand ein Becher mit Strohhalm, dessen Inhalt ihm wahrscheinlich Linderung bringen könnte.

»Wassh…er, bih…tte.«

Sie ließ ihn husten.

»Damah…ls, im Schweden…häuschen.« Blut rann ihm aus den Mundwinkeln und tränkte das Kissen, als er sich langsam zu ihr herumwälzte.

Sie sprang auf und riss ihm die Bettdecke fort. Das kurze Nachthemd bedeckte ihn kaum. Sein Brustkorb war eingefallen, Schläuche und der Beutel eines künstlichen Ausgangs umlagerten ihn. Nirgends die Spur einer Waffe.

»Ich hab … dich nicht verh…rah…ten, werh…de es auch nicht tun. Ich hab … dich ge…liebt.«

Sie ließ ihn frieren, hockte sich wieder auf die Stuhlkante. Dann brach es auf einmal aus ihr heraus. »Ha, du und Liebe?«, schrie sie. »Plagt dich das schlechte Gewissen, falls du eines besitzt? Dann hoffe ich, dass es dich zerfrisst.« Sie lachte auf. »Was ist, wenn Krallinger auspackt, über uns *fünf*.«

»So weit wird es nicht komh…men.«

Was machte ihn da so sicher?

Seine Augen glänzten. Eine Träne durchquerte das Blut in seinem Knochengesicht. »Hilf mir.«

»Wobei?«

»Sterh…ben.«

Das würde ihm so passen, dass sie ihm das Leiden verkürzte. Sie rührte sich nicht, ließ ihn keuchen. Er hatte bestimmt ein paar wund gelegene Stellen.

»Dein Reh…tter, dah…mals«, presste er heraus. »Er warh zu neuh…gierig, hat uns nach…spi…oniert, ich h…hab ihn …«

Langsam dämmerte es in ihr, was er da faselte. Sie stand auf, beugte sich über ihn und packte das Kissen.

9.

Im Flur schlüpfte Carina in die Schutzkleidung, die ihr Verena reichte. Sogar eine Flasche Wasser hatte sie parat und entschuldigte sich nochmals für das Missgeschick. »Gerade wenn man alles richtig machen will, geht's schief.« Carina versicherte ihr, dass nichts passiert sei, ihr Handy war vorhin auf dem Teppichboden weich aufgekommen und unbeschädigt. Sie trank und betrachtete erneut das Hochzeitsfoto von Olivia und Jakob an der Treppenhauswand. Das Paar hielt sich an einem überdimensional großen Korb fest. Jakob neigte den Kopf zu seiner Frau, als wollte er ihr den Nacken küssen, ganz ähnlich der Haltung, in der er nun gestorben war. Olivia schaute viel zu ernst für einen Freudentag, dachte Carina. Sie fotografierte das Hochzeitsfoto mit ihrem Handy. Wanda hatte ihr eine SMS geschrieben. Bestimmt fragte ihre Schwester, wo sie blieben.

»Darf ich mal?« Vincent Haas drängte sich mit seinen Tatortkoffern an ihr vorbei.

Carina trat zur Seite, zog die Kapuze vorsichtig über ihrer Beule zu, tauschte das Handy gegen das Diktiergerät aus ihrer Tasche und folgte Vincent ins Schlafzimmer. Zuerst beschrieb sie alles, was sie sah. Erst danach deckten sie die Leichname auf. Der obere, blutdurchtränkte Teil von Olivias Brautkleid kam zum Vorschein. Verena dokumentierte jedes

Detail mit ihrer Kamera. Manches knipste Carina auch selbst noch einmal mit ihrem Handy zur Gedächtnisstütze. Bald war sie nass geschwitzt unter dem Ganzkörperschutz, sie fühlte sich wie in einer Sauna. Vincent und Verena schwitzten bestimmt genauso, doch sie ließen sich die Hitze nicht anmerken.

Nachdem Vincent die Kleidung der Toten Streifen für Streifen abgeklebt hatte, um Faserspuren zu sichern, trug er mehrere Schichten Polyvinylalkohol und eine Lage Mull auf Jakobs rechte Hand auf und föhnte sie. »So, das müsste trocken sein.« Er betastete sein Werk, zog den Handschuh ab und wendete ihn, damit die Schmauchabriebe von den Schüssen außen lagen und konserviert werden konnten.

Als jede Kleinigkeit festgehalten war, versuchte Carina die Augenlider der Toten zu schließen. Vergeblich. Auch Arme und Beine, alle Gelenke waren erstarrt. Die Totenflecken am Hals und an den Armen ließen sich noch wegdrücken, das gesunkene Blut verschwand für einen Moment; alles in allem hieß das, dass das Ehepaar vor weniger als zwölf, aber mehr als vier Stunden gestorben war.

»Da haben wir den Schlips des Bräutigams.« Verena zog ein schwarzes Band zwischen Matratze und Bett heraus und tütete es ein. Eine blaue Haarsträhne rutschte ihr unter der Kapuze des Schutzanzugs heraus und blieb auf ihrer schweißglänzenden Stirn kleben.

Blaue Haare, dachte Carina, das würde ihrer Schwester gefallen. Wanda hatte als Teenie unbedingt auch blaue Haare haben wollen, sich aber dann mit einer Faschingsperücke zufriedengegeben. Verenas Aufregung schien sich gelegt zu haben, ihr war keine Spur von Unsicherheit mehr anzumerken.

Auch die Decke, die Olivias Verwundung verborgen hatte, packte Verena ein. »Vielleicht sind DNA-Spuren des Täters daran.«

»Alles deutet auf eine Hinrichtung hin«, sagte Vincent. »Doch die Schlussfolgerungen überlassen wir lieber dem Meister.« Er wies mit dem Kopf in Richtung Matte, der inzwischen heraufgekommen war.

Nicht nur er steckte in einem Schutzanzug, dem Gummipfropfen seines Stocks hatte er ebenfalls einen Fußschutz verpasst. »Habt ihr eine Waffe gefunden?« Er keuchte und tupfte sich mit einem Taschentuch den Schweiß von der Stirn.

»Du meinst, zusätzlich zu der Glock, die in dem Geisterfahrerauto lag? Nein, da war nichts, auch keine weitere Patronenhülse abgesehen von der hier.« Vincent zeigte ihm die Papiertüte mit Nummerierung. »Konische Form, randlos, spricht für neun Millimeter. Kann sein, dass noch eine weitere in der Matratze steckt, das untersuchen wir, wenn die Leichname abtransportiert worden sind. Organisierst du das?«

Matte nickte. »Der Junge, Enrico Loos, wird noch operiert und kann vorerst nicht erkennungsdienstlich untersucht werden. Die OP wird die Schmauchspuren, falls es welche an ihm gibt, vernichten. Aber ich habe gebeten, dass sie seine Kleidung trotzdem sorgsam verwahren. Am Kellerabgang haben wir zwei Einschüsse gefunden. Einen durchs Fenster. Seht euch die mal an, wenn ihr hier fertig seid.«

Carina horchte auf. Dieser Hauch von Pulver, den sie gerochen hatte, als sie das Haus betreten hatten! Dann hatte ihre Nase sie also doch nicht getäuscht.

Nachdem Matte wieder nach unten gegangen war, fuhr Carina mit der Leichenschau fort. Die Anzughose hatte Jakob Loos nach all den Jahren nicht mehr über die Hüften und die Unterhose gebracht. So war es leicht, bei ihm durch die weiten Beine der Boxershorts die Rektaltemperatur zu messen. Sie bat Vincent, die erstarrten Leichname anzuheben. Dann öffnete sie die Jeans, die Olivia unter dem Hochzeitskleid trug, und zog den Slip herab. Die Ergebnisse, vierunddreißig und fünfunddreißig Grad, schrieb sie zusammen mit der Umgebungstemperatur in ihr Notizbuch. Zuletzt stülpte sie zusammen mit Verena Papiertüten über die Hände der Toten, um alle Hautkontaktspuren zu sichern.

Als Carina den Leichenwagen durch das Fenster vorfahren sah, stieg sie die Treppe hinunter, um den Bestattern Platz zu machen. In der Küche zog sie die Kapuze ab und rief ihre Chefin an.

»Feininger. Was gibt's?«, flüsterte die Professorin.

»Störe ich? Ich wollte nur …«

»Meine Peggy wird gerade …« Sie war kaum zu verstehen. »Ein Tumor.«

Peggy? Das war doch hoffentlich nicht ihre Tochter! Überrumpelt suchte Carina nach den passenden Worten.

»Schon gut. Um was geht es?« Feininger schniefte in den Hörer.

»Ein Doppelmord, ein Ehepaar.« Laut Rufbereitschaft, falls es einen Leichenfund gab, was in letzter Zeit sehr selten vorgekommen war, hatte sie mit Susanne Schmetterer Dienst. »Wir würden sofort obduzieren, ich wollte Ihnen nur …«

»In Ordnung, machen Sie das«, unterbrach Feininger und legte auf.

Carina strich sich durch die verschwitzten Haare und wusste einen Moment nicht weiter. Sie starrte auf den Kühlschrank. Unter einem Hundemagneten hing ein Stundenplan. Verflixt, warum hatte sie die Chefin nie gefragt, wie ihre Kinder hießen? Sie wählte Nussers Handynummer und gab dem Präparator Bescheid, dass sie gleich obduzieren würden. Danach verständigte sie Susanne. »Könntest du bitte darauf achten, dass die Bestatter die Leichname möglichst nicht drehen, wegen der Abrinnspuren bei den Schusswunden. Und sag mal, wie heißt eigentlich die Tochter der Chefin?«

»Die Professorin hat keine Kinder.«

Carina runzelte die Stirn. »Und wer ist dann Peggy?«

»Ihr Pekinesen-Hündchen. Es kränkelt seit Längerem.«

»Oje. Von ihrem Hund hat sie mal erzählt, aber ich wusste nicht, wie er heißt. Na, hoffentlich wird das wieder. Dann bis gleich.« Carina legte auf.

Rüdiger, ein Kollege ihres Vaters mit ergrautem Pferdeschwanz, gab ihr die Personalausweise der Toten. »Die haben in den Geldbeuteln gesteckt, in einer Schublade unterm Fernseher.«

Mithilfe dieser Daten füllte Carina auf der Küchenablage, zwischen Brotkrümeln und Apfelschalen, die Leichenschauscheine aus. Ihr Handy klingelte, sie ging dran. Aus den Augenwinkeln sah sie, wie die Bestatter den ersten Sarg die Treppe hinuntertrugen.

»Sie haben mich rausgeworfen.« Eine Kinderstimme krähte ihr ins Ohr. Ihr Neffe Sandro.

»Was, am letzten Kindergartentag haben sie dich doch noch rausgeschmissen?«

»Ja, die haben mich an Händen und Füßen gepackt und auf die Matratze geknallt. Voll cool.«

Wanda mischte sich ein. »Das war echt originell, die haben die Kinder nicht nur symbolisch, sondern wirklich über die Schwelle der Kindergartentür geworfen. Und dann durften sie noch drei Wünsche in Ballons reinstecken. Hast du meine SMS gekriegt?«

»Tut mir echt leid, dass wir nicht dabei sein konnten, Papa und ich, wir mussten …«

»Ich meine«, unterbrach Wanda. »Weil ich dir geschrieben habe, was sich der Sandro wünscht. Sein Ballon landet doch irgendwo, und ich dachte, ich sag es euch direkt, damit du dich mit Papa und Mama absprechen kannst.«

Freitag

Sechs Stunden nach dem Ursprung

Eins konnten wir jedoch nicht ändern:
der Berg aus Bedeutung hatte angefangen,
wenig angenehm zu riechen.

Janne Teller

10.

Keine Leiche, keine Obduktion. Um Weihnachten und Neujahr war Selbstmord der häufigste Obduktionsbefund, in der wechselhaften Schwüle von Juli und August eroberte der Herzinfarkt die Rangliste der Todesarten, doch die wurden nur selten im Seziersaal des Instituts überprüft. Den Anzeigen in den Zeitungen nach zu urteilen, starb man und frau in der bayerischen Landeshauptstadt also nach wie vor, trotzdem staubten die Obduktionstische ein. Vielleicht machte auch das Verbrechen Urlaub, und die toten Münchner waren allesamt der Altersschwäche in ihren Betten erlegen. Jedenfalls musste es irgendeinen Grund geben, warum sie keine Aufträge zur Leichenöffnung erhielten. Bei der letzten Montagsbesprechung hatte ihnen Professor Feininger alles erklären wollen, es dann aber auf die nächste Sitzung verschoben. Carinas Kollegen verstiegen sich in absurde Theorien. Einige meinten, die Chefin würde mit ihrem Geliebten, dem zwanzig Jahre jüngeren Friedrich Hickl eine Physiotherapiepraxis in Finnland aufmachen und suche einen Nachfolger, andere behaupteten, das Institut müsse einer Schönheitsfarm weichen.

»Schönheit kann man nicht züchten«, widersprach Nusser. »Dabei kommen tote Gesichter heraus, und der Pfusch landet früher oder später auf unserem Tisch.«

Es roch nach Desinfizierschaum, als Carina mit Matte und den beiden von der Spurensicherung an diesem späten Freitagnachmittag im Institut für Rechtsmedizin eintraf. Der Präparator hatte bereits alles vorbereitet, die Stahltische poliert, zusammen mit Susanne Schmetterer das Ehepaar Loos geröntgt und hereingebracht. Es fehlte nur noch, dass er Girlanden aufgehängt und eine Torte gebacken hätte, so freute er sich, dass es endlich wieder losging. Bis auf die Staatsanwaltschaft, die Matte über die Rufbereitschaft verständigt hatte, waren sie komplett. Nach der drückenden Schwüle draußen wirkte die Kühle im Seziersaal belebend, alle atmeten auf. Carina bot ihrem Vater einen Stuhl an, er belastete schon viel zu lange seine schmerzende Hüfte. Aber er lehnte ab. Dann besprach sie mit Susanne die Röntgenergebnisse. In Jakobs Kopf und Körper befand sich kein weiteres Projektil. Auf Olivias Röntgenbild hingegen erkannte Carina ein Neun-Millimeter-Geschoss, das in einem von Olivias Brustwirbeln steckte und zu der Hülse passte, die unter dem Bett gelegen hatte. Weitere Patronenhülsen hatten Vincent und Verena nicht mehr im Haus gefunden, auch keine bei den zwei Einschüssen in der Kellerwand.

Sie würden mit Jakob Loos beginnen und danach seine Frau obduzieren. Als erste Obduzentin war Carina die Verantwortliche, sie würde diktieren, und ihre Kollegin, als Zweitobduzentin, schneiden. Also brauchte sie keine Schutzbrille über ihre Brille zu setzen, die Beule über dem Brillenbügel pochte ohnehin genug. Sie schlüpfte in ihr Grünzeug, wie sie ihre Kittelschichten nannte, zog die Plastikschürze und nur einen Handschuh über, und schaltete das Diktiergerät ein.

»Männlicher Leichnam, vierundvierzig Jahre, eins dreiundachtzig, sechsundachtzig Kilogramm schwer.« Carina las Gewicht und Größe von der Wandtafel ab, wo Susanne beides mit Kreide bereits notiert hatte, als sie mit Nusser die zwei Leichen auf der großen Körperwaage vor dem Seziersaal gewogen und gemessen hatte. »Der Tote trägt eine schwarze Anzughose mit Bügelfalten und zwei Taschen, die nur halb über die Unterhose heraufgezogen ist. Dazu ein weißes, falsch geknöpftes Hemd.« Carina schob die Brille nach oben, beugte sich vor und entdeckte einen losen Faden. »Der mittlere Knopf von fünfen fehlt.« Sie wandte sich an Vincent. »Habt ihr einen Knopf gefunden?«

»Noch nicht.« Er notierte sich etwas, und Verena, die ihre glänzend blauen Haare wieder unter der Kapuze eines neuen Schutzanzugs versteckte, fotografierte die Knopfleiste. Dafür, dass Verena ganz neu im Team war, arbeiteten die beiden ohne Worte einander zu, als würden sie die Handgriffe des anderen im Voraus erahnen. Ein Blick, eine Geste, und Verena wusste, was zu tun war, genauso wie umgekehrt. Waren sie womöglich ein Paar? Verena war in Carinas Alter, vielleicht sogar ein paar Jahre jünger. Und Vincent, mit seinen stoppelkurzen grau melierten Haaren, schätzte sie auf Ende vierzig.

Susanne griff in Jakobs Hosentaschen. »Die sind leer, oder … wartet mal.« Sie stülpte sie nach außen und kratzte einen weißen Perlmuttknopf aus der Naht. »Den kann er schon in der Hochzeitsnacht verloren haben.« Sie reichte ihn Vincent.

»Also, da hätte ich auch nicht auf die Knöpfe geachtet«, sagte er grinsend und erntete einige Lacher. Nur Verena verdrehte die Augen und blieb ernst.

Die Tür zum Seziersaal wurde aufgerissen.

»Ah, Herr Buddeberg.« Auf seinen Stock gestützt, begrüßte Matte den Staatsanwalt in buntgemusterten Shorts und Flipflops, den alle außer Carina zu kennen schienen.

»Entschuldigen Sie meine Aufmachung.« Buddeberg hielt sich die Hände vor den Leib, als stünde er nackt vor ihnen. »Ich hab mich ausgesperrt, musste über den Balkon auf die Straße klettern, und der Schlüsseldienst hat mich versetzt.«

Das Thema Schlüssel kam Carina allzu bekannt vor, fast hätte sie dem Staatsanwalt ihr Beileid ausgesprochen, hatte Wanda doch Carinas neuen Wohnungsschlüssel verschlampt, als sie letztes Jahr aus Mexiko in München angekommen war.

»Kann ich einen Kittel haben?« Der Präparator reichte ihm den nächstbesten, erwischte allerdings die Sonderanfertigung von Professor Feininger. Buddeberg drehte sich zweimal darin ein und verschnürte ihn vorne mit einer großen grünen Schleife über der Brust, was ihn wie ein Geschenk aussehen ließ. »Fahren Sie bitte fort, Dr. Kyreleis.« Er kannte ihren Namen offenbar.

Inzwischen hatte Vincent den Knopf in einer Asservatentüte gesichert und auch alle anderen Kleidungsstücke einzeln verpackt und gewogen, nachdem Verena sie auf einer Plane ausgebreitet und nochmals fotografiert hatte. Vollständig entkleidet war Jakob Loos ein Kilo leichter geworden. Sie wandten sich seiner Kopfverletzung zu.

»Auf der Stirn, zwei Zentimeter oberhalb der linken Augenbraue ist eine kreisförmige Hautwunde. Acht Millimeter im Durchmesser mit zentralem, nicht adaptierbarem Substanzdefekt, Schmauchhof und Vertrocknungssaum.« Obwohl dies auf den Einschuss hindeutete, sprach Carina es noch nicht laut aus. Erst am Schluss der Untersuchung würde sie ihre Ergebnisse interpretieren. »Ich schlage vor, dass wir die Haut auf der Stirn entfernen, um die Schmauchspuren zu sichern.« Sie wandte sich an Buddeberg.

»Einverstanden.« Der Staatsanwalt nickte.

»Äh, wie ist Ihr Vorname?«

»Karl Gustav.«

»Auf Anordnung des anwesenden Staatsanwalts, Karl Gustav Buddeberg …«

»Oberstaatsanwalt.«

Carina löschte das Gesprochene und begann erneut. »Auf Anordnung von Oberstaatsanwalt Karl Gustav Buddeberg wird eine Hautprobe von Jakob Loos' Stirn für die kriminaltechnische Untersuchung entnommen.«

Susanne schnitt die Stirnhaut entlang des Haaransatzes und den Augenbrauen ein und löste sie ab. Nusser legte die Haut in eine kleine Plastikdose und brachte sie in den Gefrierschrank, wo sie bis auf Weiteres asserviert wurde. Danach drehten sie den Leichnam auf den Bauch.

»Zusammengeflossene Totenflecke an der Körperrückseite.« Carina sprach weiter auf Band. »Aussparungen über den Aufliegeflächen, den Schulterblättern, dem Gesäß und den Fersen.«

Der Präparator rasierte Jakobs Hinterkopf, und Carina beschrieb die freigelegte Schusswunde. Danach zog Nusser die Kopfschwarte ab, und die Oszilliersäge kam zum Einsatz, um den Schädel zu eröffnen. Wie üblich wichen die Zuschauer bei diesem durchdringenden Sirrgeräusch zurück, sogar Matte verzog noch das Gesicht, obwohl er es doch eigentlich gewöhnt sein musste. Anschließend hob Susanne das Gehirn aus dem Schädelknochen und schnitt es auf. Nun konnten sie den Schusskanal darstellen. Nusser schob eine Sonde durch die Ein- und Ausschusslücke, und Verena hielt alles mit der Kamera fest.

»Relativer Nahschuss mit Beschmauchung«, lautete Carinas abschließende Beobachtung. Ohne Pause wandte sie sich der zweiten Leiche zu. »Weiblich, ein Meter neunundsechzig, dreiundsiebzig Kilogramm, vollständig bekleidet, bis auf die Schuhe, einer fehlt. Weiße Lederpumps, Größe einundvierzig. Olivia Loos trägt ein mehrlagiges Brautkleid, ihr Hochzeitskleid, was ein Foto im Treppenhaus der Familie Loos belegt.« Sie befühlte den Stoff. »Aus Seide, nehme ich an.«

»Satin«, korrigierte Susanne. »Satin und Organza mit eingestickten kleinen Blüten am Saum.«

»Das Brautkleid ist aus Satin und Organza«, wiederholte Carina. »Es hat einen Reißverschluss an der Seite, der nur halb geschlossen ist. Man sieht den Hosenbund der Jeans, die die Tote darunter trägt. Auf dem Rockteil klebt getrocknetes Blut, in Flecken und Spritzern. Auf dem Oberteil befindet sich ein handgroßer Blutfleck, und der Stoff weist auf Höhe der rechten Brust ein Schussloch mit Schmauchspuren und Pulveranhaftungen auf.«

»Corsage nennt man das, und sie ist mit Stäbchen verstärkt«, unterbrach Susanne erneut.

Carina drückte die Pausentaste. »Hast du mal bei Brautmoden gejobbt, oder was?«

Susanne errötete. »Ich habe vor Kurzem was Ähnliches anprobiert.« Sie verstummte und begann Olivia die Fingernägel zu schneiden, um mögliche Täteranhaftungen darunter zu sichern.

Sie würden auch Teppichflusen finden. Carina dachte an die Zeichen, die Olivia im Sterben in den Teppich geritzt hatte. Wie sollte sie das auf dem Diktiergerät festhalten, wo es doch keinen Beweis mehr gab?

Mithilfe von Nusser entkleidete Susanne die Tote Stück für Stück und achtete darauf, dass keine Stoffteile aneinanderrieben und eventuelle Täterspuren verwischt wurden. Wie auch bei Jakob legten Vincent und Verena alle Kleidungsstücke auf einer Plane aus und fotografierten sie noch einmal, bevor sie verpackt wurden. Das Brautkleid nahm Vincents größte Papiertüte in Beschlag.

Bevor sie sich der Schusswunde in der Brust zuwandten, untersuchten sie den Körper nach Einstichstellen von Injektionsnadeln. Da war nichts, außer ein paar Muttermalen; keine Narben, nur verblasste Schwangerschaftsstreifen auf Olivias Bauch. Carina beugte sich darüber, wollte die Haut genauer betrachten. In diesem Moment fiel das Licht aus. Sie standen im Finstern.

»Das habe ich hier noch nie erlebt.« Es klirrte. Nusser war gegen irgendetwas gestoßen. »Hat jemand eine Taschenlampe griffbereit, bevor ich noch mehr umreiße?« Ein Funkwecker im Regal blinkte orange und ließ Carina die Umrisse der anderen erahnen.

»Nur mein Handy, wenn das was nutzt?«, bot Buddeberg an.

»Ich versuche es so. Am besten, ihr bewegt euch nicht, keine wilden Knutschereien, ja? Es liegen schließlich überall Messer herum.« Nusser kicherte. »Anscheinend kann unsere

Chefin jetzt schon nicht mehr den Strom bezahlen. Aber Hickl massiert Feininger vermutlich auch ohne Beleuchtung.« Er schlurfte hinaus.

»Was sollen diese Witze über meine Frau?« Die Stimme des Staatsanwalts.

Seine Frau? Carina stutzte. Buddeberg war mit Feininger verheiratet? Na, Nusser traute sich was. Der Ehemann ihrer Chefin war ihr bisher noch nicht begegnet. Was die Dunkelheit alles ans Licht bringt, dachte sie. Alle schwiegen quälend lange, bis endlich mit einem Piepsen einige Geräte wieder ansprangen und kurz darauf auch die Lampen.

»Sagen Sie, Frau Dr. Kyreleis, wer zum Teufel ist dieser Hickl?«, fragte Buddeberg, kaum dass es wieder hell geworden war.

11.

Salzig laut zischte es in ihren Ohren, dann wisperte und summte etwas. Der Zwiebelgeruch stieg ihr wieder in die Nase. Jemand hatte das Licht ausgeknipst, schnell wollte sie nach der Nachttischlampe tasten und sie anschalten. Doch sie schaffte es nur mit Mühe, den Arm auszustrecken. Vor Erschöpfung fielen ihr immer wieder die Augen zu.

Ein Knistern und Schmatzen lag in ihren Ohren, verschwand erst, als sie sich zwang wach zu bleiben und sich an die Helligkeit gewöhnte. Wo waren nur ihre Bilder hingekommen, die sonst jede Lücke zwischen den Möbeln ausfüllten?

»Warum malst du immer Muster, nie Leute oder Himmel oder Sonnen und Wiesen mit Häusern?«, hatte Sara sie einmal gefragt.

Aber das tat sie doch, ihre Freundin schaute nur nicht richtig hin. Es war alles darauf, nur eben so, dass man es auch zugleich hören und riechen konnte. Der Geschmack von Gelb, der Geruch von Blau, wie sich eine Wiese anhörte und die Luft zwischen den Gräsern aussah, dafür brauchte sie viel Farbe, Striche und Papier in mehreren Schichten übereinander. Vielleicht sollte sie eine Sinnesbrille erfinden, wie diese 3-D-Brillen im Kino, damit auch Sara und ihre Eltern in ihren Bildern mehr als nur Muster sehen konnten.

Wer hatte alle Zeichnungen abgenommen und die Möbel verrückt, sogar die Wände verschoben? Ihre Zeugnistasche mit dem Notizblock lag auf dem Boden, aber sie kam nicht dran. Bestimmt war sie krank. Fieber, Grippe oder irgendeine Kinderkrankheit, die sie noch nicht gehabt hatte. Ein Vatermorgen oder wie das hieß, wenn man in der Wüste vor lauter Durst Sachen sah, die gar nicht da waren. Wann kam Mama endlich und schaute nach ihr? Mit Tee, Medizin und einer Zeitschrift, extra für sie gekauft. Sie versuchte ein Telefon zu erspähen, aber so weit sie sehen konnte, ohne sich zu verrenken, stand nirgends eines. Wer machte jetzt für Mama den Telefondienst, wenn sie arbeiten musste? Hatte es ein Erdbeben gegeben und alles war durcheinandergeraten? So musste es sein, sie war sicher irgendwo dagegengeknallt und ohnmächtig gewesen. Und jetzt hatten ihre Eltern sie mitsamt ihren Möbeln in Watte gepackt, damit sie nicht zerbrach, und sie hier untergebracht, zur Erholung, bis im Haus wieder alles in Ordnung war.

Nanu, gegenüber von ihr lag noch ein anderes Mädchen in einem Bett! Es rührte sich genauso wenig wie sie. Blass und mit großen Augen starrte es zu ihr herüber. Wenigstens war sie nicht ganz allein.

12.

»Respekt.« Buddeberg folgte Carina in den Nebenraum, streifte den Kittel ab. »Das waren nicht Ihre ersten Toten mit Schusswunden, oder? Ihr Vater sagt, dass Ihre Stärken in der Gesichtsrekonstruktion und bei Mumien liegen. Sind das auch Erfahrungen aus Mexiko?«

Carina nickte. Kaum ein Tag, an dem nicht im *Laboratorio de Patología del Servicio Médico Forense* ein Erschossener eingeliefert worden war. Ihre Sektionsroutine hatte sie, auch wenn es anfangs schwer zu verkraften war, bei den Toten der Drogenkartelle erlangt.

Die Kugel hatte Olivias Brustkorb getroffen, eine Rippe zerschmettert, den Herzbeutel eröffnet, die rechte Herzkammer gestreift – genau dort, wo die umschlingende linke Herzkranzschlagader verlief –, war wieder aus dem Herzbeutel ausgetreten und in der Wirbelsäule stecken geblieben. Carina hatte Susanne die Pinzette weggenommen und zur Seite gelegt, als diese damit das Geschoss aus Olivia herausholen wollte, und selbst mit den Fingerspitzen zwischen die Wirbel gegriffen.

»Sie wussten, dass schon winzige Kratzer die Spuren an der Tatmunition vernichten können.«

Carina sah, wie ihr Vater sich bei dem Wort »Tatmunition« unter den Gürtel fasste und über die Seite rieb. Das Projektil aus seiner Schusswunde, das der Chirurg Carina nach Mattes Operation gereicht hatte, war völlig zerkratzt gewesen und damit wertlos.

Als hätte Buddeberg Carinas Gedanken erraten, tätschelte er Matte die Schulter. »Alles Gute für Ihre Aussage am Montag, Herr Kyreleis. Von wem werden Sie denn in der Nebenklage vertreten?«

»Lassen Sie uns das draußen besprechen.« Matte straffte sich, kickte mit dem Stock etwas Rosafarbenes in eine Ecke und lotste den Staatsanwalt aus dem Seziersaal.

Carina hauchte ihrem Vater ein *Danke* zu, froh darüber, das Buddeberg im Verlauf der weiteren Obduktion den Liebhaber seiner Frau vergessen zu haben schien oder Nusser selbst danach fragen würde. Sie entsorgte die Plastikschürze und den Handschuh im Mülleimer, tastete vorsichtig ihre Beule ab, die inzwischen ihre Schläfe zu verformen schien. Der Brillenbügel drückte, sie bog ihn etwas auf und malte Olivias Teppichzeichen in ihr Skizzenbuch, was sie die ganze Zeit schon hatte tun wollen, damit sie es nicht vergaß. Der mittlere Teil erinnerte Carina an einen Vogelkopf, links war ein Kreuz wie von Federn und rechts neben dem Schnabel der angedeutete Flügel.

Sie sah auf, als ihr Vater ohne Staatsanwalt zurückkehrte.

»Gebt bitte die Leichen vorläufig noch nicht zur Beerdigung frei. Es wird eine Weile dauern, bis wir alle Spuren ausgewertet haben.«

Sie schlug ihr Skizzenbuch zu und griff sich auf den Rücken, um die Kittelschleife aufzuziehen.

»Ach, und noch was.« Matte half ihr. »Halt dich diesmal aus den Ermittlungen raus.«

»Was?« Sie verstand nicht. Als ob sie sich je freiwillig einmischte. Er war doch derjenige gewesen, der sie permanent drängte, zur Polizei zu gehen, den Job zu wechseln; ja, sogar einen Arbeitsraum hatte er ihr noch vor Kurzem im Präsidium einrichten wollen, damit sie auch dort Gesichtsrekonstruktionen machen konnte.

Das jetzt war wieder typisch. Und es reichte. Sie riss sich den Kittel ab, knüllte ihn zusammen und warf ihn in den Waschsack. Immer noch führte er sich wie Papa Superermittler auf, anstatt endlich ihre Arbeit und ihren eigenen Willen zu respektieren. Sie bebte vor Zorn. Das, was sie von ihm verlangte, die Wahrheit über ihre richtige Mutter, verschwieg er, stattdessen machte er ihr Vorschriften. Am liebsten hätte sie ihm das ganze Alphabet an den Kopf geschleudert, aber außer einem Schnauben brachte sie nichts heraus.

»Buddeberg war echt beeindruckt gerade, das hat ihn sogar seine Eheprobleme vergessen lassen. Er hat mir nämlich verraten, dass seine Frau das Schloss hat auswechseln lassen, während er sich auf dem Balkon sonnte. Aber psst, behalt's für dich.« Er legte den Zeigefinger an die Lippen. »Außerdem hat er mir zu so einer tollen Tochter gratuliert.« Sein schlagartiger Tonwechsel brachte sie noch mehr in Rage. »Bis morgen beim Mittagessen, dann bereden wir alles, ja?«

Sie schluckte. »Alles?«

»Na ja, das, was du wissen willst. Und dann kannst du dich mit Silvia aussprechen.« Er verschwand durch den schmalen Gang hinter den Geräten.

Aha, wie praktisch, er tat es also als Sache zwischen Silvia und ihr ab. Über was sollte Carina sich wohl mit ihrer Adoptivmutter aussprechen, wenn sie gar nichts wusste?

»Also bis dann, sagen wir halb eins«, rief er noch.

Sie wollte ihm nacheilen und stieß dabei an das Regal über dem Mazerierkessel, in dem sie die Gebeine auskochten. Einer der dort oben gelagerten Totenschädel fiel herab. Sie konnte ihn gerade noch auffangen, bevor er auf den Fliesenboden krachte. Die anderen Schädel wackelten auf dem Brett, als kicherten sie. Carina versuchte Matte mit dem Schädel unterm Arm einzuholen, aber er war schon draußen. Als sie den Totenkopf auf das Regal zurücklegen wollte, merkte sie, dass dort gar keine Lücke war.

13.

München-Waldfriedhof, vier Monate vor dem Ursprung

Auch wenn Gloria Calimero oder Claudio Meier inzwischen zu glauben bereit war, dass er sie nicht verraten hatte, war es nur eine Frage der Zeit, bis sie sie aufspürten.

Konnte es denn ein Zufall sein, dass sie Olivia Loos kurz vor ihrer Wiederbegegnung mit ihrer Vergangenheit kennenlernte? Gerade jetzt, wo ihre Tarnung aufzufliegen drohte? Es stand nicht nur ihr eigenes Leben auf dem Spiel, sondern auch das von denen, die sie aus allem heraushalten wollte. Was, wenn es eine Falle war? Würden ihre alten Kollegen in dem Fall so offensichtlich vorgehen und ihr eine Journalistin schicken, die vorgab, über Krallinger zu recherchieren, nur um sie aus der Reserve zu locken?

Es war an der Zeit, das Schneckenhaus zu verlassen.

Im Internet las Gloria einige Artikel von Olivia Loos. Wie sie erzählt hatte, schrieb sie über Tabuthemen, schaute hinter Fassaden, wo geschwiegen wurde oder keine Worte existierten. So jemand wirkte unbestechlich. Aber war nicht auch sie das früher gewesen? Auch Gloria wollte nur Gerechtigkeit und hatte alles dafür aufgegeben, sogar ihren Namen.

Sie hoffte auf einen passenden Moment, in dem sie Olivia kurz sprechen konnte. Bei der Trauerfeier, als sie im Schneeregen Sterbebildchen an der Tür der Aussegnungshalle verteilte, ergab sich keine Gelegenheit. Von der Familie und einem Haufen Münchner Prominenz umringt – immerhin war Victor Loos ein angesehener Münchner Architekt gewesen –, war Olivia in Tränen aufgelöst.

Drei Wochen später, bei der Urnenbeisetzung, die mit ähnlich großem Andrang stattfand, schaffte Gloria es nicht mehr zum Termin auf den Friedhof, da im Geschäft so viel zu erledigen war. Sie hastete erst durch die Parzellen, als alle Trauergäste schon abgefahren waren. Die Sonne schien, der restliche Schnee schmolz und weichte die Wege auf. Die Gelegenheit war vertan, dachte Gloria und bewegte sich möglichst matschfrei von Wegrand zu Wegrand bis zum Loos-Familiengrab. Nun, dann sollte es eben nicht sein. Sie konnte wenigstens noch überprüfen, ob ihre Mitarbeiter die vielen Gestecke und Kränze ordentlich drapiert hatten. Doch weder Elena noch der Totengräber waren zu sehen. Stattdessen hockte Olivia am Grab, ein Arm steckte im Erdloch. Gloria blieb stehen. Was machte sie da?

Olivia blickte auf und nickte. »Hallo, Frau Schwalbe. Der Bürgermeister hat anstelle der Blütenblätter seinen Koks in das Grab fallen lassen.« Sie zog einen Hut heraus, stand auf und klopfte ihn ab.

Koks für Melone, diesen Ausdruck hatte sie zuletzt auf einer Karl-Valentin-Kassette gehört. Diese Olivia Loos wurde ihr immer sympathischer. Sie zog *The Green Mile* aus ihrer Tasche.

»Ach, das Buch. Nett, dass Sie daran gedacht haben. In ein paar Tagen hätte ich es bestimmt gemerkt, aber bei dem Trubel zurzeit …«

»Ich hab's gelesen. Es hat mir sehr gut gefallen, dass das

Buch nach dem grünen Fußbodenbelag im Todestrakt benannt ist. The Green Mile, die Strecke bis zum elektrischen Stuhl.« Gloria hatte lange darüber nachgedacht. Die Journalistin konnte womöglich die Wahrheit veröffentlichen, ohne dass sie selbst in Erscheinung treten musste. »Grün wie die Hoffnung.« Sie reichte ihr das Buch. »Ich habe eine Notiz reingelegt. Wenn Sie mögen, lesen Sie sie, irgendwann.«

14.

Wie war ihr Vater nur so schnell davongehumpelt? Carina erwischte ihn auch an der Sicherheitstür zum Institut nicht mehr.

»Frau Dr. Kyreleis?« Frau Schauer wedelte mit einem Kugelschreiber, als sie am Sekretariat vorbeiging. »Können Sie bitte Ihr abgetipptes Gutachten überprüfen, damit ich es weiterschicken kann? Ich habe es in Ihr Fach gelegt.«

Carina trat durch die Tür in das enge Büro. »Was ist Ihnen denn passiert?« Dick umwickelte Waden lugten unter dem Schreibtisch hervor. Die Sekretärin hatte sich trotzdem in hochhackige Pumps gezwängt.

»Gestern habe ich mir die Besenreißer veröden lassen.«

»Ist das schmerzhaft?«

»Es geht.« Sie deutete auf den Schädel, den Carina wie einen Fußball unter den Arm geklemmt trug. »Der oder die hat diese Probleme jedenfalls nicht mehr.«

»Calvarium Masculum Europae.« Carina drehte ihn gegen das Licht.

»Kalva wie Kalvarienberg? Heißt der so, oder sind das die Namen der Vorbesitzer?«

Carina lachte. »Das bedeutet, dass es der Kopf eines männlichen Europäers ist.« Weder innen noch außen stand etwas. Keine verblasste Gravur, kein Aufkleber mit in Tusche gezogener altertümlicher Schrift, wie die anderen auf dem Regal, die sie inspiziert hatte. Auch keine Klebestelle, die auf einen abgerissenen Zettel hindeutete. »Woher stammen eigentlich die Schädel? Ich meine, sind die registriert?«

Frau Schauer zuckte mit den Achseln. »Bestimmt, in irgendeiner der Mappen.« Sie deutete hinter sich, in den Aktenraum. Dann beugte sie sich vor und flüsterte: »Da treffen Sie einen wunden Punkt. In den Asservaten gehört dringend mal Ordnung geschafft. Das meiste wird nach anderthalb Jahren vernichtet, aber die Schädel ...« Sie rieb sich mit dem Kugelschreiber die Schläfe. »Meistens sind es Geschenke, die weitergereicht werden, das notiert dann auch keiner.«

»Wie die obligatorischen Rotweinflaschen an Weihnachten?«

Frau Schauer grinste. »So ungefähr. Was soll der Direktor eines Museums einer Professorin für Rechtsmedizin wohl anderes schenken?«

Carina fischte sich den Gutachten-Umschlag aus dem Fach mit ihrem Namen. »Brauchen Sie was zum Hochlagern der Beine?«

»Danke, nein, ich wollte sowieso gerade Feierabend machen. Sie nicht auch?«

»Doch, schon. Ich bringe nur den Kandidaten hier zurück.«

Bevor der Schädel noch einmal vom Regal fiel, nahm sie ihn lieber mit in ihren Arbeitsraum. Als Carina im Keller auf den Lichtschalter drückte und ihr Zimmer aufsperrte, glaubte sie einen Moment, auch hier wäre der Strom ausgefallen. Die Neonröhren flackerten, leuchteten aber dann wie immer. Sie atmete auf. Der ganze Tag war völlig anders verlaufen als geplant. Erst ein Geisterfahrer, der verhinderte, dass sie ihren Vater endlich zur Rede stellen konnte, dann ein Doppelmord. Sie suchte einen freien Platz für den Schädel, zwängte sich an einem kaputten Faxgerät vorbei hinter den Kartenständer. Im mittleren Fach des alten Apothekerschranks voller eingetrockneter Drogen in braunen Gläsern standen tatsächlich Weinflaschen, sogar noch mit Schleifen und Kärtchen daran. Sie schob sie etwas zusammen und stellte den Schädel dazu. Längst hatte sie alles ausräumen wollen, was im Institut ausrangiert worden war und sich über die Jahre hier angesammelt hatte, bevor Feininger ihr diesen Raum und die kleine ehemalige Röntgenkammer nebendran zuteilte. Nur den großen Seziertisch aus Holz, den Carina unter all den Sachen entdeckt hatte, wollte sie behalten. Sie hatte die alten Krusten abgekratzt und benutzte ihn als Schreibtisch. Durch die Einbuchtungen an den Längsseiten hatten sich die Anatomen von einst einen leichteren Zugang zur Brust- und Bauchhöhle der Leiche verschafft. Die ringsum mit Leisten eingefasste Tischplatte senkte sich zur Mitte leicht ab, sternförmige Rillen liefen zu einem Loch. Zum halbjährigen Einstand hatte ihr Nusser eine Glasscheibe zwischen den Tischleisten eingepasst, damit sie auf einer waagrechten Fläche arbeiten konnte. Sie wischte ein paar Staubflusen vom Glas und legte den Umschlag ab. Für Carina war es der schönste Schreibtisch der Welt.

Siebzehn Uhr dreiundfünfzig zeigte die große Quarzuhr in Form einer übergroßen Pille, einem Werbegeschenk eines Pharmavertreters. Ein gescheiterter Versuch, Leichen brauchen keine Medikamente mehr. Das Gutachten würde sie morgen Vormittag lesen und den Samstag bis zu dieser Mittagesseneinladung ihres Vaters dazu nutzen, das ein oder andere hier auszuräumen. Eigentlich hatte sie keine Lust auf eine Auseinandersetzung im Hause Kyreleis. Lieber hätte sie mit Silvia und Matte ganz gemütlich gespeist; diese Vorstellung gefiel ihr, trotz allem. In Gedanken war es eben leicht, das Unangenehme wegzufiltern und sich ein Zusammensein mit Zuhören und Erzählen vorzustellen.

Das Institutstelefon klingelte und zeigte eine Nummer, die sie auswendig kannte. Sie zögerte dranzugehen, der hatte ihr gerade noch gefehlt. Erst beim achten Läuten hob sie ab.

»Hallo, Carina.« Clemens mit seiner Schmelzstimme.

Ihr Herz raste, so sehr sie auch dagegen ankämpfte. Sie brachte keinen Ton heraus. Was sollte sie auch sagen? Das letzte Mal hatte er sie mit seinen Eheproblemen zugelabert.

»Schön, dich atmen zu hören. Wie geht's dir?«

Meine Mutter ist nicht meine Mutter, ich habe einen Doppelmord obduziert, ach ja, und kurz davor bin ich dem Tod selber noch von der Schippe gesprungen. Carina schluckte all das hinunter und presste stattdessen ein lahmes *Gut* heraus. Sie vermied es, ihn dasselbe zu fragen; sie wollte lieber nicht wissen, ob er noch mit seiner Exfrau badete.

»Ich vermisse dich.«

Wobei? War ihm vielleicht die Badeente abgesoffen?

»Gib mir noch eine Chance, bitte. Wir treffen uns und reden über alles, ja? Heute Abend, wenn du Lust hast, wir könnten vegetarisch essen.«

Carina zögerte. Ihr Magen knurrte, seit dem Frühstück hatte sie nichts mehr gegessen, und eigentlich hatte sie am Abend auch nichts vor. Sie kramte in ihrer Tasche, fand einen

Müsliriegel und einen Apfel. »Ich kann nicht.« Sie biss in den Apfel und saugte den Saft ein, der ihr am Handgelenk hinunterlief.

»Was? Ich versteh dich kaum.«

Sie war einfach zu müde, um sich seine Rechtfertigungen anzuhören – wenn es denn welche gab. Aber vielleicht sollten sie wirklich mal miteinander reden, morgen oder übermorgen, alles aus der Welt schaffen, was sie belastete. Und so ein Treffen, ganz unverfänglich, würde sie auch von der Familie Kyreleis und ihrer wahren Herkunft ablenken, oder wie auch immer sie dieses Vakuum, in dem ihr Vater sie seit Wochen beließ, nennen sollte. Sie schluckte das Apfelstück hinunter. »Meinetwegen am Sonntag, zu einem Spaziergang«, schlug sie vor.

»Einverstanden. Und wo?«

Sie überlegte. Auch wenn er sie dort zum ersten Mal geküsst hatte, bot sich der Englische Garten durchaus an: Im Hochsommerbetrieb und Biergartengetümmel konnten sie vielleicht einfach einen Kaffee trinken und reden. Sie wischte ihre Zweifel beiseite. »Um drei am Chinesischen Turm.«

Samstag
Vierundzwanzig Stunden nach dem Ursprung

Sollten sie mir die Welt verweigern,
würde ich eben entwischen und sie suchen.

Antonio Skármeta

15.

In der Nacht fand Carina nur schwer in den Schlaf, zu viele Gedanken umkreisten sie, wie nicht zu Ende gesprochene Sätze. Irgendwann schlief sie dann doch ein, und als sie erwachte, wusste sie weder, welcher Tag heute war, noch wo sie sich befand. Einen Moment lang glaubte sie sogar, noch in Mexiko zu sein. Warme Luft strömte durch das geöffnete Zwiebelturm-Erkerfenster ihrer Dachgeschosswohnung, und die Laute, die von der Straße heraufdrangen, hätten auch spanische Wortfetzen sein können. Allerdings fehlten das vielstimmige Hundegebell und das Dauergehupe. Trambimmel verriet ihr, sie war eindeutig in München, wo der Verkehr ohne besondere Geräusche vorbeirauschte, die Haustiere registriert waren und hinter verschlossenen Wohnungstüren gehalten wurden. Sie drehte sich auf die Seite und zuckte zusammen, als sich die Beule an ihrer Schläfe bemerkbar machte. Mist! Augenblicklich kehrte die Erinnerung an gestern zurück, der Geisterfahrerunfall, der Doppelmord. Sie setzte vorsichtig die Brille auf und beschloss, auf dem Weg einzukaufen und erst im Institut zu frühstücken.

Um kurz nach zehn, bei einer Maxi-Tasse Kaffee mit Milchschaum aus der nagelneuen Cappuccinomaschine, die Frau Schauer fürs Institut beantragt und genehmigt gekriegt hatte, vertiefte sich Carina in das Gutachten, eine Anklage wegen Kindesmisshandlung. Sofort sah sie das verletzte und verängstigte Mädchen wieder vor sich, wie es sich an seine Mutter klammerte, die es misshandelt hatte. Sie schüttelte den Kopf. Sie musste ihre Gefühle ausblenden und sich auf die Fakten ihrer Untersuchung konzentrieren. Zweiunddreißig Hämatome hatte sie am Körper der Dreijährigen gezählt. Im Gesicht, an Armen und Beinen, fast keine Stelle war nicht blau oder gelb-lila verfärbt gewesen. Dazu kamen schlecht verheilte Knochenbrüche an Oberschenkeln und Rippen sowie ein auffälliges Muster auf den Pobacken. Die Polizei stellte bei einer Hausdurchsuchung der Elternwohnung das Dampfbügeleisen sicher, das die zu einem großen Zacken geformten Wunden hinterlassen hatte.

Plötzlich fuhr sie herum. Schon die ganze Zeit fühlte sie sich beobachtet. Hatte Nusser sich hereingeschlichen, um sie in der nächsten Sekunde zu erschrecken? Aber da war nichts, außer die halb abgerissene Abbildung des Verdauungstrakts, die noch am Kartenständer hing. Sie streckte sich und stellte die Füße auf das Brett unter dem Seziertisch. Dort hatte einst ein Eimer gestanden, um die Körperflüssigkeiten aufzufangen, die durch das Loch in der Mitte abgeflossen waren. Nur noch zwei Seiten, sie konzentrierte sich auf ihren Abschlussbericht. Mehrmals kratzte sie sich im Nacken. Es war, als säße eine Katze zwischen dem Gerümpel und beobachtete sie. Aber da lag nur dieser Schädel, ein blanker Knochen, ohne Augen und Nase, und grinste sie zahnlos an.

Schließlich erhob sie sich, angelte ihn aus dem Schrank und strich mit den Fingerspitzen über die Oberfläche. Keine Geweberückstände, wenn auch die raue Struktur und die porösen Stellen verrieten, dass er nicht ausgekocht worden war, wie es mit einem entfleischten Kopf geschehen wäre. Durch den leichten Glanz konnte man ihn fast für einen Plastikkopf halten. Sie roch daran. Nichts. Oder doch? Ganz schwach nahm sie den Hauch eines Parfüms wahr. Der Geruch kam ihr bekannt vor. Warum war ihr dieser Schädel bisher entgangen? Jetzt sah sie, dass im Gehörgang etwas Dunkelgrünes klebte. Mit einer Pinzette zupfte sie es heraus und hielt es unter eine Lampe. Pflanzenfasern, ein winziges Farnstück, wie das Blatt eines Bonsaibaumes. Sie sicherte es in einem Tütchen.

Vielleicht wusste Nusser mehr, sie glaubte ihn vorhin, als sie das Institut betreten hatte, irgendwo herumrumoren gehört zu haben. Zumindest konnte er zu jedem der Schädel aus dem Mazerierraum mindestens eine Geschichte erzählen, die er variierte, je nach Publikum. Wenn Studentinnen an seinen Lippen klebten, flunkerte er ihnen etwas von einem Waldmenschenschädel vor, einem Nachfahren der Neandertaler, der im Isartal gelebt hatte. Gelangweilten Juristen, die nur ihre Pflichtvorlesungen in der Rechtsmedizin absolvierten, machte er weis, dass die Kelten die Köpfe ihrer Feinde in einer Truhe aufbewahrt hatten und sich bei jedem Gastmahl damit brüsteten.

Dabei war kein einziger Schädel archäologisch interessant und wenn, dann hätten die nicht einfach auf einem Brett über dem Mazerierkessel herumgelegen. Die wirklichen Raritäten, ein Schrumpfkopf, eine mumifizierte Hand und ein präparierter Säugling mit Wasserkopf, lagerten in den Glasvitrinen der Bibliothek.

Bis auf etwas roten Schaum im Ausguss glänzten die Stahltische im Seziersaal bereits wieder, nur der Präparator war nirgends zu sehen. Sie fand ihn im Historaum, wo sie die Gewebeproben der Obduzierten in Schraubgefäßen verwahrten. Auf den ersten Blick sah es hier wie in einer großen Speisekammer voller Marmeladengläser aus, nur wer näher trat, entdeckte Gehirne, Augen und andere in Formalin eingelegte menschliche Proben, die sie bei den Obduktionen routinemäßig entnahmen.

»Schau, ich zeig dir was.« Nusser zog das Gazetuch von einem großen Glas, das unter dem Regal am Boden stand. »Ich glaube, sie haben alles weggefressen.«

Carina legte den Schädel in ein Regal und beugte sich über das Gewimmel im Glas. Ein Nest aus Kleintierstreu, das einem Ameisenhaufen glich, nur dass es keine Ameisen waren.

»Vor zwei Tagen habe ich sie erst entfleischt und dann die Aasis damit gefüttert.«

»Die Aasis?«

»Die Speckkäfer.« Nusser verdrehte die Augen, krempelte den Kittelärmel hoch und langte mit einer Pinzette in das Gewimmel, wühlte eine Weile darin herum, als suchte er am Grund nach einer Perle, und zog dann ganz langsam etwas filigranes Weißes heraus. Das Skelett einer Ratte mit langem Schwanz und Nagezähnen. Er streifte die letzten Käfer ab wie Wassertropfen und strahlte Carina an, als hätte er einen Miniatur-Säbelzahntiger geborgen. »Das geht schneller und gründlicher als mit unserem Mazerierkessel. Halt mal.« Er legte ihr das Skelett auf die Handflächen und holte vorsichtig einen Käfer aus seinem Ärmel, der es in Windeseile bis in seine Achsel geschafft hatte. »Na, eigentlich müsste der doch satt sein.« Liebevoll setzte er das Einzentimetertierchen zurück zu den anderen. »In Uruguay am Ufer des Río de la Plata haben sie vor ein paar Jahren den Schädel einer Riesenratte gefunden, die muss größer als ein Stier gewesen sein, hast du davon gehört?«

»Du meinst, weil ich eh schon auf dem Kontinent war?« Sie lachte. »Tut mir leid, ich bin bloß bis Südmexiko gekommen.«

»Eine Tonne soll das Urtier gewogen haben, riesige Nagezähne, nicht so kleine wie die hier.« Er drehte das Skelett ins Licht und streichelte die Knöchelchen. »Allerdings war sie Vegetarier, wie du.« Er legte die Ratte in eine glitzernde Schachtel, die im Regal zwischen den mit »Gehirn – Professor Diepel« und »Herz – Professor Feininger« beschrifteten Gläsern stand, die die leitenden Obduzenten bei der jeweiligen Organentnahme gewesen waren.

»Ein Geschenk?«, fragte Carina. Sie dachte an Clemens und seine Mäusephobie, vielleicht würde ihn so was wie das hier kurieren.

Nusser wurde über beide Ohren rot und kratzte sich am Kinnbart. »Vor ein paar Wochen hab ich jemanden kennengelernt, er hat morgen seinen Fünfzigsten.«

Carina hatte bisher noch nie darüber nachgedacht, ob der Präparator auf Frauen oder Männer stand, aber nun war das geklärt. »Das ist aber ein einmaliges Geschenk.«

»Findest du?« Er atmete auf.

Sie räusperte sich. »Weißt du, woher der hier stammt?« Sie gab ihm den Schädel.

Nusser drehte ihn im Licht und musterte ihn. »Oha, ein neuer Mieter. Nein, der hat sich bei mir noch nicht vorgestellt.« Er gab ihn Carina zurück und spannte ein Gazetuch über das Käferglas.

»Aber irgendwie muss er doch hier reingekommen sein.«

»Gekommen? Du meinst wohl gerollt?« Nusser grinste und entblößte seine Goldkronen.

»Könnte einer der Studenten den Schädel mitgebracht haben?«

»Das wäre mir aufgefallen, die haben doch meist nur Pfefferminzbonbons und Kampfersalbe in ihren Kitteltaschen, ein Schädel war bisher nicht dabei.«

»Wenn ihn jemand sucht, er ist bei mir, ja?«

»Wenn da mal der Tierarzt nicht eifersüchtig wird.«

Er zwinkerte ihr zu. Also nicht nur der Geliebte der Professorin war Gesprächsthema, sondern auch Clemens und Carina.

»Warte mal.« Nusser hielt sie zurück. »Kann ich den Aasis den neuen Kopf von dem Ehemann zum Abfressen geben?

»Auf keinen Fall! Die Leichen sollen vollständig bleiben.«

»Schade.« Er schmollte. »Ich hätte so gern ein Schusskanalpräparat für die Vitrine gehabt.«

16.

Neben ihren Ohren raschelte es. Ein leises Schmatzen, dann wischte ihr etwas Weiches übers Gesicht. Sie wollte danach greifen, langte ins Nichts und erwachte. Etwas bohrte in ihre Knöchel. Sie wagte nicht, die Bettdecke zu heben und hinzusehen. Als sie nach der Trinkflasche auf dem Nachtkästchen tastete, erwischte sie die Kekspackung. Hunger hatte sie keinen, nur Durst. Die Flasche fiel um, sie fing sie gerade noch auf, bevor sie hinunterrollte. Ihre Kehle fühlte sich wie aus Papier an, aus Zeitungspapier, das alles Flüssige aufsaugte und laut Frau Velic auch die Fenster streifenfrei machte. Sie trank einen Schluck. Erdbeergeschmack. Dabei musste sie an Omas Garten denken. Die Tränen liefen ihr in die Ohren, so als wären sie sofort angesprungen, kaum dass sie zu trinken begonnen hatte. Vielleicht würde sie sich gleich in sich selbst auflösen, wie ein Bonbon, das kleiner und kleiner wurde. Nach einer Weile ließ der Schmerz nach, und sie traute sich, mit den Zehen zu wackeln. Die Knie konnte sie anziehen, aber die Füße nicht öffnen, ihre Fersen klebten zusammen. Sie griff wieder nach der Flasche, saugte noch ein paar weitere Schluck Flüssigkeit heraus. Nach einer Weile spürte sie sich nicht mehr. Langsam schwappte eine Leuchtwelle über sie hinweg und hüllte sie ein.

Sie war doch noch angekommen. Durch das rostige Gartentor zwischen den gemauerten Pfeilern hindurch. Am versteinerten Hund, von Wicken umrankt, und an ihrem Baumhaus in einem der Apfelbäume vorbei. Unter den hohen Gräsern des Teichs war kaum noch Wasser zu sehen. Wer kümmerte sich um die Fische darin? Da entdeckte sie ihren Vater, der am Ufer saß und mit seinem überlangen dünnen Arm im Teich herumwühlte. Jetzt zog er den Stöpsel heraus. Das Graswasser drehte sich, wirbelte herum und verschwand samt Fischen und Steinen im Ausguss. Zuletzt sprang ihr Vater hinein und riss ihre Mutter mit, die herbeigelaufen war. Zusammen kreiselten sie in das Loch, als wäre es eine Freifallrutsche.

»Nehmt mich auch mit«, wollte sie rufen. Aber kein Laut kam aus ihrem Mund.

An gedeckten Tischen, zwischen den Obstbäumen, saßen Leute. All ihre Freunde, die ganze Klasse starrte auf das große Trampolin, das in der Mitte aufgebaut war.

»Anfangen«, riefen sie und klatschten im Takt.

»Los, probier einen Salto«, forderte Sara sie auf.

Der Himmel verdunkelte sich, und eine große Mondlaterne, die in einem Baum hing, beleuchtete das Trampolin wie eine Bühne. Sie wollte springen, aber sie konnte nicht, ihre Beine waren zusammengewachsen wie der Fischschwanz der kleinen Seejungfrau. Die Laterne fiel herab und kokelte Saras Haare an. Ihre Freundin brannte. Sie schrie.

Keuchend erwachte sie, Saras Schrei noch in den Ohren – oder hatte sie selbst so laut geschrien? Sie blinzelte durch die Wimpern, glitt aus dem Garten in das Papierzimmer und schob die Hand unter die Decke, meinte Fischschuppen an sich zu spüren, aber sie war nur nassgeschwitzt. Ihre Beine waren noch zweigeteilt. Sie atmete auf. Oberhalb der Fersen konnte sie jetzt ein Plastikband ertasten. Es verschwand durch ihre Knöchel in der Haut.

Jemand hatte ihre Füße durchbohrt.

17.

Wenn ihr doch nur eine Ausrede einfiel, dachte Carina, als sie vor dem Häuserblock am Harras stand, der über zwanzig Jahre lang ihr Zuhause gewesen war. Würde sie sich in einigen Jahren an diesen Moment zurückerinnern, wie sie hier in die Straße eingebogen war, an diesen Moment, als sie noch nichts über ihre richtige Mutter gewusst hatte? An diese Mischung aus Spannung, Wut und Neugierde, an das Durcheinander in ihrem Inneren zwischen Ablehnung und Wissenwollen und an den letzten Augenblick davor? Was für eine Art Wahrheit würde sie erfahren? Für das ganze Vertuschen musste es einen Grund geben. Warum hatte ihre Mutter sie auch später nie besucht, als sie längst erwachsen gewesen war? Hatte sie sich einfach nicht für sie interessiert? Wie schaffte es eine Frau, ihr Kind, das in ihr gewachsen war, wenige Wochen nach der Geburt einfach woanders abzustellen wie einen ausrangierten Gegenstand?

Doch am meisten wurmte sie, dass sie belogen worden war. Was, wenn sie nicht aus Mexiko zurückgekehrt wäre – hätte sie es dann jemals erfahren?

Jemand schleppte sein Mountainbike aus dem Keller hoch und ließ Carina in den Hausflur. Das erinnerte sie daran, dass sie Silvia fragen wollte, ob sie sich ihr Fahrrad ausleihen durfte. Rad fahren, das war Freiheit pur. Und nach dem gestrigen

Erlebnis drängte es sie noch mehr danach. In Mexiko-Stadt war sie mit einem roten *Ecobici*-Rad, das sie sich für umgerechnet fünfzehn Euro im Jahr ausgeliehen hatte, auf den grünen Radwegmarkierungen zur Arbeit geradelt. Morgens und abends ging es durch die Abgaswolken der Staus. Zum Ausgleich sperrten die Mexikaner sonntags die *avenida reforma,* die Prachtstraße, für Autos und gaben sie für Radfahrer und Spaziergänger frei.

Sie mied immer noch den Aufzug und stieg die Treppe nach oben. Würde sie eines Tages ihre richtige Mutter kennenlernen wollen? Was würde sie sagen, was empfinden, wenn sie sie zum ersten Mal sah? Eigentlich wollte sie noch gar nicht so weit denken. Viel näher lag die Frage, warum ihr Vater so betonte, dass sie sich nicht in den neuen Fall einmischen sollte. Erst bedrängte er sie, und nun wollte er sie ausschließen. Dieses Hin und Her nervte. Da waren ihr die Toten lieber, die verwirrten einen nicht mehr. Auf dem letzten Absatz, kurz vor der Wohnungstür, zog schon ein Duft durchs Treppenhaus, auf den ihr Magen mit einem Knurren reagierte. Sie klingelte.

Ihr Vater hatte sich ins Zeug gelegt. Spinatlasagne mit Rapunzelsalat und Kräuterbaguettes. Dafür hatte er bestimmt Stunden in der Küche gestanden. Seit Silvias Krankheit kochte er zwar öfter als früher, doch etwas so Aufwendiges machte er sonst nur für die ganze Familie, an Silvester oder Weihnachten, wenn Münchens Kriminelle es erlaubten. Heute hatte er nur für zwei gedeckt.

»Was ist mit Silvia?«, fragte Carina.

»Als ich den Nudelteig geknetet habe, wurde sie zu einer Geburt gerufen.« Mit einer Ecke seines Südtiroler Schurzes, den er als Kochschürze benutzte und jetzt als Topflappen, hob er eine große Auflaufform aus dem Ofen und stellte sie aufs Ceranfeld. »Nimm Platz und lass uns anfangen.« Unter einer braunen Käsekruste verbarg sich Carinas Lieblingsgericht, von dem jetzt ein großes Stück auf ihrem Teller landete. Beim ersten Bissen merkte sie erst, wie groß ihr Hunger war. Es schmeckte köstlich.

»Ich habe vorhin wegen Enrico Loos mit der Klinik telefoniert«, eröffnete Matte das Tischgespräch und schenkte Carina Wasser, sich selbst ein Malzbier ein. »Er hat eine schwere Gehirnerschütterung mit Hirnschwellung, haben sie gesagt.«

»Was ist mit den anderen Verletzungen?«, fragte Carina.

»Schnittwunden, Brandverletzungen im Gesicht, ein Schlüsselbeinbruch. Kein Schädelbruch, so die erste Diagnose, aber da er noch beatmet werden muss, bis das …« Er tippte sich mit der Gabel an die Schläfe.

»Hirnödem?«, half ihm Carina.

»Ja, bis dieses Ödem abschwillt, haben sie ihn in ein künstliches Koma versetzt.«

Der geschmolzene Käse dampfte und zog lange Fäden. Carina blies auf ihre Gabel. »Ist jemand bei ihm, gibt es Verwandte?«

»Onkel und Tante, sie kümmern sich um ihn. Obwohl die Ärzte steuern können, wann Enrico wieder aufwacht, wechseln sie sich ab, sodass ständig einer von beiden bei ihm ist. Hoffentlich stehen sie ihrem Neffen auch bei, wenn er vernehmungsfähig ist.«

»Und haben die Verwandten ein Alibi?«

Ihr Vater seufzte. »Carina, ich hab dir das nur erzählt, weil du Enrico das Leben gerettet hast. Was die Ermittlungen angeht …«

»Herausgezogen habe nicht ich ihn, sondern dein Kollege«, unterbrach sie ihn. »Ob Enrico überlebt, muss sich erst noch zeigen.«

Matte lehnte sich zurück. »Irgendwie bin ich schon satt. Das kommt davon, wenn man beim Kochen ständig probiert.« Er band den Schurz auf, legte das Urlaubssouvenir zur Seite und öffnete den Gürtel.

»Was ist mit den Einschüssen im Kellerabgang?« So schnell würde Carina nicht aufgeben.

Matte rieb sich den Bauch und schwieg.

»Und die Schmauchspuren an Jakobs Händen, die Vincent untersucht hat?«

»Carina, bitte.« Er seufzte. »Magst du noch ein Stück?«

Sie nickte. »Ein kleines, glaube ich, passt noch rein, danke.«

Er stand auf und legte ihr noch mal auf. »Sollte Enrico aufwachen, wird er dem Haftrichter vorgeführt, auch im Krankenbett, wenn's sein muss.«

»Das geht ja schnell.«

»Von außen betrachtet. Wir haben die ganze Nacht und den Vormittag daran gearbeitet.« Er prostete ihr mit dem Malzbier zu. »Deshalb feiern wir jetzt und auch, dass wir das beide überstanden haben, gestern auf der Autobahn. Hätte auch ins Auge gehen können, so wie der Junge auf uns zugerast ist.«

»Ist der Fall etwa schon abgeschlossen?« Carina brach sich ein Stück Baguette ab.

Er nickte. »Ich habe vorhin mit Buddeberg telefoniert.«

»Und das Motiv, wie hast du das so schnell ermittelt? Ich meine, wieso sollte ein Siebzehnjähriger seine Eltern umbringen?«

»Carina. Ich habe dir doch gesagt, dass du dich diesmal heraushalten sollst.«

»Und wenn nicht? Verpasst du mir dann einen Maulkorb oder verhaftest mich gleich mit Enrico zusammen? Akte zu, Deckel drauf?«

»Ich bitte dich, versuch's einfach, mir zuliebe.«

»Was ist mit der Waffe aus dem Auto? Wo soll der Junge die hergehabt haben?«

»Die kriegst du am Hauptbahnhof, du musst dich nur ein bisschen durchfragen.«

»Eine Glock? Wird die nicht hauptsächlich von Spezialeinheiten verwendet?«

Er schloss die Augen, wie es ein genervter Vater tat, der am Ende seiner Erziehungsmethoden angelangt war und sich am liebsten weggebeamt hätte. Langsam senkten sich Nudeln und Käse in ihren Magen wie Blei. Sie legte das Besteck ab und starrte zum Fenster hinaus. Ein Nachbar im Wohnblock gegenüber schüttelte einen Flickenteppich über dem Balkongeländer aus. Samstagsputz. Würde eine Mutter im Sterben einen Vogel in den Flor ritzen, wenn sie gerade von ihrem Sohn angeschossen worden wäre? Vielleicht, vielleicht auch nicht. Carina verstand nichts vom Muttersein. Das Zeichen im Teppich, was brachte es noch, wenn sie Matte ihre Skizze zeigte? Falls Enrico überlebte, war er so gut wie verurteilt.

»Jetzt sei nicht beleidigt. Ich kann schon die Hörner sehen.« Ihr Vater hielt sich die Zeigefinger an den Kopf. Wenn sie als Kind trotzte, hatte er sie damit aufgezogen, dass ihr eines Tages Hörner wachsen würden, weil sie im Sternzeichen Stier war. Meist war sie heulend hinausgerannt und hatte ihren Kopf abgetastet, ob wirklich etwas herausspitzte.

»Also gut.« Er seufzte und rieb sich den Bauch. »Ich erzähle dir, was wir über den Jungen rausgefunden haben. Einverstanden?«

Na also, dachte Carina, mit Sturheit kam man doch ans Ziel. Vielleicht waren ihr mit den Jahren ja tatsächlich Hörner gewachsen. Unsichtbare Schweighörner. Die harte Schule mit Papa Dickschädel hatte also was gebracht.

»Die Verkehrsüberwachung hat keine Aufnahmen oder Hinweise, dass Enrico bei irgendeiner Auffahrt entlang der Strecke nach Garmisch falsch aufgefahren ist. Zuletzt wurde der Mini Cooper in München-Kreuzhof gesehen, als er genau wie wir aus der Innenstadt kam. Das bedeutet, er muss auf der Strecke gewendet haben, um verkehrt zurückzufahren.«

»Er soll mitten auf der Fahrbahn gewendet haben?«

»Kurz vor der Ausfahrt nach Starnberg gibt es einen Rastplatz, da muss er durchgefahren und – anstatt nach rechts auf die richtige Spur – nach links zurückgeprescht sein. Das würde auch das plötzliche Auftauchen erklären. Erinnerst du dich, wie spät wir ihn gesehen haben?«

Carina nickte; Kamikaze, hatte sie gedacht. Ob Enrico auch in Selbstmordabsicht unterwegs war? Die angstgeweiteten Augen gingen ihr nicht aus dem Kopf.

»Seit ein paar Wochen war der Junge nicht mehr regelmäßig zu Hause«, sagte Matte. »Er hat die Schule geschwänzt und trieb sich in der Stadt und bei Freunden herum. Dabei hat er die zehnte Klasse sowieso schon wiederholt.«

»Die Lehrer, die Freunde, die hast du alle schon befragt, außerdem mit der Verkehrswacht gesprochen und dann noch die Nudelplatten selbst gemacht?« Carina lachte.

»Sag mal, glaubst du, ich tu meine Arbeit nicht mehr richtig?« Prompt fiel ihm etwas ein. »Mensch, den Salat habe ich ganz vergessen.« Er holte die Schüssel vom Kühlschrank und häufte sich Rucola auf den Teller.

»Ich wundere mich nur. Enricos Eltern sind gestern früh ermordet worden, und am nächsten Tag ist der Fall geklärt. Sonst drehst du doch auch jeden Stein um, hinterfragst alles und jeden.« Carina konnte es gar nicht glauben. »Das Projektil aus Olivias Herz, der Vergleich mit der Patronenhülse aus dem Schlafzimmer, die DNA-Auswertung, das kann doch unmöglich schon alles erledigt sein?« Sie bohrte weiter, selbst auf die Gefahr hin, dass er ihr gleich über den Mund fuhr.

Der Schlüssel an der Haustür klapperte.

»Hallo, ihr beiden.« Silvia stürmte herein, stellte ihre alte, abgewetzte Hebammentasche ab, warf einen Stapel Post auf das Telefontischchen und drückte Carina einen Kuss auf die Wange. Als sie ihre Beule bemerkte, strich sie ihr sanft darüber, klappte die Hebammentasche auf und schraubte ein Fläschchen mit homöopathischen Globuli auf. »Mund auf«, befahl sie ihr, unverändert seit Carinas Kindheit. Und ganz brave Tochter, öffnete Carina den Mund und ließ sich die Kügelchen auf die Zunge legen.

Ob das wohl wirkte, so zwischen Spinat und Nudeln?, fragte sie sich.

Silvia schnappte sich Mattes Gabel und fischte sich ein Stück Lasagne aus der Auflaufform. Über ihrer Nase klebte ein großes Pflaster mit einem bunten Schmetterling darauf. »Lecker!« Sie kaute, schluckte, schob nach. »Ich weiß schon, warum ich dich geheiratet habe.«

»So?«, knurrte Matte, holte ihr einen Teller und Besteck aus dem Küchenschrank und deckte für sie auf.

Silvia blieb beim Ofen stehen und kratzte die Auflaufform aus. »Mmmh. Du rettest mich! Ich habe vielleicht einen Kohldampf. Beckenendlage, aber alles ging glatt. Zusammengefaltet wie ein Taschentuch ist die Kleine mit dem Hintern zuerst schließlich aus ihrer Mutter geflutscht. Na, was sagt ihr?«

»Ein Lob auf deine Hebammenkunst.« Carina gratulierte ihr. Obwohl immer mehr Frauen auf Anraten ihrer Ärzte einen Kaiserschnitt per Termin vereinbarten, plädierte ihre Adoptivmutter für den natürlichen, selbst gewählten Zeitpunkt des Kindes. Der neue Erdenbürger sollte nicht schon zu Beginn des Lebens in Terminkalender gepresst werden. Sie galt als Spezialistin für schwierige Geburten, hatte dadurch aber auch hin und wieder Debatten in der Öffentlichkeit auszutragen. Mit Schlagzeilen über die Kyreleis-Familie waren Wanda und Carina aufgewachsen.

»Gibt es noch mehr von dem köstlichen Zeug hier?« Silvia spähte über den Tisch.

»Nun setz dich doch erst mal.« Matte öffnete das Backrohr und hob einen Topf mit einer weiteren dampfenden Portion heraus.

»Wie lief es eigentlich in deinem Seminar? War das ein echter Schamane?«, fragte Carina.

»Und ob. Eduardo ist Peruaner.« Silvia trank Mattes Glas leer und ignorierte seine Aufforderung. »Aber er lebt seit zwanzig Jahren in Deutschland, gibt mit seiner Frau zusammen überall Kurse. Kristina hat mich mitgenommen, nachdem ihr mich versetzt hattet. Die hättest du kennenlernen sollen, Carina. Eine Ausstrahlung hat die – oder besser gesagt eine Aura.«

»Und was haben sie mit deiner Nase gemacht?« Das Schmetterlings-Pflaster sah nicht sehr peruanisch aus.

»Sie haben festgestellt, dass sich durch meine Krankheit ein Teil meiner Seele abgelöst hat und in ein Paralleluniversum gewandert ist, um irgendwas Unverarbeitetes in meiner Vergangenheit nicht aushalten zu müssen.« Spinatstückchen flogen, als sie mit der Gabel in der Luft herumfuchtelte.

Führten dreißig Jahre Schweigen etwa zu Nasenkrebs?, fragte sich Carina. Vielleicht kriegten sie jetzt, Schamane sei dank, endlich die Kurve und sagten ihr alles.

»Eduardo und Kristina kennen Rituale, mit denen sie versucht haben, meinen Seelenanteil aus der unsichtbaren Welt wieder zurückzuholen.«

Matte, der mit der unsichtbaren Welt nicht viel am Hut hatte, holte sich den Poststapel und sortierte die Briefe.

»Und?«, drängte Carina. Ritual hin oder her, Hauptsache, Silvia schlief nicht im Stehen ein und erzählte endlich.

»Das muss erst wirken, morgen, in den nächsten Tagen, einer Woche oder länger. Vielleicht brauche ich auch noch einen weiteren Kurs, mal sehen. Hast du in Mexiko nicht auch schamanistische Erfahrungen machen können?«

Zum ersten Mal, seit Carina wieder hier war, fragte Silvia nach ihren Erlebnissen in Mexiko. Vielleicht sollte *sie* ihrer Adoptivmutter das nächste Ritual spendieren. Silvias Blick fiel auf einen Brief, den Matte gerade zur Seite legen wollte. Sie schnappte ihn sich und ging ins Wohnzimmer.

»Bleib hier, wir wollten doch …«, rief er ihr hinterher.

»Ich habe vier Stunden auf einem Fliesenboden gekniet, weil die Bini im Vierfüßlerstand im Bad geboren hat.« Sie rieb sich das Kreuz und ließ sich auf die Couch fallen. »Mir tut alles weh, ich muss mich einfach einen Moment ausruhen.« Im nächsten Augenblick, kaum dass sie den Brief geöffnet und überflogen hatte, sprang sie wieder auf. »Stellt euch vor! Ein Vater will mich verklagen.« Sie wedelte mit dem Papier. »Ich hätte die Geburt seines Kindes absichtlich mit irgendwelchen Kräutern oder Drogen beschleunigt und herumgepfuscht. Der will meine Existenz zerstören.« Sie war außer sich.

Matte stellte die Auflaufform in die Spüle und drehte den Wasserhahn auf. »Jetzt übertreib nicht und zeig erst mal her.« Er wollte nach dem Brief langen.

Silvia wich ihm aus. »Glaubst du mir etwa nicht? So seid ihr Männer alle, immer wollt ihr uns kontrollieren.« Sie rieb sich den Nacken, stöhnte und stampfte herum.

»Alle?« Matte trat auf sie zu, wollte sie umfassen.

»Ja, auch du.« Sie wich seiner Umarmung aus. »Hast du vergessen, wie du dich bei der Geburt unserer Tochter aufgeführt hast?« Nach einem Seitenblick zu Carina ergänzte sie: »Also bei Wandas Geburt, meine ich. Erst bist du zu spät gekommen und dann ausgerastet, als das Ärzteteam nicht gleich zur Stelle war. Dabei wollte ich gar keinen Arzt dabeihaben.« Sie sank auf die Couch zurück, glättete den Brief auf ihrem Schoß. »Manchmal denke ich, du stiftest deine Täter an, genau dann zu morden, wenn in unserer Familie was los ist, nur damit du eine Ausrede hast, nicht da zu sein.«

»Das sagt gerade die Richtige.« Matte verschränkte die Arme. »Carina ist extra gekommen, weil sie sich mit dir aussprechen wollte und du …?« Silvia sprang wieder auf und griff nach dem Telefon. »Das klärt ihr am besten zwischen euch beiden. Ich ruf die Bärbel an, die kennt eine Anwältin.«

»Komm doch erst mal her, es gibt noch Salat und …« Ihr Vater stützte sich auf die Stuhllehne und verzog das Gesicht.

Carina reichte es. Sollten die zwei doch aneinander vorbeireden, sich verletzen, bedauern, so viel sie wollten, sie musste sich das nicht anhören. Auch wenn sie sie als Argument benutzten. Ein Argument, ja, mehr war sie in dieser Familie nicht mehr. Sie packte ihre Tasche, entschlossen zu gehen. *Unsere* Tochter Wanda, aha. Es gab also das gemeinsame Kind und die andere, *seine* Tochter, das Argument. Warum bemerkte sie das jetzt erst? Wenn sie sich wenigstens wegen ihrer Geburt oder Übergabe oder wie sie das nennen sollte, streiten würden, dann wäre sie jetzt vielleicht einen Schritt weiter. »Warum«, brüllte sie in das Gezeter hinein. Die Stimme versagte ihr. Sie schluckte und holte noch einmal Schwung. »Warum sagt ihr mir nicht einfach alles?«

Für Sekunden verharrten beide. Ihr Vater riss die Augen auf, was bei seinen Augenringen der Entfaltung eines Segels glich; auch Silvia starrte sie an.

»Die Wahrheit«, fügte Carina an. Schnell trank sie einen Schluck aus ihrem Glas. »Ist das denn so schwer, verdammt noch mal?«

»Los, du bist dran, du Feigling«, zischte Silvia Matte an und wollte sich mit dem Telefon aus der Küche verdrücken. »Aus anderen quetschst du die Wahrheit doch auch immer heraus.«

Ihr Versuch, alles auf Matte abzuschieben, machte Carina noch zorniger. Sie warf das Glas auf den Boden, wo es auf den dämlichen Korkfliesen nicht mal zerschellte. Es rollte nur unter die Anrichte, ein Rest Wasser floss heraus, das war alles. Für Sekunden blieb ihr die Luft weg. Dann holte sie erneut Atem und schrie Silvia an: »Dich meine ich genauso wie ihn. Los, raus mit der Sprache. Wer ist meine Mutter, wo lebt sie? Ich will es JETZT wissen.« Ihre Kehle brannte, in ihrem ganzen Leben hatte sie noch nie so gebrüllt. Ihr Vater wandte sich ab, begann den Tisch abzuräumen und stellte die Teller zusammen. Silvia fasste sich an die Nase, rannte ins Bad und knallte die Tür zu. Wie hatte sie diese Frau nur zweiunddreißig Jahre lang für ihre Mutter halten können?

Mattes Handy klingelte. Tatsächlich, er ging auch noch dran, sprach seelenruhig mit jemandem, tupfte dabei Baguettekrümel mit der Fingerspitze vom Teller und leckte sie ab. Carina drehte sich um und fing an, wahllos Schubladen herauszureißen. Sie kippte Löffel, Gabeln, Messer auf den Boden. Dann machte sie unter dem Telefontischchen weiter, fetzte das Adressbuch heraus, den Zettelblock, Stifte, Büchereikarten. Im Wohnzimmer öffnete sie alle Schränke und durchwühlte die Papiere. Silvias heilige Mütterkartei. Dankesschreiben und Zeitungsschnipsel flatterten auf den Teppich. Sie blätterte in Aktenordnern, schüttelte sie, als könnte sich die Wahrheit darin festkrallen, rupfte Briefe aus Umschlägen, schleuderte Bücher und Videokassetten aus den Regalen. Einen Moment stutzte sie, wozu bewahrten sie noch Videos auf? Der Videorekorder hatte schon vor Jahren den Geist aufgegeben. Sie las die Beschriftungen. Ach so, die selbst gedrehten Filme, die konnte man noch mit der alten Kamera ansehen. Es knirschte, als sie das Band *Carina 12* herausriss.

Das bin nicht ich, die das hier macht, schoss es ihr durch den Kopf, dann zertrat sie das Video.

Wenn es hier wirklich etwas gäbe, hätte sie es schon vor Jahren gefunden, als sie noch zu Hause gewohnt hatte.

»Hör sofort auf! Was fällt dir ein?« Ein blutiges Taschentuch an die Nase gepresst, wollte ihr Silvia den Karteikasten entwinden, doch Carina leerte ihn auf den Haufen. »Mat-thias!« Ihr Ruf klang gedämpft. »Deine Tochter dreht durch!« Blätter wirbelten herum. Ungerührt riss Carina an den Vorhängen, auf der Suche nach irgendwelchen Wandverstecken, und kippte weiter Schubladen aus.

Silvia fing das Fotoalbum mit den erschöpft lächelnden Müttern und verkniffenen Babygesichtern auf, das Carina gerade aus einer Hülle zerrte. »Verschwinde! Raus hier!« Sie ließ das Taschentuch fallen. Blut spritzte auf den Dokumentenhaufen. Das Geschwür auf ihrer Nase war wieder aufgebrochen.

Carina schob sie zur Seite, lief ins Schlafzimmer. Von Kindheit an war sie den Anblick der Akten gewohnt, die sich dort in der Büroecke unterm Fenster stapelten, samt den grausigen Tatortfotos von den aktuellen Fällen, an denen ihr Vater auch noch nach Feierabend bis spät in die Nacht arbeitete. Oft genug hatte sie im Türrahmen gestanden und auf die Gutenachtgeschichte gewartet, die er ihr versprochen hatte. Sie sah wieder vor sich, wie er mit seinem breiten Rücken unter die Vergrößerungslampe gebeugt dort am Schreibtisch saß. Manchmal durfte sie dann auf seinen Schoß und mithelfen, als wären die Fotos eines Falles ein Suchrätsel, bei dem es galt, die versteckte Maus zu finden. Silvia hatte geschimpft, dass sie den Anblick der Bilder nicht ertrug und Albträume bekäme. Er behauptete, nur wenn er seine Fälle um sich habe, könne er überhaupt in den Schlaf finden, aber um des Familienfriedens willen begnügte er sich schließlich mit einigen wenigen, die er an die Seitenwand des Kleiderschranks klebte, damit sie von der Tür und von Silvias Bettseite aus nicht sofort gesehen werden konnten.

Der Schreibtisch war weg, in der Ecke stapelten sich jetzt Stillkissen auf einem Gebärhocker. Auch war nur Silvias Seite des Ehebetts bezogen. So stand es also um die Ehe ihrer einstigen Erziehungsberechtigten, dachte Carina. Aber wenigstens hatte ihr Vater aufgehört, die Fälle mit nach Hause zu nehmen, zumindest das hatte Silvia durch ihre jahrzehntelangen Beschwerden erreicht. Oder vielleicht vertrugen sich ein Hüftkranker und eine Nasengeschädigte im Schlaf einfach nicht und brauchten getrennte Betten. Ob ihr Vater auf dem Sofa im Wohnzimmer kampierte? Wenn ja, war es kein Wunder, dass ihm alles wehtat. Blieb noch das frühere Kinderzimmer, das seit Wandas Auszug in ein Gästezimmer verwandelt worden war. Sandro übernachtete manchmal darin, wenn Wanda ausging, oder auch mal die ein oder andere Schwangere, der Silvia Unterschlupf gewährte. In Wandas und ihrem gemeinsamen ehemaligen Kinderzimmerschrank, der ständig umgestrichen und zuletzt rostrot geblieben war, würde das Familiengeheimnis kaum begraben liegen. Oder doch? Carina erinnerte sich nicht mehr, wann sie zuletzt in dem Zimmer gewesen war. Vielleicht hatte ihre richtige Mutter ihr irgendein Babyspielzeug geschenkt, und es lag dort wie ein vergessener Exot, zwischen Sandros beweglichen Muskelmännern, Wandas gehäkelten Muffins und den Mappen mit Carinas Kinderzeichnungen, die Silvia dort verwahrte. Sie verharrte in der Tür. Vom Rostrot war nichts mehr zu sehen, der Schrank war mit Fotos und Zeitungsausschnitten tapeziert, die sich über die Wand bis zum Schreibtisch zogen. Ein paar Schlagzeilen stachen Carina ins Auge:

BKA-Beamter ermordet Geliebte und versenkt sie in der Isar
Schießerei in Feldafinger Villa, Polizist schwer verletzt
Kripo-Beamter angeschossen
»Unser Matte« außer Lebensgefahr!
Mordprozess: BKA-Beamter doch vor Münchner Gericht

Alles zum Mordversuch an ihrem Vater, dazu die Berichte zum bevorstehenden Krallinger-Prozess. Auf einem alten Gruppenfoto der Münchner Kriminalpolizei stand Kurt Krallinger mit seinem leuchtenden Feuermal neben Matte: der Wenn-wir-Kurti, wie ihr Vater seinen Ex-Kollegen nannte. Es gab ein Bild mit dem angeblich panzergesicherten, dann aber doch zerstörten Mercedes des Bankmanagers Alfred Herrhausen und einige Artikel über die gesichtslose dritte Generation der RAF. Dazwischen Abbildungen einer halb fertigen und schließlich neu eröffneten Brücke, die Carina nicht kannte. Wie eine Bildergeschichte reihten sich auf den Schranktüren die nummerierten Erkenntnisse der Spurensicherung aus der Feldafinger Villa aneinander, in der ihr Vater angeschossen worden war. Nummer eins, die Einschusslöcher in der Wand, Nummer vier, sein eigenes Blut auf dem Fußboden. Wie ertrug er es nur, das anzusehen? Sogar auf dem zerwühlten Bett, auf dem sein Schlafanzug lag, häuften sich Akten.

Carina wandte sich ab und warf einen letzten Blick zurück ins Wohnzimmer. Es wirkte, als hätte ein Erdbeben alles aus den Schränken geschüttelt. Sie holte ihre Tasche aus der Küche. Ihr Vater telefonierte noch immer, drückte sich sogar das freie Ohr zu, damit er nicht belästigt wurde. Keine Sekunde länger hielt sie es hier aus.

18.

Neumaising, Mai 1992

Die Farbe der weinroten Fensterläden am Schwedenhäuschen, wie sie das Wochenendhäuschen mitten im Wald nannten, war mit den Jahren abgeblättert. So hatte es sich fast vollständig in die Umgebung eingepasst und war vom Fahrweg aus, durch die Fichten, schwer auszumachen. Der perfekte Treffpunkt für eine Agententruppe, dachte Iris, als sie von drinnen durch das Dickicht der Bäume den Hang hinunterspähte. Auch der Trampelpfad hier herauf war kaum zu entdecken. Zwischen wilden Erdbeeren im Frühjahr, Schwammerlgeruch im Herbst und Fuchsspuren im Winter, nur wenige Kilometer Luftlinie vom BND-Standort Bayern entfernt, planten sie die Attentate, die ihnen *Das Geld* in Auftrag gab. So hatte es Calimero bezeichnet. Keiner von ihnen wusste, wer die Auftraggeber waren, die am Anfang der Kette standen und die Befehle erteilten. Sie bekamen Geld fürs Töten, und *Das Geld* diktierte es, so einfach war das. Und alles diente dem wohltätigen Zweck, die Demokratie zu schützen. Im Grunde waren sie Helden, wenn auch mit blutdurchtränkten Westen.

Außer Calimero und Salamander, die als GSG 9-Kollegen ihre Freizeit oft gemeinsam verbrachten, sollten alle nacheinander eintreffen. Sie hatten abgesprochen, dass sie, selbst wenn sie sich auf dem Weg begegneten, einander einen Vorsprung ließen, damit sie nie zusammen gesehen wurden. Ihre Wagen parkten weit außerhalb, kein eifriger Förster oder Spaziergänger, der das Häuschen mieten wollte, sollte die Autonummern registrieren. Sie war diesmal mit der S-Bahn aus München gekommen und dann ein langes Stück zu Fuß hergewandert; trotzdem war sie als Erste beim Schwedenhäuschen eingetroffen. Sie öffnete die Fenster, ließ den Wintermief hinaus, sog den Duft des Frühlings ein und tauchte ihre Augen in das leuchtende Grün. Dann holte sie Brennholz aus dem Schuppen, die Nächte konnten noch kalt werden. Plötzlich bewegte sich etwas hinter ihr. Sie fuhr herum. Calimero hatte sich angeschlichen und umfasste sie.

»Der ganze Wald riecht nach dir, ich hab dich vermisst.« Er küsste sie in den Nacken, schubste sie in den Scheiterhaufen und legte sich auf sie. Seit sie ihn kannte, machte er ihr Avancen, was ihr als einziger Frau in der Gruppe hin und wieder den nötigen Schutz verlieh, aber dass er sie so überfiel, verwunderte sie.

»Na, du bist wohl zu lange im Krieg gewesen.« Mit einem Lachen drückte sie ihn weg, rollte unter ihm hervor und packte den Brennholzkorb. Calimeros erster Einsatz, 1977 bei der *Operation Feuerzauber,* als Elitesoldat der Grenzpolizei, lag sechzehn Jahre zurück. Damals tötete er einen der palästinensischen Geiselnehmer, die die Lufthansamaschine »Landshut« entführt hatten, und half so bei der Befreiung der Geiseln in Mogadischu mit. Vor ein paar Jahren war er zu einem der Truppführer der weltweit anerkannten GSG 9 aufgestiegen und hatte auch ihre geheime Fünfergruppe zusammengestellt.

In der Wohnküche packte Salamander Schnapsflaschen aus und stellte sie auf den Tisch.

»Hast du auch an was zu futtern gedacht?« Iris öffnete den Eisenofen und schob mit dem Schürhaken die Asche nach unten durch das Gitter. Salamander wedelte mit ein paar Packungen Salzstangen und Chips. Worte waren nicht seine Stärke, und ihr gefiel das, dann konnte sie sich bei einem Einsatz mehr auf sich selbst konzentrieren. Er sprach durch seine Waffen. Präzise zielen, schießen und die lebenswichtigen Organe zerstören wie bei Rohwedder, ihrem letzten Einsatz. Der zweite Schuss auf seine Frau und Iris' dritter ins Bücherregal sollten, laut Calimeros Anweisung, die Ermittler lediglich verwirren. In der RAF hatte es niemals Scharfschützen gegeben, diese Hirnwichser ballerten nur wild um sich, mit Waffen, die ihnen irgendwelche V-Leute des Bundeskriminalamts zugeschanzt hatten. Das Bekennerschreiben, das Salamander auf dem Gartenstuhl platzierte, war aus Floskeln von alten Flugblättern der Baader-Meinhof-Gruppe, wie die RAF in Polizeikreisen genannt wurde, zusammengesetzt.

WER NICHT KÄMPFT, STIRBT AUF RATEN – FREIHEIT IST NUR MÖGLICH IM KAMPF UM BEFREIUNG.

Wer das verfasst hatte, wusste Iris nicht. Die *Fünf* witzelten, dass der Flugblattbastler Rohwedder, den Chef der Treuhand, der sich um die Privatisierung der ehemaligen DDR-Betriebe gekümmert hatte, in dem Bekennerschreiben deshalb nicht namentlich erwähnte, weil er dessen Namen nicht schreiben konnte.

Aber es funktionierte auch so. Die Ermittler hielten das Bekennerschreiben für echt und hofften auf eine längere Erklärung der Rote Armee Fraktion, die nie erfolgen würde. Wer sollte die auch verfassen? Ulrike Meinhof war lange tot, und der Rest der Stadtguerilla, wie sie sich einst selbst bezeichnet hatten, war, wenn nicht auch unter der Erde, inhaftiert oder im Ausland abgetaucht.

Mundtot gemacht. Eigentlich hatte *Das Geld* damit erreicht, was es wollte: Die Aufmüpfigen schwiegen. Nur fingen dann auf einmal öffentliche Personen wie Herrhausen und Rohwedder an, unbequem zu werden.

In weiser Voraussicht hatte Iris ein paar Dosen mitgeschleppt; wie sie die Meute kannte, musste sie aufpassen, überhaupt was davon abzukriegen. Immerhin hatten sie mit der Zeit eingesehen, dass sie, nur weil sie eine Frau war, weder für den Proviant sorgte, noch hinter ihnen herräumte. Auch wenn es ihr schwerfiel, sich in dem Saustall aus Zigarettenkippen und leeren Flaschen wohlzufühlen. Ansonsten wurde sie in der Runde akzeptiert, und die anzüglichen Witze und Betatschungen häuften sich nur zu später Stunde. Doch heute würde sie zu diesem Zeitpunkt längst in ihrer sauberen Kammer in der Dachschräge unter der schweren Daunendecke eingeschlafen sein.

Als das Feuer gleichmäßig brannte und das Teewasser im Kessel zu kochen begann, wurde ihr endlich warm. Sie zog ihren Pullover aus.

Calimero schaute von seinem Kreuzworträtsel auf, das er aus irgendeiner Zeitung vor dem Verbrennen gerettet hatte, und starrte auf ihren Busen; dabei trug sie eines von ihren weitesten Schlabbershirts. »Odins Rabe, weißt du, wie der hieß?«

»Odin?« Krallinger rumpelte herein, voll beladen mit einigen Tüten und zwei Sechserpacks Bier. »Heißt der Neue so, den wir als Nächstes umlegen sollen?« Ein Weißbrot rutschte ihm aus der Armbeuge, Iris fing es auf. Sein Hemd klebte ihm am Leib, und seit dem letzten Mal, als sie sich getroffen hatten, hatte sich das Feuermal weiter ausgebreitet. Inzwischen reichte es ihm vom Ohr bis in den Hemdkragen.

»Der nordische Gott, du Hirsch.« Calimero tippte auf die Zeitung. »Ich hab's. Munin passt, nicht Hugin«, murmelte er und überkritzelte die falschen Buchstaben, gerade als Felix eintraf. Einen Zigarettenstummel im Mundwinkel, die Augen verengt, beugte er sich durch den niedrigen Türstock und verharrte dort einen Augenblick auf seine betont lässige Art, die ihm entweder angeboren war, oder die er sich von einem Hollywoodfilmplakat abgeschaut hatte. Jedenfalls ließ diese Pose jede Frau aufschauen. Vor 1989 hatte er als Romeo gearbeitet; so wurden jene Stasispitzel genannt, die Westfrauen, meist Sekretärinnen in Ministerien, bezirzen sollten, um sie zur Spionage zu überreden. So viel sie wusste, hatte er Spitzennoten erhalten, ein Tausendsassa, der angeblich im Osten auch noch verheiratet war, unter welchem Namen auch immer. Er warf eine Stange Zigaretten auf den Tisch, so als gelte diese Währung drei Jahre nach der Wende noch irgendetwas. Sein Beitrag zur Verköstigung, dachte Iris spöttisch und lehnte sich ans Fenster. Sie rauchte selbst ab und zu, aber viermal Männerschweiß auf engstem Raum, dazu die Hitze des Ofens, das nahm ihr die Luft.

Felix hustete, trat die Zigarette auf den Dielen aus, fingerte eine neue aus seiner Hemdtasche, zündete sie an und stieß ihnen eine Rauchwolke in die Gesichter. »Der Imker am Ende des Waldwegs, seit wann haust der denn da?«

Krallinger lachte, packte eine Salami aus. »Du meinst die Waasbergerfamilie? Den Honig von denen hat uns meine Tante an Weihnachten und zum Geburtstag rübergeschickt. Nette Leute, ein bisschen eigen, na ja, wer ist das nicht, besonders hier in der Gegend. Du hast dir auch schon welchen aufs Brot geschmiert, weißt du nicht mehr?« Krallinger und Felix kannten sich seit DDR-Zeiten. Das Schwedenhäuschen hatte, wie auch die Villa ein paar Kilometer weiter, seiner verstorbenen Tante gehört. Ein Glückspilz war er, der Krallinger, trotz seiner auffälligen Blessur. Seine Tante war noch immer im Grundbuchamt auf den Namen Hofer eingetragen, was in Bayern gleichbedeutend mit Schmidt oder Müller ist. »Glaubst du etwa, der Imker überwacht uns per Bienensensor?« Er summte übertrieben laut und warf Felix eine Bierflasche zu. »Hier, trink erst mal was, das beruhigt die Nerven.« Von der Wurst, die die Farbe seines Feuermals besaß, schnitt er sich ein daumendickes Rad ab und häutete es.

19.

Nachdem Carina nach draußen gerannt war und die Tür zugeworfen hatte, wusste sie nicht weiter. Sie stieg langsam die Treppe hinunter und las die Türschilder der anderen Mieter. Manche Namen kannte sie noch. Bei Frau Herzlieb waren sie und Wanda als Kinder oft zum Fernsehen gewesen, wenn Silvia die Fernbedienung der Kyreleis'schen Glotze in ihrer Hebammentasche mitgenommen hatte. Mit ihrer Schwester wetteiferte Carina darum, wer am meisten Geldstücke und Bonbons aus Frau Herzliebs grobmaschigem Sofaüberwurf fischte. Komischerweise verlor Frau Herzlieb das Zeug in Massen aus der Rocktasche und staunte jedes Mal übertrieben, wenn die Mädchen etwas fanden.

Vermutlich hatte auch sie gewusst, dass Wanda und Carina nur Halbschwestern waren. Sollte sie die alte Frau danach fragen? Sie legte die Hand an die Klingel, zögerte noch. Alle Kraft schien aus ihr gewichen. Was sollte sie sagen? Meine Eltern, also meine hysterische Adoptivmutter und mein besessener Vater verweigern mir die Auskunft. Wissen Sie etwas über meine richtige Mutter? Sie ließ die Hand sinken und ging weiter. Es war, wie es war. Sie sollte nichts erfahren und würde versuchen zu vergessen. Mutter hin oder her, was bedeutete das schon? Manche wussten alles über ihre Mutter und hatten keinen Kontakt zu ihr. Vielleicht sollte sie es so sehen und sich auf andere Sachen konzentrieren.

»Carina, warte.« Mattes Ruf hallte durchs Treppenhaus. Mit seinem Stock schlug er ans Eisengeländer und brachte es bis ins Erdgeschoss zum Vibrieren.

Sie beschleunigte ihre Schritte, lief am Eingang vorbei in den Fahrradkeller. Der Schlüssel zum Kyreleis-Verschlag klemmte wie immer unterm Kabel zum Lichtschalter. Sie langte durch das Holzgitter, fischte ihn heraus und sperrte auf. Zum Fünfzigsten hatten sie alle drei Silvia ein Trekingrad mit vierundzwanzig Gängen geschenkt. Außer am Geburtstag, an dem sie gemeinsam zum Picknick an die Isar geradelt waren, war Silvia bisher nicht damit gefahren. Und seit sie das mit der Nase hatte, traute sie sich erst recht nicht mehr. Carina entstaubte das Rad etwas, pumpte die Reifen auf und trug das Rad nach oben. Matte wartete an der Haustür.

»Ich leih mir Silvias Rad aus, ja? Du kannst es ihr sagen oder auch nicht, sie wird's sowieso nicht vermissen.«

Er nickte, reichte ihr einen gelben Umschlag.

»Das ist von deiner Mutter.« *Für Carina, zum zwölften Geburtstag* stand darauf.

Samstag
Dreißig Stunden nach dem Ursprung

Etwas Besseres als den Tod findest du überall.

Die Bremer Stadtmusikanten, Brüder Grimm

20.

Die Schlagzeilen surrten ihr in den Ohren. Beim Heimradeln sah Carina immer noch die Fotowand ihres Vaters vor sich. Gedanklich beschäftigte ihn anscheinend nichts anderes als der Krallingerfall. An einer Kreuzung in der Lindwurmstraße überholte sie ein BMW. Haarscharf rauschte er an ihr vorbei. Vorne blitzte es, als der Wagen bei Rot über die Ampel raste. Carina schlenkerte mit dem Fahrrad nach rechts, streifte eine Mauer und konnte in letzter Sekunde vom Rad springen, bevor sie stürzte. Ihr Herz klopfte wild. Sie sah dem schwarzen BMW nach, von dem nur mehr die Rücklichter aufleuchteten, als er um die Ecke preschte.

Na, wenigstens war der Kerl geblitzt worden; hoffentlich musste er ein saftiges Bußgeld zahlen, dachte sie. Ihr Unterarm brannte, sie hatte sich die Haut aufgeschürft. Kleine Blutstropfen sickerten aus der Wunde. Einmalhandschuhe, Überschuhe und Asserviertütchen hatte sie immer dabei, aber kein Pflaster. Vielleicht sollte sie in Zukunft welches mitnehmen, wenn sie mit dem Rad in München unterwegs war. Sie wollte wieder aufsteigen, doch der Riemen ihrer rechten Sandale war gerissen, als sie abgesprungen und irgendwo hängen geblieben war. Auch das noch, die Sandalen hatten sie quer durch Mexiko begleitet. Obwohl sie schon ziemlich abgelatscht waren, fiel es ihr schwer, sich von ihnen zu trennen. Sie stopfte den kaputten Schuh in ihre Umhängetasche und wollte halb barfuß weiterfahren, aber etwas schleifte am Vorderrad. Das Schutzblech war verbeult, hatte einen Riss abgekriegt, sie versuchte es gerade zu biegen, brach es dabei ganz ab und warf es schließlich samt beiden Sandalen in den nächsten Abfalleimer. Was wäre mit ihren Beinen passiert, wenn sie nicht so schnell reagiert hätte? Zum zweiten Mal innerhalb kurzer Zeit war sie nur knapp einem Unfall entronnen. Sie hielt inne. Was, wenn Enrico, als er die Innenstadt durchquerte und auf die Autobahn raste, auch geblitzt worden war? Dann gab es vielleicht auch Zeugen, so wie sie jetzt? Aber das hatte ihr Vater bestimmt schon überprüft. Nebenbei, beim Waschen und Zurechtzupfen des Rucola.

Schnipp, und der Fall war für ihn abgeschlossen! Vielleicht konnte sie Peter Schuster anrufen und um Auskunft bitten …

Sie hielt inne. Warum interessierte sie das alles überhaupt? Wollte sie Matte trotzen, weil er sie zurechtgewiesen hatte? Oder verbarg der Loos-Fall irgendetwas, das sie nicht losließ, das sie aber noch nicht klar benennen konnte?

Wie von selbst fuhr Carina nicht Richtung Innenstadt, sondern bog am Jüdischen Friedhof ab und radelte am Tierpark vorbei zur Isar. Der heiße Samstagnachmittag überfüllte die neuangelegten Badestrände. Erst nackerte Affen, dann nackerte Menschen. Bei der Marienklause überquerte sie den Fluss und schob steil bergauf in die Menterschwaige.

»Haben Sie meinen Kater gesehen?«, fragte eine ältere Frau, als Carina das Fahrrad an die Hecke beim Looshaus lehnte. »So ein weißer mit ein paar Flecken auf der Brust.« Sie tippte sich an die Knopfleiste ihrer Bluse.

Das konnte die Katze gewesen sein, die gestern den Schinken vom Terrassentisch des ermordeten Ehepaars geklaut hatte, dachte Carina. Heute hatte sie sie noch nicht bemerkt, auch nicht als sie in das Viertel eingebogen war.

»Bingo verlässt nie den Garten, ich verstehe das nicht, aber seitdem hier was passiert ist, ist er verschwunden.« Sie starrte auf Carinas nackte Zehen unter den Jeans. »Barfuß laufen ist gesund, passen Sie nur mit den Zigarettenkippen auf, dass Sie da in keine reintreten. Die werfen die einfach aus dem Auto.« Sie zeigte auf die andere Straßenseite, als lauerte da eine Horde Kettenraucher. »Gestern hat es von diesen Zeitungsfritzen nur so gewimmelt hier. Schrecklich, schrecklich, das mit der Familie Loos. Wollten Sie zu ihnen?«

»Carina Kyreleis«, stellte sie sich vor. Eigentlich wusste Carina gar nicht, was sie hier wollte. Vielleicht hatte sie sich nur überzeugen wollen, dass der Fall wirklich abgeschlossen war – sofern man das erkennen konnte. Von außen sah man dem Haus das schreckliche Verbrechen nicht an. »Ich habe das Ehepaar gefunden. Und wer sind Sie?«

»Agnes Mayerhofer. Ich wohne da drüben.« Die Frau zeigte auf das kleine Haus gegenüber, das in einer Senke lag und von dem nur das Dach zu sehen war, als duckte es sich vor den protzigen Nachbarhäusern. »Dann sind Sie auch von der Polizei? Aber die sind doch heute Vormittag alle abgefahren.«

»Ich bin von der Rechtsmedizin.«

Agnes Mayerhofer nickte langsam, als müsste der Begriff erst in sie einsickern. »Ärztin also.« Sie klackerte mit ihrem Gebiss.

Hoffentlich zeigte sie ihr jetzt nicht eine Druckstelle oder irgendetwas in der Art.

»Ich war gestern nicht da, als es passiert ist. Schleimbeutel.« Sie hob ihren bandagierten Ellbogen. »Die andere Seite muss auch noch gemacht werden, aber das ist alles halb so wild, im Vergleich mit dem Drama dieser armen Familie.«

»Arm?«

»Na ja, nicht im wörtlichen Sinn. Jakob Loos hat als Architekt gut verdient und seine Frau auch. Auch wenn mich die Vergangenheit nicht mehr so interessiert – den alten Schmarrn muss man auch mal hinter sich lassen –, aber die Sachen von der Olivia Loos lese ich. Wegen ihr habe ich sogar extra die *Manuela* abonniert. Manchmal sind nette Strickanleitungen drin, obwohl ich ja selbst wegen meiner Arthritis nicht mehr stricken kann.« Sie hob ihre verknöcherten Hände. »Aber ich sehe mir die Sachen immer noch gerne durch. Nur die vielen Schminktipps, die brauche ich alle nicht, weil ich längst meinen Stil gefunden habe.« Sie musterte Carina aus türkisrosa bemalten Augen, die Brauen hatte sie kohlrabenschwarz über den weißen Härchen ihrer eigentlichen Augenbrauen nachgezogen. »Sie schminken sich gar nicht, wie ich sehe. Wahrscheinlich wissen Sie als Ärztin, was für Gifte in dem ganzen Zeug drin sind. Oder soll ich Ihnen eine *Manuela* holen? Ich wollte sie gerade ins Altpapier tun, aber jetzt hebe ich sie natürlich auf, wegen der Kolonien, oder wie das heißt, die die Frau Loos immer geschrieben hat. Die sind großartig. Sie nimmt kein Blatt vor den Mund, oder besser nahm. Leider.« Sie schnackelte noch einmal mit dem Gebiss und lockte wieder den Kater, vergeblich. »Hoffentlich war das nicht diese Katzenfängerin.«

»Katzenfängerin?« Dass jemand dafür die weibliche Form benutzte, war Carina neu.

Frau Mayerhofer nickte. »Als ich gestern zum Arzt bin, stand da nämlich ein Auto mit verdunkelten Scheiben. Mit Riesenrädern, so eine Art Panzerfahrzeug. Ich weiß nicht genau, wie man diese hässlichen Dinger genau nennt. Da hockte eine drin und hat die Straße beobachtet. Vielleicht waren es auch zwei. Ich hab gesehen, wie das Fenster runtergekurbelt wurde, na ja, geht heutzutage elektrisch, jedenfalls hat sie Zigaretten rausgeworfen. Ich wollte schon hingehen, weil hier viele kleine Kinder spielen und auch mein Bingo. Gerade in dem Moment ist sie aber ausgestiegen, hat die Zigarette aufgehoben und eingesteckt. Ich war froh, denn ehrlich gesagt hätte ich mich gar nicht getraut, wegen meinem Arm. Nicht dass die mir noch eine draufhaut. Gibt es ja auch bei Frauen, so Schlägertypen. Ist Ihnen nicht kalt, ohne Schuhe?«

»Das ist nett, danke, aber mir ist nur die Sandale kaputtgegangen.« Die Frage war eher, ob sie nicht einen Sonnenbrand auf ihren nackten Füßen kriegte bei der Hitze.

»Warten Sie, ich hätte da noch welche von meiner Mutter, welche Größe haben Sie denn?«

»Es geht schon, danke. Diese Frau in dem großen Auto stand also gestern Morgen hier und hat das Haus der Familie Loos beobachtet?«

»Wieso das Haus? Die wollte doch meinen Bingo fangen, wer weiß, wie viele arme Viecher die hinter den verdunkelten Scheiben schon in die Käfige gesperrt hat.«

»Haben Sie das jemandem von der Polizei erzählt?«

»Selbstverständlich, der ist gestern gleich zu mir rübergekommen, als ich aus dem Taxi gestiegen bin.«

»Gestern?«

»Oder war's vorgestern, nein, vorhin, ja, ich bin ganz durcheinander wegen der Zeitumstellung.«

»Frau Mayerhofer, wir haben August, die Zeit wird erst Ende Oktober zurückgestellt.«

»Das macht mich ja so fertig, das ganze halbe Jahr! Ich schlaf sowieso schlecht und jetzt auch noch das, hoffentlich wird das mit dem Enrico wieder. Er ist immer so nett zu mir. Das gibt es nur noch selten unter den heutigen Jugendlichen. ›Hallo, Agnes‹, ruft er, wenn er mich sieht. Da fühle ich mich gleich zwanzig, ach was, dreißig Jahre jünger. Aber mir sieht man die dreiundachtzig sowieso noch nicht an, oder? In den Monaten ohne ›r‹ gehe ich nämlich jeden Morgen in den Isarauen schwimmen. Neunundsechzigmal bin ich heuer schon gegangen. Und dazu einen Apfel pro Tag, ich sag Ihnen, wenn ich das mit dem Schleimbeutel nicht hätte, wäre ich fidel wie ein junges Reh. Wenn nur der Bingo wieder da wäre. Können Sie die Polizei vielleicht nach dieser Katzenfängerin fragen, ob dabei was rausgekommen ist? Ich will nicht gleich anrufen, die sollen erst mal den Mörder fangen. Ich unterscheide zwischen Mensch und Tier, wissen Sie, der Mensch geht vor, auch wenn ich an meinem Bingo hänge.«

Carina wusste noch nicht, wie und wann, aber sie versprach es. Anscheinend war der Verdacht, dass Enrico seine Eltern umgebracht hatte, trotz Presserummel noch nicht durchgesickert. Spätestens mit der Sonntagszeitung würde sich das ändern.

Agnes Mayerhofer hielt sich den Ellbogen und schlurfte über die Straße. Auf halber Strecke drehte sie sich zu Carina um. »Und was ist? Jetzt kommen Sie doch.« Sie winkte sie herüber.

Carina zögerte; wie sollte sie der alten Dame nur beibringen, dass sie weder eine Zeitschrift brauchte, noch alte Schuhe von ihrer Mutter anziehen würde?

»Dann gebe ich Ihnen gleich den Schlüssel.«

»Welchen Schlüssel?«

»Na, zum Looshaus.«

Carina folgte ihr über die Straße und drei lang gezogene Stufen zu dem tiefer gelegenen Hauseingang. »*Das Bier ist im Kühlschrank*« stand auf dem Fußabstreifer. Carina vergrub ihre Zehen darin und wartete, bis Frau Mayerhofer wieder erschien und ihr eine eingerollte Zeitschrift und den Schlüssel reichte, der an einer kleinen Plüschfledermaus hing. Das Tierchen würde ihrem Neffen Sandro gefallen.

»Die beiden Brüder, überhaupt die ganze Großfamilie war einfach was Besonderes. Nicht nur ich, jeder im Viertel hier hat sich gefreut, dass es so einen familiären Zusammenhalt heutzutage noch gibt. Schon ein Wunder. Bis dann vor einem halben Jahr das Unglück seinen Anfang nahm.« Sie schwieg einen Augenblick.

»Welches Unglück?«, fragte Carina.

»Sie scheinen nicht gerade auf dem neuesten Stand zu sein.« Sie runzelte die gemalten und die echten Brauen. »Die Eltern der beiden Brüder sind beide tödlich verunglückt. Na ja, besonders den Jakob werde ich vermissen, der war immer so lustig, mit dem habe ich immer ein paar Minuten auf der Straße geratscht. Und er hat sich die Sachen auch gemerkt, die ich ihm erzählt habe. Die meisten sagen doch nur Ja und sind froh, wenn man Ruhe gibt. Manches habe ich oft selbst nicht mehr gewusst, und der Jakob hat mich wieder dran erinnert.« Sie versank in Gedanken. »Tot. Ich will es einfach nicht glauben.« Sie schüttelte den Kopf. »Vorgestern hat er mir noch angeboten, mich zum Arzt zu fahren, aber wir haben da so eine Fahrgemeinschaft. Meine Freundin, die Müller Babette, muss nächste Woche, weil ihre Tochter das will, den Führerschein abgeben, und da hat sie gesagt, sie möchte noch so viel herumfahren, wie's nur geht.«

Der Fußabstreifer war zwar bequem, aber langsam bekam Carina doch genug, Jakob Loos' Zuhörergeduld hin oder her. »Haben Sie eigentlich die Schüsse gehört?«

»Nein, ich war doch beim Arzt, kurz bevor das Gewitter losging. Außerdem wird hier ständig rumgeschossen, ich hör das schon gar nicht mehr.«

»Was?« Wie ein Mafiaviertel wirkte die Menterschwaige nun nicht gerade. Doch wer wusste schon, was sich hinter den Villenfassaden abspielte.

»Na, im Geiselgasteig, da kracht es doch ständig.«

Ach ja, die Filmstadt war nur einen Katzensprung entfernt, und dieser Umstand, zusammen mit dem Gewitter, konnte tatsächlich erklären, warum keiner wegen der Schüsse bei der Polizei angerufen hat.

»So, Fräulein Doktor, ich muss jetzt, meine Sendung fängt an.« Sie scheuchte Carina mit einer Handbewegung fort und schloss die Tür.

21.

Aus Schneemannkohlenaugen glotzte das Eismädchen zu ihr herüber. Sie streckte die Hand nach ihr aus, das Mädchen tat es ihr gleich. Erst da merkte sie, dass sie es selbst war, in einem Spiegel, der eine Wand ausfüllte, als wäre er der Bestimmer hier. Sie tastete ihre neue Bettdecke ab, die aus lauter bunten Stoffquadraten genäht war und die ihr die Nachbarin geschenkt hatte. Mama hatte sie extra gewaschen, damit sie nicht mehr nach Frau Mayerhofer roch. Bei der muffelte es immer so verpieselt, obwohl es in ihrem Häuschen auf der anderen Straßenseite gemütlich war und sie sie gerne besuchte und die Sachen anschaute, die Frau Mayerhofer noch von ihrem gestorbenen Mann besaß. Der hatte Bilderrahmen gesammelt, ohne Bilder drin. Und weil sie doch so gerne malte, hatte ihr Frau Mayerhofer manchmal einen gegeben, einen von den vielen Hundert, die übereinander in ihrem Schlafzimmer und überall hingen. So als würde ihr Mann sie schimpfen, wenn auch nur einer fehlte. Sie leihe ihn ihr, hatte sie laut gesagt, und dann leise: »Für immer.«

Vielleicht ließ sich der Pieselmuff aus der Decke nicht rauswaschen, oder war sie es selbst, die so stank? Ihr Hintern fühlte sich an wie in Watte gepackt, etwas klebte an ihr. Jemand hatte ihr eine Windel angezogen. Sie war doch kein Baby mehr, was sollte das? Siebzehn Quadrate weiter schmeckte sie ihre Beine am Ende der Decke und hörte ihre Knöchel keuchen, gedämpft, als wären sie schon ganz heiser vom Schreien. Schnell drückte sie ihre Nase ins Kopfkissen; wenn sie sich ganz fest anstrengte und tief einatmete, konnte sie den Zwiebelgestank wegdenken und die Plastikschnur, die durch ihre Füße lief. Im Kissen war noch, ganz tief drinnen, ein rosa gepunkteter Geruch nach frisch Gewaschenem, nach Mamas Parfüm und Papas Pullover. Nach Zuhause, nach Lachen und Kuscheln und Nicht-alleine-Sein.

Ihre Schlafbeine träumten, ruckten. Schwer lagen sie in der Matratze, sie spürte ein Ziehen bis in die Fußsohlen. Ein Feuer entzündete sich in ihren Knöcheln, breitete sich aus und kroch ihre Beine hinauf. Sie verkrampfte die Zehen, wischte sich mit dem Shirt die Tränen ab, strich über Saras Schmetterling, kratzte mit den Fingernägeln über die Pailletten. In diesem Moment begriff sie. Eine Verwechslung, die Zwiebelhäute hatten nicht sie gewollt, sondern ihre Freundin, ja, so musste es gewesen sein. Sie würde es ihnen sagen, wenn sie zurückkamen, dass sie sie, so leid es ihr für Sara tat, samt dieser Plastikschnur umtauschen mussten.

22.

Obwohl es kein Tatort mehr war, der noch untersucht wurde, zögerte Carina, ins Looshaus zu gehen. Galt Mattes Verbot eigentlich nur für diesen Fall oder generell? Egal. Solange er sich weigerte, ihr Auskunft über ihre persönliche Geschichte zu geben, würde sie machen, was sie wollte. Er tat es schließlich auch. Oder glaubte er, mit einem uralten Geburtstagsbrief, den er ihr in die Hand drückte wie einen Lutscher einem quengelnden Kleinkind, wäre die Sache abgetan? Sie lauschte. Erst glaubte sie, die gleichförmige Reggae-Musik erklinge wieder von drinnen, aber es war ein Miauen. Aus ihrer Tasche holte sie Einmal-Handschuhe, streifte sie über und sperrte auf. Im Flur war keine Katze zu sehen. Carina warf noch einen schnellen Blick zurück auf die Straße, als stünde ihr Vater drohend auf dem Gehweg, dann trat sie auf Zehenspitzen über die Schwelle und zog die Tür von innen zu. Stille umfing sie. Hatte sie sich getäuscht und sich das Miauen nur eingebildet? Die Einrichtung war ihr seltsam vertraut, obwohl sie gestern gar nicht auf die Möbel geachtet hatte. Sie wagte es nicht weiterzugehen. Auch wenn der Tatort freigegeben worden war, würde sie mit jedem ihrer Schritte Fußabdrücke auf dem Boden hinterlassen. Sie streckte sich und klappte den Schuhschrank rechts neben sich in der Garderobe auf. Für eine dreiköpfige Familie war er erstaunlich leer, vielleicht räumten sie die Winterschuhe den Sommer über woandershin? Zwei Fußballschuhe in verschiedenen Farben, die vermutlich Enrico gehörten, und Herrenschuhe in Braun und Schwarz, die von der Größe her für Jakob Loos sprachen, waren lose in den oberen Fächern verteilt. Da Carina dieselbe Schuhgröße wie Olivia hatte, hoffte sie, einfache Flipflops oder Hausschuhe von ihr zu finden, die sie sich leihen konnte, aber da waren keine, nur hochhackige Holzpantoletten, mit denen sie keinen Schritt würde gehen können – ganz abgesehen davon, dass sie lieber auf leisen Sohlen wandelte, als zu klackern. Nach dem fehlenden Brautschuh hatte die Spurensicherung hier bestimmt schon gesucht. Im untersten Fach standen ein Paar helle Ballerinas, vorne kunstvoll verschlungen und ringsum mit Insekten bemalt. Nachdem sie sich ihre Fußsohlen mit Taschentüchern abgewischt hatte, schlüpfte sie hinein. Wie eine zweite Haut schmiegten sich die Schuhe an ihre Füße.

Wenn man vom Fingerabdruckpulver und den Ziffern an Türrahmen und Möbeln absah, wirkte die Küche immer noch so, als wäre die Familie nur kurz in den Garten gegangen. Auch die eingebrannte Milch auf dem Kochfeld hatte noch niemand weggekratzt. Carina sagte sich, dass sie nur nach Frau Mayerhofers Bingo suchte, nichts weiter, und spähte die Treppe hinauf. Hatte sich oben etwas bewegt? Ein Schatten an der Wand? Sie stieg hinauf und warf noch mal einen Blick in Enricos Zimmer. Die große Sporttasche fehlte, jemand hatte die schmutzigen Sachen weggeräumt. Eine Schranktür stand halb auf. Bestimmt hatte die Tante ein paar Sachen für ihren Neffen eingepackt und ihm ins Krankenhaus gebracht. In Olivias und Jakobs Zimmer waren die Betten abgezogen und die Matratzen entfernt worden. Auch hier klebten überall Nummern zum Tatverlauf. Sie betrat den leeren Raum zwischen Ricos Zimmer und dem Elternschlafzimmer. Hatte das hier ein Gästezimmer werden sollen? Verfärbungen am Parkett und ein paar Farbspritzer zeigten, dass das Zimmer möbliert gewesen sein musste, an der Gardinenstange über dem Fenster hingen Clips für Vorhänge, und hinter der Tür lag ein Gymnastikball. Carina zuckte zusammen, als sie die Haustür unten hörte. Wer kam da? Und wo hatte sie eigentlich den Schlüssel? Hastig suchte sie in ihren Hosentaschen, dann in ihrer Umhängetasche. Wie blöd war sie eigentlich? Heimlich eine verbotene Tür aufsperren und außen den Schlüssel stecken lassen! Langsam, Stufe für Stufe stieg sie wieder hinab, lauschte bei jedem Schritt und spähte in die Ecken. Was, wenn der Schlüssel jetzt fort war? Im Flur standen zwei Riesenpakete neben dem Schuhschrank, und die Haustür war nur angelehnt. Der Schlüssel steckte noch, die Fledermaus baumelte kopfüber hin und her. Sie schrak auf, als ihr plötzlich die weiß gefleckte Katze um die Beine strich. Wo war die jetzt hergekommen? Bingo spähte mit ihr zusammen nach draußen, wo ein Lastwagen einer Möbelspedition gehalten hatte.

Ein Mann in grauem Overall rollte eine Sackkarre mit einem weiteren Paket heran, stellte es ab und wischte sich mit dem Handtuch, das er wie ein Sportler um die Schultern trug, den Schweiß von der Stirn. »Ah, Frau Loos, ein Autogramm bitte.« Er zog den Lieferschein und einen Kugelschreiber aus der Hemdtasche.

»Ich bin nicht Olivia Loos«, sagte Carina.

»Egal. Hauptsache, Sie unterschreiben.« Er lachte sie aus einigen Zahnlücken an.

Carina überflog den Lieferschein. Die Firma entschuldigte sich für die Verzögerung und freute sich nun, die Kinderzimmermöbel »Wunderland« liefern zu können. Alices Bett mit Baldachin, ein Grinsekatzen-Schrank mit herausklappbarem Schreibtisch, ein Kaninchenohrregal mit Uhr und eine Frisierkommode. Mit ihrer Vermutung, dass das leere Zimmer gerade renoviert wurde, hatte sie anscheinend richtig gelegen. Aber warum ein Mädchenzimmer? Das war wohl kaum für den siebzehnjährigen Enrico gedacht. Außer er war ein eingefleischter Alice-im-Wunderland-Fan. Und ein weiteres Kind gab es nicht. Jedenfalls hatte niemand etwas erwähnt, und im Haus deutete auch nichts darauf hin.

»Was ist?« Er wischte sich mit dem Handtuch übers Gesicht und sah auf die Uhr. »Ich hab noch die halbe Ladefläche voll, also bitte.«

Carina unterzeichnete, zog den Schlüssel ab und schloss die Tür. Sollte sie ihrem Vater Bescheid geben?

Die Post ist da. Wie würde das klingen, noch dazu, wenn Matte erfuhr, wo Carina sich befand.

Bingo schnupperte an den Paketen, stolzierte im Haus herum, als zeigte er ihr seinen Palast, und lief die Treppe hinauf.

Am besten, sie fing den Kater ein und brachte ihn Frau Mayerhofer zurück, danach würde sie eine SMS an ihren Vater schreiben. Also ging sie wieder nach oben. Im leeren Zimmer aalte sich Bingo in einem Streifen Sonnenlicht, der durch das Fenster aufs Parkett fiel. Ob ihr Vater von der »Katzenfängerin« wusste, wie Frau Mayerhofer die Raucherin nannte, die das Haus am Morgen der Morde beobachtet hatte?

Die SMS von Wanda hatte sie immer noch nicht gelesen, jetzt schaute sie kurz die Geschenkeliste von Sandro durch: 1. Knete, 2. Ein Glätteisen, 3. Nagelfeilset. Also, abgesehen von der Knete sah das doch mehr nach Wandas Wünschen aus. Auf ihrem Handy befand sich auch immer noch die Nachricht ihres Vaters, die er ihr draufgesprochen hatte, kurz nachdem er angeschossen worden war. Bisher hatte sie es nicht übers Herz gebracht, sie zu löschen. Aber angehört hatte sie sie seither auch nicht mehr. Sie hockte sich auf den Gymnastikball, streichelte Bingo und schaltete die Mailbox ein.

Die Worte ihres Vaters hallten durch den kahlen Raum. Sofort lähmte sie wieder das Gefühl von damals. Beim ersten Abhören war sie überzeugt gewesen, dass er gerade starb, ja schlimmer noch, bereits tot war. Eine lähmende Angst hatte sie gepackt. Nachrichten, die ihre Weltsicht veränderten. Nach ewiger Herumdruckserei gestand er ihr in der dritten Mitteilung, dass Silvia nicht ihre richtige Mutter war.

Danach folgten seine letzten Worte: »Kra-ha-llinger gescho-hssen.«

Sie lauschte seinen Atemzügen, die nach und nach leiser wurden. Im Hintergrund waren Stimmen und Gepolter zu hören und dann ein Klicken, bei dem Carina bisher gedacht hatte, hier sei die Mailbox abgeschaltet worden. Doch als sie auf das Display sah, zeigte es noch fünf Sekunden an. Wahrscheinlich hatte ihr Vater die Taste verfehlt, woanders draufgedrückt, war dann wegen des Blutverlusts schwächer geworden, vielleicht sogar bewusstlos, und jemand, der ihn fand, hatte die Aufnahme gestoppt. Noch drei Sekunden. Ein Flüstern, dann klickte es. Sie spulte zurück und hörte es sich erneut an, presste ihr Ohr an den Lautsprecher. Sie verstand *Schüldaneres* oder *Schdanieriss*. Die Stimme klang drohend, ein Zischen ohne Ton, wie ein schnelles Ausatmen. Das konnte unmöglich ihr Vater gewesen sein.

23.

Neumaising, Mai 1992

»Bevor ihr euch zusauft, lasst uns doch erst noch ein bisschen arbeiten, die Woche war lang.« Iris streckte sich zu den verräucherten Balken und gähnte. Seit dem Rohwedder-Attentat vor über einem Jahr hatte bei ihr der Alltag hauptsächlich aus konzentriertem Lesen bestanden. Quellenberichte der V-Leute auswerten und einen neuen Bericht verfassen. Wenig Erhellendes war darunter gewesen, und wenn, dann musste sie es weiterleiten und hörte nie mehr von der Sache. Endlich erlöste die neue Anzeige im *Kurier* sie aus der steif machenden Schreibtischarbeit:

Die Fünf gratulieren Dir, liebe Hofi, zum Geburtstag, gefeiert wird am Samstag ab 16 Uhr.

Das hieß, entweder einer der vier anderen steckte in Schwierigkeiten, oder ein weiterer Auftrag stand bevor. In den folgenden Nächten schlief sie schlecht, aber nicht weil ihr die Vorstellung, wieder zu töten, Gewissensbisse bereitet hätte; sie ging in Gedanken einfach noch mal die alten Fälle durch, überlegte, was sie verbessern konnte, um Fehler möglichst auszuschalten. Fehler bedeuteten Enttarnung.

»Was denkst du, um was geht es diesmal?« Sie setzte sich neben Calimero auf die Eckbank, ließ es zu, dass er den Arm um sie legte und sie näher zu sich heranzog.

»Autsch!« Sie jaulte auf, als sie sich das Knie an der Tischkante stieß, und bremste gleich darauf seine Hand, die die Innenseite ihrer Beine hinaufkletterte. »Lass das.«

Er gehorchte, trank einen Schluck Bier und forderte Felix auf, den Umschlag zu öffnen, den er, Calimero, aus dem Postschließfach mitgebracht hatte. Die Zigarette in den Mundwinkel geklemmt, schob Felix die Bierflaschen und die Chips auf der Tischplatte zusammen, schnappte sich Krallingers Taschenmesser und schlitzte den dicken Umschlag auf. Gebündelte Hundertmarkscheine fielen heraus. Felix schüttelte das braune Kuvert, als hätte sich die Nachricht womöglich darin verfangen, aber da war nichts weiter, obwohl er die Papptasche bis in ihre Einzelteile zerlegte. Nur fünf Geldbündel à dreitausend Mark.

»Sieht nach Abfindung aus.« Krallinger kicherte, verstummte, als keiner in sein Lachen einstimmte, und stopfte sich Salami in den Rachen.

»Wer von euch hat die Anzeige aufgegeben?« Calimero sprang auf und hob dabei den Tisch an. Ein paar Flaschen fielen um und rollten über den Rand. Es klirrte.

Salamander hechtete zum Tisch, rettete die Geldbündel vor der sich ausbreitenden Biersuppe und presste das Geld an sich.

»Was, wieso?« Krallinger hielt im Kauen inne. »*Du* hast doch inseriert, wie immer.«

»Diesmal nicht.« Calimero wischte sich über die nasse Hose und musterte sie alle reihum.

»Scheiße.« Felix zupfte sich heiße Asche von den Lippen und warf den Zigarettenstummel fort, an dem er sich verbrannt hatte.

Krallinger griff sich die Reste des Umschlags und hielt sie gegen das Fenster. Außer seinen fettigen Fingerabdrücken, die das Packpapier transparenter machten, war nichts darauf, gar nichts. Machte sich Calimero einen Scherz auf ihre Kosten?

»Ich dachte, du instruierst uns wieder?« Felix zündete sich eine neue Polnische an und schob sie in den unverletzten Mundwinkel. Seit es die Stasi nicht mehr gab, arbeitete er wie Iris für den Bundesnachrichtendienst und war wie sie zum Stubenhocken verdonnert worden, nur mit dem Unterschied, dass seine Dienststelle in Hannover lag. Sie hatte aus persönlichen Gründen darauf bestanden, in Bayern bleiben zu können: wenn schon am Schreibtisch, dann in Pullach bei München.

»Wenn's der Krallinger gewesen wäre, hätte er mir das längst gesagt.« Er stupste seinen Freund an.

»Ich?« Krallinger rülpste und rieb sich das Feuermal, als müsste er es irgendwie in Gang halten. »Natürlich bin ich's nicht gewesen. Iris war's, stimmt's?« Er deutete mit der Messerspitze auf sie.

»Keine Nachricht bedeutet: kein weiterer Auftrag.« Sie sprach aus, was im Raum stand. »Und kein Auftrag heißt ...« Mit einer Fingerspitze zog sie Strahlen aus der Bierlake auf der Tischplatte. Sie schwiegen, stierten vor sich hin. Nur Krallingers Schmatzen und das Knistern des Feuers waren zu hören. Nach einer Weile schob Salamander jedem ein Geldbündel zu, öffnete das Schürtürchen und stopfte die Umschlagreste in den Ofen.

»Sag ich doch, Abfin…«, wollte Krallinger ergänzen.

»Schnauze«, brüllte Calimero. Sie starrten ihn an. Keiner rührte sich. Sogar das Vogelgezwitscher draußen schien verstummt zu sein. »Die RAF hat sich aufgelöst, also sind auch wir überflüssig.« Im vergangenen Jahr hatten die Terroristen öffentlich per Zeitungsartikel der Gewalt gegen führende Repräsentanten der Wirtschaft und des Staates abgeschworen. »Prost! Wer nicht mehr gebraucht wird …« Er hob die Flasche. »Auf die Freiheit! Lasst uns anstoßen und unsere Entlassung feiern.« Er sackte zurück auf die Eckbank.

»Und was ist mit Weiterstadt? Soll das etwa ungesühnt bleiben?« Krallinger sprach es endlich an. Wie um einen Schlusspunkt zu setzen, hatte die RAF – oder irgendwelche Linke – vor zwei Monaten die gerade fertig gebaute Justizvollzugsanstalt Weiterstadt mit zweihundert Kilogramm Sprengstoff in die Luft gejagt. Personen waren keine zu Schaden gekommen, nur der Staat, mit schätzungsweise hundertdreiundzwanzig Millionen Mark. Auch Iris hatte gedacht, sie seien deshalb zusammengerufen worden.

»Dreitausend fürs Maulhalten ist zu mager.« Aus dem Ofeneck meldete sich Salamander zum ersten Mal zu Wort.

24.

Carina wählte die Nummer des Polizeipräsidiums und ließ sich mit Peter Schuster verbinden. Auf dem Ball wippend, kraulte sie den Kater, der die Ohren anlegte.

»Ja, hier Schuster?«

»Au«, sagte Carina. Bingo hatte sie gebissen.

»Frau Au, was kann ich für Sie tun?«

»Ich bin's, Carina. Also, äh, ich wollte fragen, ob … es ist …« Ausgerechnet bei einem Sprachforscher stotterte sie herum. Was dachte der von ihr? »Also, ich habe was gefunden, und ich wollte Sie … nein, ich glaube, dass genau Sie mir vielleicht weiterhelfen könnten.«

»Um was geht es denn?«

Das nächste Mal machte sie sich Notizen, bevor sie mit ihm telefonierte. Er musste sie für total bekloppt halten.

»Frau Kyreleis. Sind Sie noch dran?«

Sie versuchte es erneut. »Können Sie auch Nachrichten entzerren, die auf meinem Handy gespeichert sind?«

»Wie wäre es, wenn Sie vorbeikommen? Ich wollte sowieso gleich Pause machen.«

Als sie aufgelegt hatte, fiel ihr Blick auf die Sockelleiste hinter der Tür, wo ein Stück Papier herausragte. Sie zog daran, und eine bemalte Karte kam zum Vorschein. Ein Bär, von einem

Kind gemalt und doch so exakt, wie es Sandro noch nicht beherrschte. Er malte meistens gröber, mit wenigen Strichen, hatte nicht die Geduld, etwas so genau auszuschmücken. Die Bärenschnauze war mit Deckweiß auf das braune Fell aufgetragen, und sogar eine rosa Zunge hing ihm aus dem Maul.

Bärige Grüße zum neunten Geburtstag, von Deiner besten Freundin Sara Forever, stand in Schönschrift auf der Rückseite. Bärig, das bayerische Wort für geil oder cool, hörte man kaum noch. Ob diese Sara Bayerisch sprach? An wen die Karte gerichtet war, war nicht zu erkennen. Bingo, von alldem unbeeindruckt, peitschte mit dem Schwanz übers Carinas Füße in den Insektenschuhen.

»Glaubst du, dass Enrico diesen Bären vor acht Jahren gekriegt hat, als er neun geworden ist, und dass diese Karte seitdem hinter der Leiste verborgen war?«, fragte sie den Kater.

Der kniff die Augen zusammen und drehte sich auf die andere Seite, um sich auch da das Fell braten zu lassen.

»Acht Jahre, so lange wird das Haus hier doch noch gar nicht stehen.«

Sie verstaute die Karte in ihrer Tasche, packte dann den Kater mit festem Griff und trug ihn die Treppe hinunter, zur Tür hinaus, bis über die Straße.

»Ich kaufe nüscht.« Als Agnes Mayerhofer nach ihrem Klingeln öffnete, erkannte sie Carina zuerst nicht. Ihr Rock war verdreht, mit dem Reißverschluss nach vorne und bis unter den Busen hochgezogen. Ihr graues Haar stand ihr in wirren Strähnen um den Kopf. Außerdem hatte sie in der Eile vergessen, ihre Zähne einzusetzen. Vermutlich hatte Carina sie aus einem Nachmittagsschläfchen geweckt. Dann fiel ihr

Blick auf den Kater. »Bängolei«, nuschelte sie und wollte ihn Carina abnehmen.

»Frau Mayerhofer, ich bin's, Carina Kyreleis, die Rechtsmedizinerin von vorhin. Erinnern Sie sich?« Das Tier sprang Agnes Mayerhofer über den Arm auf die Schulter und knetete ihr den Nacken.

Vielleicht hat sie ihn deshalb so vermisst, dachte Carina. »Sagt Ihnen der Name Sara Forever etwas, oder einfach nur Sara?« Forever war bestimmt nicht der Nachname des Mädchens.

Agnes Mayerhofer überlegte: »Schara Forewa, heischt so nischt diese Schängerin von der Tageschschau?« Sie war wirklich noch nicht ganz wach.

»Eher nur Sara.«

»Wie?«

Carina zeigte ihr den Fund aus der Sockelleiste.

»Warten Schie, ich hol meine Brille.« Nach einer Weile kehrte sie ohne Kater, dafür mit Brille und Zähnen im Gesicht zurück, betrachtete die gemalte Karte und las die Rückseite. »Ach, die Sara. Das muss die Freundin von der Flora sein. Wie geht es ihr denn, falls man das unter diesen Umständen überhaupt beantworten kann.«

»Welche Flora?«

»Na, das kleine Loos-Mädchen, die Schwester vom Enrico. Sie hatte letzte Woche ihren siebten Geburtstag.«

»Schwester? Hier steht was vom neunten Geburtstag.«

»So, der neunte? Meine Güte, die werden so schnell groß. Ich habe ihr auch was geschenkt, eine Patchworkdecke, die ich vor Jahren in so einem Kurs genäht habe. Für Floras neues Bett, sie hat sich so gefreut. Ach, wenn man da geahnt hätte, dass es der letzte Geburtstag mit ihren Eltern ist. Nur gut, dass sie an dem Tag in der Schule war, schrecklich, wenn sie dabei gewesen wäre. Ich denke die ganze Zeit an sie, aber ich traue mich nicht, einfach bei ihrer Oma in Gauting anzurufen. Die Frau macht genug mit, und was sagt man auch in so einem Fall?«

Carina war völlig verwirrt und starrte Frau Mayerhofer nur an.

»Den Schlüssel hab ich für Flora aufbewahrt, damit sie jederzeit ins Haus kann, wenn sie früher Schule aus hat und ihre Eltern mal nicht da sind. Sie wissen ja, wie schusselig Kinder oft sind.« Sie musterte Carina, als ob sie schwer von Begriff wäre.

Und das war sie in der Tat. Enrico sollte eine neunjährige Schwester haben? Das wollte ihr nicht in den Kopf.

»Haben Sie ihn schon der Polizei gegeben?«, fragte Frau Mayerhofer.

»Wen?«

»Na, den Schlüssel. Sie scheinen etwas überarbeitet zu sein. Wollen Sie einen Kirschlikör?«

»Tut mir leid, ich muss weg.« Sie verabschiedete sich und lief zu Silvias Rad. Flora Loos war also bei ihrer Oma. Merkwürdig, dass niemand das Mädchen und die Großmutter erwähnt hatte, auch nicht ihr Vater, als sie ihn nach Enricos Verwandten fragte.

Samstag

Zweiunddreißig Stunden nach dem Ursprung

Ich wünsch mir,
ich könnt in mein Herz fassen
und dafür sorgen,
dass manche Dinge nie geschehen.

Kevin Brooks

25.

»Ach, Frau Dr. Kyreleis, wie schön, dass ich Sie treffe.« Karin Kirchleitner, Mattes Kollegin und rechte Hand für den Verwaltungskram, begrüßte sie an diesem späten Samstagnachmittag im Präsidium. »Ich wollte sowieso mal mit Ihnen unter vier Augen reden.« Sie packte sie am Arm, damit Carina nicht weglief. »Vielleicht können Sie Ihrem Vater ins Gewissen reden. Er sollte sich mehr schonen, sich ausschließlich auf seine Aussagen im Krallingerprozess konzentrieren und ansonsten freinehmen. Er arbeitet zu viel für seinen Zustand.«

»Warum sagen Sie ihm das nicht selbst?« Carina hatte gehofft, ihrem Vater nicht gleich in die Arme zu laufen, und sein Hausarzt war sie auch nicht.

»Auf mich hört er leider nicht. Sie als Ärztin und Tochter haben da vielleicht mehr Glück.« Sie zog Carina näher, als würde sie ihr ein Geheimnis anvertrauen. »Sie wissen doch, wie Matte ist; wenn es um ihn selbst geht, winkt er ab.«

»In erster Linie kümmere ich mich um Leichen, Frau Kirchleitner.« Carina wackelte mit den erhobenen Fingern, als würde sie gerade in etwas Glibberigem herumwühlen, und entwand sich Frau Kirchleitners vertraulichem Griff.

Das verschlug Mattes Kollegin die Sprache, und sie trat einen Schritt zurück.

»Dachte ich mir doch, dass ich die Stimme kenne.« Peter Schuster trat auf den Gang hinaus und reichte ihr die Hand.

Carina folgte ihm in sein Büro, nahm ihren ganzen Mut zusammen und fragte: »Und was sagt der Sprachforscher in Ihnen zum Klang meiner Stimme?«

»Es ist nicht die Tonfrequenz allein, sondern mehr, wie Sie sprechen, also die Wortwahl und die Sprachmelodie.«

Carina begrüßte den Kollegen Paintner, mit dem er sich das Büro teilte und der sie von oben bis unten musterte wie der Leiter einer Castingshow. Sie trug noch immer Olivias Schuhe, warum hatte sie die nicht einfach zurückgestellt? Aber Peter achtete zum Glück nicht auf ihre Füße. Paintners Seite war mit Polizisten-Cartoons, Urlaubspostkarten, Familienfotos und Kinderbildern tapeziert. Ablagen voller Zettel, Körbe mit Papierrollen und Mappen mit Aktenzeichen stapelten sich auf Rollschränken und Tischen. In Peters Hälfte dagegen stand neben einem sauber gewischten Schrank und der blitzblanken Schreibtischplatte nur eine Tasche am Boden, aus der abgelatschte Sportschuhe ragten.

»Er hat extra alles von sich zu mir geräumt«, sagte Paintner, als er Carinas Blick bemerkte, und erhob sich. »Sonst ist der Pepperl nicht so ordentlich. Am besten, ich lass euch zwei allein, aber seid nicht zu laut. Nehmt auf die einsamen Häftlinge in den Arrestzellen Rücksicht.« Er boxte seinem jüngeren Kollegen gegen die Schulter und verließ das Zimmer.

Mit hochrotem Kopf schloss Peter die Tür hinter ihm, wie um sicherzustellen, dass Paintner wirklich gegangen war, und rollte Carina einen Drehstuhl heran. »Ich bin erst seit Anfang der Woche in diesem Büro, vorher war ich noch im ersten

Stock bei den Anwärtern. Paintner nennt das Einarbeitung und triezt mich, wo er kann.«

»Sie wollten mir was zu der Art sagen, wie ich spreche.« Carina versuchte ihm über die Verlegenheit hinwegzuhelfen.

»Stimmt.« Er nickte, runzelte die Stirn, fuhr mit den Fingern in der Luft auf und ab wie ein Dirigent und sagte: »Ich höre das Wort Hunger aus Ihrem Tonfall heraus oder zumindest Appetit, kann das sein?«

Obwohl sie nach der Lasagne ihres Vaters geglaubt hatte, mindestens bis übermorgen nichts mehr zu essen zu brauchen, spürte sie tatsächlich wieder etwas Platz in ihrem Magen. Aus dem Schrank, worin sich eine kleine Teeküche mit Minikühlschrank verbarg, holte Peter Sahne, schlug sie mit einem mechanischen Quirl steif und garnierte ein Riesenmüsli damit, in das er bereits Mandeln, Bananen und Äpfel hineingeschnipselt hatte, bevor er das Ganze mit Joghurt vermischte.

»Ich fühle mich ein bisschen wie im Kochstudio«, sagte Carina, die sich an ein Regal lehnte und ihm zuschaute. »Der kochende Polizist, das wäre doch was fürs Fernsehen.«

Peter lachte, stellte die Schüssel auf den Schreibtisch und reichte ihr einen Löffel. »Kraftfutter, ich brauche das vor der Spätschicht.«

Mit einem Mann, den sie kaum kannte, gleich aus einer Schüssel essen, das hatte sie auch noch nicht getan.

»Moment«, sagte er, als sie probieren wollte. »Duzen wir uns, jetzt, wo wir uns einen Futternapf teilen?«

»Einverstanden«, sagte sie und kostete. Lecker. Das beste Müsli, das sie je gegessen hatte. »Wie war das jetzt mit dem Fingerabdruck und der Sprache?«

»Worte, ob geschrieben oder gesprochen, können eine Waffe sein. Das Gesagte verflüchtigt sich und verzerrt sich in der Erinnerung.« Er gestikulierte mit dem Löffel, Sahne spritzte auf ihre Brille.

Sie putzte sie mit dem Saum ihres Shirts sauber; er schien nichts bemerkt zu haben und redete weiter.

»Bei Lösegeldforderungen zum Beispiel sagen die Worte oder die Art, wie die Worte gewählt wurden, sehr viel über den Täter aus. Besonders die Fehler sind interessant, Sprachfehler, Tippfehler. Sie sind so was wie eine Charakterisierung des Verfassers.« Er stockte. »Deine Beule ist weg, wie hast du das so schnell hingekriegt?«

Carina hatte überhaupt nicht mehr daran gedacht, ihre Brille war einfach wieder lockerer geworden. Sie tastete ihre Schläfe ab – da schmerzte nichts mehr – und bog den Brillenbügel in die alte Form zurück. Dann zuckte sie mit den Schultern. Silvias Wundermedizin hatte gewirkt, trotz Spinat und jeder Menge Wut.

»Aber was ist mit deinem Arm passiert?« Peter deutete auf ihre Schürfwunde.

»Ach, nichts.« Carina zupfte an der Kruste herum, die prompt wieder zu bluten anfing. Schnell senkte sie den Arm, nicht dass sie Peter den Appetit verdarb und ihm wieder schlecht wurde. »Vorhin auf dem Fahrrad hat mich ein Auto an eine Mauer gedrängt und ist dann bei Rot über die Ampel geprescht. Vielleicht bin ich mit auf dem Foto, das die Kamera gemacht hat, als der Fahrer geblitzt wurde.« Sie grinste.

Peter griff zum Telefon. »Ich frag bei der Verkehrspolizei nach, dann kannst du ihn anzeigen. Um wie viel Uhr war das? Und hast du dir das Kennzeichen gemerkt?«

»Nein, das braucht es nicht, so schlimm war's nicht. Aber mir ist dabei Enrico eingefallen. Ist er vielleicht auch geblitzt worden, bevor er auf die Autobahn raste? Was, wenn er aus Verzweiflung auf die falsche Autobahnseite aufgefahren ist, um vielleicht einen Verfolger abzuhängen? Dann hätte er doch bestimmt nicht an jeder Ampel gewartet, bis grün ist.«

Peter nickte, tauschte das Telefon wieder gegen seinen Löffel und aß weiter. »Nicht jeder, der bei Rot über die Ampel fährt, ist auf der Flucht.« Er überließ ihr eine Mandel, die er gerade herausfischen wollte. »Aber ansonsten liegst du richtig, es gibt Aufnahmen. Wir konnten seinen Weg von zu Hause bis zur Autobahnauffahrt zurückverfolgen. Er muss fast durchgängig mit Vollgas durch die Stadt gebrettert sein. Ein Wunder, dass nicht mehr passiert ist.«

»Darf ich die Fotos sehen?«

»Ich weiß nicht, wie dein Vater das hält oder wie das mit der Rechtsmedizin ist, aber solange die Ermittlungen noch laufen, kann ich, glaub ich, nicht …«

»Was, ich dachte, der Fall ist abgeschlossen?«

Er lachte. »Der Hexerei sind wir noch nicht mächtig. Der Junge liegt im Koma und kann nicht aussagen, außerdem fehlen noch einige Befunde der Spurensicherung, die arbeiten auf Hochtouren, aber …«

Sie legte den Löffel zur Seite und seufzte. »Danke, das hat sehr gut geschmeckt.« Ihr Vater hatte sie schon wieder belogen. Langsam brauchte sie ihn überhaupt nicht mehr ernst zu nehmen.

Peter glaubte, ihre Enttäuschung gelte ihm. »Ich würde dir die Blitzfotos wirklich gerne zeigen, aber es kann mich die Stelle kosten, wenn ich das tue.« Damit konnte er richtig liegen; was immer er auch damals bei dieser Zeugin verbockt hatte, einen zweiten Fehler verzieh ihm Matte bestimmt nicht. Peter machte sich über den Rest der Schüssel her.

»Kein Problem. Ich wollte dich eigentlich wegen was anderem fragen, also mehr privat.« Sie kam sich bescheuert vor, befürchtete, bei ihm von einer doppelbödigen Sprachfalle in die nächste zu tappen. Jetzt hatten sie von einem Tellerchen gegessen, und schon stellte sie ihm private Fragen?

»Genau, die Nachricht auf der Mailbox. Hast du das Handy hier? Ich hör sie mir an, und wenn ich nicht weiterkomme, dann kann ich die Techniker fragen.«

»Bitte nicht, es soll nicht im Präsidium rumgehen. Als mein Vater angeschossen wurde, hat er mir noch was auf die Mailbox gesprochen; ich wollte es heute löschen und habe auf einmal noch eine fremde Stimme gehört. Vermutlich Krallinger, aber ich kann ihn nicht richtig verstehen.«

»Sein Ex-Kollege vom BKA, gegen den er am Montag aussagt? Da wird ziemlich viel gemunkelt. Neulich hieß es, dass Matte als Polizeianwärter in eine RAF-Sache verwickelt gewesen ist.«

Ihr Vater und die Rote Armee Fraktion? Also, das war mal was Neues. Behauptete er deshalb fälschlicherweise, dass der Fall abgeschlossen war, weil er selbst Dreck am Walking-Stecken hatte? Carina schaltete ihre Mailbox ein. »Hör dir das zu Ende an, besonders die letzten zwei Sekunden nach der langen Pause.«

Er lauschte konzentriert, eine Haferflocke im Mundwinkel, die Wange gewölbt. Vielleicht bewahrte er sich noch etwas Kraftfutter für später auf. Carina fiel es schwerer als gedacht, in Gegenwart eines anderen das schmerzverzerrte

Schnaufen ihres Vaters zu ertragen. Was hätte sie nur getan, wenn er gestorben wäre, Lügerei hin oder her? Sie versuchte sich abzulenken, starrte auf Peters polierte Haferlschuhe.

Er bemerkte ihren Blick und zog die Fußspitzen unter den Stuhl. Nach *Schüldaneres* schluckte er seinen letzten Bissen hinunter und bat sie, ein kurzes Stück zurückzuspulen. Dann hörte er sich die Nachricht noch einmal an. »Entweder lispelt der Sprecher, *Sült*, Sylt, die Insel? Schultern, mmh. *Schdanieris*? Danniris … geht es um eine Iris? Dein Verbindungskabel hast du nicht zufällig dabei?«

Iris, Iris, war das ihr Name? Carina war wie elektrisiert, der Name klang seltsam vertraut, obwohl sie keine Iris kannte. Sie starrte ihn an.

»Kabel, Steckerverbindung, verstehst du mich?« Da sie immer noch keine Reaktion zeigte, gestikulierte er vielsagend. »Damit ich mir die Nachricht rüberladen kann.«

»Ach so.« Carina suchte in ihrer Tasche, in der sich fast ihr ganzer Besitz befand, aber das Kabel lag in ihrem Bad, wo sie das Handy nachts meistens auflud. Neben dem ungeöffneten Brief, den ihr Vater ihr gegeben hatte, fiel ihr die Bärenkarte in die Hände. »Wie geht es eigentlich der kleinen Schwester von Enrico? Wer kümmert sich um sie, oder darfst du darüber auch nicht sprechen?«

Peter wühlte in einer Schreibtischschublade, zerrte ab und zu ein Kabel heraus, legte es zurück. »Enrico hat keine Schwester.« Endlich fand er den passenden Stecker, verband das Handy mit seinem Netbook, das er aus seiner Tasche geholt hatte, und übertrug die Nachricht darauf. »Ich analysiere es zu Hause – ich hab da so ein eigenes Verfahren entwickelt –, und geb dir Bescheid, sobald ich was Näheres weiß.«

Carina rang mit sich. Wie konnte sie ihm von ihrem Fund und der Möbellieferung berichten, ohne zuzugeben, dass sie noch mal im Haus gewesen war? Sie starrte auf die Insektenschuhe. »Ich habe die Nachbarin getroffen, die gegenüber der Loos-Familie wohnt«, tastete sie sich vor.

»Frau Mayerhofer?«, fragte Peter. »Mit ihr habe ich schon gesprochen, sie war beim Schwimmen, als die Schüsse fielen. Kaum hat sie meine alten, abgelatschten Turnschuhe gesehen, hat sie mir die Haferlschuhe geschenkt. Angeblich sind die von ihrem Mann, der sie aber nie getragen hat.«

War das nicht Beamtenbestechung? Aber Carina verkniff sich die Bemerkung. »Mir hat sie gesagt, dass sie beim Arzt war, und sie hat sich nach der kleinen Tochter von Olivia und Jakob erkundigt. Flora Loos. Sie sei bei der Oma, glaubt sie. Stimmt das?«

»Flora Loos? Den Namen höre ich zum ersten Mal. Warte, ich bin gleich zurück.« Er rannte hinaus, ließ die Tür offen. Carina lauschte im Gang. Plötzlich hörte sie die donnernde Stimme ihres Vaters und dann ein Krachen, als wäre etwas Schweres gegen die Wand geflogen.

26.

Der Schmerz schlich sich an, blähte sich auf und brüllte auf sie ein. Was, wenn es immer schlimmer und schlimmer wurde? Wie sollte sie das aushalten? Es musste aufhören, auf der Stelle! Sie versuchte still zu liegen und nicht an die Schnur zu denken, die durch ihre Füße gebohrt worden war. Die pochte wie ein Monster, das an der Tür klopft.

Sie hatte von Omas Garten geträumt, alles war ganz anders gewesen, ihre Eltern hatten sich aufgeführt wie kleine Kinder, waren lachend irgendwo hineingerutscht. Wie lange schlief sie schon? Waren die Ferien schon wieder zu Ende? Sara hatte sich hoffentlich nicht in echt verletzt? Wo war ihre Freundin gerade? Dachte sie auch an sie, in diesem Moment?

Und ihr Geburtstag, dieser bedeutende Tag, der aus allen Farben bestand und wie ein Stern leuchtete, war in einer Seifenblase davongeschwebt. Alles war lumpengrau, ein Fetzen nur noch, hinter dem die Finsternis lauerte. Sie wusste nicht, ob es ein graues Heute war oder ein graues Gestern oder Morgen. Die Zwiebelhäute hatten ihr die Farben gestohlen.

Würde sie je wieder springen können? Mit diesen durchgestochenen Füßen vermutlich nicht. Warum kam nicht einfach ihr Papa und erstickte den Schmerz? Wo war er? Vielleicht fühlte es sich so an, wenn man starb, man verbrannte von unten herauf.

Dann kam ihr ein neuer Gedanke. Vielleicht hatte sie jahrelang geschlafen, wie das Dornröschen im Märchen. Die hatte sich an einer Spindel gestochen und hundert Jahre verpasst. Aber bei ihr stach es noch immer, obwohl sie längst wach war.

Ihr Bruder zog sie immer auf, weil sie die Wochentage nicht behalten konnte. Sie konnte sich einfach nicht merken, dass die Tage Namen hatten. Für sie unterschieden sie sich durch Farben. Als sie Sara fragte, welche Farbe der erste Tag der Woche bei ihr hatte, verstand die überhaupt nichts.

»Häh? Wie – Farbe? Montag ist Montag.« Sie hockten in Saras Zimmer unterm Dach und schmolzen Süßigkeiten auf Saras echtem Puppenherd.

»Bei mir ist der grau, wie so ein Kästchen, nein, eher wie ein Stück Stoff, an den Rändern ausgefranst und dunkel, da schimmert er sogar bläulich.«

»Wer schimmert?« Sara musterte sie, als würde sie eine fremde Sprache sprechen.

»Na, der Anfang der Woche. Danach kommt der grüne Tag und in der Mitte der rote.«

»Aha.« Sara glotzte sie an.

Sie horchte in sich hinein und überlegte, wie sie ihrer Freundin besser erklären konnte, was sie da sah. »Es fühlt sich einfach so an, den ganzen Tag lang oder wenn ich an diesen Tag denke, verstehst du?«

Sara schwieg, schlürfte mit einem Strohhalm den restlichen Papp aus dem Topf und verzog das Gesicht. »Igitt, der Champagner ist leider nichts geworden.«

»Welche Farbe hat denn dein Lieblingstag?« Sie probierte es noch mal. »Meiner ist hellllila.«

Saras Lieblingstag war der Samstag, weil sie da keine Schule hatten und lange aufbleiben durften, aber eine Farbe fiel ihr nicht dazu ein.

Seither hatte sie keinen mehr nach seinen Farben gefragt. Sie konzentrierte sich auf Sara und schickte ihr einen regenbogenfarbenen Gruß. Und auch an Alissa aus ihrer Klasse, die ihren Arm nicht richtig bewegen konnte, von Geburt an und trotzdem Geige spielte, langsame Stücke, die traurig und wunderschön klangen. Und an Tim, der sie geküsst hatte, so als sollte sie im Leben wenigstens einmal geküsst werden. Sie stellte sich vor, alle würden sich um ihr Bett versammeln und ihr beim Sterben zusehen. Sie hielt den Atem an, wartete darauf, dass sie sich auflöste und der Schmerz verschwand. Als sie wieder Luft holte, war sie immer noch da, in dem, was ihr Zimmer sein sollte, und kein bisschen aufgelöst. Ihre Füße hämmerten weiter von innen heraus, wehrten sich gegen die Plastikschnur, wenn sie sich bewegte.

Sie versuchte zu schlafen.

Schlafen macht gesund, sagte Oma immer. Vielleicht konnte sie zuerst schlafen, dann träumen und nie mehr aufwachen. Außer ihre Eltern weckten sie gleich, das wäre das Allerbeste.

27.

Carina schob das Fahrrad in den Hausflur und spähte zu ihrem Briefkasten. Es steckte tatsächlich Post darin. Oben in ihrer Wohnung öffnete sie das Zwiebelturmfenster, warf einen Blick auf den glutroten Horizont über der Stadt und sog die laue Nachtluft ein. Dann hockte sie sich auf ihr einziges Möbelstück, ein ausrangiertes Sofa von Wanda, über dessen abgewetzte Stellen Carina die buntgestreifte mexikanische Decke drapiert hatte. Sie holte den gelben Umschlag aus ihrer Tasche, den ihr Vater ihr gegeben hatte. Da lag sie, ihre Vergangenheit, einmal die mexikanische, die sich durch Doña Lupitas Luftpostbrief zurückmeldete, und dieser Brief ihrer richtigen Mutter. Sie dachte an Flora Loos, die eine Bärenkarte von ihrer Freundin erhalten hatte. Warum war die bloß in der Sockelleiste dieses leeren Zimmers gelandet? Und warum hatte niemand das Kind erwähnt, ganz so, als existierte es nicht? Vielleicht wurde sie bei ihrer Oma einfach nur von allem abgeschirmt, es war schlimm genug, den Tod der Eltern verkraften zu müssen. Dass keiner Carina gegenüber von ihr gesprochen hatte, war klar, schließlich war sie als Rechtsmedizinerin allein für die Obduktionen verantwortlich, nicht für die Sorgen der Überlebenden. Sie holte sich ein Glas eiskaltes Leitungswasser, trank und betrachtete ihre Briefe.

Welchen sollte sie zuerst öffnen? Ob Carina den Brief damals flüchtig zu Gesicht bekommen oder ob ihr Vater ihn gleich beschlagnahmt hatte, wusste sie nicht mehr. An die Geburtstagsfeier erinnerte sie sich noch sehr genau, weil ihre Freundinnen und sie einen Videofilm gedreht hatten. *Carina 12* nannten sie den Fernsehsender, für den sie an diesem Nachmittag Werbespots und eine Nachrichtensendung produzierten. Wanda imitierte eine Sängerin mit blauen Haaren. An das reale Vorbild erinnerte sich Carina nicht mehr. Ihr Vater spielte den Moderator von *Aktenzeichen XY* und wurde dann zu einem wirklichen Einsatz gerufen, wie üblich, das wusste sie noch. Es war Jahre her, dass sie sich das Video angesehen hatte – und genau diesen Film hatte sie gestern zerstört. Sie öffnete den Umschlag und überflog die wenigen Zeilen auf der Klappkarte. Die üblichen guten Wünsche für die Zukunft und dass ihre Träume in Erfüllung gehen sollten. Unterschrieben war das mit:

Deine Mama, die Dich nie vergessen wird.

Kein Wunder, dass ihr Matte so was vorenthielt. Sie halste ihm das Kind auf und wünschte alles Gute für die Zukunft, ha! Ob auf der Karte noch Fingerabdrücke zu finden waren? Diese Zeilen in einer fremden, gleichmäßigen Schrift, mit langen Serifen, als hätte die Schreiberin viel Jane Austen gelesen, brachten sie auch nicht weiter. Über ihre Mutter wusste sie genauso wenig wie vorher. Sie betrachtete die Zeichnung auf der Vorderseite. Zwölf mit Buntstiften gemalte Kerzen standen in einem Teller voller Buchstaben. Bei genauerem Hinsehen entdeckte sie auch kleine Zahlen darunter. Wollte *Mutterunbekannt* damit sagen, dass sie immer schön ihre Buchstabensuppe aufessen sollte, damit sie auch ohne sie groß und stark wurde? Wahrscheinlich bedeutete es überhaupt nichts. Sie schob die Geburtstagskarte wieder in den Umschlag und öffnete Doña Lupitas Brief. Sofort stieg ihr der Duft der Vanillefelder in Paplanta in die Nase. Lupita lud sie zu ihrer dritten, diesmal hoffentlich letzten Hochzeit ein. Sie betrieb einen Lebensmittelladen in Paplanta, der sich immer noch gegen die Supermarktketten behauptete. Sie hatten sich nach Carinas Autounfall kennengelernt, als Lupita sie von der Straße auflas und in ihrem Lieferwagen mitnahm. Beim Lesen ihrer Zeilen stiegen Carina Tränen in die Augen. In Mexiko war sie einfach nur »die Elster« gewesen, *la urraca*, wie sie von ihren Freunden nach dem Vogel, der die Seele der Toten ins Jenseits begleitete, genannt wurde. Das Familiengezerre in Deutschland war nur ab und zu durch Wandas Anrufe über den Ozean geschallt, und vor allem hatte sie damals ihre eigene Herkunft noch nicht infrage gestellt.

28.

Neumaising, Mai 1992

»Dann ist unsere Gruppe, so versteh ich das, mit sofortiger Wirkung aufgelöst. Das letzte Treffen also, prost.« Calimero hob die Flasche.

Iris atmete auf. »Ich mach erst mal was zu essen.« Sie holte eine Dose samt Dosenöffner aus ihrem Rucksack, spülte einen der Töpfe aus Hofis altem Küchenbord aus und stellte die Ravioli auf den Eisenofen, den Salamander mit Holz befeuerte.

Als es dunkel wurde, schloss Felix von draußen die Fensterläden, der Ofen bullerte, und Schnaps und Bier machten die Runde. Iris trank wie immer keinen Alkohol, schlürfte lieber ihren Tee und kratzte die restlichen Teigtaschen aus der Tomatensoße. Eigentlich konnte sie die Abfindung nehmen und heute schon abhauen, überlegte sie, warum noch eine Nacht hier verbringen und abwarten, bis die Stimmung kippte? Noch schwelgten sie in Erinnerungen, jeder prahlte damit, was er in den letzten Jahren für die Bundesrepublik geleistet hatte. Krallinger wollte sich im Sommer das Feuermal behandeln lassen, aber von dreitausend Mark würde er gerade mal in der Schweizer Klinik vorsprechen können, wenn überhaupt.

Vor der Vorstellung, im Finstern allein zur Fahrstraße und weiter bis zum Bahnhof zu stapfen und auf irgendeinen Zug zu warten, grauste es sie etwas. Sie beschloss, diese Nacht noch zu bleiben und morgen zeitig aufzubrechen.

»Du hast als Einziger von uns den Kontaktmann getroffen.« Felix, der zwischen Tür und Wand hin und her tigerte, sprach zu Calimero. »Das Schließfach mit der Banknummer, das weißt du von ihm. Dann frag nach, was das soll, ob es vielleicht ein Versehen war, ein Missverständnis.«

»Der Junkie vom Frankfurter Hauptbahnhof?« Calimero lachte. »Der lebt vermutlich gar nicht mehr.« Er trank erneut aus der Schnapsflasche, wischte sich über den Mund. »Dass wir die Auftraggeber nicht erreichen, ist doch bewusst so ausgetüftelt worden.«

»A-aus die M-maus«, gab Krallinger unterm Kruzifix im Hergottswinkel von sich.

»Genau, du sssagses.« Calimero fing zu lallen an, griff Iris an den Busen, als bräuchte er irgendwo Halt. »Wir Staatsdiener haben uuunser Sssssoll erfüllllt und …« Sie schob seine Hand weg, legte sie ihm wieder um eine Flasche, aber die war leer, und er schob sie weg. Salamander hatte ihnen den Rücken zugekehrt, starrte in die Glut wie ein kleiner Junge ins Lagerfeuer und öffnete und schloss im Minutentakt das Ofentürchen.

»Ausrangierte Diener sind unnötige Mitwisser, das heißt für uns …« Er musste nicht weitersprechen, jeder wusste, was das bedeutete.

»Gute Nacht.« Iris löste sich aus Calimeros Umklammerung.

»Bleib doch noch ’n bisschen.« Calimero wollte sie nicht gehen lassen.

»Ich schlaf sonst hier noch ein.« Sie strich ihm übers Haar, wollte ihn auf die Wange küssen, doch er drehte den Kopf und saugte sich an ihren Lippen fest. Es tat weh, augenblicklich schmeckte sie Blut. Sie riss sich von ihm los und stürmte nach oben.

»Eine Frau sprengt die Gruppe«, hörte sie Salamander murmeln. Was sollte das jetzt? Sie mussten jederzeit die Disziplin wahren, und nur weil sie als Geheimagenten abserviert worden waren, wurde *sie* plötzlich dafür verantwortlich gemacht? Calimero als Gruppenführer mit Verantwortung für die Nation ließ sich volllaufen und glaubte, er könne mit ihr machen, was er wollte. Morgen, wenn er wieder nüchtern war, würde er sich entschuldigen wollen, beteuern, wie leid es ihm tat. Aber da würde sie bereits weg sein; sobald es hell war, würde sie aufbrechen.

Sie drückte auf den Lichtschalter in ihrer Kammer, um in dem schwarzfleckigen Drehspiegel am altmodischen Waschtisch hinter der Tür zu überprüfen, ob Calimero sie in die Lippe gebissen hatte. Die Glühbirne flackerte kurz auf, knisterte und erlosch. Mist, an Wechselbirnen hatte bestimmt niemand gedacht. Dann würde sie eben eine aus dem Treppenaufgang nehmen. Als sie die Tür öffnete, stand Calimero davor. Er drängte sie ins dunkle Zimmer zurück und warf sie aufs Bett.

»He, was soll das?« Sie fasste es noch als Scherz auf, schlug dann mit dem Kopf an einen Balken und japste. Blitze schossen ihr durch den Schädel, der Schmerz raubte ihr für einen Moment die Sinne.

Calimero griff ihr in die Haare und riss ihr den Kopf zurück. Sie wehrte sich, trat, strampelte, kratzte. Endlich hörte sie die anderen auf der Treppe. Salamanders Gestalt füllte den Türrahmen aus.

»Los, sag deinem Freund, dass er aufhören soll«, schrie sie, doch Salamander reagierte nicht.

»Was willst du mit der?« Felix zwängte sich an Salamander vorbei. »Die ist doch gar keine richtige Frau.«

»Meinst du? Dann schauen wir mal nach.« Krallinger war auch dabei. Viele Hände packten sie, hielten ihr Arme und Beine, zerrissen ihr Shirt und zerrten ihr Hose und Unterhose herunter. Inmitten des Chaos stachen Gedanken durch ihren Kopf: Das passierte jetzt nicht wirklich, das waren nicht die, die sie für Freunde gehalten hatte, denen sie vertraute, so wie sie ihr, die jetzt keuchten, fummelten, stießen. Wer als Erstes in sie eindrang, wie oft und wie lange, wusste sie nicht. Nach einer Weile hatte sie das Gefühl, immer mehr zu zerreißen, nur noch Schmerz zu sein, und hoffte vergeblich, endlich das Bewusstsein zu verlieren. Sie schlugen sie, zwickten ihr in die Brüste, verdrehten ihr die Beine.

Vier Mal Dunkelheit, vier Mal Schmerz, vier Mal Unendlichkeit.

Sonntag

Achtundvierzig Stunden nach dem Ursprung

Mir fehlen die Worte
ich hab die Worte nicht
dir zu sagen was ich fühl'
ich bin ohne Worte
ich finde die Worte nicht
ich hab keine Worte für dich

Tim Bendzko

29.

Der Tod eilt als Schaffner ohne Fahrzeug durchs Land. Von Weitem blitzt das rote Innenfutter seines Flattermantels am Horizont auf, wenn er auf großen Schuhen heranspurtet. Aus einer alten Tasche, die einer Hebammentasche gleicht, nur dass sie kein Geburtsbesteck enthält, zieht er ein Ticket, reicht es dem Sterbenden und entwertet es mit der Lochzange, die an seinem Gürtel hängt. Dann grinst er unter der Krempe seines Schlapphutes hervor, wie ein Schaffner, der eine Kinderfahrkarte verteilt; sie ist eigentlich nutzlos, verleiht aber der Reise mehr Spaß.

Den Sonntagvormittag verbrachte Carina im Institut mit »Oskar«; so hatte sie den Schädel getauft, weil sie die wuchtigen Knochenformen an ihren Opa Oskar erinnerten. Als Kind stellte sie sich den Tod als Schaffner vor, der an die Sterbenden Fahrkarten ausgab. Er sah wie Oskar Kyreleis aus. Mattes Vater hatte bei der Deutschen Bahn gearbeitet und war gestorben, als Carina in die Schule kam. Sie holte den Schädel aus dem Apothekerschrank und steckte ihn auf die Stele, die Nusser ihr für die Rekonstruktionen zusammengeschraubt hatte. Da sie auf den Originalschädeln rekonstruierte und nach der Fertigstellung alles Plastilin wieder entfernte, konnte sie das Gestell aus einem Stück Besenstiel auf einem Brett mehrmals verwenden. Wenn sie tat, was sie liebte, und auch diesem unbekannten Toten sein Gesicht zurückgab, würde sie das von Grübeleien abhalten. Noch verbargen die Knochen das menschliche Antlitz, aber sie würde es sichtbar machen.

»Verrat mir deine Augenfarbe.« Aus ihrer Vorratsschachtel mit den Glasaugen wählte sie ein hellbraunes Paar, eine unauffällige Farbe. Was sie nicht hundertprozentig wusste, lenkte nur vom Gesamteindruck ab und erschwerte die Identifizierung. Auch die Nasenform würde sie erraten müssen, denn der schmale Steg bis zur Nasenspitze fehlte, wie meistens bei Totenschädeln. Sie wärmte das Plastilin in den Händen, knetete es zu einer Kugel und platzierte das linke Auge in der Augenhöhle.

Die Glasmanufaktur hatte ein Paar mit mehr roten Äderchen und gelblichem Augenweiß versehen als die anderen. Dieses passte zu Oskar. »Vielleicht hast du Leberprobleme gehabt, aber ich hoffe, dass du nicht im Suff gestorben bist.«

Als sie zurücktrat, um ihr Werk aus größerem Abstand zu betrachten, stieß sie gegen etwas Großes, Weiches.

»Hoppla. Wen hat's im Suff erwischt?« Professor Feininger stand hinter ihr und fing sie ab.

»Oh, ich hab Sie gar nicht reinkommen hören.« Wie lange stand ihre Chefin wohl schon im Grätschstand zwischen den alten Geräten und hörte ihren Selbstgesprächen zu?

»Ich habe sogar geklopft«, erwiderte Feininger. »Aber Sie und der Starnberger …«

»Der Starnberger?«, unterbrach Carina. »Wissen Sie etwa, woher der Schädel stammt?«

Feininger verhakte sich mit einem Zipfel ihrer Bluse im Kartenständer und riss die beschädigte Abbildung des Verdauungstrakts endgültig ab, als sie sich auf Carinas Schreibtischstuhl niederließ. »Die Starnberger Polizei hat ihn geschickt. Er ist wohl im Archiv eingestaubt und, als dort jemand aufgeräumt hat, in einer Schachtel entdeckt worden. Hier, das lag dabei.« Aus einem Briefumschlag zog sie einen kleinen handschriftlichen Zettel und reichte ihn ihr.

»27. 8. 2003, Imker Lorenz Waasberger, Neumaising«, las Carina laut die rote Buntstiftschrift vor.

Lorenz, nicht Oskar, dachte Carina. »Dann ist der Schädel bereits identifiziert?« Auch wenn sie ein Gesicht jederzeit zu bloßen Übungszwecken rekonstruieren konnte, war es nicht dasselbe, als wenn sie einem unbekannten Toten die Identität zurückgab.

Feininger schien ihre Enttäuschung zu bemerken. Der Hauch eines Lächelns dehnte ihre Mundwinkel. »Waasberger ist nur der Name von dem, der den Schädel gefunden hat. Ich habe das Teil am Donnerstagabend ausgepackt, es schnell ins Regal gelegt und dann auf dem Weg in die Tierklinik vergessen.«

Ihr Parfüm war das also, deshalb war der Geruch Carina bekannt vorgekommen. »Dann wurde nie nach der Herkunft geforscht? Ein Toter ohne Kopf, so was fällt doch auf.«

Feininger hob die Schultern. »Es gab einige Personalwechsel bei der dortigen Polizei, schreiben sie, und im Landkreis rennt keiner kopflos herum, so viel ist klar. Aber nun ist er ja bei Ihnen in den besten Händen. Strengen Sie sich an, vielleicht ist es jemand aus der Schickeria, und wir kriegen die Medienpräsenz, die wir so dringend brauchen.«

Ein offizieller Auftrag! Carina hüpfte innerlich auf und ab. »Wie geht es denn Ihrer Peggy?«, fragte sie im Eifer der Freude.

Feininger schwieg, ihre Mundwinkel zuckten. Carina trat einen Schritt auf sie zu, wollte irgendetwas Tröstendes sagen, doch gerade in dem Moment hievte sich die Professorin wieder hoch. Der Stuhl rollte zur Seite und krachte an den Apothekerschrank. Carina fing ihn ab, bevor die Glastür zu Bruch ging.

»Machen Sie weiter, geben Sie Ihr Bestes, und klären Sie die Identität des Schädels.« Feininger wischte sich mit dem Blusenärmel über die Augen. »Aber erst mal fahren Sie ins Präsidium, man hat mich um Ihre Unterstützung gebeten.«

»Mich?« Ihr Vater verlangte jetzt doch ihre Mithilfe? Sie konnte es nicht glauben.

Ihre Chefin nickte. »Na ja, jetzt tun Sie doch nicht so, als ob es das erste Mal wäre. Es geht um das Loos-Mädchen; Sie waren ja als Erste am Tatort.« Feininger wandte sich zur Tür, drehte sich aber noch einmal um mit Blick auf Carinas Füße. »Und bei nächster Gelegenheit verraten Sie mir, wo Sie diese extravaganten Schuhe herhaben.«

Carina biss sich auf die Zunge. Noch immer trug sie Olivias Eigentum, kein Wunder, dass der Professorin als Etymologin die Insekten darauf gefielen.

»Aber nun los, was zögern Sie noch, Ihr Elsterblick wird verlangt.«

30.

Ihre Füße ruhig zu halten war schwierig, es kribbelte und krabbelte, als steckte sie in einem Ameisenhaufen fest. Sie knabberte an den Keksen, versuchte sich mit Essen abzulenken, obwohl sie nicht wirklich Hunger hatte. Bald war die Kekspackung leer. Mit dem Zeigefinger tunkte sie die Krümel vom Nachtkästchen. Es juckte weiter. Sie kratzte, rund um ihre Knöchel herum, ein bisschen nur und dann stärker, nestelte an dem kleinen Quadrat, durch das das Plastikband festgezurrt war, mit kleinen Zacken, die weder vorwärts noch rückwärts gingen. Widerhaken, hatte ihr Papa mal erklärt. Wider mit einfachem »i« hieß es, wenn etwas dagegen war. Und dieses Ding wehrte sich mit aller Macht dagegen, dass sie es aufbrachte. Außer sie schnitt es auf, dazu müsste sie aber zu ihrer Schere im Schreibtisch kommen. Doch der stand ein paar Meter weg, und wenn sie es mit Aufstehen versuchte, würden bestimmt die Juckwunden wieder aufbrechen. Das wollte sie aber nicht, jetzt, wo der Schmerz nur noch anklopfte, wie ein Wecker, der darauf lauerte, gleich wieder loszuschrillen. Außerdem war die Kruste fest mit dem Band verwachsen, wie sollte sie das jemals aus ihren Füßen herausbringen? Das Kribbeln war unerträglich, auch in ihrer Armbeuge juckte es. Eine Mücke? Sie lauschte, ob sie ein Summen hörte, und weil sie ihre Ohren so anstrengte, zuckte plötzlich ihr Fuß. Ein dünner Faden Blut sickerte neben dem Plastikband heraus, tropfte auf das Laken. Sie wimmerte ihr Spiegelbild an. Dann kletterte sie doch vom Bett und zog sich zum Schreibtisch, worin sie alles zum Basteln aufbewahrte. Die oberste Schublade war leer, auch die nächste und die dritte. Aber im Geheimfach unter der Platte, das ihr Papa eingebaut hatte, lagen noch die übrig gebliebenen Aquarellfarbnäpfe aus ihrem neuen Kasten, den sie letztes Weihnachten von der Gautingoma gekriegt hatte. Seither malte sie alles damit, alles, nur keine Ballons mehr.

Sie schleppte sich zum Schrank, aber auch der war ausgeräumt bis auf einen Schuh, einen weißen. Mamas Brautschuh. Unterm Bett fand sie ihren MP3-Player, er musste vom Nachtkästchen gerutscht sein, als sie nach der Trinkflasche gegriffen hatte. Entweder hatten sie den nicht entdeckt, oder sie durfte ihn als Einziges behalten. Ihre Lieblingslieder würden sie hoffentlich ein bisschen trösten. Sie steckte sich die Stöpsel in die Ohren und drückte auf »Play«. Nicht ihre Kinderhits setzten ein, sondern eine Frauenstimme erzählte etwas. Wer war das und wie war diese Geschichte auf ihr Gerät gelangt? Aber die Stimme gefiel ihr. Leuchtend hellblau, wellte sie sich an den Rändern und verformte sich mal zu silbernen Tröpfchen, mal zu einer wolligen Kugel, mal zu einem Kreisel, der sich auf dem Wasser drehte. Sie klang wie eine dieser Ansagerinnen in der S-Bahn, die manchmal lustige Sachen erzählten und manchmal schimpften, wenn die Leute nicht schnell genug einstiegen. Zuerst verstand sie nicht, was die Frau sagte, hüllte sich nur in ihre Farbbilder ein. Fremde Namen mit einem merkwürdigen Klang. Sie drückte auf »Rew« und hörte es sich noch mal an.

31.

»Was sollte das?« Carina hatte kaum das Polizeigebäude betreten, da stürzte ihr Vater aus seinem Büro und überhäufte sie zwischen Kopierer und Kaffeeautomat mit seinen Vorwürfen.

»Was sollte was?« Sprach er von der Unordnung in seiner Wohnung, die sie angerichtet hatte, als sie die *heiligen* Schubladen nach ihrer Herkunft durchstöberte, weil er und Silvia nicht fähig waren, mit ihr zu reden? Oder wollte er hier tatsächlich vor allen Kollegen über private Dinge sprechen und bestellte sie deshalb am Sonntag her?

»Was hattest du schon wieder beim Mordhaus zu suchen?«

Natürlich, es ging um den Fall, was sonst. Sie drehte den Loos-Schlüssel in ihrer Hosentasche, den hatte sie ihm eigentlich geben wollen. Nach der Peinlichkeit mit der Waffe wollte sie nicht noch einmal irgendwas zurückhalten. Aber dass sie nicht nur *beim* Mordhaus, sondern auch drin gewesen war, würde sie ihm trotzdem nicht gleich auf die Nase binden, so wie er sie zusammenstauchte. Der Schlüssel glühte in ihrer Hand. Sollten Rechtsmedizin und Mordkommission nicht eigentlich besser zusammenarbeiten? Schließlich ging es beiden um die Aufklärung von Verbrechen, oder etwa nicht? Dafür war sie doch herbestellt worden. Ihr Vater stocherte mit seinem Stock auf dem Boden herum, zerkratzte das Laminat. Was sein Aussehen betraf, musste sie Frau Kirchleitner zustimmen. Seine Haare standen wie Flaum über den Ohren ab, und seine Augen verschwanden hinter den sie umgebenden Schattenringen wie die Arena unter den Treppen eines Amphitheaters.

»Was denkst du dir eigentlich dabei, ohne Befugnis eine Zeugin zu befragen?«

»Eine Zeugin?«

»Tu nicht so, du weißt genau, von wem ich spreche. Die Nachbarin der Familie Loos, Agnes Mayerhofer. Ich hab dich doch gebeten, dich aus dem Fall rauszuhalten.«

»Ich kann reden, mit wem ich will«, fuhr sie ihn an. Noch wollte sie nicht klein beigeben. Auf einmal schienen alle Geräusche in den Büros ringsum zurückgeschraubt. Frau Kirchleitner hinter der Glastür rutschte der Telefonhörer nach unten, genau wie ihre Kinnlade. »Ich hab sie nicht *befragt*, wie du es nennst«, erklärte Carina. »Ich habe sie getroffen, und sie hat mir …«

»Getroffen?«, unterbrach er sie. »Und du warst zufällig in der Gegend, oder wie muss ich das verstehen?«

Carina biss die Zähne zusammen und schnaubte durch die Nase. Ein Knurren entwich ihrer Kehle. Jetzt hätte sie ein Paar echte Hörner gut gebrauchen können, dann könnte sie ihn jetzt aufspießen und durch die Luft schleudern.

Was bildete er sich ein? Sie konnte tun und lassen, was sie wollte, noch lebten sie in einem freien Land, ohne Matte Kyreleis als Oberbefehlshaber von Kontrolloseum oder wie sein Gefängnis dann heißen würde. »Was ist mit der kleinen Flora? Geht es ihr gut?«

Matte kratzte sich am Flaum. »Darüber gebe ich dir keine Auskunft, ein für alle Mal.«

»Weiß Flora schon, dass ihr Bruder ihre Eltern ermordet haben soll?« Carina bohrte weiter.

»Enrico *war* es«, fuhr er sie an. »Da gibt es keine Zweifel mehr.«

»Toll, ich gratuliere, erster Preis, Seite neunhundertneunundneunzig im Guinnessbuch der Rekorde unter Buchstabe O wie Oberschnellste Ermittlung der Welt. Aber was ich mache, das lass mich allein entscheiden. Wenn mir ein Ast auf den Kopf fällt, kannst du auch nicht vorher den Baum umsägen, oder? Sag mir lieber, wer Iris ist.« Nun war es heraus, einfach so; es war ihr über die Zunge gepurzelt, das Stück von ihrer Mailbox, das Peter für einen Namen hielt. Sofort spürte sie, dass sie ins Schwarze getroffen hatte. Ihr Vater öffnete den Mund, als wollte er etwas erwidern, blieb jedoch stumm und starrte sie an.

Im nächsten Moment zuckte sie zusammen, als er plötzlich Luft holte und über ihren Kopf hinweg losbrüllte.

»In fünf Minuten sind alle bei mir im Büro.«

Manitu hatte gesprochen, und die Steine rührten sich. Frau Kirchleitner legte den Hörer auf die Telefonanlage, sprang von ihrem Bürostuhl auf und straffte sich den Rock. Aus allen Ecken und Nischen strömten sie herbei, wie Mäuse aus ihren Löchern, wenn es regnete. Als Carina ebenfalls in sein Büro gehen wollte, nahm er ihr die Klinke aus der Hand.

»Du nicht.« Er stieß sie zurück. »Ich will nicht, dass du dich noch mal so einer Gefahr aussetzt wie im letzten Fall.« Damit zog er ihr die Tür vor der Nase zu. Paff!

Da stand sie und hörte ihn drinnen toben.

»Wie konnte das mit dem Kind passieren? Was ist das hier, arbeitet hier noch jemand richtig, oder sind wir in einem Schlaflabor?«

Wenigstens sprach er von *wir* und bezog sich selbst mit ein. Sie zögerte, ob sie nicht doch einfach hineingehen sollte.

»Na, endlich lerne ich Mattes Tochter persönlich kennen.« Ein Mann, mehr breit als hoch, in aufgekrempelten Hemdsärmeln und über dem Bauch hochgerutschter Weste, war neben ihr aufgetaucht und reichte ihr die Hand. »Ihr Vater hat mir schon so viel über Sie erzählt, dass ich fast geplatzt bin vor Neugier. Ich bin Kriminalrat Schirmer«, stellte er sich vor. »Wunderbar, dass Professor Feininger Sie gleich geschickt hat und Sie uns unterstützen wollen.« Ihn schien das Toben ihres Vaters, das immer noch durch die Tür drang, nicht zu stören. Er lächelte unentwegt und drückte auf einen Knopf des Kaffeeautomaten, ein Pappbecher sprang heraus.

Mit etlichen Akten und seinem Netbook unter dem Arm rannte Peter den Gang entlang.

»Ach, Herr Schuster.« Schirmer hielt ihn auf.

»Bin zu spät, grüß Gott, Herr Kriminalrat, hey, Carina.« Peter keuchte.

»Sie kennen sich also schon.« Schirmer roch an dem Kaffee und rümpfte die Nase. »Na, dann umso besser, nehmen Sie Frau Dr. Kyreleis mit zur Familie Loos, und krempeln Sie alles um, gehen Sie es von Anfang an noch mal durch. Ermitteln Sie in alle Richtungen, vielleicht versteckt sich die Kleine auch nur irgendwo. Von Stunde zu Stunde wird die Wahrscheinlichkeit geringer, dass sie noch lebt, aber wir hoffen es jetzt einfach mal.«

»Dann sag ich nur kurz Bescheid, dass …« Peter wollte in Mattes Büro.

»Das übernehme ich, fahren Sie gleich los. Der da drin ist wütend, weil er nicht weiß, wie er der Presse beibringen soll, dass in dem Familiendrama noch eine Neunjährige mit drinsteckt und dass ihr Bruder doch nicht der Täter war.«

»Enrico ist nicht mehr verdächtig?« Carina staunte.

Schirmer nickte. »Es gibt neue Indizien. Ihr Vater hat sich da in was verrannt, wir alle wissen, dass er viel zu früh wieder zu arbeiten angefangen hat. Aber keine Angst, er beruhigt sich schon wieder. Darum kümmere ich mich. Herr Schuster wird Ihnen alles erklären.« Schirmer kippte den Kaffee in den Schirmständer. Augenblicklich spritzte die braune Brühe wie bei einem großlöchrigen Sieb unten wieder heraus. »Ein Präsidium mit einem anständigen Kaffee muss erst noch entworfen werden. Dieser Jakob Loos war Architekt, nicht? Schade, wieder ein Talent weniger.« Er bückte sich, zog ein Stofftaschentuch aus der Westentasche und polierte seine Schuhe.

32.

Neumaising, Mai 1992

Irgendwann ließen sie Iris allein. Sie rollte vom Bett und übergab sich, kauerte in einer Pfütze aus Kotze und Blut. Im Finstern suchte sie nach ihrer Hose, fand sie nicht. Vielleicht hatten sie sie mitgenommen, damit sie nackt blieb. Sie musste hier raus, bevor sie zurückkehrten und sie erschlugen. Ihre Tasche mit Geld, Ausweis und ihren Sachen lag noch in der Küche.

Alles vibrierte. Erst da fiel ihr auf, wie stark sie zitterte. Sie tastete nach dem Bettlaken, riss es von der Matratze, wickelte sich darin ein und verknotete es im Nacken wie ein Sommerkleid. Der Geruch nach Schweiß und Sperma brachte sie erneut zum Würgen. Danach zog sie sich am Fenster hoch und starrte hinaus. Das Mondlicht griff mit weißen Fingern in den Wald und erhellte ihn an einzelnen Stellen. Vor ihrem Fenster war es abschüssig; wenn sie sprang, würde sie auf dem Pflaster landen, das rings ums Haus führte, und sich alles brechen. Sie schob sich an der Wand entlang, kroch unter der Dachschräge weiter, bis zu Hofis altem Waschtisch. Dahinter war ein kleiner Verschlag, in den sie noch nie hineingesehen hatte. Vorsichtig, möglichst ohne Geräusch, ruckte sie den Waschtisch zur Seite und tastete nach dem übermalten Metallriegel. Er ließ sich nur millimeterweise aufschieben. Was sie dahinter erwartete, wusste sie nicht. Vorsichtig langte sie ins Dunkel, wischte sich Spinnweben vom Gesicht. Der Mond schien durch die Ritzen der Dachplatten und erhellte einen Bretterstapel. Wie sie gehofft hatte, war der Verschlag nicht verschalt. Sie kroch hinein, zog von innen den Waschtisch so weit es ging zurück an die Wand und schloss die Verschlagtür. Sollten die *Vier* ruhig erst spekulieren, wie sie entkommen war. Sie hob ein paar Dachplatten an, legte sie im Verschlag ab, kniete sich dann auf den Bretterstapel und kletterte aufs Dach. Von außen waren die Dachziegel vermoost und rutschig, aber sie fand Halt in der Regenrinne. Von dort hangelte sie sich aufs Schuppendach und sprang. Sie schrammte sich die Ellbogen am rohen Holz der Schuppenwand auf, landete im Gebüsch, hangelte sich zwischen den spitzen Ästen nach draußen und spürte endlich Waldboden unter den Fußsohlen. Dann rannte sie los.

Mehrmals stolperte sie, versank in Löchern. Sie musste schräg gelaufen sein, denn es dauerte viel zu lange, bis sie die Fahrstraße erreichte. Doch endlich leuchtete im Scheinwerferlicht der geteerte Kiesweg auf. Mit letzter Kraft stürmte sie vor, hob den nackten Arm und winkte. Dann sank sie auf der Straße zusammen, gerade als ein Reifen auf sie zugerast kam.

33.

»Erst ein Müsli, dann ein Team.« Carina folgte Peter in sein Büro.

»So ändern sich die Zeiten, früher hieß es, eine Zigarette geteilt und dann …« Er legte sein Netbook auf den Schreibtisch und schaltete es ein.

»Den Spruch kenne ich nicht, ich hab nie geraucht. Du etwa?«

»Einmal, eine Havanna-Zigarre, ich wurde so hundselend krank danach, das hat mich kuriert.« Er klickte auf ein paar Dateien.

»Hier, die Fotos von der Blitzampel, die wolltest du doch sehen.« Er kippte den Bildschirm in ihre Richtung, und Carina erkannte Enrico; konzentriert und ernst umklammerte er das Lenkrad des Mini Coopers.

»Und der Wagen dahinter?«, fragte Carina. Dicht hinter Enrico fuhr ein BMW mit verdunkelten Scheiben, genau wie der, der Carina abgedrängt hatte. Das Autokennzeichen war deutlich zu lesen. Bestimmt ein Zufall, dachte sie, diese BMWs sind beliebt.

»Haben wir schon überprüft. Das Kennzeichen existiert nicht mehr.«

»Was heißt das? HIG RM-328 … gibt es keine Stadt mit diesen Initialen?«

»Doch, HIG bedeutet Heiligenstadt, das liegt in Thüringen; aber das Kennzeichen wird nicht mehr vergeben. Seit 1994 heißt es EIC, weil Heiligenstadt im Landkreis Eichsfeld liegt.«

»Ja und?« Carina verstand nicht.

»Der Fahrzeughalter existiert nicht. HIG ist so was wie eine Briefkastenfirma, der BND hat einfach ein Kennzeichen geordert, damit der Schein gewahrt ist. Ein Fahrzeug ohne Schild wäre viel zu auffällig.«

»Der Bundesnachrichtendienst war hinter Enrico her?«

Peter nickte. »Baader-Meinhof-Wagen, der alte Witz. Die Terroristen selbst und die, die gegen den Terror kämpfen, fuhren und fahren noch dieselbe Marke. Andreas Baaders Stadtguerilla hat hauptsächlich Autos der gehobenen Mittelklasse gestohlen. Ach ja, der Baader hatte übrigens auch keinen Führerschein, genau wie unser Enrico.«

»Ja, aber warum haben sie Enrico verfolgt?«

Peter zuckte mit den Achseln. »Das überprüft Schirmer, hat er gesagt. Ich war auf dem Weg zu deinem Vater, ich dachte, sie wissen schon Näheres.«

»Was ist eigentlich mit den Handys der Familie?«

»Alle prepaid, auf Enricos Mobilteil sind nur ein paar Nummern von Schulfreunden und die Festnetznummer von zu Hause gespeichert.«

»Liegt er immer noch im Koma?«, fragte Carina.

»Ja, wir wären längst verständigt worden, wenn sich an seinem Zustand was verändert hätte.«

»Also dann, fahren wir?« Carina wollte fort, nicht dass ihr Vater doch noch hereinschaute und sie, Schirmer hin oder her, rausschmiss.

»Warte, ich wollte dir was sagen.«

»Ja?« Was kam jetzt? Sie spürte, wie ihr Herz schneller schlug, als sie Peter ansah.

»Also, wegen der Nachricht auf deiner Mailbox.«

»Ach so.«

Er runzelte die Stirn, fing noch mal von vorne an. »Viel habe ich nicht heraushören können, nur noch zwei weitere Buchstaben, um genau zu sein. Es ist nicht mal ein Flüstern, mehr ein Ausatmen, aber die Stimme deines Vaters ist es nicht, wie du richtig vermutet hast. Die kenne ich auswendig.« Er grinste. »Spaß beiseite.« Flüchtig berührte er Carina am Arm, es kribbelte bis in ihre Zehenspitzen, dann wurde er wieder ernst.

»Hör noch mal selbst.« Peter öffnete eine MP3-Datei, stellte den Lautsprecher auf Maximum und klickte auf Wiedergabe.

Carina lauschte noch einmal dem seltsamen, hingehauchten Wort.

»*Schdanieress.*«

Sie verstand nichts anderes wie vorher, nur das *Eress* am Ende hallte in ihr als *Iris* wider als hätte der Name sich eingeprägt.

»Und?« Peter sah sie mit großen Augen an.

»Für mich sind es genauso viele Buchstaben wie vorher«, sagte Carina, schob einen überfüllten Stiftebecher zur Seite und lehnte sich auf Paintners Schreibtischkante.

»Krallinger ist Sachse«, erklärte Peter. »Ich bin ihm nie begegnet, habe aber ein bisschen recherchiert und mich umgehört, was über ihn im Präsidium geredet wird. Auf Sächsisch klingt ein I wie ein Ü, also denk dir mal am Anfang einen Vokal dazwischen. Warte … hier.« Er öffnete eine weitere Datei, in der er das Wort gedehnt hatte.

»*Schschschüüüüüldaaannneeerrrriiiiiisssss.*«

»Das *Dö* am Ende, als abgeschaltet wurde …« Peter klickte auf eine neue Datei. »Hast du es gehört?«

Carina verneinte.

»Den Moment, als ausgeschaltet wurde, hab ich extra entzerrt und an die Datei drangehängt. Im Ganzen hört sich das dann so an.« Peter drückte auf Wiedergabe.

»*Schschschschüüüüüüüüldaaaaaaannnneeeerrrr-riiiiiiiisssssdö.*«

Wenn er es ihr so vorsagte, hörte sie es auch heraus. Vielleicht waren Peters Vorfahren Hunde gewesen, von denen er sein Supergehör geerbt hatte, dachte sie und musste ein Grinsen unterdrücken, als sie ihn betrachtete. Sie verspürte Lust, seine Ohren zu küssen. Sofort verdrängte sie dieses Gefühl. Was war nur mit ihr los? Sie und ein Arbeitskollege ihres Vaters?

»Das ›D‹ könnte, weicher gesprochen im sächsischen Dialekt, eigentlich ein ›T‹ sein«, fuhr Peter fort und drehte den Kopf zu ihr.

»Äh, ja?« Sie konzentrierte sich wieder.

»Wenn es nicht heißt: *Schulter nie riss*, dann vielleicht *Schuld an Iris*. Das schien mir am logischsten. Aber schuld an Iris – und dann? Dö, tö, to, da. Das danach könnte alles heißen. Von Töne über Tonne bis Donnerstag. Kennst du eine Frau, die Iris heißt?«

»Ich habe meinen Vater gerade nach diesem Namen gefragt, aber keine Antwort gekriegt. Du meinst, es könnte einen Zusammenhang geben zwischen ihm, Iris und Kralllinger, der bei der Stasi war und zugleich hier gearbeitet hat?«

»Das habe ich nicht behauptet, aber es ist schon grotesk. Dass das BKA Krallinger dann einfach so übernommen hat. Wann beginnt der Prozess gegen ihn?«

»Morgen, deshalb ist mein Vater auch so gereizt. Er glaubt, dass Krallinger gezwungen wurde, auf ihn zu schießen, oder so ähnlich. Ich versteh es nicht genau.« Sie verschränkte die Arme. »Vielleicht muss ich das ja auch nicht. Danke, dass du dich so bemüht hast. Was habt ihr über das Mädchen rausgefunden?«

»Wie es aussieht, ist sie in Sicherheit und verbringt die Ferien mit der Familie ihrer Schulfreundin in Italien.« Peter fuhr das Netbook herunter.

»Die Nachbarin, Frau Mayerhofer, hat behauptet, sie ist bei ihrer Oma in Gauting«, sagte Carina.

Peter verstaute das Netbook in seiner Sporttasche. »Mit Floras Oma habe ich telefoniert. Der Plan ist geändert worden, sagt sie, erst hat sich Flora nicht getraut, ganz ohne Eltern zu verreisen, aber dann doch.«

»Und habt ihr sie in Italien erreicht?«

»Kein Handy und kein Internetanschluss, so was gibt es tatsächlich noch. Ich habe rumtelefoniert und erfahren, dass die Familie Schnitzler, so heißt ihre Schulfreundin Sara mit Nachnamen, am Freitag mit dem Zug nach Verona gefahren ist und dort einen Campingbus mieten wollte, um dann weiter nach Süden zu fahren. Ob sie allerdings Flora dabeihaben, wussten die Verwandten der Schnitzlers auch nicht. Es würden immer irgendwelche Kinder mitreisen, die Familie hat zwei Mädchen, Sara und noch eine Tochter. Die italienischen Kollegen sind eingeschaltet, aber es ist schwierig. Gerade ist Hauptsaison bei den Mietwagenfirmen und dann natürlich auch auf den Campingplätzen, ganz abgesehen davon, dass man mit einem Bus nicht immer auf einem bezahlten Platz hält.«

Schirmer trat ohne Anklopfen ins Büro. »Ich dachte, Sie sind schon längst weg.« Er fuhr sich durch die Haare. Seine geöffnete Weste hing ihm wie zwei erschlaffte Flügel unter den Achseln. »Die Italiener haben die Familie von Floras Freundin auf einem Campingplatz bei Mailand gefunden. Leider ist das Mädchen nicht bei ihnen, war es auch nie. Laut Familie Schnitzler wollte sie kurz vor der Reise doch nicht mit. Jetzt haben wir also einen Vermisstenfall. Wir richten gleich eine Sonderkommission ein, trotzdem bitte ich Sie beide, wie geplant ins Looshaus zu fahren. Die Spurensicherung ist schon auf dem Weg dorthin. Finden Sie heraus, ob jemand absichtlich alle Habseligkeiten von dem Mädchen beseitigt hat. Befragen Sie auch Onkel und Tante, die nebenan wohnen und gerade von Frau Kirchleitner informiert werden. Laut Sara Schnitzler wurde Flora zuletzt an der Bushaltestelle in der Nähe der Haidhausener Grundschule an der Flurstraße gesehen. Sie wollte dann mit ihrem Cityroller zur S-Bahn, angeblich, um zu ihrer Oma nach Gauting zu fahren.« Er seufzte und warf einen Blick auf seine Armbanduhr. »Wir wissen alle, dass die ersten zweiundsiebzig Stunden die kritischsten sind.« Er reichte Peter einen Faxausdruck. »Hier, der Name des Fahrzeughalters, der Enrico verfolgt hat.«

34.

Wie ein Lieblingslied drehte sich der Farbkreisel in Floras Kopf. Sie hörte sich die Geschichte von dem Königspaar, das so ähnlich wie ihre Familie hieß, wieder und wieder an.

König Laos und Iokaste, die Königin, wünschten sich sehnlichst ein Kind. Einmal im Jahr pilgerten sie mit ihrem Volk nach Delphi, um das Orakel zu befragen, ob sie denn je ein Kind haben würden. Doch die Ziege, die meckernd das Orakel sprach, war nur schwer zu verstehen. Ihr bekommt etwas, hieß es – aber was genau, mussten sie erraten.

Es jagt den Kater und verbrät die Butter, hörte König Laos aus dem Gemecker heraus.

Es klagt im Theater und vergisst das Futter, glaubte die Königin vernommen zu haben.

Auf dem Heimweg stritten sie über des Rätsels Lösung, bis sich der Hofnarr einmischte, weil er das Gezeter nicht mehr ertrug. »Es heißt: Es ehrt den Vater und liebt die Mutter.«

Da war das Königspaar besänftigt. Denn besser irgendetwas als gar nichts bekommen. Und tatsächlich, neun Monate später erblickte ein Kind das Licht der Welt. In der Nacht erschien Laos die Orakel-Ziege und verwandelte sich in seinem Traum in eine Löwin mit Flügeln, die knurrte: »Es erschlägt den Vater und heiratet die Mutter.«

Am nächsten Morgen, als Iokaste noch schlief, hob Laos das Kind aus der Wiege und ritt mit ihm in die Wüste. Bei einem Felsen durchstach er ihm die Füße und band sie zusammen, damit es nicht weglaufen konnte und nie mehr nach Hause zurückfand. Dann legte er es ab und ritt zurück.

Ein Hirte fand das Kind, pflegte es gesund und zog es auf, als wäre es sein eigenes. Er nannte es Ödipus, was Schw...fuß bedeutet oder auch: der, der alles weiß.

Sonntag
Fünfzig Stunden nach dem Ursprung

Hier ist die Welt, hier ihr Rand.
Die Fäuste der Wolken, das schädelweiße Licht.
Ihr Lachen. Aus den Schnäbeln schwereloser Möwen,
wenn sie kreischen
auf den Oberflächen der Steine, wo die Zeit
an sichtbarer Stille schlürft.
Hier im Flüstern, falls es die einzige Freiheit ist.

Jouni Inkala

35.

»Floras Freundin kenne ich, also nicht sie persönlich …« Carina zeigte Peter das gemalte Bärenbild, als er mit *seinem* Baader-Meinhof-Wagen in der Rabenkopfstraße hielt.

»Was ist das, woher hast du das?«

»Die Nachbarin, Frau Mayerhofer, hat ihren Kater vermisst. Sie hat mir einen Schlüssel gegeben, den sie für Flora aufbewahrt, weil sie glaubte, der Kater ist vielleicht im Looshaus.«

»Warst du etwa noch mal drinnen?«

Carina nickte und sprach schnell weiter. »Hast du mit Frau Mayerhofer gesprochen wegen dieser Katzenfängerin?« Sie stiegen aus und überquerten die Straße. Der weiße Kastenwagen der Spurensicherung parkte in der Einfahrt zum Looshaus.

»Ja, sie sagte was von einem Kettenraucher, der es auf ihren Kater abgesehen hat. Puh, ist das schon wieder schwül.« Peter wischte sich über die Stirn. »Felix Jering, ein Ex-BND-Mann, das stand auf dem Fax, das Schirmer mir gegeben hat.« Er zog das zusammengefaltete Papier aus der hinteren Hosentasche und reichte es Carina. »Der Fahrzeughalter des BMW mit dem falschen Kennzeichen. 2000 ist er aus dem Dienst ausgeschieden und arbeitet für einen Herrenausstatter in Ingolstadt Village, diesem Outletdorf.«

»Also das ist die neue Spur: Die Journalistin und ihr Mann wurden von einem Ex-BND-Mann erschossen, und der hat jetzt auch ihre Tochter in seiner Gewalt?« Carina blieb auf dem Bürgersteig stehen und betrachtete das Fax. Fotos wie vom Erkennungsdienst, ein Mann Mitte fünfzig, also etwa im Alter ihres Vaters, von der Seite und von vorne aufgenommen. »Der trägt einen Pferdeschwanz wie Rüdiger, dein Polizeikollege. Vielleicht hat ihn Frau Mayerhofer deshalb für eine Frau gehalten?« Sie gab ihm den Zettel zurück.

»Möglich, sie scheint etwas verwirrt zu sein. Einen Schlüssel hat sie mir gegenüber jedenfalls nicht erwähnt. Gib her, dann brauchen wir die von der Spurensicherung nicht rauszuklingeln.« Er streckte die Hand nach dem Schlüssel aus.

»Sind Vincent und Verena eigentlich ...?« Doch bevor Carina ihre Frage stellen konnte, öffnete ihnen Vincent Haas die Haustür.

»Wir wollten gerade anfangen; wenn ihr es auch sehen wollt, dann beeilt euch.« Er war bereits in voller Montur, samt Haube und Schutzanzug. Hastig schob Carina den Schlüssel wieder in ihre Hosentasche. Sie würde ihn Peter geben, nachher.

»Diese Möbellieferung ist gestern angekommen, ich frage mich, wer denen die Tür aufgemacht hat.« Vincent klopfte auf die großen Wunderland-Pakete, die im Flur standen und nun geöffnet waren. »Die komplette Einrichtung für ein Kinderzimmer, zum Selbstzusammenbauen.« Er rieb sich mit einem Taschentuch das Gesicht trocken und zeigte Peter den Paketschein. »Die Unterschrift ist unleserlich. Das ist doch dein Spezialgebiet, oder?«

Peter sah zu Carina, schwieg aber. Mit einem schwachen Nicken hinter Vincents Rücken deutete sie an, dass sie die

Pakete angenommen hatte. Sie duckte sich weg und stieg in einen Schutzanzug, streifte Plastikhüllen über Olivias Insektenschuhe. Die musste sie bei nächster Gelegenheit auch zurückgeben, sobald sie sich Ersatzschuhe besorgt hatte. Ihre Wangen glühten, mit gesenktem Kopf schlüpfte sie in die Handschuhe und zupfte sie zurecht.

Im ersten Stock war bereits alles abgedunkelt. Verena Thiel richtete das Stativ für ihre Spiegelreflex-Kamera aus. »Das Blut, falls welches zu sehen ist, flimmert nur wenige Sekunden auf, also konzentriert euch.« Auch sie würde mit dem Fotografieren schnell sein müssen.

Sie fingen mit Enricos Zimmer an. Zentimeter für Zentimeter besprühte Vincent sämtliche Flächen, die Heizkörper und die Ecken hinter den Möbeln. Dann schaltete er das UV-Licht ein. Luminol machte den kleinsten Blutstropfen sichtbar, aber hier leuchtete nichts auf. Auch in dem leeren Zimmer, das vielleicht Flora gehörte, war kein Blutstropfen zu sehen. Nicht auf dem Parkett, dem Gymnastikball, auf dem Carina gesessen hatte, und auch nicht auf den Sockelleisten, wo sie Saras Karte gefunden hatte. Zum Glück hatte es nicht geblutet, als Kater Bingo sie gebissen hatte, sonst würde jetzt ihr Blut hier aufleuchten, dachte sie für einen Moment. Erst in Olivias und Jakobs Schlafzimmer änderte sich alles, wie erwartet. Als hätten sie mit einem Wimpernschlag in eine Geisterbahn gewechselt, leuchteten hellblaue Blutspritzer auf, am Kopfende des Bettes und an der Wand, vor der Jakob gestanden haben musste, als er erschossen wurde. Verena knipste, Vincent sprühte nach, um die Wirkung zu intensivieren. Auch wenn Jakobs Stirnwunde und Olivias Herzschuss nicht stark geblutet hatten, wussten sie nun, dass hier jemand gründlich geputzt hatte, um alles Blut zu beseitigen. Ohne zu reden arbeiteten sie sich weiter durch die Räume – nicht, weil es nichts zu sagen gegeben hätte, sondern weil sprechen bedeutete, dass Spucke in die Spuren gelangen konnte.

Erst nachdem Vincent jeden Winkel eingesprüht hatte, brach er das Schweigen. »Lasst uns am Kellerabgang weitermachen, bei den Einschüssen in der Wand.« So wanderten sie mit ihrer Ausrüstung nach unten, verdunkelten dort und fingen in Küche und Wohnzimmer an, arbeiteten sich bis in den Keller, dann die Treppe wieder nach oben. Doch es blieb finster.

»Beenden wir die Geisterstunde.« Peter wollte die Vorhänge wieder aufziehen.

»Warte.« Carina hatte etwas auf der zweiten Kellerstufe entdeckt. Vielleicht waren ihre Augen überanstrengt und sie hatte sich getäuscht, aber in der Ecke direkt unter den Einschüssen, wo die Treppe einen Knick machte, war etwas gewesen. Sie bat Vincent, dort noch einmal nachzusprühen. Einzelne Tropfen mit Dornen und spitzen Auskragungen wurden sichtbar. Carina entnahm mit einem Wattestäbchen Proben für eine DNA-Analyse, die Peter beschriftete.

Nun sprühte Vincent auch die Unterseite des Treppengeländers ein. Und Treffer! Mehrere ausgeprägte Papillarleisten wurden sichtbar. Blutige Fingerabdrücke, die derjenige, der hier sauber gemacht hatte, übersehen hatte.

»Die Putzfrau kann es nicht gewesen sein. Eine Frau Velic …« Peter sah in seinen Notizblock. »Ein Kollege kennt sie und wusste, dass sie auch hier putzt, immer montags.«

Nachdem sie die Abdrücke gesichert, fotografiert und alles dokumentiert hatten, schoben sie die Essensreste der Familie zur Seite und setzten sich am Tisch in der Küche zu einer Besprechung zusammen. Auch wenn die Szenerie, die die Familie am Todestag hinterlassen hatte, längst verändert worden war, bereitete es Carina ein leichtes Unbehagen, die eingetrockneten Apfel- und Orangenschalen, von Fruchtfliegen umschwirrt, einfach in den Mülleimer zu werfen. Sie schüttete die halb eingefüllte Packung Kaba in die Blechdose und stellte sie auf die Küchenablage. Die anderen schien das nicht zu stören. Aber sie trugen auch nicht die Schuhe des Opfers, dachte sie und hakte ihre Füße hinter die Stuhlbeine. Verena kopierte die Fotos von ihrer Kamera auf ihren Tablet, und Vincent holte aus dem Auto einen Sechserpack Wasserflaschen. Endlich konnten sie aus ihren Schutzanzügen steigen und etwas trinken.

Beim ersten Schluck merkte Carina erst, wie durstig sie war. Sie zitterte, als sie trank. »Hast du die Schmauchspuren an Jakobs Hand schon ausgewertet, von der du diesen Handschuh gemacht hast?« Sie wandte sich an Vincent, der sofort die Arme hob. Einen Moment lang glaubte Carina, er würde sie zurechtweisen: Warum sie sich eigentlich in den Fall einmischte und dass sie sich gefälligst rauszuhalten habe. Ihm als langjährigem Kollegen ihres Vaters war das durchaus zuzutrauen. Gleiche Generation, gleiche Meinung, vermutete sie. Irgendwie konnte sie, nach Mattes Auftritt, noch immer nicht glauben, ebenbürtig im Team mit dabei zu sein.

Doch Vincent unterstrich nur mit den Händen, was er erklärte. »Vermutlich wollte Jakob Loos den Schuss verhindern und hat den Lauf umklammert, siehst du, so. Er hat die Waffe abgewehrt, als der Täter geschossen hat. Das beweisen die Schmauchspuren an der äußeren Handkante, also nahe Ringfinger und kleinem Finger, nicht wie bei der Schuss- oder Haltehand üblich zwischen Daumen und Zeigefinger.«

»Erweiterten Selbstmord können wir also endgültig ausschließen«, fasste Peter zusammen. »Ob Täter oder Täterin, Mann oder Frau, wissen wir noch nicht, auch wenn dieser Ex-BND-Beamte Felix Jering nun zu den Verdächtigen gehört. Nur um es abzukürzen, bleiben wir vorerst bei ›der Täter‹.« Er überlegte kurz. »Wie klingt Folgendes für euch? Er bedroht das Ehepaar im Erdgeschoss mit der Waffe, schießt zweimal und verletzt sie dabei.« Peter hielt inne und sah zu Carina.

»Was? Äh, nein.« Erst jetzt begriff sie, dass das eine an sie gerichtete Frage war. »Die beiden hatten keine weiteren Wunden oder Verletzungen. Abgesehen von …«

»Ja?« Nicht nur Peter lauschte gespannt, auch Vincent und Verena sahen vom Tablet mit der Spurenauswertung auf.

»Es waren nicht direkt Wunden.« Sie hatte Olivias Bauch untersucht. »Olivia Loos hatte unterschiedlich verblasste Dehnungsstreifen auf der Haut. Das heißt, sie ist mindestens zweimal schwanger gewesen, allerdings habe ich das nicht in der Obduktion notiert, weil …« Sie biss sich auf die Lippen.

»Weil der Strom ausgefallen ist«, ergänzte Verena.

Carina nickte.

»Na ja, es nützt nichts, über Wenn oder Wäre zu grübeln. Jeder hätte die Existenz des Mädchens entdecken können, aber es sollte wohl bewusst verhindert werden.« Peter berührte Carina unterm Tisch kurz am Arm. »Machen wir mit dem Tathergang weiter. Der Täter hat sich also entweder selbst verletzt, oder Jakob oder Olivia haben ihn mit irgendwas abgewehrt. Vorausgesetzt, dass das Blut an der Kellertreppe vom Tag des Mordes stammt.«

»Über die Fingerabdrücke werden wir gleich Bescheid wissen.« Vincent bat Verena um die Speicherkarte ihrer Kamera und öffnete das Fingerabdrucksystem in seinem Notebook, um die Aufnahmen der blutigen Fingerabdrücke mit der Datenbank abzugleichen. »Warum geht das jetzt nicht? Scheißtechnik.« Er schüttelte das Notebook und erinnerte Carina damit an jemanden, der auf den Fernseher eindrosch, wenn das Bild grieselte. Sie staunte, wo doch gerade er als Spurenexperte mit sämtlichen technischen Finessen vertraut sein musste. Es fehlte nur noch, dass er den Computer auf die Tischkante schlug.

»Hast du die Karte richtig herum reingesteckt?«, fragte Verena.

»Klar.« Vincent seufzte und überließ ihr das Gerät. Verena nahm die Speicherkarte noch mal heraus und schob sie wieder rein. Das AFIS-Programm, das die Merkmale mit über drei Millionen Abdrücken verglich, startete sofort.

»Was war das jetzt?« Vincent runzelte die Stirn, als könnte er nicht glauben, was er sah.

Verena zuckte mit den Schultern. »Der Kartentrick, Papa.« Sie lachte.

Papa? War das ein Scherz unter Liebenden?, fragte sich Carina. Nannte sie ihn wegen des großen Altersunterschieds so? Sie hieß doch Verena Thiel und er Haas mit Nachnamen.

»Bis wir ein Ergebnis haben, lasst uns das Bisherige zusammenfassen.« Peter zog ein Notizbuch aus seiner Sporttasche, ein welliges Ding, das mit einem Gummiband viele Einmerker und Zettel zusammenhielt. Es ähnelte Carinas Skizzenbuch, bloß dass es viel kleiner war, nur hosentaschengroß und ein Querformat. Sie hätte gerne darin geblättert und sich alles angesehen. In einer Lasche an der Seite steckte ein Stummelbleistift mit Radiergummi. »Der Täter jagt das Paar in den ersten Stock, wo sie ihre Hochzeitskleider anziehen müssen, und erschießt sie. Danach macht er alles sauber und sammelt die Patronenhülsen bis auf die eine unterm Bett ein. Wenn wir immer noch von Enrico als Täter ausgehen, hat er sich nach der sorgfältigen Putzerei das Auto seines Vaters geschnappt und ist auf die Autobahn geprescht.«

»Also, *mein* jüngerer Bruder weiß nicht mal, wo unsere Eltern die Putzmittel aufbewahren, und selbst wenn er dazu gezwungen wäre, würde er das nie so gründlich machen und sogar die Möbelkanten abwischen, stimmt's?«, sagte Verena.

»So schlimm ist Veit auch wieder nicht«, murmelte Vincent.

Carina ging ein Licht auf. »Also ihr seid wirklich Vater und Tochter?« Mit ihren tief liegenden dunklen Augen unter dem blauen Pony und den hohen Wangenknochen sah Verena Vincent in keiner Weise ähnlich, das wäre ihr doch sonst aufgefallen. Also musste Verena mehr nach der Mutter gehen.

»Die beiden sind das zweite Dreamteam à la Kyreleis.« Peter zwinkerte ihr zu.

»Eigentlich wollte ich nie zur Polizei«, erklärte Verena.

»Wieso eigentlich?«, fragte Vincent. »War ich dir kein gutes Vorbild?«

»Doch, genau deswegen. Wer trottet gerne den Spuren des Vaters hinterher?« Sie seufzte. »Aber mit der Modefotografie hat's leider nicht geklappt. Lebende waren mir einfach zu zappelig.« Sie lächelte Carina an, und in ihren Wangen bildeten sich dieselben Grübchen, die auch Vincent hatte, wenn er lachte.

Verena vergrößerte das erste Foto mit ein paar Fingerbewegungen auf dem Tablet. »Seht ihr diese winzigen Punkte in einer Linie an der Wand?« Sie drehte den Bildschirm so, dass Carina und Peter die Aufnahme nicht kopfüber betrachten mussten. »Die sind von der Waffe weggeschleudert worden, als Jakob Loos in die Stirn geschossen wurde. Aber das hier ist auch für dich interessant, Carina.« Verena zog das nächste Foto auf dem Bildschirm heran. Eine Nahaufnahme von der Kopfseite des Bettes. »Diese feinen eingetrockneten Blasenringe hier.« Sie markierte die Stellen auf dem Foto von der Kopfseite des Doppelbettes.

Carina betrachtete das Spritzmuster genauer. Wie Regentropfen, die eine Fensterscheibe streiften.

Verena tippte auf runde Flecke zwischen all den Strichen. »Olivia muss noch einige Augenblicke gelebt haben. Das hier ist ausgeatmetes Blut.«

36.

Neumaising, Mai 1992

Barfuß auf einer Harley-Davidson umklammerte Iris den Fremden. Sie war in seine Lederjacke gehüllt, die er wie eine große Schachtel über sie gestülpt hatte. Sie reichte ihr bis zu den Ohren und links und rechts weit über die Schultern. Das Laken hatte sie zwischen den Beinen zusammengeknüllt und sich daraufgehockt, es linderte ihre Schmerzen und das Wundheitsgefühl. Und wenn es der Teufel persönlich war, dachte sie und schmiegte sich an den Rücken des Fremden, sie war ohnehin gerade aus der Hölle gekrochen. Sie fuhren erst durch Dörfer, dann am Seeufer entlang. Mit geschlossenen Augen träumte sie sich weg, und als sie sie wieder öffnete, hatte sich der See in einen Fluss verwandelt. Die Isar. Dann fuhren sie ein paar Serpentinen hinauf bis nach Grünwald, einen Vorort von München. Dort parkte er seine Maschine vor einem Laden, dessen Schaufenster verhängt waren. Er half ihr beim Absteigen und führte sie in einen Kühlraum, in dem ein Seziertisch stand. Sie schlotterte.

Als er den Helm abnahm, kam ein alter Mann zum Vorschein. Nietenhalsband, Nierengurt und Motorradstiefel, um seine Unterarme wanden sich tätowierte Schlangen. Er kratzte sich über die weißen Stoppelhaare, die sein Gesicht und seinen Schädel in gleicher Länge bedeckten. »In der Wanne kannst du dich waschen, wenn du willst.« Er öffnete einen Metallschrank; in kleinen Stapeln lagen Klamotten darin, manche mit Bändern und Schleifen darum. »Such dir was aus. Die Angehörigen bringen immer was, aber eigentlich darf ich die Toten nicht mehr in ihren eigenen Sachen bestatten. Ich bin Edgar, und du?«

Sie schwieg.

»Dann nenn ich dich Gloria, wie die von Thurn und Taxis, die fährt nämlich auch eine Harley.« Er lächelte kurz und ließ sie allein.

Sie fand Wollsocken und einen Jogginganzug; der war neu, warm und weich und roch leicht süßlich wie alles in Edgars Totenhaus. *Bestattungen Schwalbe* hatte sie vor dem Eingang in Eichenholz geschnitzt gelesen. Wenig später lag sie mit einer Wärmflasche unter Decken auf einer Gartenliege, die er in seinem Büro neben dem Kühlraum aufgestellt hatte.

Er gab ihr Schmerztabletten; er wollte sie erst mal ein paar Stunden schlafen lassen und morgen mit Frühstück zurück sein. »Falls du Geräusche hörst, das sind nicht die Toten, keine Angst, wir haben gerade keine hier.« Er lachte und entblößte schneeweiße Zähne. »Das ist höchstens mein Sohn oder einer der anderen Mitarbeiter.«

Sie sank in den Schlaf, schreckte auf, dämmerte wieder weg, hörte mal Getuschel, mal Telefonklingeln. Als sie schließlich richtig aufwachte, wusste sie zunächst nicht, wie spät oder welcher Tag es war, erinnerte sich an nichts. Erst als sie einen Druck auf der Blase und zugleich einen stechenden Schmerz spürte, prasselte alles wieder auf sie ein. »Ich muss weg«, sagte sie laut, kletterte von der Liege, schwankte, stützte sich am Schreibtisch ab.

»Mach lieber langsam«, erwiderte ein Mann, der neben ihr am Schreibtisch Blätter abheftete. Erst glaubte sie, sie sei im Pullacher BND-Büro, nur was tat sie da in einem Bundeswehrjogginganzug auf einer gelben Liege? Dann erkannte sie Edgar, der seine Lederklamotten gegen einen geschniegelten Anzug mit Krawatte getauscht hatte. »Hast du Hunger?«, fragte er.

Nachdem sie sich auf dem Klo ein paar Urintropfen abgepresst hatte, die brannten, als zwickte sie jemand mit glühenden Zangen, bat sie ihn erneut um eine Schmerztablette und fragte, welcher Tag heute war.

»Es ist immer noch Sonntag, allerdings nach zehn Uhr abends.« Er gab ihr die Tablettenschachtel und ein Glas Wasser, stellte ihr einen Teller mit Leberkäs und einer Brezen auf einen Stuhl. »Magst du ein Bier dazu?« Er öffnete zwei Flaschen und wollte mit ihr anstoßen. »Prost. Tut mir leid, dass es heute so zugegangen ist. Aber gestorben wird auch am Wochenende, wir hatten heute vier Neuzugänge.«

Als ihr der Biergeruch in die Nase stieg, sprang sie auf und rannte erneut aufs Klo.

37.

»Der Täter ermordet die Eltern und will sich das Mädchen schnappen.« Peter schrieb mit, was er laut aussprach.

Carina spähte auf sein Notizbuch. Er hielt seine Worte in winzigen Stichpunkten untereinander fest.

»Flora war zum Todeszeitpunkt in der Schule.« Peter unterstrich etwas. »Der Mörder wusste also von ihrer Existenz, hat vielleicht sogar die Eltern damit unter Druck gesetzt. Er plant ganz systematisch, denn bevor er sie entführt, beseitigt er hier im Haus all ihre Spuren.«

Carina grübelte. So viele Fäden, ein Wirrwarr an möglichen Zufällen oder Zusammenhängen, in das sich zusätzlich die Manipulationen des Mörders mischten. Wie sollte man darin die richtige Spur erkennen? »Was, wenn das eine mit dem anderen nicht zusammenhängt?«, warf sie ein.

»Was meinst du damit?« Er drehte sich zu ihr.

»Na ja, das mit den Möbeln, das ausgeräumte Zimmer, dann diese Pakete … Der Mörder konnte doch nicht wissen, dass die verspätet eintreffen.«

»Vielleicht sollte es so aussehen, als leugneten die Eltern die Existenz eines Kindes?«, sagte Vincent.

Verleugnen, dachte Carina. Wenn man das mit totschweigen gleichsetzte, passte das auch zu ihrer Familie.

Peter blickte in die Runde. »Ich habe noch keine eigenen Kinder, aber meine Schwester hat Zwillinge, zwei zehnjährige Mädchen. Wenn die nicht mit ihren Barbies spielen, stolpert man überall in der Wohnung über Reitstiefel. Selbst wenn wir annehmen, Floras Eltern hätten ihr Zimmer selbst ausgeräumt, wo wurden dann die alten Möbel hingebracht? Zum Recyclinghof, verkauft, verschenkt? Hat der Mörder die Eltern auch dazu gezwungen, so wie er sie zwang, in ihre Hochzeitskleider zu schlüpfen? Oder gibt es etwa Kinder, die kein Spielzeug wollen und haben, abgesehen von einem Gymnastikball?«

»Aber auch wenn Flora nicht spielt, dann wären hier wenigstens Klamotten in Kindergröße, vermutlich in Rosa oder Glitzer«, warf Verena ein. »Mit irgendwas würde sie sich doch beschäftigen … mit einem Gameboy, Videospielen. Auch wenn es kein typisches Mädchenspielzeug ist.«

»Bei alldem wundert es mich, warum die Verwandten – Onkel, Tante, Großmutter – das Kind nicht erwähnt haben.« Vincent öffnete eine neue Wasserflasche.

»Vermutlich weil sie davon ausgingen, dass Flora in Sicherheit ist«, erklärte Peter. »Sie dachten, sie wäre in Italien.«

Ein Signalton erklang. Vincent beugte sich über sein Notebook. »Wir haben ihn. Die Fingerabdrücke stammen von einem ehemaligen GSG 9-Beamten, seit 2005 nach einer Reihe hoher Auszeichnungen aus dem Dienst entlassen.« Alle starrten auf die Fotos, die sich nach und nach auf den Bildschirm luden. Laut Beschreibung war Sascha Lambert einen Meter fünfundsiebzig groß und dreiundfünfzig Jahre alt. Ein Mann mit weit auseinanderstehenden, von dichten, wulstigen Brauen überschatteten Augen, die – wie unter einer Sonnenbrille – dem Betrachter nicht verrieten, ob er bei der Aufnahme in die Kamera geblickt hatte.

Für Sekunden schienen alle mit Atmen aufzuhören. Dieses Gefühl, bei einer Ermittlung einen Durchbruch zu erleben, hatte Carina bisher nicht gekannt. Als Rechtsmedizinerin war sie selten bis zur Lösung eines Falles dabei, oft erfuhr sie nicht einmal von dem Urteil, wenn sie für ein Gericht ein Gutachten vortrug. Obwohl seit der Kindheit von der Polizeiarbeit ihres Vaters geprägt, hatte er sie doch nie daran teilhaben lassen, wie es sich anfühlte, einen entscheidenden Schritt weitergekommen zu sein. Erst als Erwachsene war ihr bewusst geworden, dass sie es an seiner Stimmung hätte ablesen können. Wenn er plötzlich mitten am Nachmittag heimkam und zu einem Ausflug bereit war. Nur nicht in den Tierpark, Gefangene könne er nicht mehr sehen. Lieber Rollschuh fahren. Papa, du und Rollschuh fahren? Na ja, jeder fängt mal an. Doch zum Anfangen kam es nie, denn am Eingang traf er jemanden, den er schon seit ewigen Zeiten auf später vertröstet hatte, und so saß er, während sie allein und enttäuscht ihre Runden drehte, in den Zuschauerreihen des Rollpalastes, ganz vertieft in das Gespräch.

Peter sog die Luft durch die Zähne. »Kollegen also. Das gibt dem Ganzen eine neue Richtung. Zwei ehemalige Beamte, einer von der GSG 9 und einer vom Bundesnachrichtendienst. Was wollten die hier?«

»Die Computer, nehme ich an«, sagte Vincent. »Wir haben keine gefunden, bis auf den zerstörten Laptop in dem Unfallauto, das ist für einen Architekten und eine Journalistin ungewöhnlich. Vielleicht hatten die beiden mutmaßlichen Täter die Geräte bereits verladen, als Enrico sie überraschte.« Vincent gab Peter einen USB-Stick. »Der Laptop gehörte laut Anmeldedaten Olivia Loos. Das wenige, was wir retten konnten, ist hier draufkopiert. Ich hab's nur überflogen. Ein bisschen Korrespondenz mit den Redaktionen, für die sie schrieb, ein paar Bewerbungen, ein paar Fotos. Keine Artikel, also wissen wir nicht, ob sie etwas Brisantem auf der Spur war. Soweit ich es auf die Schnelle überblickt habe, jedenfalls nichts, was nicht auch im Netz zur Verfügung stünde. Aber sieh selbst.«

»Das ist es«, rief Peter. »Enrico wollte den Laptop seiner Mutter retten. Fragt sich nur, was da so Wichtiges drauf gewesen ist, dass er damit auf die Autobahn floh. Sehr gut.« Peter klatschte auf den Tisch.

Verena hob sofort erschrocken ihr Tablet an, nicht dass noch eine der Wasserflaschen umkippte.

»Endlich ein neuer Ansatz.« Er atmete laut ein und aus. »Angenommen, Enrico überrascht den Täter oder die Täter. Nein, er kommt nach Hause und findet seine Eltern bereits tot vor, aber die beiden Täter sind noch im Haus.«

»Und die Waffe?«, mischte sich Carina ein. »Die lag doch wie der Laptop bei Enrico im Auto.«

»Die Waffe haben sie dem toten Jakob in die Hand gedrückt, damit es wie Selbstmord aussieht, und Enrico glaubt zuerst, dass es wirklich so gewesen ist, bis er Geräusche hört.« Vincent demonstrierte es mit einer Banane aus dem Obstkorb.

»Dann hat Enrico die Täter im Haus gehört«, meldete sich Verena zu Wort. Wie in einer Mannschaft warfen sie sich die Bälle zu. »Womöglich im Keller, wo sie das Büro durchsuchten. Er packt die Waffe, läuft nach unten, schießt, verletzt diesen Sascha Lambert und flieht mit dem Auto in die Innenstadt.«

»Aber er kann sie nur endgültig abhängen, indem er als Geisterfahrer wendet«, ergänzte Vincent.

»Die Frage ist, nach was die beiden gesucht haben. Beziehungsweise was hat das mit dem kleinen Mädchen zu tun?«, sagte Verena.

Wie schon einmal fiel Carinas Blick auf den Stundenplan am Kühlschrank. »HSK, was ist das noch mal für ein Fach?« Ihre eigene Schulzeit war im hintersten Winkel ihres Gedächtnisses gelandet.

»Heimat- und Sachkunde«, erklärten Verena und Vincent wie aus einem Mund. »In der Grundschule«, ergänzte Verena. »Mein jüngerer Bruder ist in der vierten Klasse.«

Carina schob den Hundemagnet am Kühlschrank zur Seite. *3C* kam zum Vorschein. »Dann ist das Floras Stundenplan, nicht Enricos, wie wir zuerst dachten.«

Peter sprang auf. »Gutes Stichwort. Kommt, lasst uns die frische Energie nutzen und weitermachen. Jede Familie hat ein Adressverzeichnis, eine Telefonliste, Fotoalben, Geheimverstecke.« Er riss die Küchenschranktür auf. »Oder zumindest Kindergeschirr. Es muss noch irgendwas geben, das übersehen oder vergessen wurde.«

Sie machten sich zu viert auf die Suche, durchforsteten erneut alles vom Keller bis zum ersten Stock.

»Neben einigen Erwachsenenrädern steht dort nur ein BMX-Rad, kein typisches Mädchenrad, es könnte also auch Enrico gehören.« Vincent kam aus der Garage zurück.

»Habt ihr eigentlich mit Enricos Fahrlehrer gesprochen?«, fragte Carina.

»Noch nicht«, sagte Peter. »Der ist mit seiner Frau gerade

in Norwegen auf einer Hurtigruten-Reise, wir warten noch auf seinen Rückruf.«

Carina nahm sich eine Gabel aus einer Küchenschublade und ging noch mal nach oben.

»Was hast du vor?« Peter folgte ihr.

»Siehst du die helleren Umrisse an den Wänden?« Sie betrat das leere Zimmer. »Da hingen Bilder. Und hinter der Tür stand ein Schrank. Und das da.« Sie schob sich die Brille fest auf die Nase und musterte den grau verschmierten Türrahmen. »Hier ist radiert worden.« Sie kratzte auf ein paar Kerben herum, zupfte einen Radierkrümel heraus.

Peter beugte sich zu ihr, so nah, dass sie seine Wärme spürte. »Das waren Abmessungen, wie groß ein Kind ist, du hast recht. Theoretisch könnten die auch von Enrico sein, aber sie gehen nur bis einen Meter vierzig, wenn ich das richtig sehe. Ist das Floras Größe?« Er bat Verena, Fotos von der fast wegradierten Maßtabelle zu machen. Carina kniete sich auf den Boden und stocherte mit der Gabel in den Ritzen der Dielen. Erst beförderte sie ein paar Perlen, dann Barbieschuhe und schließlich eine Haarspange heraus.

»Also doch Barbie! Carina, die Mädchenspielzeugfinderin«, rief Verena und knipste die Sachen, bevor sie sie in ein paar Tüten sicherten.

Peter durchstöberte die Regale im Flur und im Schlafzimmer, zog einzelne Bücher heraus und schüttelte sie; vielleicht war etwas zwischen den Seiten versteckt. Doch anders als Carina neulich bei ihren Eltern stellte er die Bücher wieder ordentlich an ihren Platz zurück. Nur Bücher, in denen ihm Einmerker oder Anstreichungen auffielen, legte er zur Seite.

Carina erinnerte sich an das zerfledderte Taschenbuch auf

Olivias Nachtkästchen, doch es lag nicht mehr dort. Sie sah sich um, ob Vincent es vielleicht irgendwo hingeräumt hatte, bevor er alles eingesprüht hatte. »Dieses Stephen-King-Buch, das Olivia vermutlich zuletzt gelesen hat, weißt du, wo das ist?«, fragte sie Peter.

»*The Green Mile*? Das liegt im Bad, irgendein Witzbold hat es mit aufs Klo genommen.« Durfte man an einem Tatort aufs Klo gehen? Man durfte eigentlich nicht und tat es doch, dachte Carina. Sie fand das Buch auf dem Fensterbrett im Elternbad und blätterte darin. Der Witzbold hatte Klopapier als Lesezeichen benutzt, ein dünnes weißes Blatt segelte heraus.

»Alles über Terrorismus, was es in der Fachliteratur gibt, sämtliche Verschwörungstheorien neben Biografien von Terroropfern, aber keine Notizbücher, Kalender oder etwas in der Art. Nicht mal Telefongekritzel.« Peter murmelte im Flur vor sich hin. »Vermutlich hat Olivia Loos alles digital festgehalten, doch Computer waren nirgends im Haus, auch nicht im Büro, unten im Keller.«

»Ich hab was«, rief Carina. Das war kein Klopapierblatt, sondern Luftpostpapier, wie es auch Doña Lupita benutzte, eng mit Bleistift beschrieben, in einer Miniaturschrift, die man mit bloßem Auge kaum lesen konnte. Sie hielt das Papier gegen das Licht und entzifferte laut die ersten Worte, als Peter hereinkam: »*Präzise zielen, schießen und die lebenswichtigen Organe zerstören wie bei Rohwedder, unserem letzten Einsatz*. Rohwedder, ist das nicht auch einer dieser unaufgeklärten RAF-Morde?« In dem Buch lagen noch weitere hauchdünne Zettel mit Bleistiftnotizen.

Peter nickte und nahm ihr das Buch samt Zetteln so vorsichtig ab, als hätte Carina eine Papyrusrolle geborgen, die gleich zu Staub zerfallen würde. »Der Präsident der Treuhand war das, Anfang der Neunzigerjahre, ich muss nachsehen, wann genau. Wir arbeiten mit unserem Professor in den Sprachprofiler-Seminaren an den alten RAF-Fällen.« Er packte alles in einen Karton mit Schaumstoffteilen, in dem normalerweise Waffen gesichert wurden. »Rohwedder wurde von einem Scharfschützen in seiner Villa in Düsseldorf durch die Fensterscheibe erschossen. Auch seine Frau ist dabei verletzt worden, hat aber überlebt. Und …« Er stutzte. »Die Schüsse am Kellerabgang, ein ermordetes Ehepaar. Ich weiß nicht genau, warum und wie, aber der Fall hier … erinnert daran.« Seine Augen leuchteten auf, als hätte ein Rest Luminol auch bei ihm gewirkt.

Sonntag

Zweiundfünfzig Stunden nach dem Ursprung

In der Schule lernen wir nur die Wörter lesen und sie buchstabieren, sie im Leben anzuwenden und nach ihnen zu leben ist eine andere Sache, die wir nur im Leben selbst & durch unser Leben lernen.

Truman Capote

38.

»Was kann ich tun? Zögern Sie nicht. Soll ich suchen helfen? Bitte sagen Sie mir, was ich tun kann.« Nachdem die Spurensicherung gefahren war und Peter und Carina Richard und Anja Loos' Haus betreten hatten, überfiel Floras Onkel sie mit Vorschlägen. »Haben Sie eine Hundestaffel draußen? Wie gesagt, ich zeig Ihnen gerne, wo sie immer gespielt hat. Hier gibt es überall Verstecke, alle kenne ich natürlich nicht. Kinder sind ja so einfallsreich. Aber ich hoffe doch, dass sie nicht bis zur Isar … Taucher, haben Sie welche? Oder am besten ein Hubschrauber, ja, der soll das Gebiet abfliegen. Bei der Polizei gibt's doch so Infrarotkameras. Wenn es ums Geld geht, bitte, ich steuere gerne was bei. Es spielt keine Rolle, wenn Sie nur das Mädchen zurückbringen.« Er bot ihnen einen Platz auf der weißen Ledersitzgruppe an, lief aber selbst ruhelos auf und ab.

»Als Erstes würde uns ein Foto Ihrer Nichte weiterhelfen.« Peter ließ sich in einem Sessel nieder, zog sich ein kostbar besticktes Kissen aus dem Rücken, wusste nicht, wohin damit, und schob es auf die gläserne Ablage unter dem Tisch. Carina zuckte zusammen, als ihre Arme die kalte Tierhaut des Sofas berührten. Sie setzte sich neben Anja Loos, die in der Sofaecke kauerte. Tränen liefen Floras Tante in den Ausschnitt ihrer fleckigen Bluse. Bei genauerem Hinsehen tippte

Carina zusätzlich auf Muttermilch. Dem schlafenden Baby auf ihrem Schoß lief ein Milchfaden aus den halb geöffneten Lippen.

»Natürlich, warten Sie, ich hole eines.« Es dauerte nicht lang, dann kam Richard mit einem Bilderrahmen zurück. Das Porträtfoto eines Mädchens mit kurzen, braunen Locken. Floras Lächeln war unecht, was ihre Augen verrieten. Carina fiel auf, dass Floras linkes Augenlid weiter geöffnet war als das andere, eine Eigenheit, die sie auch an Olivia bemerkt hatte, nur hatte sie es da dem Erstarren im Tod zugeschrieben.

»Ich leih mir das aus.« Peter drehte den Rahmen um, hakte die Pappe aus und entnahm das Foto. »Sie kriegen es so bald wie möglich zurück.«

Richard brachte ein Tablett mit Getränken und Keksen aus der Küche und reichte seiner Frau eine dampfende Tasse. »Komm, trink deinen Stilltee, und dann geh nach oben und ruh dich aus. Wie gesagt, ich mach das hier schon.«

Sie schluchzte tief von innen heraus, wischte sich Rotz und Tränen mit dem Blusensaum ab und nippte an dem heißen Tee. Dann erhob sie sich, ohne auf das Baby zu achten. Sie musste ziemlich fertig sein. Carina hatte schon die Hände ausgebreitet, um es aufzufangen. Richard kam ihr zuvor, hechtete hin und nahm sein Kind auf den Arm, das quengelnd aufgewacht war.

»Wir sind … Ach, es gibt keine Worte dafür.« Er legte sich das Baby an die Schulter, wippte leicht mit dem Oberkörper, um es zu beruhigen, und führte gleichzeitig seine Frau nach oben, die, zusammengekrümmt und immer noch weinend, kaum gehen konnte. Carina und Peter lauschten den Schritten über ihren Köpfen im ersten Stock und Richards brummender Stimme, mit der er auf seine Frau einredete.

»Die machen was mit«, flüsterte Peter. »Sein Bruder und seine Schwägerin tot, Tag und Nacht im Krankenhaus beim schwer verletzten Neffen, jetzt ist die Nichte verschwunden. Aber er managt alles, dem merkt man den Stress kaum an. Muss wohl am Beruf liegen. Eigentlich praktisch, der kann sich gleich selbst therapieren.«

»Wieso? Ist er Psychologe?« Carina sah sich um; an den cremefarben gestrichenen Wänden hingen große Schwarz-Weiß-Porträts – von irgendwelchen Schauspielern, nahm sie an. Sie war seit Mexiko überhaupt nicht mehr auf dem neuesten Stand, was Prominente betraf. Fernseher besaß sie keinen, und Zeitungen las sie höchstens mal in der S-Bahn, wenn eine herumlag.

»Psychotherapeut, aber den genauen Unterschied kenne ich auch nicht.« Peter nahm sich einen Keks und biss hinein, die Hälfte zerbröselte und fiel auf den Teppich. Er hatte die Krümel gerade mit den Schuhen unter den Sessel geschoben, als er Richard zurückkommen sah.

»Welchen Unterschied?« Richard schenkte ihnen *Mondquellen*-Wasser ein, wie es auf dem Etikett hieß, strich sich die graublonden Haare hinter die Ohren, die sich wie bei einer alten Bürste über seiner Stirn lichteten, und setzte sich auf das freie Zweiersofa ihnen gegenüber.

»Den Unterschied zwischen Psychologe und Psychotherapeut.« Peter schnippte sich weitere Kekskrümel von der Hose.

»Das ist leicht. An mein Psychologiestudium habe ich noch eine Ausbildung als Psychotherapeut drangehängt, sodass ich

Menschen in einer eigenen Praxis meine Hilfe anbieten kann; korrekt bin ich also psychologischer Psychotherapeut. Allerdings praktiziere ich, wie gesagt, momentan nicht, weil ich in Elternzeit bin.«

»Wie heißt denn Ihr Kind?«, fragte Carina.

»Fabian Jakob Severin, Severin nach meinem Onkel, bei dem ich als Junge oft gewesen bin. Auf dem Dorf, mein Onkel hatte einen Bauernhof.«

»Und wo genau?«

»In Ampermoching. Onkel Severin ist vor zwei Jahren gestorben.«

Hastig wühlte Peter in seiner Sporttasche, zog das Notizbuch heraus und schrieb sich etwas auf. War ihm als Sprachforscher etwas aufgefallen? Carina spähte auf das Notierte, konnte aber seine Bleistiftschrift auf dem gelblichen Papier nicht lesen, ohne sich den Hals zu verrenken.

Richard schaute zur Zimmerdecke, lauschte. »Sie schlafen. Endlich.« Er atmete auf und lehnte sich zurück. »Der kleine Mann hält uns ganz schön auf Trab. Er ist erst sieben Wochen alt, schreit aber wie ein großer. Und meine Frau hat sich noch nicht ganz von der schweren Geburt erholt – und jetzt das alles. Schrecklich.« Er unterdrückte ein Niesen, holte sich eine Fusselrolle aus einer Schublade des Wohnzimmerschranks, fuhr über das bestickte Kissen, das Peter weggelegt hatte und an dem kurze weiße Haare hingen. »Ich habe eine Katzenallergie. Dieses Viech von der Nachbarin lauert immer direkt auf unserem Fußabstreifer und flitzt rein, wenn man die Tür aufmacht.«

»Bingo?«, sagte Carina.

»Äh, was?«

»Der Kater heißt so.«

»Kann sein.« Er zog den Klebestreifen der Fusselrolle ab, knüllte ihn zusammen und stopfte ihn in die Tasse mit dem Stilltee seiner Frau. »Ja, also, was kann ich tun? Ich hatte so gehofft, dass Flora in Italien dem allen hier noch etwas auskommen würde.«

Peter notierte sich wieder etwas. »Herr Loos, warum haben Sie uns gegenüber Ihre Nichte nie erwähnt?«

»Wie, ich verstehe nicht. Was meinen Sie?« Er blinzelte, als müsste er Tränen unterdrücken. Carina hatte das Gefühl, einen Mann am Limit zu sehen. Wie stark musste man sein, um so viel Leid zu verkraften? »Sie wollen doch nicht behaupten, dass die Polizei von ihrer Existenz nichts wusste?«

Jetzt wurde es peinlich, dachte Carina. Wie kam Peter da heraus, ohne zu lügen? Kriminalrat Schirmer hatte ihn vielleicht absichtlich hergeschickt, damit er das Dilemma ausbaden musste. Peter nahm sich einen weiteren Keks, steckte ihn diesmal ganz in den Mund und kaute, was eine Weile dauerte.

Richard wandte sich an Carina. »Wie heißen Sie noch mal?«

»Carina Kyreleis.«

»Ein ungewöhnlicher Nachname. Sind Sie vielleicht mit dieser Hebamme verwandt?«

»Silvia Kyreleis ist meine … Adoptivmutter.« Zum ersten Mal sprach Carina das aus.

»Ach ja?« Er fixierte sie, als wollte er in ihr Innerstes eindringen. Carina verschränkte die Arme und verkrampfte die Beine; von einem Psychotherapeuten wollte sie nun wirklich nicht durchleuchtet werden.

»Und Sie arbeiten bei der Polizei?«, fragte Richard.

»Ich bin Rechtsmedizinerin.«

»Da begleiten Sie die Polizei bei Vernehmungen? Gibt es nicht genügend Obduktionen bei Ihnen?«

Woher wusste er das? Hatte davon bereits etwas in der Zeitung gestanden, oder sagte er das nur so dahin?

»Herr Loos.« Peter musste mit seinem Keks fertig sein. Er räusperte sich, trank einen Schluck. »Warum haben Sie nicht versucht, Ihre Nichte zu erreichen, als Sie vom Tod Ihres Bruders und Ihrer Schwägerin erfuhren?«

»Wie denn? Ich wusste doch, dass die Eltern ihrer Freundin ohne Internet oder Handy zwei Wochen verreisen wollten, das hat mir Olivia erzählt. Und ich wollte erst abwarten, wie es Enrico geht. Wie hätte ich ihr das denn alles beibringen sollen?«

Carina hätte auch keine Worte gefunden, um einer Neunjährigen all die fürchterlichen Neuigkeiten mitzuteilen.

»Wie geht es Ihrem Neffen denn?«, fragte Peter.

»Unverändert, leider. Die Ärzte sagen nicht wirklich was. Ich wollte eigentlich gleich wieder in die Klinik, aber jetzt, nachdem Flora …« Richard stand auf und trug die Teetasse in die Küche.

»Von Ihrer Nichte gibt es keine Spuren im Haus drüben, kein Spielzeug, keine Möbel, keine Kleidung. Haben Sie dafür eine Erklärung?«, bohrte Peter weiter.

»Was?« Richard Loos blieb in der Küchentür stehen. Seine Kopfhaltung und auch die Frisur ähnelten nun dem Mann auf dem großen Porträt an der Wand. Jeder brauchte eben ein Idol, dachte Carina. Sie hatte auch eine Frida-Kahlo-Briefmarke im Geldbeutel.

»Hat Flora ein eigenes Zimmer in ihrem Elternhaus?«

»Natürlich. Das zwischen Enrico und dem Elternschlafzimmer.« Richard setzte sich wieder. »Sie hat neue Möbel bekommen, letzte Woche war doch ihr Geburtstag. Stehen die noch gar nicht drin? Die Lieferung sollte, sowieso verspätet, an diesem Morgen kommen. Mein Bruder und ich, wir haben extra alles zusammen ausgeräumt.«

»Wann?« Peter verharrte mit dem Bleistift in der Luft.

»Am Freitagmorgen, kurz nach acht, gleich als Flora aus dem Haus war. Danach musste ich sofort los zum Babyschwimmen.«

»Und wo haben Sie die alten Möbel hingebracht?«

»In die Garage gestellt, die stammen zum Teil noch aus unserer Kindheit. Jakob wollte sie wegbringen oder verschenken. Dass wirklich gar nichts von ihr im Haus ist, ist mir nicht aufgefallen. Haben Sie auch alles gründlich abgesucht?«

»Floras Existenz wurde vertuscht. Und wir müssen herausfinden, wer das getan hat und warum.«

»Übertreiben Sie nicht ein bisschen?« Richard kniff die Augen zusammen und musterte ihn. »Vertuscht! Nur weil kein Kinderspielzeug rumliegt? Wir haben auch keines für Fabian, er soll die Welt selbst erkunden und braucht keine vorgefertigte Massenware, die ihm das Spielen diktiert.«

Keine schlechte Idee, dachte Carina. Mal sehen, wie der Kleine das findet, wenn er größer ist. Sandro ohne Computerspiele, Fernsehen und Plastikfiguren – das konnte sie sich nur schwer vorstellen, aber vielleicht brauchte ein Kind das wirklich nicht.

»Sie haben das Sorgerecht für Ihre Nichte und Ihren Neffen, nehme ich an? Gibt es ein Testament oder etwas in der Art?«, fragte Peter.

»Selbstverständlich, mein Bruder und ich, wir haben uns gegenseitig abgesichert, auch wegen der Kind…« Wie zum Stichwort passend, ertönte von oben plötzlich Babygeschrei. Sie sahen alle drei zur Decke.

»Haben die Entführer Ihrer Nichte eine Forderung gestellt?«

»Wie bitte? Wie meinen Sie das?« Richard Loos wischte sich über den Mund.

»Werden Sie erpresst?«

»Nein, nein. Ich weiß nicht, was Sie uns unterstellen wollen.« Er hob abwehrend die Hände, ließ sie dann mitten in der Bewegung kraftlos fallen. »Das Schlimmste ist das Nichtstun, dieses quälende Warten.« Er erhob sich. »Wie gesagt, wenn ich helfen kann, geben Sie Bescheid.«

»Eine letzte Frage noch.« Peter stand ebenfalls auf. »*The Green Mile*, ein Buch von Stephen King, sagt Ihnen das was?«

Richard Loos seufzte. »Wollen Sie mit mir jetzt auch noch über Literatur diskutieren, Herr Schuster? Ich habe früher viel gelesen, aber seit der Kleine …«

»Dieses Buch hat Ihre verstorbende Schwägerin vermutlich zuletzt gelesen.« Er zog die Tüte mit dem gesicherten Buch aus der Sporttasche und zeigte es ihm.

»Ach, das. Das war eines der Lieblingsbücher meines Vaters, er hat es ihr geliehen, nehme ich an. Geben Sie her.« Er streckte die Hand danach aus, aber Peter steckte das Buch schnell wieder weg und zog den Reißverschluss seiner Tasche zu.

»Sie bekommen es mit dem Foto von Flora zurück, so bald wie möglich.«

39.

Schw…fuß, Schweinefuß? Flora hatte es nicht genau verstanden. Schweineklauen anstatt Zehen … Spaltete der Vater diesem Ödipus die Füße? Dann konnte sie froh sein, dass ihre nur durchbohrt worden waren, hoffentlich kam das andere bei ihr nicht noch nach. Oder wuchsen ihr etwa Klauen, wenn sie weiter hierblieb und sich nicht rührte? Vielleicht war ein Zaubertrank in dem komischen Plastikwasser aus der Trinkflasche. Sie schüttelte sie. Fast leer. Hatten Mama und Papa ihr die Füße durchbohrt, damit sie nicht mehr nach Hause zurückfand? Sollte sie hier hinter dem Spiegel leben, sich immer selbst darin ansehen, weil sie böse gewesen war? Sie konnte sich nicht erinnern, was sie verbrochen hatte, so sehr sie auch grübelte.

Wann kam Papa endlich und saugte ihr all die bösen Gedanken aus? Diese Idee stammte aus einem Buch, das Mama gerade las, es hatte einen grünen Namen auf Englisch. Darin konnte einer, der Kaffeemann oder so ähnlich hieß, Krankheiten aussaugen und die Menschen wieder gesund machen. Und zwar, obwohl er eingesperrt war. Er spuckte dann Insekten aus, die davonstoben. Papa probierte das auch an ihr aus, als sie Angst vor Albträumen hatte wegen dem, was Enni gemacht hatte. Es kitzelte am Hals, und es half wirklich, sie konnte wieder schlafen.

Flora kroch zum Schrank und holte sich Mamas Brautschuh, schlüpfte mit einer Hand hinein und presste das weiche, weiße Leder an sich wie ein Kuscheltier.

Mit Sara war sie vor ein paar Wochen zum Zeitungsladen gegangen und mit dem Schulranzen aus Versehen an einem Mountainbike hängen geblieben, das da an der Mauer lehnte. Es fiel um. Sie achtete nicht weiter darauf, bis sie von drei älteren Jungs umzingelt wurden.

Der doofe Dirk Riedl aus der Sechsten und zwei seiner Freunde. »Heb das wieder auf«, befahl er, aber nicht ihr, sondern Sara. Er schubste ihre Freundin, zog sie an den Haaren. Erst stand Flora nur da wie gelähmt, aber dann half sie ihr, boxte und zwickte die Jungs, aber die drei lachten nur und schüttelten sie ab wie einen Käfer. Endlich, als Leute aus dem Laden kamen, ließen sie sie in Ruhe und fuhren mit ihren Rädern weg.

Flora wollte es zu Hause erzählen, vielleicht lauerten sie ihr morgen wieder auf.

Enni begrüßte sie mit seinem Schlafsack unterm Arm. »Dicke Luft hier. Und nicht nur, weil die Kartoffeln angebrannt sind.«

Der Gestank war ihr auch gleich in die Nase gestiegen. »Ich wohn für 'ne Zeit bei ein paar Kumpels.«

Er klatschte sich mit ihr ab, wie er es sonst nur mit Alex tat. »Pass auf dich auf, Große.«

Leicht gesagt, wenn man siebzehn war so wie er, dachte sie und lief zu ihrer Mutter ins Wohnzimmer, die auf dem Sofa kauerte und verkündete, dass es heute nur belegte Brote zu essen gab, gleich, wenn es nicht mehr so stank.

»Mach nicht die Küchentür auf, der Topf ist total eingebrannt, den kann ich wegschmeißen. Erzähl mir was Schönes. Wie war's in der Schule?«

Dass Eltern immer dachten, Schule sei schön. Flora erzählte von den blöden Sechstklässlern, die Sara und sie auf dem Heimweg geärgert hatten.

Mama wollte später mit Dirk Riedls Eltern reden, aber eigentlich regte sie sich mehr über Enni auf, darüber, dass er war, wie er war. »Dein Bruder schwänzt die Schule, die Direktorin hat angerufen. Ich weiß auch nicht, wo er sich herumtreibt, wahrscheinlich ist er einfach zu müde, um überhaupt noch zu lernen, weil er bis morgens auf irgendwelchen Partys rumhängt. Und ausgerechnet jetzt, wo ich sowieso so viel um die Ohren habe.«

»Hörst du überhaupt, was deine Tochter dir erzählt?« Enni war zurückgekommen, suchte sich ein paar DVDs aus dem Regal zusammen und quetschte sie in seine Tasche, die ohnehin schon überquoll. »Ich pass auf dich auf, versprochen«, flüsterte er Flora ins Haar, dann verschwand er.

»Gib doch nicht so an.« Mama kreischte und lief ihm nach. »Du kannst ja kaum auf dich selbst aufpassen.« Die Tür schlug zu. Gerade als sie sich wieder zu Flora setzen wollte, klingelte das Telefon. Mama sprach mit ihrem Chef wegen einer neuen Zeitungsgeschichte, als wäre nichts gewesen.

Über Jungs, die Mädchen quälten, sollte sie mal schreiben!

Da Mama auch beim Abendessen nicht noch mal nachfragte, wusste Flora, dass sie es vergessen hatte.

Dann musste sie eben selbst auf sich aufpassen, beschloss sie und rannte mit Sara seither immer ganz schnell am Zeitungsladen vorbei, als würde gleich Dirks Bande herausstürmen. Dann, als ihre Freundin krank war und zu Hause im Bett lag, nahm Flora vorsichtshalber einen Umweg zwischen den Häusern. Sie war ganz in Gedanken, weil sie gerade Enni an der Kreuzung gesehen hatte. Er hatte in einem Cabrio gesessen, aber nicht auf dem Beifahrersitz, sondern hinter dem Steuer. Ob er sie bemerkt hatte, wusste sie nicht. Alex, der neben ihm saß, den Führerschein schon geschafft hatte und mit dem Auto seiner Eltern herumfahren durfte, starrte sie an. Bestimmt glaubte Enni jetzt, sie würde ihn zu Hause verpetzen.

Da trat Dirk mit einem seiner Freunde aus einer Hauseinfahrt. Schnell duckte sie sich zwischen die parkenden Autos. Zu spät. Sie hatten sie gesehen und fingen sie ein. Ihre Heulerei schien sie nur noch mehr anzustacheln. Sie rissen ihr den Schulranzen vom Rücken, leerten alles aus und zertraten ihren Aquarellkasten. Plötzlich raste ein Auto auf den Gehsteig und bremste knapp hinter ihnen. Sie schrie vor lauter Angst auf. Doch dann sprangen Enni und Alex aus dem Cabrio, ohne die Türen zu öffnen, schnappten sich Dirk und seinen Freund, stopften sie in den Kofferraum und schlugen den Deckel zu.

Ihr Bruder half ihr, die Sachen wieder einzusammeln.

»Was macht ihr jetzt mit denen?« Mit dem Mallumpen wischte sie sich den Rotz ab.

Enni lachte. »Jetzt hast du Farbe auf der Nase.« Er rieb auf ihrem Gesicht herum und umarmte sie.

»Ich sag Mama und Papa nicht, dass du Auto fährst«, flüsterte sie ihm zu.

Enni grinste sie an und sprang wieder auf den Fahrersitz. »Keine Angst, die werden dir nie wieder auflauern.«

40.

»Kennst du Olivias Artikel?«, fragte Peter, als sie zu seinem Auto gingen.

Carina schüttelte den Kopf. »Ich lese Frauenzeitschriften nur beim Zahnarzt, und da war ich schon lange nicht mehr.«

»Sie hatte nicht nur eine Kolumne in der *Manuela*, sondern schrieb auch für Zeitungen. Darunter eine Reportage über diese Lebensbornheime, die Geburtshäuser der Nationalsozialisten. Wenn man ihre Artikel liest, scheint es, als hätte sie sich hauptsächlich für Familiengeheimnisse interessiert. Ich frage mich, ob das mit diesen *Rohwedder*-Notizen eine neue Quelle war, die sie da aufgetan hat. Wir fahren am besten kurz zum *Tagblatt* und sprechen mit dem Redakteur.«

Wenig später fragten sie sich in dem riesigen Zeitungshochhaus an der Plinganserstraße durch, klopften an die Bürotür des Chefredakteurs, E. M. Durckl, und traten ein. Das Zimmer war leer. Etwas raschelte und stöhnte unter dem Schreibtisch. Ein junger Mann kroch hervor, das Gesicht voller Sommersprossen, in der Hand ein Riesenhufeisen voller Büroklammern.

»Polizei.« Peter stellte sich vor und bezeichnete Carina dabei als seine Mitarbeiterin. »Wir haben ein paar Fragen an Sie.«

»Was, jetzt schon? Das ging aber schnell.« Er zog sich die Hose ein Stück über die Boxershorts hoch.

»Na ja, schnell …« Peter kratzte sich am Kopf. »Wir tun, was wir können. In der Mordsache …«

»Mord?«, unterbrach ihn der Hufeisenträger. »Es war doch nur eine rote Ampel und weit und breit kein Fußgänger zu sehen.«

»Von was reden Sie?«

»Heute Morgen bin ich ganz aus Versehen, wirklich, bei Dunkelorange über die Ampel, ich verspreche …«

»Wir sind nicht von der Verkehrspolizei, sondern von der Mordkommission. Olivia Loos hat …« Peter hielt inne. »Sie sind doch der Chefredakteur?«

»Wer will das wissen?« Hinter ihnen klimperte etwas. Eine Frau in einem engen, roten Kleid und mit zahlreichen Silberarmbändern trat ins Zimmer, tupfte sich den Ausschnitt mit einem Taschentuch trocken und warf es in einen schwarzen Kübel am Ende des Zimmers. »Durckl, Chefredaktion.« Sie streckte ihnen die Hand entgegen. »Was kann ich für Sie tun?« Und an den Sommersprossigen gewandt rief sie: »Wenn du alle Klammern aufgesammelt hast, dann hol die Getränke für das Meeting, ja? Und vergiss die Eiswürfel nicht.« Sie scheuchte ihn hinaus, ließ sich hinter ihrem Schreibtisch nieder und legte sich ihr Wickelkleid über den übereinandergeschlagenen Beinen zurecht. »Drei-Tage-Praktikant, ich weiß nicht, was ich mit ihm anfangen soll, wenn ich ehrlich bin. Sie sind wegen Olivia Loos hier, oder?« Sie bot ihnen die Stühle vor ihrem Schreibtisch an. »Schrecklich, der eigene Sohn!«

»Was war Olivias Aufgabenbereich bei Ihnen?« Peters Notizblock war schon wieder einsatzbereit.

»Sie arbeitete nur stundenweise hier, hauptsächlich im Recherche-Ressort, wo ihr die Kollegen, die an längerfristigen Artikeln schrieben, Aufträge erteilten. Hin und wieder stieß sie dabei auf eine eigene Story, die sie zuerst uns anbot, und wenn wir ablehnten, anderen Magazinen und Zeitschriften vorlegte.« Sie zögerte. »Ich kannte sie kaum, weil ich diesen Posten erst seit vier Monaten habe, aber …« Sie schüttelte ihre Armbänder nach vorne und entwirrte ein paar Anhänger. »Gründlich recherchiert hat sie und auch zuerst ihre Artikel zu Ende geschrieben. Einerseits passte es so manchmal gar nicht in unser Konzept, andererseits konnten wir sofort drucken, wenn es brauchbar war. Man soll ja über Tote nicht schlecht sprechen, aber manchmal waren ihre Beiträge eher schwach. Lückenfüller, informativ, aber keine Knüller. Sie hatte ihren eigenen Kopf, Absprache, was ihre eigenen Geschichten betraf, war nicht so ihr Ding. Ich hoffe, Sie entschuldigen meine Offenheit. Wenn wir Platz hatten, haben wir es manchmal trotzdem gedruckt.«

»Und was für eine Story war die letzte, die sie Ihnen anbot?«, fragte Peter.

»Sie verfolgte das mit dem Mordversuch an dem Polizisten, Kyrielei oder so ähnlich, sehr intensiv.« Sie stutzte. »Ist das ein Verwandter von Ihnen?« Sie wandte sich an Carina.

»Matthias Kyreleis. Mein Vater, er wurde angeschossen.«

»Interessant.« Durckl richtete sich auf und fixierte sie. »Und Sie sind auch bei der Mordkommission? Ein neuer Kollege verfolgt jetzt die Sache mit dem Prozess. Darf ich ihm einen Kontakt zu Ihnen herstellen? Ein Interview mit der Tochter, das wäre …«

»Hier ist meine Karte.« Peter griff ein und legte seine Visitenkarte auf den Tisch. »Wenn es Fragen gibt, wenden Sie sich an mich oder unsere Pressestelle. Jetzt sind wir aber erst mal mit Fragenstellen dran. Olivia hat also in dieser Krallingersache recherchiert?«

Die Redakteurin musterte Carina und Peter und spitzte die Lippen. »Ihre Pressestelle ist uns bekannt. Na gut, also zurück zu der Loos. Sie hatte da irgendeine neue RAF-Theorie.« Durckl wedelte mit dem Handgelenk und ließ wieder ihre Armbänder klirren. »Die würde ich auch eher unter ›schwach‹ einordnen. Alle paar Jahre taucht irgendeine Spekulation auf, dass irgendwelche Geheimdienste diese Terroristen gesponsert hätten oder sogar unterwandert. Zuletzt war es die Stasi, die angeblich alles inszeniert haben soll.«

»Also war Ihrer Meinung nach überhaupt nichts dran an Olivias Geschichte?«

»Ich bitte Sie. Schon wieder die ehemalige DDR!« Sie verdrehte die Augen. »Olivia lieferte zwar neue Fakten, jedenfalls behauptete sie das, wollte aber ihre Quelle nicht preisgeben. Es ging um einen der bisher ungeklärten RAF-Morde … Wie hieß dieser Treuhandchef doch gleich?«

»Detlev Karsten Rohwedder«, sagte Peter.

»Kann sein. Ich habe es mir nur kurz angehört. Da sollte es ein ganzes Agentennest gegeben haben, so eine Art Killerkommando. Mein Chef, dem ich die ganze Sache darstellte, verlangte noch weitere Infos, aber dazu kam es ja dann nicht mehr.« Sie erhob sich. »Ich muss jetzt leider, wenn Sie mich entschuldigen.«

Praktikantengleich wurden sie wieder vor die Tür gesetzt und sahen der hüftschwingenden Durckl nach, wie sie in den Fluren der Redaktion verschwand.

»Wie die den Posten der Chefredaktion gekriegt hat, würde mich schon interessieren.« Peter schob sein Notizbuch wieder ein.

»Mit Klimpern vielleicht.«

Peter lachte. »Ich glaube, die wäre erleichtert, wenn Enrico am Tod seiner Mutter schuld ist. Von wegen Offenheit, die hätte einen Lügendetektor gesprengt.«

41.

München-Grünwald, 1993

»Ich geh dann mal«, sagte Iris, nachdem sie sich übergeben hatte. Ihre Beine knickten ein. Sie griff hastig nach dem Türrahmen.

Edgar stützte sie. »Harley oder Leichenwagen?« Er reichte ihr ein Tuch, mit dem sie sich den Mund abwischen konnte. »War nur Spaß, ich glaube, ich rufe dir besser ein Taxi. Reichen fünfzig Mark bis dahin, wo du wohnst?« Sie nickte.

Kurz vor Mitternacht lag Iris endlich in der Badewanne ihrer Pullacher Wohnung; sie drehte den Heißwasserhahn voll auf und bewegte sich nicht mehr. Das Wasser glitt über ihren Körper, umhüllte ihn dampfend, versenkte ihren Bauch, ihre Brüste. Zwei Inseln, die langsam untergingen. Dann tauchte sie unter, glaubte zu kochen, hielt die Luft an, bis sie zu ersticken drohte, und tauchte wieder auf. Es pulsierte in ihr, als hielte ihr jemand die Ohren zu und drückte sie weiter unter Wasser. Sie stieg aus der Wanne und kroch in ihr Bett.

Ein Klingeln weckte sie. Sie blinzelte ins Tageslicht, das durch einen Vorhangspalt fiel, und sah auf die Uhr. Halb neun. Sie hatte verschlafen. Wieder schrillte die Klingel, dann klopfte es, als würde gleich die Tür eingeschlagen. Wer konnte das sein? Waren das …? Nein. Doch. Mit Felix arbeitete sie in derselben Behörde, wenn auch nicht in Pullach, der BND war so weitläufig über die Bundesrepublik verteilt, dass sie sich außerhalb der Gruppe nie begegnet waren. Aber es wäre ohnehin ein Kinderspiel für die *Vier*, ihre Privatadresse herauszufinden. Sie schlich zur Tür und lugte durch den Spion. Erleichterung machte sich in ihr breit. Es war nur Wolf, ein Kollege von der Dienststelle. Was wollte der hier so früh?

»Moment«, rief sie, schlüpfte schnell in ihre weitesten Sachen aus dem Schrank – nichts sollte an ihrer Haut kleben – und warf einen Blick in den Spiegel. Ihre rechte Wange war geschwollen und färbte sich violett. Alle anderen Kratzer und Male verdeckte hoffentlich ihre Kleidung. Ihr Kreislauf war noch nicht stabil, vor ihren Augen drehte sich alles, aber davon ahnte Wolf ja nichts.

Als sie öffnete, riss Wolf die Augen auf. »Oh, was ist dir denn passiert?«

»Nichts weiter.« Sie ließ ihn rein. »Was gibt's?«

Er musterte sie, zuckte dann mit den Schultern. »Wir müssen sofort los. Personenüberwachung. Ein Einsatz in den neuen Bundesländern, nahe der Ostsee.«

So weit weg, dachte sie und hatte einen Augenblick lang das Gefühl, es ziehe ihr doch noch die Füße weg. Sie stützte sich an der Kommode ab.

Bisher hatte sie es geschafft, stets in Carinas Nähe zu bleiben, wenn auch nicht so nah, wie eine Mutter ihrer heranwachsenden Tochter sein sollte. Was, wenn Carina ausgerechnet in den nächsten Wochen irgendeinen brutalen Kerl kennenlernte oder vor ein Auto lief?

»Soll ich dir ein Aspirin holen?« Wolf streckte die Hand aus und wollte sie am Arm berühren.

»Das mach ich selbst, danke.« Sie wich ihm aus und verschwand im Bad.

»Beeil dich«, drängte Wolf. »Wir sind spät dran. Hättest du nicht verpennt, hätten wir bereits die halbe Strecke geschafft. Du kannst im Auto weiterschlafen.«

In ihren Ohren rauschte es. Sie packte mechanisch ein paar Sachen zusammen und folgte Wolf kurz darauf, als hätte jemand bei ihr auf einen Schalter gedrückt.

Indem man die letzten angeblich aktiven Terroristen zu einem Treffpunkt lockte, um sie festzunehmen, wollte die Bundesregierung offiziell einen Schlusspunkt unter die RAF setzen. Alle Behörden hatten diesen Einsatz monatelang vorbereitet. Im Schichtdienst überwachten Iris und Wolf per Funk eine Pension in Wismar, in der ein verdrahteter V-Mann und eine scheinbar ahnungslose Terroristin abgestiegen waren. Dann, am 27. Juni 1993, startete die Aktion unter dem Decknamen: »Weinlese«. Die GSG 9 rückte an, das Mobile Einsatzkommando und viele Beamte des Bundeskriminalamtes. Bad Kleinen, ein Dreitausendsechshundert-Seelen-Ort war auf einen Schlag von der gesamten Terrorabwehr durchdrungen. Iris blendete ihre Gefühle aus und folgte den Anweisungen, weiter abzuhören, bis sie plötzlich ihre Peiniger unter den Beamten entdeckte. Salamander und Calimero. Sie stiegen aus einem Einsatzwagen und klappten die Visiere ihrer Schutzhelme herunter. Ab diesem Moment wurde das Geschehen zu einem Film, in dem sie nicht mitspielte, nur das Pulsieren in ihr wurde stärker. Dann mit einem Mal eskalierte die Verhaftung. Iris wurde Augenzeugin des Feuergefechts, von dem es später in den Medien hieß, dass ein Terrorist erst einen GSG 9-Beamten und danach sich selbst erschossen hätte. Sie jedoch hatte etwas anderes gesehen: *Das Geld* benutzte die Menschen als Währung. Als ihr das klar wurde, verstummte schlagartig das Rauschen in ihren Ohren, sie tauchte aus ihrer Benommenheit auf und fasste einen Entschluss.

Zuerst ließ sie sich krankschreiben. Ihr Chef war einverstanden, die Medien spielten ohnehin verrückt, und keinesfalls sollte Iris in das Blickfeld irgendeines Fotografen oder Journalisten rücken. Als Nächstes musste sie aus der Gedankenspirale heraus, womöglich wieder schwanger zu sein. Ihre Tage hatte sie noch nie regelmäßig gehabt, aber nun war sie deutlich über der Zeit. Wie sollte sie dem Kind erklären, wer als Vater infrage kam und unter welchen Umständen es gezeugt worden war? Schon einmal hatte sie ihr Kind weggegeben. In ihrem Inneren spielte sie sämtliche Szenarien durch, vermied es, einen Blick auf die Zeitungen zu werfen, wenn sie einkaufen ging. Trotzdem stachen ihr ab und zu die Schlagzeilen ins Auge. Der Bonner Innenminister war zurückgetreten, ein Generalbundesanwalt versetzt worden, und innerhalb des BKA und BND würden Stellen umgeschichtet werden, was vermutlich auch Krallinger und Felix betraf. Endlich raffte sie sich auf und ging zu einem Frauenarzt.

»Wehweh!« Ein kleiner Junge, der mit Legosteinen im Wartezimmer einen Turm vor ihren Füßen baute, zeigte auf das Blut, das sie erst wahrnahm, als es durch ihre Hose drang und sich auf dem Boden unter dem Sitzgeflecht des Stuhles ausbreitete. Als wollte ihr Körper sie vor sich selbst retten! Sie verließ die Praxis, ohne sich untersuchen zu lassen.

Zu Hause lag ein Paket ohne Absender vor ihrer Wohnungstür. Ihr gepunkteter Regenmantel, ihr Waschzeug, sogar ihr Geldbeutel waren darin. Dazu ihre Abfindung, bis auf den Pfennig genau. Wer der *Vier* ihr das geschickt hatte, wusste sie nicht. Und es war ihr auch egal. Sie würde nicht mehr zum Dienst zurückkehren. Sie fuhr zu Edgar, um ihm das Fahrgeld zurückzugeben, dazu etwas mehr, für ihre Rettung.

»Gloria Viktoria, oder wie auch immer du heißt, Frauen mit Geheimnis haben mir schon immer gefallen, meine Hanna war auch so eine.« Er nahm das Geld, führte Iris in sein Wohnzimmer, schob die Glasscheibe einer Schrankwand auf und legte die Scheine unter eine Urne, neben der das gerahmte Hochzeitsfoto von ihm und seiner Hanna stand. Dann holte er einen Birnenschnaps und zwei Gläser aus dem Fach darunter. »Willst du nicht bleiben? Ich kann dir nicht viel zahlen, biete aber ein Zimmer mit Einbauküche, hier unterm Dach.« Er zeigte mit dem Daumen nach oben. »Ich suche jemanden, mit dem ich das Geschäft weiterführen kann. Hanna ruht hier nun schon sieben Jahre.« Er strich über die Urne. »Und mein Sohn weigert sich, in meine Fußstapfen zu treten.«

»Was, ich soll Bestatterin lernen? Du kennst mich doch gar nicht, weißt nichts über mich.« Sie staunte über den alten Mann, der sämtliche Tätowierungen unter seinen eng geknöpften Manschetten verbarg. Nur den breiten Ring mit den silbernen Totenköpfen trug er sichtbar am kleinen Finger.

»Bestatter wirst du einfach, Ausbildung gibt's da keine, jedenfalls keine offizielle. Trotzdem ist die Totenwäscherei ein jahrhundertealtes Handwerk, und das könnte ich dir beibringen.« Er schenkte ein und stieß mit ihr an. Der Schnaps brannte ihre Kehle hinunter, hatte einen süß-herben Nachgeschmack. Ein junger Mann rumpelte herein.

»Michael, darf ich dir jemanden vorstellen?« Edgar strahlte ihn an.

Der Typ, in Schlabbershirt und zu weiten Jeans, achtete nicht auf sie, griff stattdessen zielsicher unter Hannas Urne und zog sich ein paar Scheine. »Leihst du mir die, Papa, für neue Bücher und so? Ich bleib ein paar Tage bei der Fanni.« Er wartete keine Reaktion ab, sondern witschte gleich wieder zur Tür hinaus.

»Wo?«, fragte Edgar. Doch Michael war schon draußen. Edgar wandte sich an Iris und schenkte ihnen noch mal nach. »Er studiert Germanistik, halt nein, Orientalistik, seit diesem Semester. Und abends trainiert er bei der Wasserrettung. Hauptsache nichts, was nur annähernd mit Bestattungswesen zu tun hat. Dabei holt es ihn überall ein.« Er legte den Kopf schräg. »Die orientalischen Bestattungsriten sind übrigens auch interessant. Im Iran bauen sie Türme, auf denen sie ihre Toten den Greifvögeln zum Fraß aussetzen. Türme des Schweigens heißen die.« Er kippte das zweite Glas. »Und, hast du es dir überlegt?«

42.

»Ein paar Ecken weiter hat ein vegetarisches Restaurant aufgemacht. Wie wäre es?« Peter sah auf seine Armbanduhr. »Eine halbe Stunde müsste drin sein.« Er grinste. »Dass du kein Fleisch magst, weiß ich von …«

»Schon klar, ich kann mir denken, von wem«, unterbrach Carina. »Ja, gern.« Ihr knurrte der Magen. Die Vorstellung, von einer umfangreichen Speisekarte wählen zu können und sich nicht nur, wie in anderen Restaurants üblich, auf Salat oder eine Suppe zu beschränken, bei der sie fragen musste, ob die aus Fleischbrühe gemacht worden war, verstärkte ihren Hunger. Sie ließen Peters Dienstwagen im Hof der Zeitungsredaktion stehen und liefen los. Allerdings war die *Genießerbar* oder *Genießbar*, von der Peter im *Stadtmagazin* gelesen hatte, einfach nicht zu finden. Stattdessen stießen sie auf ein Tierfuttergeschäft und, eine Straße weiter, die genauso aussah und laut Peter auch infrage kam, auf einen Drogeriemarkt. Wieder spähte er auf die Uhr. Zehn vor halb eins. »Sollen wir das nächstbeste Lokal nehmen oder lieber zurückgehen und in die Innenstadt fahren?«

Carinas Füße brannten, besonders der eine Schuh drückte, dabei trug sie doch Olivias ungefragte Leihgabe bereits seit zwei Tagen. Eigentlich schaffte sie keinen Schritt mehr. Sie schlüpfte aus den Schuhen. Auf dem rechten kleinen Zeh hatte sich eine Blase gebildet. Wenn die aufplatzte, würde sie die Schuhe nicht mehr zurückgeben können. Peter hatte immer noch Frau Mayerhofers Haferlschuhe an und trug sogar Wollsocken. Sie rief einer Frau zu, die den gegenüberliegenden Gehsteig entlangjoggte. »Wir suchen dieses neue vegetarische Lokal, wissen Sie, wo das sein könnte?«

Die Läuferin blieb stehen, keuchte. »Neu? Also ich kenne nur die *Genussbar*, die ist dort drüben, im Innenhof.« Sie zeigte auf das Haus bei der Ampel, an dem sie bereits zweimal vorbeigelaufen waren.

Carina humpelte barfuß weiter.

»Pass auf, dass da kein Dreck reinkommt. Oder soll ich dich tragen?« Grinsend beugte sich Peter vor, wie um sie hochzuheben.

Sie wehrte ihn ab. »Ich brauch bloß Pflaster, mehr nicht.«

Das Lokal war leer, obwohl es seit elf Uhr dreißig geöffnet haben musste. Ein Kellner in karierter Weste und Fliege, mit einem gefalteten Tuch über dem Arm, der aussah, als trüge er seine Berufskleidung zum ersten Mal, sperrte ihnen auf und zeigte großzügig herum. Sie konnten sich einen Platz aussuchen.

»Ich habe dich für ziemlich arrogant gehalten. Für eine Vorzeigetochter, so wie Matte mit dir geprahlt hat«, sagte Peter, nachdem sie sich für einen Ecktisch nahe am Fenster entschieden hatten, durch das wenigstens etwas Licht hereinfiel.

»Mir ging's mit dir genauso.«

Plötzlich verlegen, vertieften sich beide in ihre Speisekarten.

»Wollen wir uns einen Vorspeisenteller teilen?«, fragte Peter nach einer Weile.

»Wir teilen alles.« Was tat sie nur die ganze Zeit, flirtete sie wirklich mit dem Kollegen ihres Vaters? Sie wurde rot und hoffte, dass Peter das im Dämmerlicht des Lokals nicht sah. »Jedenfalls was das Essen betrifft«, ergänzte sie schnell. Als Vorspeise gab es nur einen Salat mit exotisch klingendem Namen und eine Rote-Rüben-Suppe. Zwei Hauptspeisen standen zur Wahl: Sojahackbraten im Wirsingmantel oder Kräuterknödel an gefüllten Zucchiniblüten.

»Die haben wohl am Samstag vergessen einzukaufen.« Peter winkte dem Kellner.

»Oder es ist eine exquisite Auswahl«, sagte Carina. Sie bestellten beide den Salat als Vorspeise und die Zucchiniblüten als Hauptgang, dazu eine Rhabarberschorle für Carina und für Peter eine Apfelschorle.

»Rhabarber ist aus.« Der Kellner zupfte seine Fliege gerade.

»Kirsche?«, versuchte es Carina.

Er schüttelte den Kopf. »Gurke wäre noch da.«

»Dann auch eine Apfelschorle, bitte.« Von Gurkenschorle hatte sie noch nie gehört. Ihr Handy klingelte. Wanda. Sie ging dran.

»Störe ich dich gerade beim Rumschnippeln?«, fragte ihre Schwester.

»Worum geht's?« Carinas Herz klopfte. Sie lächelte Peter an.

»Ich brauch dich als Babysitter.«

»Und wann? Sag nicht, jetzt gleich.«

»Doch, ein Notfall.« Im Hintergrund ertönte eine Sirene.

Carina zuckte zusammen. »Wo seid ihr, ist was passiert?«

»Was? Sandro, stell das verdammte Ding ab, ich versteh ja nichts.« Carina hörte ein Klopfen, dann ein Sirren. Wanda stöhnte. »Also, klappt das?«

Carina überlegte. In zwei Stunden war sie mit Clemens verabredet. Vorher wollte sie noch nach Hause, duschen und was Frisches anziehen. Zum ersten Mal fragte sie sich, warum sie Clemens überhaupt traf.

»Ich würde dich nicht bitten, wenn es nicht dringend wäre.«

Das klang, als würde Carina nie auf ihren Neffen aufpassen, dabei sahen sie sich mindestens einmal in der Woche. Oft holte sie Sandro von der Mittagsbetreuung ab, und sie gingen ins Kino oder an den Isarauen schwimmen. »Sagen wir um halb drei?« Wanda stimmte zu. Clemens hin oder her, sie konnten auch zu dritt spazieren gehen. Vielleicht war es sogar gut, wenn Sandro dabei war, wer konnte wissen, was Clemens von ihr erwartete. Sie legte auf.

»Hoffen wir, dass Flora sich wirklich nur irgendwo versteckt hat und trotz aller Befürchtungen gesund wieder auftaucht.« Peter hatte sein Notizbuch aufgeklappt und tippte auf seinem Handy eine SMS.

»Gibt's was Neues?« Carina steckte ihr Handy wieder ein.

»Nein, die Soko ist dran, klappert alles ab. Ich kümmere mich dann gleich um die Rohwedder-Aufzeichnungen in dem Buch und um die Auswertung des USB-Sticks. Wo bleibt denn der Kellner, ich hab Durst. Muss der die Äpfel für die Schorle erst noch pflücken?« Er spähte zur Theke.

»Mir war übrigens gar nicht klar, dass Anja und Richard Loos einen Sohn haben«, sagte Carina.

»Das Kind kam etwas zu früh zur Welt, und seitdem machen sie alle Maßnahmen mit, um ihn in seiner Entwicklung zu fördern.«

»Wie zum Beispiel Babyschwimmen?«

»Ja, jeden Freitag, dafür gibt's ein knappes Dutzend Zeugen. Er bringt seine Frau und das Kind um Viertel nach acht zur Schwimmhalle und winkt ihnen, wenn sie und die anderen Frauen ins Wasser gehen. Dann setzt er sich in den Kiosk und wartet auf sie. Die Mütter der anderen Kinder sind von dieser Fürsorglichkeit begeistert, die schwärmen von Richard und sind natürlich ganz entsetzt über die Todesfälle in der Familie.« Die Getränke wurden gebracht. Peter trank sofort in einem Zug sein Glas leer und bestellte ein neues.

Carina fielen die großen gerahmten Schwarz-Weiß-Bilder in Richards und Anjas Haus ein. »Diese Schauspieler, die bei denen an den Wänden hängen, kennst du die?«

»Ja, das sind Aufnahmen von Ono Millechner, Hairlock Shame, Erwin Gansneder, keine Schauspieler, sondern bekannte Kabarettisten. Dass die jemand an den Wänden hängen hat, habe ich bisher auch noch nicht gesehen, aber warum nicht, die sind wirklich gut.«

Carina schüttelte den Kopf. »Ich kenne nur Karl Valentin, aber der war nicht dabei.«

»Ono Millechner hat ein neues Programm. Wenn das hier abgeschlossen ist, gehen wir mal zusammen hin, wenn du magst.« Auf zwei ineinandergestellten Tellern sevierte der Kellner das Essen. Es war eine Augenweide, roch köstlich und schmeckte auch so.

»Komisch, dass wir hier die einzigen Gäste sind. Es ist doch Sonntagmittag«, wunderte sich Carina.

Peter zuckte mit den Schultern. »Schwer zu finden und wenig Auswahl, aber das, was sie haben, schmeckt.«

»Millechner, ist das der mit der Bürstenfrisur, wie auch Richard eine trägt?«

Peter lachte. »Stimmt, das ist mir gar nicht aufgefallen, siehst du, ich hab mich mehr auf seine Worte konzentriert.«

»Was hast du dir eigentlich notiert?«

»Ach, nur wie er spricht, ich sammele solche Eigenheiten.«

»Und was sind das für welche?«

»Wie gesagt.«

»Was, wie gesagt?« Carina verstand nicht.

»Richard hat das verwendet, kaum dass wir im Haus waren, als hätte er uns schon einen langen Vortrag gehalten.«

»Und was bedeutet das?«

»Nichts, nur eine Eigenheit. Ich mach das bei jedem.«

»Hast du auch schon was zu mir notiert?«

»Ja, klar.« Er grinste. »Aber das ist noch geheim.«

»Olivia hat kurz vor ihrem Tod noch was in den Teppichflor geritzt, einen Vogel oder irgendwelche Zeichen. Aber das hat Verena aus Versehen zerstört, als sie mit ihrem Stativ ins Schlafzimmer gekommen ist.« Sie zeigte ihm die Zeichen in ihrem Skizzenbuch. »Was würdest du denn in deiner Todesstunde festhalten wollen?«

»Carina …«

»Nein, im Ernst.«

Er seufzte. »Na gut, ich weiß, was du meinst, ich glaube, ich würde den Namen meines Mörders schreiben oder irgendwas, was noch wichtig ist für die, die mich finden. Vielleicht würde ich auch nichts über mich schreiben, sondern über jemanden, der noch in Gefahr ist.«

»Also über Flora oder Enrico.«

»Ja.« Peter zog das Buch zu sich heran. »Das könnte ein spiegelverkehrtes E sein, hier am Anfang.«

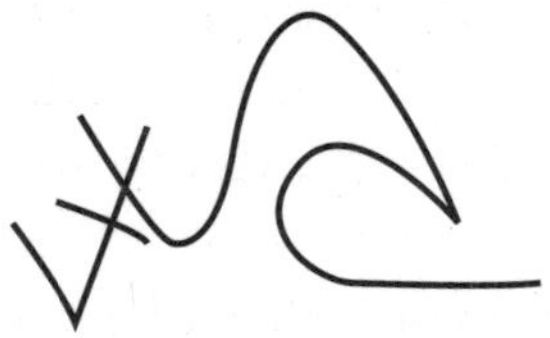

Der gelbe Geburtstagsbrief ihrer Mutter rutschte heraus. Peter fing ihn auf. »Hey, Carina zum zwölften Geburtstag. Den trägst du immer mit dir herum?« Sie wollte den Umschlag sofort wieder in das Skizzenbuch schieben, doch dann gab sie sich einen Ruck und überlegte es sich anders. »Mein Vater hat ihn mir erst vor Kurzem gegeben. Er stammt angeblich von meiner richtigen Mutter.« Und sie erzählte von Mattes Schweigen.

Peter hörte aufmerksam zu und betrachtete die Karte mit der »Buchstabensuppe«, in der die zwölf gemalten Kerzen schwammen. »Jetzt verstehe ich das alles besser. Du und dein Vater.«

»Einen Doppelmord so schnell abhaken, das kenne ich nicht von ihm. Selbst wenn die Staatsanwaltschaft drängt – oder gerade dann –, hat er immer alles hinterfragt.« Peters Interesse schien bei ihr ein Ventil geöffnet zu haben. Auf einmal fiel ihr alles Mögliche ein, was offenbar schon lange in ihr gebrodelt hatte. »Als wir noch klein waren, meine Schwester und ich, ist er zu Hause nach Feierabend immer alles noch mal durchgegangen. Er war quasi nie da, auch wenn er da war. Einmal hat er mit uns sogar im Keller einen

Tatort nachgestellt. Wanda war das Mordopfer und musste sich ganz komisch hinlegen.« Carina zeichnete es mit den Fingerspitzen auf die Tischdecke. »Und ich sollte einen Verdächtigen spielen. Silvia, meine Adoptivmutter, ist ausgerastet, als sie heimkam und das mitkriegte.« Sie verstummte und musterte Peter von der Seite. »Zweifelst du nie an deinen Eltern?«

»Ich glaube, sie zweifeln eher an mir. Mein Vater ist Kaminkehrer, und ich hab Höhenangst. Ich bin wohl nicht der Traumsohn, den er sich erhofft hat.«

Blutphobie und Höhenangst, dachte Carina. Optimale Voraussetzungen für die Mordkommission. »Dann hoffe ich, dass du nie zu einem Einsatz in luftiger Höhe gerufen wirst.«

Er seufzte. »Allerdings. Manchmal träume ich, dass jemand an der Kante eines Hochhauses steht und von mir gerettet werden will. Ich glaube, das wäre dann mein letzter Tag bei der Polizei.«

»Na ja, in Kaminkehrerkluft hätte ich dich schon mal gerne gesehen.« Sie lächelte ihn an.

Sonntag
Sechsundfünfzig Stunden nach dem Ursprung

So lief ich durch das Finster
in meinem Schädelhaus:
da weint er und da grinst er
und kann nicht mehr heraus.

Thomas Brasch

43.

Um Viertel vor drei klingelte Carina in der Au an der Haustür von Wandas Wohnblock. Ihre Haare waren noch feucht vom Waschen, das erfrischte bei der Hitze, und ihr Zeh war endlich verpflastert. Trotzdem trug sie wieder Olivias Schuhe, die passten besser als ihre Turnschuhe zu dem mexikanischen Kleid mit der kunstvollen Stickerei. Es war aus kühlem Leinen und ärmellos. Der Summer ertönte, Carina stieg die Treppen nach oben. Sie wollte Wanda fragen, seit wann *sie* wusste, dass sie Halbschwestern waren. Vielleicht wusste sie es überhaupt nicht, oder es war ihr egal. Sie lebte im Hier und Jetzt und ein bisschen im Morgen, was die Männer betraf und die Tagträume und die Hoffnungen darin.

Ihre Schwester klackerte ihr schon im Treppenhaus auf ihren High Heels entgegen, einen langen, großmaschig gehäkelten Schal hinter sich herschleifend. »Der ist gerade noch fertig geworden.« Sie verkettete die letzte Luftmasche, biss die Topflappenwolle durch und zog den Restfaden durch die Schlaufe. Als sie sich den Schal um den Hals schlang, wischte sie Carina die Quasten ins Gesicht. Ihr Busen in einem engen Top war dennoch kaum bedeckt. Wanda drückte ihr Häkelnadel, Wollknäuel und Schlüssel in die Hand.

»Wo musst du eigentlich hin?«, fragte Carina.

»Nick ist für zwei Stunden am Flughafen, Zwischenlandung sozusagen.« Sie grinste. »Ich bin um neun wieder da, versprochen.« Vier bis neun, das waren mehr als zwei Stunden. Mit Zahlen und Rechnen hatte es Wanda nicht so. »Danke«, flötete sie noch, warf die Haustür hinter sich zu und klemmte dabei fast ihr neuestes Häkelwerk ein.

Sandro rührte sich nicht, als Carina die Wohnungstür aufsperrte. Von irgendwo hörte sie Rascheln und Kichern, aber sie sah ihn nicht. Immer wieder vergaß sie, dass ihre Schwester alles Mögliche hortete, und es kostete sie einiges an Überwindung, zwischen Kartons und Kleiderstapeln, unter staubigen Schränken und Häkeldecken nach ihrem Neffen zu suchen. »Wo ist denn nur der …«, rief sie laut und öffnete den Küchenschrank, nachdem sie einen Kasten Limo und eine Tüte Katzenstreu zur Seite geräumt hatte. »Wie heißt er gleich, jetzt hab ich den Namen vergessen, Simon, nein, Sebastian, irgendwas mit ›S‹.«

»Sandro«, tönte es hinter dem großen Drehspiegel im Wohnzimmer, der mit Wandas Schmuckstücken vollgehängt war. »Hatschi-buuuh!« Sandro sprang hervor, hatte sie erschrecken wollen, nieste stattdessen, verhedderte sich in einer Kette und stolperte. Carina fing ihn auf und drückte ihn an sich.

»Na, Hatschibuh-Ferienkind, passt ein Eis irgendwo bei dir rein?« Sie kitzelte ihn. Sandro wand sich vor Lachen und versuchte sie ebenfalls zu kitzeln. Plötzlich hielt er inne und betrachtete sie aus großen braunen Augen.

»Ein Ohr und … dreh dich zur Seite.« Carina tat, was er verlangte. »Und noch eins. Eins, zwei Augen, zwei Arme, zwei Beine. Hast du noch alle Zehen?«, fragte er.

Sie schlüpfte aus den Schuhen und zeigte sie ihm. »Kannst du schon bis zehn zählen?«, fragte sie.

»Sogar bis neunzehn.«

»Na, dann los.« Als er zweimal bis fünf gezählt hatte, verfinsterte sich sein Blick. »Mama hat gelogen. Du bist gar nicht halb, nur krustig.« Er zeigte auf die Schürfwunde an ihrem Arm. »Oder fehlt was an dir, unter dem Kleid drunter, was ich nicht sehen kann?«

So konnte man es auch bezeichnen, irgendwas fehlte an ihr, dachte Carina. Dann wurde es also doch besprochen in der Familie, nur sie durfte nicht daran teilhaben. »Deine Mama meint damit, dass Silvia, also Oma, nicht meine richtige Mama ist, deshalb sind deine Mama und ich nur Halbschwestern. Verstehst du?«

Sandro schüttelte den Kopf.

»Opa Matte ist mein richtiger Papa, aber meine Mama, die mich zur Welt gebracht hat, ist eine andere Frau, die ich auch noch nicht kenne, weil ich damals ganz klein gewesen bin, als sie mich weggegeben hat.«

Sandro wickelte sich beim Zuhören ihre Haare um die Finger, bis es ziepte. »Ist deine Mama da, wo mein Papa ist? Auf der Insel mit den brennenden Bergen? Mein Papa angelt Fische in der glühenden Lava, das sind dann Goldfische.«

Ihrem Neffen wurde also auch was vorgemacht. Sein Vater, ein Schmuckverkäufer aus Lanzarote, wusste nichts von seinem sechsjährigen Sohn. Sandro klappte den Mund auf und zu. »Fische können nicht reden, weil ihnen immer das Wasser in den Mund läuft.«

Am Chinesischen Turm war stets eine Menge los, aber mit so viel Betrieb hatte Carina nicht gerechnet. Sie lehnte Silvias Rad mit Sandros Kinderrad an einen Baumstamm und sperrte sie zusammen. Ganz München samt Touristen aus aller Welt schien sich unter den schattenspendenden Kastanien zu tummeln. Wie sollte sie Clemens da überhaupt finden? Sie spähte über die Biertische zu den langen Schlangen der Essensausgabe am Turm.

»Da können wir hin.« Sandro hatte ein paar Zentimeter freien Platz zwischen den Leuten auf einer Bierbank entdeckt. »Ich setz mich auf deinen Schoß.«

»Wir müssen noch jemanden finden, einen Tierarzt.«

»Der ist bestimmt bei dem Strauß.« Sandro rannte los und zog Carina mit sich.

»Was für ein Strauß?«

»Das ist ein großer Vogel, keiner aus Blumen, obwohl sein Schwanz wie ein Blumenstrauß aussieht, nur ohne Farben.« Wo gab es hier einen Strauß?, fragte sich Carina und ließ sich weiterziehen. Sie liefen quer über den Spielplatz – so würde sie Clemens nie finden. Sandro stoppte an einem achteckigen Haus mit einem ähnlichen Dach wie das des Chinesischen Turms. An der weit geöffneten Tür hingen Luftballons in allen Formen und Farben, und im Inneren verbarg sich ein altes Karussell. In zwei Kreisen drehten sich zwischen Schlitten, Kutschen und Wagen auch einige Holztiere. Pferde, eine Giraffe und tatsächlich ein Strauß, auf den Sandro sofort zustürzte. Carina spendierte ihm eine Fahrt und stellte sich an den Rand, um zuzuschauen.

»Lust auf was Süßes?« Bepackt mit Rucksack und Buggy, stand Clemens plötzlich neben ihr und hielt ihr rosa Zuckerwatte vor die Nase. Zu nostalgisch klingender Musik aus einer Walzenorgel setzte sich das Karussell langsam in Bewegung. Carina winkte ihrem Neffen, der die Zügel des Straußes hielt, als säße er auf einem Streitross. Auch Clemens winkte jemandem – einem kleinen Mädchen mit abstehenden kurzen Zöpfen, das zwischen den zwei Höckern eines Kamels klemmte. Das musste Becky sein.

»Ich wusste gar nicht, dass du …«, sagte Clemens.

»Ich auch nicht«, unterbrach ihn Carina. Dass er verheiratet war und eine Tochter hatte, hätte er ihr vielleicht nie gesagt, wenn sie es nicht selbst herausgefunden hätte. Er verstummte, zupfte an der Zuckerwatte herum, bis die Kinder auf sie zugelaufen kamen. Becky quengelte herum: Alles war doof, außerdem hatte sie Hunger und Durst, und die Füße taten ihr weh. Clemens drückte ihr die Zuckerwatte in die Hand und hob sie hoch. Draußen ließ sie die Zuckerwatte fallen und plärrte, weil sie nun voller Dreck war.

Sandro rannte zum Spielplatz und eroberte sich eine große, runde Schaukel, indem er ein kleineres Kind überholte, Arme und Beine auf dem Schaukelteller ausbreitete und nach Carina rief. »Und der Tierarzt darf auch mitschaukeln«, erlaubte er. Carina wusste erst nicht, wie sie mit dem Kleid da oben sitzen sollte. Kleider war sie nicht gewohnt, meist trug sie lange Hosen, die waren unkomplizierter. Doch irgendwie ging es, und bald kauerten sie zu viert zwischen den dicken Seilen und schwangen hin und her.

»Da haben wir uns also beide was verschwiegen.« Clemens, mit seiner schluchzenden Tochter im Arm, fing noch einmal davon an. »Die Kinder müssten gleich alt sein, oder?«

Er glaubte, Sandro wäre Carinas Sohn; egal, das konnte sie immer noch aufklären.

»Ich bin halb sieben.« Sandro schlug sich auf die Brust. »Und die?«

Becky schniefte, strich sich die verklebten Haarsträhnen aus dem Gesicht und hielt vier Finger hoch.

»Traut die sich da hoch?« Sandro zeigte auf das Klettergerüst.

»Nimm sie doch mit«, schlug Carina vor. Aber Becky kroch allein von der Schaukel und lief voraus.

Als seine Tochter fort war, streckte sich Clemens, lehnte wie zufällig seine nackten haarigen Beine in den Shorts an ihre. Sie zog das Kleid über die Knie, schob den Stoff zwischen seine und ihre Haut. Bei der Berührung kribbelte es kaum noch, auch nicht, wenn sie ihn ansah. Seine Augen klebten ohnehin an seiner Tochter, die quietschend über die Hängebrücke raste. Plötzlich spürte sie die Kluft zwischen ihnen. Wenn sie wirklich einen Sohn hätte, dann könnten sie jetzt über Erziehung diskutieren. Vielleicht sollte sie fragen, wie es den Kühen und Schweinen oder dem Papagei im Veterinäramt ging, wo er arbeitete. Oder von dem Fall erzählen und davon, dass es aufregend war, im Team der Mordkommission mit dabei zu sein. Doch mehr, als er vermutlich schon in der Sonntagszeitung gelesen hatte, durfte sie ohnehin nicht verraten.

Außer Atem kam Sandro angerannt und wühlte in Carinas Umhängetasche. Sie glaubte, er hätte Durst, aber er zog das Federmäppchen heraus. »Darf ich den?«

Carina erlaubte es, und Sandro zischte mit einem wasserfesten Folienstift wieder ab.

»Kann Becky auch schon ihren Namen schreiben?«, fragte sie.

Clemens sprang auf. Becky war nicht mehr auf dem Klettergerüst. Carina erhob sich ebenfalls aus der Schaukel und folgte ihm, als er suchend über den Spielplatz eilte. Sie fanden die Kleine auf einer Bank neben einer Schlafenden. Becky kaute an irgendetwas Bröseligem, das sie aus einer Tüte stibitzt hatte. Die Frau hatte den Kopf zurückgelegt und döste mit offenem Mund in der Sonne. Hinter der Rückenlehne kroch Sandro hervor und setzte ihr einen weißen Leinenhut auf. Die Frau zuckte zusammen, erwachte, lächelte aber, als sie die Kinder erblickte. Quer über der Krempe ihres Sonnenschutzes stand »HUD« in krakeliger Schrift.

Sandro kommt in die Schule …, dachte Carina. Und kann bereits schreiben, unglaublich!

Um der Frau die Kekse zu ersetzen, reichte Clemens ihr einen Fünf-Euro-Schein. Sie lehnte ab, es sei doch nicht schlimm und die Kekse seien sowieso noch von Weihnachten. Sie habe sie für die Enten mitgenommen.

Mit einer Entschuldigung zerrten sie die Kinder schließlich fort.

»Warum hast du auf den Hut von der Frau was draufgeschrieben?«, fragte Carina Sandro, als sie weit genug weg waren.

»Damit sie ihn gleich findet, wenn er ihr wieder runterfällt.« Er gab ihr den Folienstift zurück. Carina lachte.

Clemens blieb ernst. »Findest du das etwa richtig? Du willst ihm das jetzt einfach so durchgehen lassen?« Becky hustete, sie hatte sich verschluckt. Er klopfte ihr auf den Rücken, bis sie einen Keksbrocken ausspuckte.

»Wieso, was soll ich denn tun?«

»Du musst ihm doch irgendwie verklickern, dass das so nicht geht.«

Langsam ging ihr Clemens auf die Nerven. »Soll ich ihn ausschimpfen, bestrafen und dann zu Hause einsperren?« Carina musterte ihn. »Was schlägst du denn vor?«

»Natürlich nicht, was denkst du von mir? Ich finde nur deinen Erziehungsstil bedenklich. Du bist doch sein Vorbild. Er hat die Kleidung von anderen Leuten zerstört, und du lachst einfach nur?«

Carinas gute Laune war verflogen. »Deine Tochter hat Entenfutter geklaut, zählt das etwa nicht?«

Clemens seufzte. »Es ist sicher schwer, Vater und Mutter gleichzeitig zu sein. Sieht dein Sohn seinen Vater noch?« Er wartete ihre Antwort nicht ab. »Also, Beckys Mama und ich, wir haben das im Griff.« Mit dem Hemdsärmel wischte er seiner Tochter die Spucke ab. »Es ist sehr wichtig, dass die Eltern trotz allem …«

»Dann kriech doch einfach wieder zu deiner Ex ins Bett.« Carina hatte seine Belehrungen satt. Was ging es ihn an, wie sie oder jemand anders Sandro erzog?

»Jetzt sei nicht eingeschnappt.« Clemens stellte Becky ab und strich Carina eine Haarsträhne aus dem Gesicht. Seine Hand roch nach Zimtspucke. »Wer will das größte Eis?«, rief er, und die Kinder kreischten los.

Sie kauften das Eis an einem Wagen, den ein Mann per Rad durch den Englischen Garten karrte. Becky verlangte drei Kugeln »Familieneis«.

Einen Versuch gebe ich ihm noch, dachte Carina, als sie

sich auf die Wiese setzten und im Wettlauf gegen die Sonne ihr Eis vertilgten.

»Schaut mal, da will jemand ein Stück Waffel von uns.« Carina hatte eine Maus entdeckt, die aus einem Erdloch lugte. Clemens sprang auf und klopfte sich die Hose ab, als hätte ihn das Tierchen angenagt.

Carina lachte. »Du hast doch nicht echt Angst vor Mäusen, oder?« Als sie kurz nach ihrem Kennenlernen in der Nacht auf dem Ostfriedhof gewesen waren, hatte sie sein Erschrecken für einen Scherz gehalten.

»Angst nicht direkt, die sind nur so krabbelig, diese Viecher. Deshalb bin ich auch Veterinär für Großvieh geworden, kein Kleintierarzt.«

»Wir fangen sie ein und tragen sie weg«, schlug Sandro vor. Mit der restlichen Waffel voran, krochen Becky und er wie zwei Spurensucher über die Wiese, auf der Suche nach Löchern. Als Clemens nun aus seiner Hemdtasche ein kleines Kästchen zog, dachte Carina zuerst, er wollte eine Beruhigungstablette einwerfen.

»Hier, für dich, hab ich auf einem Markt entdeckt.«

»Äh, besser nicht.« Wenn es das war, was sie dachte, wollte sie es lieber nicht öffnen. Sie trug nie Schmuck, weil er sie bei der Arbeit behinderte, aber seit sie dem Autowrack entkommen war, schnürte ihr allein die Vorstellung, eine Kette oder einen Ring zu tragen, die Kehle zu.

»Bitte, mach's auf.« Er legte den Arm um sie, was ihre Gänsehaut nur verstärkte. Widerwillig öffnete sie das Kästchen, eine schwarzweiße Vogelfeder lag darin, an ein Lederband geknüpft. Das ging einigermaßen, Silber- oder Goldschmuck wäre schlimmer gewesen.

»Für die Elster, hab ich mir gedacht.« Er küsste sie.

Sie erwiderte den Kuss kaum, schob das Kästchen mit einem knappen Danke in die Umhängetasche und sah sich nach den Kindern um, die wie zwei Katzen dahockten und ins Gras starrten. »Warum sagt Becky Familieneis statt Vanille?«

Er lachte. »Das hat sie selbst erfunden. Schon faszinierend, wie Kinder sprechen lernen. Ich hab das ausprobiert und ihr bestimmte Wörter anders vorgesagt, weil ich testen wollte, ob sie es von mir oder meiner … also, von wem sie es lernt.«

»Hast du gewusst, dass Worte wie ein Fingerabdruck sein können?« Carina atmete auf. Endlich ein Thema, das ihr leicht über die Lippen ging. »Ein neuer Kollege von meinem Vater möchte sich bei der Münchner Polizei als Sprachforscher etablieren. Er untersucht zum Beispiel die Eigenheiten in Erpresserbriefen.«

»Ach, deshalb redest du nicht viel, du hast Angst, dass ich deine Fingerabdrücke nehme?« Wieder legte er den Arm um sie.

»Mein Vater hat ihn mir ganz anders geschildert, als er in Wirklichkeit ist.«

»Wen?«

»Na, den Sprachforscher. Ist doch komisch, was man oft über andere denkt, nur weil jemand mal irgendeine Bemerkung gemacht hat.«

»Hm.«

Sie sahen den Kindern zu. Carina biss sich auf die Lippen, so unverfänglich war das jetzt nicht gewesen.

Clemens' Handy klingelte. Er spähte auf das Display. »Ich muss weg, eine Pferde-Not-OP.« Er sammelte Becky ein und zwängte sie in den Buggy. »Triffst du dich mit diesem Sprachforscher, seid ihr zusammen?«, fragte er noch, bevor sie sich ohne weiteren Kuss voneinander verabschiedeten.

44.

München-Grünwald, 1993

Die erste Prüfung stand ihr bereits nach vier Wochen bevor, als Edgar zu einem Beratungsgespräch musste und sie mit der Einbalsamierung einer Auslandsüberführung allein ließ. Sie schaltete seine Heavy-Metal-Kassette aus und suchte ihr Werkzeug zusammen, legte Pinzette, Schere, Watte und Skalpell auf einem Tablett zurecht. Auf dem Tisch ruhte ein übergewichtiger Achtundsechzigjähriger, dessen Verwandtschaft bei Padua ihn im Familienkreis aufbahren wollte. Sie entkleidete den Italiener und schob ihm einen Stützkeil in den Nacken, damit das Blut aus dem Gesicht nach unten floss. Dann entfernte sie die Pflaster aus der Armbeuge und von der Bauchdecke, die noch vom Krankenhaus stammten, wo ihm ein Katheter gelegt worden war, sprühte den Körper ein und säuberte ihn.

»Ich dachte, mein Vater …« Michael kam in den Aufbahrungsraum, sah ihr stumm zu, wie sie die Haare mit Kamillenshampoo wusch, dann ausspülte und föhnte. Sie cremte den Leichnam ein und massierte die Gelenke, um die Leichenstarre zu lösen.

»Da möchte man am liebsten tot sein, wenn man dich das so machen sieht.«

»Du kannst dich gleich dazulegen«, scherzte sie.

Er schluchzte plötzlich auf.

»Hast du den Toten etwa gekannt?«

»Nee. Tut mir leid. Fanni hat mich nur gerade verlassen und ich …«

Iris verhedderte sich im Schlauch der Elektropumpe.

»Warte. Ich weiß, wie das geht.« Er half ihr mit der Nadel, stach ohne zu zögern in die Halsschlagader des Toten, um das Blut abzusaugen. »Wegen der Fanni habe ich sogar das Studium gewechselt.« Er hatte lauter gesprochen, um die Maschine zu übertönen, und schnäuzte sich jetzt.

»Orientalistik?«

»Sinologie.«

Sie hängte den Schlauch zwischen die Zehen des Toten – eine natürliche Halterung sozusagen. Nachdem alles Blut entnommen war, drückte sie den Knopf für die Gegenrichtung, und Formaldehyd wurde durch den Schlauch in den Blutkreislauf gepumpt. Gemeinsam arbeiteten sie weiter, massierten Arme und Beine des Leichnams, damit die Konservierungsflüssigkeit sich gleichmäßig verteilte.

»Und wie bestatten die Chinesen ihre Toten?«, fragte sie und stellte die Pumpe ab.

Michael zuckte mit den Achseln. »Das unterscheidet sich nicht so sehr von unserem Ritual, jedenfalls was die chinesischen Stadtbewohner betrifft. Bei den Tibetern gibt es die Himmelsbestattung. Ein Angehöriger legt dem Sterbenden eine Pille in den Mund, die enthält tibetische Arznei, aber auch Überreste eines Mönchs, einen Fetzen seiner Kleidung, Haare oder Fingernägel.«

»Und was soll diese Pille bewirken?« Sorgfältig verschloss sie alle Ausgänge – Nase, Rachen und Anus – mit Silikon und

Watte, wie Edgar es ihr erklärt hatte, damit nichts auslaufen konnte.

»Die Tibeter glauben, dass auf die Art alles Menschliche im Körper zurückgehalten wird, die Gefühle, die Triebe, und die Seele ganz befreit gehen kann.«

»Alles loslassen, klingt doch gut. Kann ich auch welche von den Dingern kriegen?«

»Gern.« Er nahm sie in die Arme und lächelte sie schief an. Sie, in den Händen noch Watte und eine Pinzette, war derart überrumpelt, dass sie es sich gefallen ließ. Seine Freundin schien Michael schnell überwunden zu haben.

Plötzlich wich er zurück. »Seid ihr eigentlich … also, mein Vater und du, seid ihr …?«

»Da läuft nichts«, erwiderte sie. »Edgars Herz gehört deiner Mama, für immer, hat er mir erklärt.« Michael schien erleichtert und lachte sie an.

Zu Edgars Freude brachte Gloria, wie sie sich von nun an nannte, seinen Sohn endlich dahin, wo er ihn immer hatte haben wollen. Michael schmiss das Studium und stieg in den väterlichen Betrieb ein, um, ganz verliebt in sie, die Toten zu versorgen.

Eines Tages zeigte er ihr im Wohnzimmer ein riesiges gerahmtes Aquarell eines weitverzweigten Baumes voller Namen mit Geburts- und Sterbedaten. An den Wurzeln lagen München und das Voralpenland mit seinen Seen. »Unsere Familie umgibt seit Generationen der Geruch des Todes. Immer Tod, Tod, Tod. Ich dagegen wollte leben, besonders nachdem meine Mutter so früh an Krebs gestorben ist. Sieh hier, die Wurzeln am Bildrand. Unser Stammbaum reicht bis ins sechzehnte Jahrhundert, als die Schwalbes noch als Scharfrichter gearbeitet haben.«

»Na, da habt ihr euch doch verbessert. Zumindest müsst ihr die Leute heute nur noch verschönern, nicht mehr umbringen.«

Michael zog sie aufs Sofa und küsste sie. »Heirate mich, Gloria.«

»Was?«

»Gloria Schwalbe, wie klingt das für dich?«

45.

»Was ist los?« Eine total verheulte Wanda hatte ihnen die Tür geöffnet.

Wanda konnte nur stockend sprechen, was sie jedoch nicht daran hinderte, es dennoch zu versuchen. »Nick, dieses Dreck… hat … Ich hab gewartet … alles … Eine … andere … Gemeiner Arsch …«

Erst einmal half Carina Sandro dabei, den Radhelm aufzukriegen. Eigentlich reichte es ihr für heute mit Paargeschichten, gescheiterten Beziehungen, Familien, Erziehung. »Ich muss gleich weiter.«

Wanda rutschte an der Wand nach unten und brach endgültig zusammen. Carina hievte sie wieder hoch. »Na gut. Vorher mache ich dir noch einen Tee und eine Wärmflasche.« Silvia behauptete, dass das auch bei heißem Wetter jeden Liebeskummer vertrieb, und bei Wanda hatte es viele Male helfen müssen. Verdammt, ausgerechnet Silvia fiel ihr jetzt ein.

»Danke«, schluchzte Wanda. »Du bist … so lieb.«

Der Wasserkocher war mit einer dicken Kalkschicht verkrustet. Carina kratzte erst eine Weile darin herum, wühlte in den Schränken, fand alles Mögliche, nur keinen Essig, und entschied, das Wasser für den Tee in einem Topf zu erhitzen. Sie suchte für Sandro zwischen Wandas Liebesfilmsammlung nach einer DVD.

»Magst du einen Film über Vulkane, über Spinnen oder lieber Michel aus Lönneberga anschauen?«

»Spinnen.« Sandro hatte sich schon mit einer Muskelmannfigur und angezogenen Beinen in dem kleinen Schaukelstuhl vor dem Fernseher postiert. »Da gibt es eine, die frisst ihren Mann auf, schwupp, weg ist er.« Der Film war ohne Altersbegrenzung. Carina schielte zu Wanda, aber da diese keinen Einwand erhob, war es wohl in Ordnung. Außerdem schien Sandro mit der Schwarzen Witwe bereits Bekanntschaft geschlossen zu haben. Sie legte die DVD ein und schaltete den Rekorder an. Dann schmierte sie einige Toastbrote und fütterte den Kater Thor, bevor der vor lauter Hunger versuchte, weiter Fäden aus ihrem mexikanischen Kleid zu ziehen. Als wäre tiefster Winter und Wanda hätte hohes Fieber, deckte sie ihre Schwester auf der Quietschcouch zu, reichte ihr die Teetasse und schob ihr die Wärmflasche unter die Decke.

Jetzt oder nie, dachte Carina. So unbeweglich war ihre Schwester vielleicht nie wieder. »Seit wann weißt du eigentlich, dass wir Halbschwestern sind?«

Wanda zuckte unter der Decke zusammen. »Schon ... schon länger.« Sie hatte sich etwas beruhigt, schluchzte nur noch vereinzelt auf. »Ist doch egal, ob Silvia uns beide oder nur mich geboren hat. Wir sind miteinander aufgewachsen, ob wir blutsverwandt sind oder nur Halbblutschwestern, was spielt das für eine Rolle.« Sie roch an dem dampfenden Tee. »Riecht nach Zitrone. Was ist das für einer? Ich wusste gar nicht, dass ich noch welche daheim habe.«

»Weißdorn-Melisse. Herzstärkend, steht auf der Packung.«

»Dann her damit. Autsch.« Sie verbrannte sich die Zunge und brach erneut in Tränen aus.

Fehlte nur noch, dass Carina pusten musste.

»Es ist alles so, so …«

»Vergiss doch diesen Nick.« Etwas anderes fiel ihr nicht ein, dabei wusste sie selbst, wie schwer das war.

»In der Arbeit ist es gerade auch so stressig. Die überlegen, ob sie die Ansagen an den Bahnsteigen ebenfalls digitalisieren. Dann wäre ich den Job los. Und heute war auch noch der Vermieter da, wir müssen hier raus, so schnell wie möglich.«

Ausziehen, nicht schon wieder! Seit dem ersten Tag, als ihre Schwester hier eingezogen war, hatte sie woanders hingewollt. Eine kaputte Heizung, Schimmel an den Wänden, undichte Fenster und kein Kabelfernsehen. Unzählige Male, seit Wanda hier wohnte, hatte sie sich mit dem Vermieter angelegt und jedes Mal beschlossen, sich nach einer anderen Wohnung umzusehen, bevor der sie rausschmiss, was er angeblich jedes Mal androhte. Aber bestimmt beruhigte sich alles wieder. Carina konnte es jedenfalls nur hoffen. Drei Zimmer, bis unter die Decke vollgestellt, zu diesem Mietpreis, mitten in München, würde sie nicht so schnell finden. »Warum hast du denn nie was zu mir gesagt?«

»Hab ich doch!« Wanda musterte sie.

»Nein, ich meine das mit den Halbschwestern.«

»Weil ich es als Kind nicht kapiert habe. Eigentlich schade.« Sie grinste. »Ich hätte das so gut ausnützen können, wenn du fies zu mir warst.« Wanda wischte sich Tränen und Schweiß aus dem Gesicht.

»Du übertreibst, ich war nicht fies.« Carina goss sich auch einen Tee ein.

»Sag bloß, du hast vergessen, wie du mir den Bleistift in den Bauch gerammt hast?«

»Was, ich?« Thor knetete genüsslich die Decke und rollte sich schließlich schnurrend zwischen den beiden Schwestern ein.

»Und wie du mit den alten Spritzen an mir rumexperimentiert hast? Wenn Mama nicht dazugekommen wäre, wäre ich jetzt garantiert HIV-positiv. Du wolltest immer perfekt sein, aber wenn's nicht geklappt hat, hast du deinen Frust an mir ausgelassen.«

Carina war sprachlos. All das hatte sie vollkommen verdrängt. Ganz schwach sah sie noch vor sich, wie sie den Bleistift spitzte und spitzte und dann in die nervige Wanda stach, als wäre sie ein Luftballon, der nur zum Schweigen gebracht werden konnte, wenn er platzte. Und das mit den Spritzen, die sie beim Spielen in Nachbars Mülltonne gefunden hatten, wusste sie zwar noch, aber dass es lebensgefährlich gewesen war, hatte sie vergessen. Tatsächlich war da noch dieses Gefühl, über die kleinere Schwester bestimmen zu können. Diese Macht, die sie gehabt hatte, und die Wut, die damals schon in ihr keimte.

»Es tut mir leid«, sagte sie. »Bitte verzeih mir.«

»Einverstanden. Wenn du mir mit dem Umzug hilfst.« Carina lachte und nickte. Klar würde sie ihr helfen, aber Wanda würde bestimmt in hundert Jahren noch hier wohnen.

»Fein.« Sie umarmten sich. »Meistens hat es mir gefallen, so eine ernste große Schwester zu haben, es gefällt mir immer noch und heute ganz besonders, in diesem schönen Kleid.« Sie lächelte Carina an. »Probier doch mal meinen Schal dazu. Wo liegt der denn? Ach, Mist, den habe ich bei …« Sie holte von tief innen heraus Luft, ihr Atem zitterte. »Du hast schon immer alles so durchdacht und auf mich aufgepasst. Weißt du noch, wie du mich verteidigt hast, gegen Robert aus der Vierten? Den hast du ganz schön vermöbelt.«

Wanda reimte sich mal wieder was zusammen, Carina hatte doch nie einen Jungen verprügelt! Obwohl … dunkel blitzte etwas auf. »War das der, der sich über deinen Häkelrekord lustig gemacht hat?«

Wanda nickte. »Ich war so stolz, dass endlich auch mal was über mich in der Zeitung stand, nicht immer nur über unsere tollen Eltern. Also bin ich mit dem Zeitungsausschnitt zur Lehrerin vor, und die hat es laut vor der ganzen Klasse vorgelesen. Einmal ums Rathaus herum häkeln wäre leicht, hat Robert gesagt, aber um meinen Bauchumfang herum, das würde keiner schaffen.«

»Ach, der war das. Hat der nicht auch seine Mitesser im Klassenzimmer herumgeschossen?« Sie lachten.

»Nur wenn Mama uns zusammen in ein Zimmer sperrte, weil wir gestritten haben und sie sich nicht mehr zu helfen wusste, da hatte ich Angst vor dir.« Wanda wurde wieder ernst.

»Angst?« Carina staunte. Ihre Schwester hatte noch nie von ihrer gemeinsamen Kindheit gesprochen. Vielleicht hatte sie tatsächlich Fieber.

»Deshalb hast du immer so lange geschrien, bis Silvia wieder aufsperrte.«

»Ich hab gedacht, du tust mir was an, schlimmer als alles, was ich mir vorstellen konnte, schlimmer als das mit dem Stift, bei dem die Spitze abgebrochen ist. Weil du dann so wie deine richtige Mutter wärst, weil …«

Sandro kam zu ihnen herüber. »Kann ich den Stift von vorhin noch mal haben?«

»Nur wenn du keine Hüte mehr beschriftest.« Carina reichte ihm ihre Tasche, Sandro kramte darin herum und blieb bei ihrem Skizzenbuch hängen. Er breitete es auf seinem Schoß aus und betrachtete es Seite für Seite. Carina lugte zu Wanda, aber die kraulte Thor und schien ganz in alten Erinnerungen versunken. Das Buch enthielt Zeichnungen von toten Menschen, hoffentlich erschreckte Sandro das nicht. Aber der Tod gehörte zum Leben dazu, jedenfalls zu ihrem Leben, also durfte auch ihr Neffe diesen Teil sehen, beschloss sie und wandte sich wieder ihrer Schwester zu. »Weil meine Mutter was …? Sag schon, was haben sie dir erzählt?« Jetzt kam's. Wanda hatte es die ganze Zeit gewusst. Sie, die immer am Reden war, hatte es totgeschwiegen.

»Na, eine Verbrecherin soll sie sein oder jedenfalls eingesperrt. Ich hab mal gelauscht, als ich nachts aufs Klo musste und sie im Wohnzimmer redeten.«

»Wer ist eine Verbrecherin?« Sandro sah sie mit großen Augen an.

»Niemand, Schatz, die kennst du nicht.« Wanda strich ihm über die Haare. »Mal weiter.«

»Ich versteh einfach nicht, dass du nie was gesagt hast.«

Wanda zuckte mit den Schultern. »Wie sollte ich ahnen, dass du es nicht weißt? Und ich finde, dass es keinen Unterschied macht, heute jedenfalls.«

»Für mich schon.« Carina stellte ihre Teetasse ab, bereit zu gehen.

»Ich hatte meine Mama und du deinen Papa. Er lässt es mich heute noch spüren, wer ihm am wichtigsten ist.«

Carina verdrehte die Augen. »Fang nicht damit wieder an.«

»Apropos, hast du eigentlich mit ihnen die Wünsche besprochen, die ich dir per SMS geschickt habe? Ein Nagelset brauche ich nicht mehr, dafür hätte ich, also Sandro, lieber …«

»Das mit der Wunschliste war doch hoffentlich nur ein Scherz. Wanda, deine Kindergartenzeit ist längst vorbei!« Carina wollte ihr Skizzenbuch einpacken, doch Sandro war noch darin vertieft, formte Buchstaben überdeutlich mit dem Mund und verband sie. »Rrrrraaaaaffff. Was ist das, Carina?«

»Zeig her.« An welcher Stelle hatte sie was über die RAF notiert?

Aber da war es: Olivias Teppichzeichen. Wo sie einen Vogel gesehen hatte, konnte man auch drei Buchstaben erkennen. Wenn man wie Sandro das Skizzenbuch verkehrt herum hielt.

46.

Hatte ihr Bruder sie betäubt und hier eingesperrt, weil er vielleicht doch glaubte, sie hätte ihn verraten? Flora versuchte sich Enni als silbrig glänzende Zwiebelhaut vorzustellen, aber es gelang ihr nicht. Ihr Bruder war immer dunkelgrün, wenn sie an ihn dachte. Niemals hätte er ihr die Knöchel durchbohrt. Noch nie hatte er ihr wehgetan, obwohl sie ihn als kleine Schwester oft nervte.

Steckten doch ihre Eltern dahinter? Schlechten Mamas und Papas nahm ein Amt die Kinder weg und brachte sie in ein Heim, das wusste Flora von einem Mädchen aus ihrer Klasse. War das hier so was, wo man die Kinder mit einer Fußfessel am Weglaufen hinderte? Aber Mama und Papa hatten sie geküsst und umarmt, als sie sich am letzten Schultag auf den Weg machte, sogar behauptet, dass sie sich auf den grauen Tag freuten, wenn sie wieder bei ihnen wäre. Die Gautingoma hatte einen Gipsarm und war auf ihre Hilfe angewiesen, hatte Mama gesagt. Pudding und Rührei und sogar Kuchen, wo im Rezept von Essiglöffeln die Rede war, hatte sie für Oma kochen und backen wollen. Mindestens dreimal eingeschlafen und wieder aufgewacht war Flora schon. Also wo blieben ihre Eltern nur?

Außerdem musste sie mal, und die Windel quoll schon über. Wieder hievte sie sich mit den Armen aus dem Bett, zog sich wie eine Seerobbe zur Tür und rüttelte an der Klinke. Zugesperrt! Neben dem Schrank entdeckte sie einen Nachttopf mit einem abgekratzten Abziehbild vorne drauf, ein Bär oder ein Hase. Aber nicht so schön gemalt wie der von Sara. Die Karte hatte Flora extra in ihr Regal gestellt, aber sie war aus ihren Möbeln verschwunden wie all ihre Sachen. Das Nachttopfplastik wirkte alt, vielfach benutzt und schimmerte nur noch an den Seiten rosa. Sie verlangten doch nicht, dass sie sich wie ein Baby da draufhockte? Oder war es das, was die Kinderfänger wollten? Sollte sie wie ein Säugling sein, einer wie dieser Ödipus? Sie musste so dringend groß, dass sie schon am ganzen Körper Gänsehaut hatte. Die Windel klatschte wie ein Ziegelstein auf den Boden, als sie sie endlich heruntergezerrt und an den zusammengezurrten Beinen entlang nach unten gefädelt hatte. Bis sie dann mit ausgestreckten Beinen auf dem Nachttopf hockte, war sie außer Atem. Sie klappte die Schranktür auf und verbarg sich dahinter. Nun hatte sie wenigstens ein Klo mit Tür, in dem sie sich unbeobachtet fühlte. Nur ihre Füße mit dem Plastikband lugten unten heraus, das sah sie im Spiegel, wenn sie ein ganz kleines bisschen an der Schranktür vorbeispähte.

Montag
Einundsiebzig Stunden nach dem Ursprung

Ich bin eine Spinne
und spinne und spinne
und singe ein Lied
vom Abschied.
Mein armer Mann ist tot,
ich fraß ihn gestern
zum Abendbrot.

Sandro Kyreleis

47.

In der Bibliothek, wo sie immer ihre Montagssitzungen abhielten, baute Frau Schauer zur Morgenbesprechung ein Frühstücksbüfett auf. Neben einer Käse- und Schinkenplatte dufteten Semmeln, Brezen und Croissants. Es gab verschiedene Säfte, süße Aufstriche, Butter und Obst, und auch die Zeitung mit der Schlagzeile von Floras Verschwinden – »Neunjährige Tochter von ermordetem Ehepaar spurlos verschwunden« – lag auf dem Tisch.

»Wer hat das spendiert?«, fragte Carina, als sie im Institut eintraf.

»Die Chefin«, erklärte Frau Schauer und schnitt eine Melone in Scheiben. »Sie sollen es sich schmecken lassen.« Doch solange das Korbsofa der Professorin leer blieb, wagte keiner zuzugreifen. Eine Woche mit neuen Aufgaben stand ihnen bevor. Nachts hatte Carina noch über die Teppichzeichen, die Sandro so selbstverständlich gedeutet hatte, gegrübelt. Rote Armee Fraktion, was sollte das bedeuten, wieso ritzte Olivia Loos das in ihrer Todesstunde in den Teppich? Hatte die RAF etwas mit ihrem Tod zu tun? Absurd, diese Terrorgruppe gab es doch schon seit Jahrzehnten nicht mehr. Womöglich sogar noch länger, denn es war äußerst fraglich, dass sie für die letzten ihr zugeschriebenen Attentate verantwortlich war. Musste Olivia Loos sterben, weil sie als Journalistin in etwas

Brisantem gewühlt hatte und die Geheimdienste auf sie aufmerksam geworden waren? Wer mordete heute noch, um ein Geheimnis der RAF zu vertuschen?

Doch so schwer die Gedanken nachts im Halbschlaf zu bändigen waren, ihr Job war getan, und sie würde vielleicht nie, außer aus der Zeitung, erfahren, wie die Ermittlungen verliefen und ob sie Flora gefunden hatten.

Susanne Schmetterer begrüßte Carina und setzte sich neben sie. »Die chemisch-toxikologische Untersuchung hat keinen Nachweis von Alkohol, Medikamenten oder Betäubungsmitteln bei dem Ehepaar Loos ergeben. Ich habe das Ergebnis gerade ans Präsidium gefaxt.« Sie zeigte mit einer großen Geste über den gedeckten Tisch. »In Olivias Magen habe ich übrigens Orangensaft, Kaffee und Croissant gefunden. In Jakobs Magen waren Milch, genauer gesagt Kakao und Getreidereste, wahrscheinlich von Müsli. Das Frühstück als Henkersmahlzeit.«

Fast unbemerkt hatte sich Dr. Herzog hereingeschlichen. Er schloss leise die Tür und schob sich zwischen der Wand und den Rückenlehnen bis zu einem freien Stuhl durch. Durch das enge, kurze Shirt zeichneten sich seine Rippen ab, vielleicht hatte er ein Oberteil seiner Kinder erwischt, sein Bauch schien wie bei einer Biene den Oberkörper mit dem Unterleib nur noch notdürftig zu verbinden, so dünn war er geworden.

Sofort wurde die Tür wieder aufgerissen, und Professor Feininger, in einem geblümten Seidenzelt, rauschte herein, griff sich ohne Gruß die Karaffe mit Karottensaft, schenkte sich ein und kippte den Inhalt herunter, als wäre sie am Verwelken gewesen. Hastig bestrich sie sich ein Croissant mit

Schokoladencreme und verschlang es. Halb im Stehen, über den Tisch gebeugt wischte sie sich mit dem Titelblatt eines Aktenstapels anstelle einer Serviette übers Gesicht. »So.« Sie wuchtete sich in das Korbsofa an der Stirnseite des ovalen Tisches, das ihren Hintern knirschend begrüßte. »Guten Morgen zusammen.«

Wie nach dem Gongschlag zur ersten Schulstunde kam Bewegung in die Runde. Susanne goss Carina und sich Kaffee ein.

»Ich komme gleich zur Sache.« Die Chefin schleckte sich die Finger ab. Die Druckerschwärze hatte ihr um die Mundwinkel ein Dauergrinsen ins Gesicht gezaubert. »Wie ich höre, haben Sie sich alle hinter meinem Rücken Gedanken über mein Privatleben gemacht. Aber viel wichtiger, als mit wem ich pudere ...«

Susanne verschluckte sich und sprühte Kaffee über den Tisch. Carina klopfte ihr auf den Rücken, bis sie sich wieder beruhigt hatte.

Die Chefin fuhr unbeeindruckt fort. »... ist doch die Frage, warum wir zurzeit kaum Obduktionen hereinbekommen. Tote gibt es nach wie vor, nur reißt die sich regelmäßig einer meiner Ex-Kollegen, Arno Strunkholz, unter den Nagel. Er hat sich mit einigen ehemaligen Uni-Mitarbeitern am Waldfriedhof in einer neu gegründeten Gemeinschaftspraxis niedergelassen und greift sich durch seine Be-zieh-un-gen ...«, sie schnalzte durch die Zähne und dehnte das Wort wie Kaugummi, »... zu einer Stadträtin die Sektionen.« Aus dem Brotkorb grapschte sie sich eine der Brezen und rieb das Salz ab, dass es quer über den Tisch spritzte. Ein Salzkorn flog Dr. Herzog ins Auge.

»Konkurrenz belebt das Geschäft, heißt es nun auch für uns.« Feininger knickte die Breze in wenige große Stücke und schob sie sich in den Mund. Sie kaute, schnitt sich eine Semmel auf und wählte ein Marmeladenglas. »Überall wird gespart, wie wir wissen, dabei gibt es so viele interessante Fachgebiete. Die Geschichte der Medizin oder auch die Sexualmedizin zum Beispiel. Alles wegrationalisiert.« Sie hustete kurz, kaute dann wieder, schluckte und fuchtelte mit dem Messer herum. »Na ja. Früher sezierten die Anatomen nur im Winter und forschten im Sommer als Botaniker. Baumschullehrer, vielleicht wär das was für einige von Ihnen?« Sie sah in die Runde. »Aber noch wollen wir das Verbrechen in München nicht fördern, wir als Institut der Uni geben nicht klein bei, auch wenn Strunki versucht, alle Obduktionen an sich zu reißen.« Sie trank, fuhr sich mit der Zunge über die Zähne und saugte einen Karottenrest ein. »Und wenn ich einen Kopfstand mache und danach vermutlich selbst auf einem unserer Stahltische liege, wir müssen uns etwas einfallen lassen, oder es ist aus.« Sie stieß einen Seufzer aus, der aus den Tiefen eines Fabrikschlots zu kommen schien und auch so klang. »Toxikologen werden an der Uni immer gebraucht.« Sie deutete mit der marmeladenroten Messerspitze auf Susanne Schmetterer. »Auch Dr. Herzog wird als DNA-Spezialist, falls es zum Äußersten kommt, immer genug zu tun haben. Aber die anderen …« Ihr Blick streifte Carina. »Zum Beispiel Dr. Kyreleis, die uns als Rekonstrukteurin …«

Ein Quaken ertönte. Feininger verstummte, als hätte ihr jemand den Stecker gezogen. Bei wem hockte der Frosch, der sie verhöhnte?

»Äh, einer meiner Söhne hat mir einen neuen Klingelton eingestellt.« Dr. Herzog, dessen eines Auge vom Salz tränte, fasste sich an die von Schweißperlen glitzernde Glatze und presste sich das Handy ans Ohr. Alle lauschten; normalerweise traute sich keiner bei der Teambesprechung zu telefonieren, selbst Notfälle durften nur per SMS mitgeteilt werden. »Was? Wie?« Herzog stand langsam auf. »Und wo?« Er schnappte sich ein Croissant und hastete Richtung Tür. »Nummer fünf und sechs«, rief er ihnen noch zu, bevor er hinausrannte. »Zwillinge.«

»Wenigstens sorgt einer von uns für das biologische Gleichgewicht«, fing Feininger wieder an, nachdem die Tür ins Schloss gefallen war, und schälte sich eine Banane. Erst jetzt schien ihr aufzufallen, dass keiner außer ihr aß. »Langen Sie zu, was ist los? So schnell gebe ich mich nicht geschlagen, auch wenn es momentan so aussieht. Ich hoffe, Sie unterstützen mich. Lassen Sie uns gemeinsam weiterkämpfen.« Sie leerte ihr Glas, verzog das Gesicht. »Jeder im Team kann sich neu beweisen, so hart das auch klingt. Gehen Sie liegen gebliebene Akten durch, ordnen Sie Ihre Bücher, oder seien Sie vor diesem Strunkholz am Tatort, wie es Frau Kyreleis gelungen ist. Der Doppelmord bringt uns auch in der Öffentlichkeit in Erinnerung.« Sie tippte auf die Zeitung, suchte eine bestimmte Zeile und las vor: »`Das Team der SOKO Flora wird von der renommierten Rechtsmedizinerin und Gesichtsrekonstrukteurin Dr. C. Kyreleis verstärkt, die nach einem längeren Aufenthalt in Mexiko wieder in München arbeitet.`« Feininger klopfte auf den Tisch. Zu Carinas Verlegenheit fielen die Kollegen in den Applaus ein.

»Medienpräsenz ist wichtig, auch wenn Ihnen und mir das unangenehm ist. Wir alle arbeiten nicht ohne Grund bei Minusgraden, abgeschottet von draußen. Und wenn Sie nun gefrühstückt haben, erwarte ich jeden Einzelnen von Ihnen mit ein paar guten Ideen in meinem Büro. Dr. Kyreleis, kommen Sie mit, Sie knöpfe ich mir als Erstes vor.« Sie stieß das Korbsofa mit einem Ruck ihrer Stiefeletten an die Wand und walzte aus dem Raum.

48.

München-Grünwald, 1994

»Ich dachte, die Rechtsmedizin hat die Verstorbene bereits zur Einäscherung freigegeben?« Michael half ihr, die Leiche aus dem Sarg zu heben und auf den Stahltisch zu legen.

»Ihr Bruder hat angerufen, er will sie doch sehen.« Iris, die sich jetzt Gloria nannte, log ihren Verlobten ungern an, aber diesmal musste es sein. Sie ignorierte Michaels Blick, streifte sich die Gummihandschuhe über und rollte den Wagen mit der Kosmetik heran. Er fing sie ein, küsste sie, verschlang seine Zunge mit der ihren, wollte sie nicht mehr loslassen. Sie hatten erst einmal miteinander geschlafen, oder besser: fast. Kaum hatte Michael auf ihr gelegen, hatte er auch schon einen Erguss, so aufgeregt war er gewesen. Sie wunderte sich, da sie überhaupt nichts getan und nur gehofft hatte, dass es bald vorbei war und die alte Wunde nicht wieder aufriss. Seither betonte er, wie schön es sei, sich für die Hochzeitsnacht aufzusparen. Sie dagegen hoffte einfach, er würde dann so besoffen sein, dass er sich später nicht mehr erinnern konnte, ob sie wirklich Sex hatten oder nicht.

Jetzt löste sie sich von ihm und schlug das Leichentuch zurück. Die Verwesung war schon weit fortgeschritten, die Haut hatte sich grünlich verfärbt und warf Fäulnisblasen auf.

»Warum hast du ihm nicht gesagt, dass er die Verstorbene

besser so in Erinnerung behalten soll, wie sie zu Lebzeiten ausgesehen hat?«

»Nichts zu machen.« Gloria zuckte übertrieben mit den Schultern. »Ihr Bruder besteht darauf, sie zu sehen. Aber ich krieg das hin.«

Michael seufzte und holte sich einen Kittel. »Dann bleibe ich besser zu Hause und helfe dir.«

»Nein, nein, ich mach das, fahr ruhig los, du bist ohnehin spät dran.« Sie gab ihm ein paar schnelle Küsse hintereinander, schob ihn dabei zur Tür und nahm ihm den Kittel aus der Hand.

Endlich wandte er sich um. »Morgen um neun ist schon die erste Beerdigung, und …«

»Eben, ich dachte mir, das übernimmst du dann allein, und ich schlafe aus, einverstanden?« Sie griff zur Sterilliumflasche, schüttelte sie und besprühte die Tote. »Nur das Gesicht stelle ich wieder her, den Rest decke ich ab, das geht schon. Als Frau verstehe ich sowieso mehr vom Schminken.« Als er draußen war, atmete sie auf. Punkt zwei auf ihrer inneren Liste zur Beschaffung einer Toten war abgehakt. Nun konnte sie sich voll und ganz auf die nächsten Stunden konzentrieren. Und morgen, wenn ihr Verlobter von seinem Rettungsschwimmkurs zurückkam, wäre wieder alles wie immer. Die Tote hatte keinen Bruder oder jedenfalls keinen, der sie noch einmal aufgebahrt sehen wollte. Die Träger würden einen verschlossenen Sarg mit Sandsäcken anstelle eines Leichnams zum Friedhof transportieren. Falls Michael nachfragte, hätte es sich der Bruder eben doch noch anders überlegt. So was kam öfters vor, der Kunde war König bei Bestattungen Schwalbe, und Überstunden zählten nicht.

Wie jeden Donnerstag trainierte ihr Verlobter bei der Wasserwacht. Leute retten, das war für ihn der beste Ausgleich zum Einsargen, ihrer täglichen Arbeit. Nach der Fahrt nach Wolfratshausen und dem Training übernachtete er dann bei einem Freund, weil er im außen und innen durchfeuchteten Zustand, wie er es nannte, nicht mehr zurückfahren konnte. Kaum hörte sie die Tür zuschnappen, schaltete sie das Radio ab. Michael arbeitete immer mit Schlager-Gedudel im Hintergrund, er wollte, umgeben von Toten, das Leben noch spüren. Sie dagegen brauchte Ruhe, heute ganz besonders. Schließlich hing ihr Leben davon ab, im wahrsten Sinne. Sie musste sich konzentrieren.

Die Tote war jünger und, dem Platz im Sarg nach zu urteilen, auch ein paar Zentimeter kleiner als sie. Aber das würde man später aus der Ferne hoffentlich nicht erkennen. Von Michaels Schreibtisch im Büro nebenan holte sie ihr gerahmtes Porträtfoto, legte es auf den Stahltisch und stellte einen Vergrößerungsspiegel dazu. Dann schnitt sie der Toten die Gesichtshaut auf, löste die Wangenknochen und den Kiefer heraus, hielt alles unters Wasser und spülte die Gewebereste ab. Mit einem Akkubohrer, der neben dem Make-up, den Kämmen und dem Shampoo im Präparierwagen lag, bohrte sie kleine Löcher in die Knochen und zog Draht durch. Nachdem sie die Knochen wieder eingepasst hatte, füllte sie die Lücken mit Watte und Papiertüchern aus, wärmte Wachs in den Händen und formte mithilfe des Spiegels und ihres Porträts ihre eigenen Züge in dem fremden Gesicht nach. Ein merkwürdiges Gefühl. Sie modellierte ein spitzeres Kinn und passte die Wölbung der Stirn ihrer eigenen an. Von der Nase war nur noch der Ansatz des Nasenbeins vorhanden, also baute sie sie neu auf, formte die Nasenlöcher und knetete sogar ihren kleinen Höcker auf dem Nasenrücken nach. Gerade als sie ihn einsetzen wollte, hörte sie einen Schlüssel klappern, kurz darauf ging die Tür auf. Schnell deckte sie das Gesicht mit einem Tuch ab. Zuerst glaubte sie, Edgar käme von seiner Motorradtour zurück, aber es war Michael.

»Ich war schon auf der Autobahn, da hab ich gemerkt, dass ich das Schwimmzeug vergessen habe.« Er wedelte mit einem Beutel, zog sie zu sich heran und küsste sie, über die Tote hinweg. Seine Lippen schienen sich an ihr festzusaugen. Sie erwiderte seinen Kuss inniger als zuvor, Hauptsache, er warf keinen Blick auf die Tote. Und auf das Foto! Hastig schob sie es unter den Leichnam. Die Tote bewegte sich ein bisschen, fast so, als würde noch ein Muskel zucken.

»Wozu ist der denn?« Michael war an den Spiegel gestoßen.

»Ach, damit … kriege ich die natürliche Gesichtsfarbe am besten hin«, stammelte sie.

»Aha.« Er lachte. »Aber dein Rot steht nur dir.« Er strich ihr über die glühenden Wangen. »Also, dann bis morgen.«

Gloria lugte aus dem dunklen Gangfenster, bis die Rücklichter des Fiats nicht mehr zu sehen waren. Michael hatte wenigstens damit aufgehört, mit dem Dienstwagen zu fahren und seine Kumpel nach dem Rettungskurs aus reiner Angeberei noch auf eine liegende Spritztour im Sargraum einzuladen. Den Leichenwagen brauchte sie heute. Ihre Hand zitterte immer noch. Sie atmete tief ein und aus und wandte sich wieder ihrem Vorhaben zu. Auch wenn sie es in Gedanken zigmal durchgegangen war, die einzelnen Schritte in- und auswendig kannte, durfte sie keine Fehler machen. Nun strichelte sie der Toten mit einem Fettstift schmale Bögen über die halb geschlossenen Augen, genauso wie sie ihre Augenbrauen selbst seit vielen Jahren zurechtzupfte, und formte den Mund zu zwei geschwungenen Häkchen. Jetzt noch die Perücke, die sie schon lange besorgt hatte und die in der Auswahl an Haarteilen in ihrem Bestand für kahle Verstorbene nicht aufgefallen war. Sie schnitt sie zurecht, passte sie ihrer eigenen Frisur an. Dann knipste sie mit der Polaroid ein Sofortbild des Gesichts. Als sie mit dem Abzug wedelte, damit das Bild sichtbar wurde, blitzte ein Gedanke auf. Vor zwölf Jahren hatte jemand ein Foto von ihr gemacht, auch mit einer Polaroid. Sofort verdrängte sie die Erinnerung daran. Noch hatte die keinen Platz in ihr, obwohl sie alles nur wegen dieser Erinnerungen tat. Aber jetzt würde es sie nur aus dem Konzept bringen, wenn sie daran dachte. Sie hielt das Foto der Präparierten neben ihr eigenes Porträt. Ja, sofern man den Abstand der Augen nicht genau vermaß, und wer tat das schon aus zehn Meter Entfernung oder mehr, sah es ihr ähnlich. Eine gleichaltrige Schwester, wenn auch noch kein eineiiger Zwilling – das musste der gepunktete Regenmantel vollbringen, den sie damals oft getragen hatte und der eigentlich viel zu auffällig war für jemand in ihrem Job. Aber sie hatte die langweilige Dienstkleidung einfach sattgehabt und sich sogar einen zweiten gekauft, als der erste zu eng geworden war. So ein Massenprodukt aus einem Supermarkt war nicht zu ihr zurückzuverfolgen. Von Behördengrau war sie zu Bestatterschwarz gewechselt, aber wenn es in ihrer Freizeit regnete, dann wenigstens auf bunte Punkte, hatte sie beschlossen, und nun würde ihr diese Extravaganz nützlich sein.

49.

Das letzte Mal war Carina im praktischen Jahr hier gewesen. Damals hatte sie tatsächlich zwischen den Wünschen geschwankt, Kinderärztin oder Rechtsmedizinerin zu werden. Angesichts der Misshandlungen, die Kindern zugefügt wurden, wollte sie auch den Lebenden helfen. Nicht erst, wenn es zu spät war, das totgeprügelte Kind auf dem Seziertisch lag und es nur noch galt, die Todesursache festzustellen.

Mit Anfang dreißig hätte sie längst selbst Kinder haben können, doch irgendwie hatte es nie gepasst. Selbst wenn sie den richtigen Partner dazu fand, fühlte sie sich noch nicht dazu bereit. Sie mochte Kinder, sie liebte ihren Neffen Sandro, aber es war auch schön, nicht rund um die Uhr für jemanden verantwortlich zu sein. Es genügte, dass sie gerade selbst auf der Suche war, oder wie auch immer sie diese Sache mit ihrer Mutter bezeichnen sollte. Hatte die vielleicht auch so gedacht und sie genau deshalb weggegeben, weil sie frei und unabhängig sein wollte, ohne lebendes Windelpaket am Bein? Warum rückten Silvia und Matte dann nicht einfach damit heraus, damit sie es endlich verstehen konnte?

Als Carina das Rad vor der Kinderklinik absperrte, erwartete sie bereits an der Glastür eine kleine, mollige Frau in einem Umhang, der wie selbst gewebt aussah. Über dem teppichartigen Ding hing eine übermächtig große Glasperlenkette wie ein paar zusätzliche Augen. Wie sie es bei der Hitze nur darin aushielt? Carina trug wieder Jeans und ein Shirt. Das Kleid lag gefaltet in ihrer Reisetasche. Den Gürtel hatte sie heute Morgen erneut ein Loch enger stellen müssen, irgendwie war am Wochenende trotz Nudeln, Müsli und Eis nichts hängen geblieben. Nicht mal von Feiningers Frühstücksbüfett hatte sie was abbekommen.

»Sind Sie die Vertretung für Dr. Herzog?«

Carina bejahte. In ihrem Büro hatte die Professorin sie nur gebeten, Dr. Herzogs Dienst mit zu übernehmen, solange er seine Frau bei der Geburt begleitete. Eine willkommene Abwechslung, wieder einmal mit Lebenden zu arbeiten, auch wenn sie sich wie immer bei einem Gutachten fragte, was sie wohl erwartete.

»Maya Korte vom Jugendamt«, stellte sich die Vieläugige vor und tupfte sich die Stirn mit einigen Fransen ihres Umhangs ab. Sie liefen die Treppe hinauf und den Flur entlang. »Wir haben die junge Mutter schon in der Schwangerschaft begleitet und sehen regelmäßig bei ihr zu Hause nach dem Rechten, aber nun geht es ihrer Tochter auf einmal sehr schlecht.«

Auf der Baby-Station drückte ihr Dr. Boes, ein HNO-Arzt, wie sein Namensschildchen am Kittel verriet, die Hand und führte sie zu dem Zimmer. »Ich bin die Vertretung für Dr. Schneidt, den Pädiater. Er operiert gerade. Urlaubszeit, Personalmangel, wie überall. Die Kleine sei am Morgen kaum wachzukriegen gewesen, behauptet die Mutter. Am Abend und in der Nacht sei alles normal gewesen.«

Von drei Bettchen war nur eines, von Gerätschaften umringt, belegt. Die Spülung rauschte, und eine knapp Zwanzigjährige, wie Carina schätzte, schlurfte aus dem Bad und verrieb sich einen Rest Creme auf den Händen, wo sich ein Ausschlag ausgebreitet hatte.

»Saskia Remhild, die Mutter der kleinen Lea«, stellte Maya Korte die junge Frau vor. Die wich Carinas Hand aus und griff stattdessen nach einem Stoffhasen, der auf einem Stuhl lag.

»Frau Dr. Kyreleis kann uns hoffentlich sagen, was deiner Tochter genau fehlt.« Maya Korte knipste auf ihren Kugelschreiber, zog ein kleines Notizbuch unter ihrem Umhang hervor und lehnte sich ans Fenster.

Saskia Remhild starrte auf ihre übergroßen Turnschuhe ohne Schnürsenkel. Sie trug ein zerknittertes, ärmelloses Minikleid und zupfte an den wunden Stellen auf ihren Händen herum. Vermutlich war sie in der Eile in irgendetwas geschlüpft, das gerade greifbar war, oder hatte gleich das Nachthemd anbehalten. Sie kauerte sich samt dem Hasen auf den Stuhl und schlang die Beine mehrfach umeinander, als sollte nicht ihr Kind, sondern sie selbst untersucht werden.

»Lea ist vier Monate alt«, begann Dr. Boes anstelle der Mutter zu reden. Carina beugte sich über das Bettchen. Lea wurde beatmet und durch eine Infusion im Handrücken mit Elektrolyten versorgt. Der kleine Körper unter der Decke zuckte, als stünde er unter Strom.

»Sie ist vom Wickeltisch gefallen.« Saskia Remhild sprach gegen das Geräusch des Respirators an.

»Davon haben Sie noch gar nichts erwähnt.« Dr. Boes staunte.

»Gefallen stimmt auch nicht ganz, sie hat mit den Fersen immer wieder gegen die Kante geschlagen und ist weiter und weiter vorgerutscht. Ich habe sie gerade noch aufgefangen.«

»Wie konnte sie sich aber dann eine Rippe brechen?« Er wandte sich an Carina. »Die Atmung hat ausgesetzt, ich habe Lea zur Überwachung ans EEG angeschlossen.« Dr. Boes zog seine Brille aus der Kitteltasche und blätterte in den Unterlagen auf seinem Klemmbrett. »Außer der gebrochenen Rippe gibt es keine sichtbaren Verletzungen, auch auf den Röntgenbildern nicht. Keine Erklärung, was diese Krampfanfälle ausgelöst haben könnte. Sie hat kein Fieber, aber ich spreche gleich mit Dr. Schneidt, wegen einer Liquorentnahme, damit wir eine Meningitis ausschließen können.«

Die Augen weit geöffnet, schien das Kind trotz der Zuckungen in sich versunken. Carina fuhr mit der Hand langsam durch ihre Blickrichtung. Lea blinzelte nicht, starrte weiter nach oben, auf ein großes Mobile mit Meerestieren.

»Das hat uns Maya gebastelt.« Saskia Remhild hatte Carinas Blick bemerkt und deutete auf einen gefilzten Blauwal an einem der Schnüre. »Damit ließ sich Lea manchmal beruhigen. Seit ihrer Geburt schreit sie jede Nacht durch.«

»Aber seit der Sache mit dem Wickeltisch schreit sie nicht mehr, oder?«, fragte Carina.

»Keinen Ton«, sagte die junge Mutter. »Das ist ja das Komische.«

»Na, Lea.« Carina drehte Leas Gesichtchen so, dass die Kleine sie wahrnehmen musste. Sie war sehr blass und ihre Haut marmoriert wie eine ausgebleichte Landkarte. »Ich bin Carina und versuche dir zu helfen, damit es dir hoffentlich bald besser geht. Ich schau mal nach, ja? Ich bin auch ganz vorsichtig.« Sie streichelte dem Kind sanft die Wange, schlug die Decke zurück und schob ihm das Hemdchen hoch. An den Ärmchen und am Brustkorb, wo sich der Rippenbruch befand, hatten sich Blutergüsse gebildet. Eindeutig Griffmarken von mehreren Fingern. Sie warf einen Blick auf Saskia Remhilds schrundige Hände. Es konnten ihre Fingerabdrücke sein. »Trinkt Lea genug?«, fragte sie.

»Kaum, sie erbricht sich sofort«, sagte Dr. Boes. »Deshalb haben wir sie an den Tropf gehängt.«

»Haben Sie schon eine CT gemacht? Und gibt es einen Augenarzt hier?«

»Eine Kopfverletzung können wir ausschließen. Keine Schädelfraktur und …« Dr. Boes las in seinen Unterlagen nach. »Die Blutwerte sind auch in Ordnung.«

»Bitte verständigen Sie Dr. Schneidt. Er soll sich Lea ansehen, so schnell es geht.« Carina wandte sich an Saskia Remhild, die sich die Arme kratzte. »Haben Sie Lea geschüttelt, damit sie endlich ruhig ist?«

»Wie, was?« Saskia Remhild runzelte die Stirn. »Ich hopse mit ihr rum. Hoppe hoppe Reiter und so. Darf man das etwa nicht?«

Carina versuchte zu lächeln, obwohl ihr überhaupt nicht danach zumute war. »Natürlich darf man das. Aber ein Kleinkind ist kein Specht, dessen Schädel starke Vibrationen aushält.«

»Vibrationen, Vibrationen. Was redet die denn da?« Saskia Remhild wandte sich an die Frau vom Jugendamt.

»Ich meine, haben Sie oder Leas Vater …«, setzte Carina noch einmal an.

»Der ist bei einer anderen. Wir sind getrennt seit zwei Wochen.« Saskia Remhild drückte sich den Stoffhasen vors Gesicht.

»Ich verstehe, das muss schlimm für Sie gewesen sein.

Dazu das schreiende Kind. Dann haben Sie Lea versucht zu beruhigen und haben sie hochgehoben und geschüttelt?«

Saskia Remhild sprang auf. »Nichts verstehst du, gar nichts. Das muss ich mir nicht anhören, das hab ich echt nicht …«

Maya Korte legte ihr Notizbuch weg und hielt die junge Mutter zurück, als sie zur Tür laufen wollte.

Der Stoffhase war heruntergefallen, Carina hob ihn auf und schüttelte ihn so fest, dass die langen Löffel vor- und zurückgeschleudert wurden. »Ich glaube, dass Lea an einem Shaken-Baby-Syndrom leidet.«

»An einem was? Shaking, shaking«, äffte Saskia Remhild Carina nach. »Lea ist doch kein Cocktail. Red gefälligst Klartext mit mir!«

»Die Nackenmuskulatur Ihrer Tochter ist noch nicht kräftig genug, um den relativ großen Kopf gegenüber Schleuderkräften halten zu können. Also, wenn Sie sie schütteln, aus Verzweiflung oder aus Übermü…«

»Schlaf du mal keine Nacht mehr durch.« Saskia Remhild sank wieder auf den Stuhl zurück. Keinen Moment hatte sie ihrer Tochter bisher Beachtung geschenkt. Carina umfasste das infusionsfreie Händchen von Lea.

»Die Schwangerschaft war auch nicht ohne. Und dann immer nur zu Hause hocken, wo sie schreit und schreit …« Saskia Remhild presste sich die Fäuste an die Ohren.

Dann also Klartext, beschloss Carina. »Wenn Sie Ihre Tochter mit ganzer Kraft schütteln …«, sie zeigte es noch einmal am Stoffhasen, »schert das Gehirn aus und schlägt am Schädelknochen an. Die Gefäße zerreißen. Es kommt zu inneren Blutungen, auch am Augenhintergrund. Ihr Kind ist vermutlich erblindet.«

50.

Sie wollte weg hier, nur wie? Nicht mal ein Fenster gab es. Floras gestreifte Vorhänge hatten sie einfach an die blanke Wand getackert.

Vielleicht konnte sie sich verstecken. Dann würden sie nach ihr suchen, und sie könnte ganz schnell rauslaufen und entkommen. Probieren musste sie es, bloß … wo sollte sie sich hier verbergen, ohne dass sie sie gleich entdeckten? Flora sah sich in ihrem Gefängnis um. Es waren ihre Möbel, die sie mit ihr hierhergeschleppt hatten, vielleicht sogar mit einem Umzugswagen, möglichst weit weg von zu Hause. Bis ihr die Augen flirrten und die Stille in ihren Ohren tanzte, starrte sie immer wieder ihr Spiegelbild an. Wenn sie sich doch nur tarnen könnte, wie dieses Tier, das alle Farben in sich trug. Dann würden sie sie gar nicht mehr finden, und sie könnte fliehen. Die Schere, den Cutter und die Pinzette hatten sie ihr genommen, aber das Malzeug, das befand sich noch im Geheimfach ihres Schreibtisches. Sie musste es probieren. Sie tauchte den Pinsel in das restliche Erdbeerwasser aus der Trinkflasche und rührte die Farben in der Blechschachtel mit den wenigen Aquarellnäpfen an, die Dirk und seine Freunde nicht zertreten hatten. Braun, Schwarz, Beige, Gelb und Rot.

So schnell es ging, malte sie, und ohne abzusetzen. Sie rechnete jeden Moment damit, dass die Kinderfänger kamen, bevor sie ihr Werk vollendet hatte. Schwer genug, den Holzton von der Innenseite des Schranks zu treffen, immer wieder überprüfte sie es im Spiegel. Auch das T-Shirt, Saras Schmetterling, opferte sie, pinselte darüber und verbarg ihn unter Braun in allen Schattierungen. Ihre Freundin würde das bestimmt verstehen, vielleicht würde es auch wieder rausgehen, wenn man es wusch. Wichtiger war doch, dass sie entkommen konnte, bevor sie Sara holten, falls sie doch noch merkten, dass sie vertauscht worden waren. Sie bestrich sich Arme und Beine, rieb sich zuletzt die Farben ins Gesicht. Dann war das Erdbeerwasser alle, sie malte mit Spucke zu Ende. Wie eine zweite Haut fühlten sich all die Farbschichten an.

Als sie erneut in den Spiegel sah, fand sie sich nicht mehr. Wenn sie jetzt die Augen schloss, war sie unsichtbar.

51.

Nachdem die kleine Lea in den CT-Raum gebracht worden war und Dr. Boes einen Augenarzt verständigt hatte, der ihren Augenhintergrund messen würde, verabschiedete sich Carina. Falls es zu einer Anklage wegen Kindesmisshandlung kam, würden sie sich bei einem Gerichtstermin wiedersehen.

Maya Korte begleitete sie hinaus. »Können Sie mir bitte noch etwas mehr über das Schütteltrauma erzählen?« Sie blieb stehen und wirkte auf einmal verlegen. »Ich sollte mich eigentlich von Amts wegen damit auskennen, aber ich bin noch nicht so lange dabei und hatte bisher hauptsächlich mit älteren Kindern zu tun.« Sie holte Luft und ging weiter. »Wenn ich das richtig verstehe, kann so ein Schütteltrauma auch eine Erklärung für spätere Entwicklungsstörungen sein?«

»Möglich.« Carina hatte keine Lust auf eine Fachdiskussion. Die kleine Lea war fast zu Tode misshandelt worden, es war ungewiss, ob sie überlebte. Insgesamt erschöpft, verursachte ihr Maya Kortes bombastische Glasperlenkette eine Gänsehaut, wenn sie bloß hinsah. Wie konnte man nur so was tragen? Sie dachte an Clemens' Elsterfederanhänger. Der lag in ihrer Tasche, und da würde er auch bleiben. »Viele Kinder sterben daran, und wenn sie überleben, leiden sie an Behinderungen.« Sie kamen an der Cafeteria vorbei. »Und ja, manchmal kommt es auch vor, dass manche Kinder ohne erkennbare Folgen geschüttelt werden und es sich erst später auswirkt.« Carina blieb stehen. »Entschuldigen Sie, ich glaube, ich muss hier was essen. Ich hatte heute noch kein Frühstück.«

»Darf ich mich auf einen Kaffee dazusetzen? Ich bin übrigens die Maya. Wollen wir uns duzen?« Sie strahlte Carina aus ihren Vielaugen an, sodass sie unmöglich ablehnen konnte.

Als sie sich an einem freien Tisch neben dem Zeitungsständer niedergelassen hatten, zog Maya endlich ihr gewebtes Oberteil aus und zu Carinas Erleichterung auch die Kette, hängte beides über die Lehne des dritten Stuhls. »Der Verschluss kratzt und verfängt sich immer in meinen Haaren.«

Ohne Schmuck war diese Maya viel hübscher, fand sie. »Schreibt man deinen Namen mit Ypsilon?«

Maya nickte. »Ich interessiere mich für indigene Kunst, war aber selbst noch nie in Mittelamerika. Da will ich unbedingt mal hin. Mexiko, meine Namensheimat sozusagen, soll ja traumhaft sein.«

Der Kaffee und die Käsesemmel waren besser als erwartet. Carina erzählte beim Essen von ihrer Fortbildung über das *Shaken-Baby-Syndrom* in den USA im letzten Jahr, aber nicht, dass sie von Mexiko aus dort hingereist war. Jedes Mal, wenn sie auch nur erwähnte, dass sie dort gelebt hatte, begannen merkwürdigerweise alle von ihren Reisesehnsüchten zu sprechen.

Maya hörte aufmerksam zu und machte sich Notizen. »In der Familienberatung habe ich es normalerweise mit Kindern zu tun, die irgendwie auffällig werden, sich schlecht konzentrieren können oder kaum ansprechbar sind.«

Carina verzog den Mund. »Die Fälle, die wir Rechtsmediziner zu sehen kriegen, sind vermutlich Kinder, die nicht zum ersten Mal geschüttelt wurden. Diese komatösen Zustände sind die schlimmste Form, aber es kann durchaus sein, dass mehrmaliges leichteres Schütteln Verknüpfungen im Gehirn zerstört, die dann später zu solchen Auffälligkeiten führen.«

Maya schwieg einen Moment. »Das ist ein neuer Ansatz für mich, für den ich dir danke«, sagte sie dann. »Jetzt können wir nur hoffen, dass es der kleinen Lea bald besser geht. Hast du selbst Kinder?«

Carina verneinte. »Und du?«

»Ich hatte eine Fehlgeburt vor zwei Jahren. Seither probieren es mein Mann und ich immer wieder, ich bin immerhin schon fünfunddreißig. Wenn ich tagtäglich von den Problemen in den Familien höre, von Kindern, die eine Last für ihre Eltern sind …« Maya stockte und kratzte den Rest Milchschaum aus der Tasse.

Und die einfach dem Vater und seiner neuen Frau überlassen werden, ohne dass sich die Mutter jemals wieder für sie interessiert, ergänzte Carina für sich. Ihr fiel etwas ein. »Bestimmt muss man einen Termin bei euch machen und so.« Carina zögerte. »Aber könntest du in euren Akten was für mich nachschauen?«

»Um was geht es denn?« Maya wischte sich den Milchschaumbart von der Oberlippe und stellte die Tasse ab.

Wie sollte Carina es nur beschreiben? Sie überlegte einen Moment. Schließlich redete sie einfach drauflos. »Meine Mutter hat mich, na ja … zur Adoption freigegeben. Also, nicht direkt freigegeben, ich wurde von meinem Vater und dessen Frau großgezogen, die mich dann adoptiert hat.« Sie merkte, wie ihr Puls sich beschleunigte; die Worte holperten in ihrer Kehle wie in einem Kaugummiautomat, der gleich eine von Mayas Glasperlen herauswürgen würde.

»Heißt dein Vater so wie du, dieses biblisch klingende Kyrieleis?«

»Ja. Matthias Kyreleis, ohne ›i‹ vorne.« Sie wartete auf die übliche Frage, ob sie die Tochter des stadtbekannten Kriminalhauptkommissars war. Doch Maya schien ihn nicht zu kennen. Sie zog ein Netbook aus ihrer Handtasche und tippte Name, Geburtsort und Geburtsdatum ein, auch die Daten von Silvia, nach Carinas Angaben. »Sie haben dir deine Herkunft bisher verschwiegen und es dir erst vor Kurzem gesagt, oder?«

Carina nickte. Tränen stiegen in ihr auf. Sie schluckte. Jahrelang war sie verarscht worden. Ihre Lippen zitterten. Sie würde doch jetzt nicht vor dieser Fremden losheulen. Schnell tunkte sie mit der Fingerspitze die restlichen Krümel auf. Genauso hatte es ihr Vater am Samstag beim Lasagneessen gemacht, fiel ihr ein. Sie schob den Teller zur Seite. »Vermutlich haben es alle um mich herum gewusst. Meine Halbschwester auf jeden Fall. Die Verwandten, Bekannten, meine Lehrer, die Eltern meiner Freunde haben wahrscheinlich hinter meinem Rücken getuschelt. Sieh sie dir an, das arme Würmchen. Die tapfere Hebamme Silvia Kyreleis hat sich des Seitensprungs ihres Gatten erbarmt, weil sie sonst von ihrer richtigen Mutter vielleicht ertränkt worden wäre.« Durch Mayas aufmerksame, konzentrierte Art wurde ihr erst klar, was alles in ihr brodelte. »Im Nachhinein fällt mir vieles auf, was ich als Kind als Einbildung abgetan habe.« Sie hielt inne. »Entschuldige, du hörst dir ständig solche Geschichten an, und dann komme ich auch noch daher.«

»Nein, gar nicht.« Maya blickte wieder auf ihr Netbook. »Ich habe von hier aus nicht auf alles Zugriff, aber zumindest kann ich gleich sehen, ob es in unserem Archiv was zu finden gibt. Erzähl bitte weiter.«

»Ich hab es mir selbst noch nicht so genau überlegt, aber nun, wo ich weiß, dass ich nicht ihre Tochter bin, sehe ich wieder vor mir, wie mich Silvia als Kind manchmal betrachtet hat, auch wenn ich gar nichts gemacht habe. Es war, als würde allein mein Anblick sie traurig machen. Verstehst du, was ich meine?«

Maya nickte. »Wahrscheinlich hattest du auch öfter das Gefühl, dass mit dir etwas nicht stimmt, dabei waren es die Erwachsenen, die ein Geheimnis vertuscht haben. Du hast dich angestrengt und wolltest perfekt sein, aber es war nie gut genug.«

Carina nickte. Woher wusste Maya das, hatte sie das im Studium gelernt, oder waren ihr in der Arbeit solche Fälle begegnet? »Ich hab funktioniert und vermutlich unbewusst gehofft, dass Silvia nie an mir zweifelt, dass sie mich nie zurückgeben will. Dabei war meine Schwester Wanda, ihre leibliche Tochter, das Sorgenkind.« Sie starrte auf ihre Füße unterm Tisch, bis die Insekten auf den Schuhen zu ihr hochzufliegen drohten; dann sah sie wieder auf. »Ich habe das noch nie jemandem erzählt.«

»Keine Sorge. Nur du bist auskunftsberechtigt. Dein Vater und auch sonst keiner erfährt was davon. Also, hier steht was. Hm, das ist … Auf deiner Akte liegt eine Sperre.«

»Was bedeutet das?«

»Entweder läuft noch ein Verfahren oder …« Maya zögerte.

»Sag es einfach, mich schockt so schnell nichts.« Carina hatte das Gefühl, sich vor Anspannung gleich aufzulösen. »Ist meine Mutter etwa eine Prostituierte?«

»Das weiß ich nicht. Dass deine Akte gesperrt ist, könnte heißen, dass die Adoptivbeteiligten straffällig geworden sind.«

Maya strich ihr über die verkrampften Hände, und Carina zuckte bei der Berührung zusammen.

»Straffällig?« Dann stimmte es, was Wanda als Kind belauscht hatte. Sie lehnte sich zurück. Der Bulle und die Verbrecherin. Deshalb hatten sie es so viele Jahre vertuscht, weil die Frucht des Seitensprungs die weiße Weste des Vorzeigekriminalers beschmutzt hätte.

»Ich kann dir leider nicht weiterhelfen, du musst dich an die Polizei wenden.«

Carina lachte so laut auf, dass ein Mann am Nachbartisch die Zeitung weglegte und übertrieben den Kopf schüttelte.

»Was ist so lustig?« Maya riss die Augen auf.

»Genau das sieht meinem Vater ähnlich. Als Kriminalpolizist lässt er die Akte sperren und gibt mir damit keine Möglichkeit, selbst was rauszufinden. Was ist denn dein Vater von Beruf? Bitte sag mir, dass es weniger kontrollsüchtige Väter gibt.«

»Zahnarzt.« Maya verzog das Gesicht. »Kaum bin ich zu Besuch, stochert er mir schon in den Füllungen herum.«

Montag

Fünfundsiebzig Stunden nach dem Ursprung

Das Leben kann nur rückwärts verstanden werden,
aber es muss vorwärts gelebt werden.

Søren Kierkegaard

52.

Oskar Einauge starrte sie an. Zurück aus der Kinderklinik widmete sich Carina wieder der Gesichtsrekonstruktion. Manchmal gaben nur wenige Dinge darüber Auskunft, ob ein Mensch existierte oder nicht. Ausradierte Zahlen an einem Türstock, Perlen und Barbieteile in den Fußbodenritzen, die gemalte Karte einer Freundin. Wenn Carina diese Dinge nicht gefunden hätte, wäre es den Tätern – oder wer auch immer dahintersteckte – gelungen, die Existenz von Flora weiter zu vertuschen. Das Ganze ähnelte ihrer Muttersuche. Wie bei Flora gab es auch bei ihr nur eine Geburtstagskarte. Wer konnte wissen, ob sie jemals etwas herausfand? Vielleicht war es sogar besser so. Vor welcher Wahrheit ihr Vater sie auch schützte, sie musste es sich abgewöhnen, darüber nachzugrübeln, es änderte nichts.

»Später kriegst du auch Wimpern«, versprach sie Oskar und setzte ihm das zweite Auge ein. »Was hattest du für eine Nase … Vermutlich eine große, soll ich mal?« Sie formte einen ordentlichen Zinken und setzte ihn aufs Nasenbein. Dort spürte sie einen Knubbel, das konnte auf einen Nasenbeinbruch zu Lebzeiten hindeuten, oder es war passiert, als er im wahrsten Sinn des Wortes den Kopf verlor. Sie hob das Plastilin noch einmal ab und untersuchte die Stelle. Eine weiße Kerbe, genauso hell und poliert wie der übrige Schädel, also ein Nasenhöcker, etwas Markantes, das bei der Identifizierung helfen würde. Das war es, was sie am Rekonstruieren liebte, die winzigen Spuren, die einen Menschen unverwechselbar machten und die sie betonen konnte, damit sich die Lebenden an die Toten erinnerten. In ihrem Skizzenbuch schlug sie die Seite mit der Gewebetabelle auf und studierte die Durchschnittswerte für die Weichteildicke eines europäischen Weißen. Nach diesen Werten schnitt sie die weißen Gummistangen zurecht und klebte sie auf den Schädel. Das erste Stück, 4,2 Millimeter für den höchsten Punkt auf der Stirn, das zweite, 5,2 Millimeter für die Glabella, den Punkt zwischen den Augenbrauen, der bei Männern, manchmal auch bei Frauen, wie zum Beispiel Frida Kahlo behaart war und zusammen mit den Brauen an einen Vogel erinnern konnte, der sich über den Augen spannte. Nummer drei mit 6,2 Millimetern lag gleich darunter, wo die Nase begann, und Nummer vier, 3 Millimeter, war der Punkt, an dem das Nasenbein endete. Den letzten Punkt, Nummer zwanzig, klebte sie auf eine Stelle am Unterkiefer, dort, wo normalerweise der letzte Backenzahn saß. Aber bei diesem Schädel fehlten die Zähne, vermutlich hatte der Mann eine Prothese getragen. Dafür sprach auch die Rückbildung des Unterkiefers.

Sie überprüfte, ob die Markierungsstellen alle gut klebten, und begann Knetstreifen darum herum zu legen, bis sie auf Höhe der jeweiligen Gewebedicke waren. Dann verstrich sie die Oberfläche gleichmäßig zu einer Fläche. Haut. Sie trat ein Stück vom Schreibtisch zurück und betrachtete den Schädel von Weitem.

»Wer trauert um dich? Wer vermisst dich? Ist dein Körper beerdigt worden, oder wurde der nie gefunden?«

Klack, klack, klack. Carina hörte ihn schon von Weitem. Am liebsten hätte sie schnell ihre Tür zugesperrt, aber zugleich lähmte sie etwas und hielt sie davon ab, überhaupt zu reagieren. Eigentlich wollte sie sich voll und ganz auf ihre Arbeit konzentrieren, ihr Vater fehlte da gerade noch. Außerdem musste er doch eigentlich beim Landgericht sein wegen seiner Zeugenaussage im Krallingerprozess. Was suchte er hier?

Mit seinem Stecken schob er die Tür auf und stand dann eine Weile im Türrahmen, als wäre der Eingang vermint. »Der Prozess ist verschoben worden, Krallinger ist krank. Was wird das, hast du einen neuen Auftrag?« Er deutete mit dem Walkingstock auf die Gesichtsrekonstruktion. »Ein archäologischer Fund?«

Sie wollte sich nicht von seiner Art zu fragen ködern lassen, andererseits war sie es leid, sich selbst ständig zu hinterfragen, nur weil er so war, wie er war. »Wieso archäologisch?«

»Wenn ein Schädel in einem Wald hier in der Gegend gefunden worden wäre, wüsste ich davon.« Er stützte sich wieder auf den Stock. »Obwohl, alles sagen sie mir auch nicht mehr.«

Du Armer, dachte sie. Sollte sie ihn nun bedauern?

Er humpelte näher. »Woran erkennst du eigentlich, ob männlich oder weiblich, ob alt oder jung? Für mich sieht ein Totenkopf wie der andere aus.«

Wenn es ihm passte, knallte er ihr die Tür vor der Nase zu, und dann schleimte er sich wieder ein. Aber wie du mir, so ich dir! So leicht würde sie es ihm nicht machen. Sie schwieg, walkte sich einen neuen Streifen Plastilin aus, legte ihn um den Schädel und formte die Wangen.

»Es tut mir leid. Ich verstehe, dass du nicht mehr mit mir

reden willst. Das verschwundene Mädchen und alles. Aber ich hab meine Gründe, auch wenn die manchmal schwer …«

Nun platzte ihr doch der Kragen. »Ach ja? Das müssen schon tonnenschwere Gründe sein, wenn du sie zweiunddreißig Jahre lang mit dir rumschleppst.« Sie warf die Knete auf den Tisch und verschränkte die Arme. »Was willst du? Ich hab es nämlich satt. Ich hab dich satt, deine überhebliche Superermittlerart! Da verurteilst du einen Siebzehnjährigen zum Doppelmörder, nur weil der im Koma liegt und sich nicht wehren kann. Gib doch endlich mal zu, dass du nicht unfehlbar bist. Wer hat denn das Mädchen übersehen?«

»Ich.«

Carina schnaubte. Er schaffte es immer wieder, sie sprachlos zu machen, aber jetzt würde er nicht davonkommen. »Fällt dir überhaupt auf, dass du wie üblich den Fall vorschiebst? Warum sagst du mir nicht einfach, wie meine Mutter heißt, damit ich mir selbst aussuchen kann, ob ich sie treffen will? Du brauchst mich nicht mehr zu beschützen, vor nichts.«

»Doch.«

»Was doch?«

»Ich muss dich beschützen.«

»So? Hast du deswegen sogar meine Adoptionsakte sperren lassen? Verdammt noch mal, ich kann alleine auf mich aufpassen.« Nun schrie sie.

»Komm noch mal nach Hause, dann reden wir.« Er legte den Stecken ins Regal, streckte die Arme aus und tappte auf sie zu, um sie zu umfangen.

»Zu Hause, ha. Meinst du das Lügennest zwischen Silvia und dir?« Das Haschpapigetue auf wackligen Beinen würde diesmal nicht bei ihr ziehen. Sie schlug seine Hände weg, brachte ihn zum Schwanken. Sollte er doch ruhig hinfallen. Etwas spritzte zur Seite. Wuttränen, die eigentlich hätten verdampfen müssen, so kochte sie. »Einbetoniert hast du dich, umrahmt von Tatortfotos im Kinderzimmer deiner Töchter. Was bist du für ein Polizist, dass du nicht mal dein eigenes Leben auf die Reihe kriegst?«

»Du hast recht.«

»Gib nicht einfach klein bei, ich will die Wahrheit. Raus damit! Ist sie eine Hure oder eine Schwerverbrecherin?« Sie atmete schwer; eigentlich hätte gleich der Rauchmelder losgehen müssen, so dicke Luft produzierte sie.

»Weder noch«, sagte er leise und senkte den Blick.

Er log, das spürte sie. Nun wusste sie auch nicht weiter, hob den Fuß mit dem geliehenen Schuh und trat gegen das nächstbeste Teil, einen alten Drucker. Erschöpft plumpste sie auf ihren Schreibtischstuhl und starrte durch die Glasscheibe des alten Seziertischs auf die Ablaufrinne. Sollte ihr Vater machen, was er wollte, gehen oder bleiben. Sie würde hier ausharren, Ewigkeiten, wenn es sein musste. Sekunden verstrichen, dann Minuten.

Endlich fing Matte zu sprechen an. »Iris ist tot. An deinem zwölften Geburtstag hat sie angerufen und mich um Hilfe gebeten, aber ich wollte nicht, dass sie mit dir wieder Kontakt aufnimmt. Ich wollte nichts mehr mit ihr zu tun haben.« Ein Rucken ging durch ihn hindurch. »Dann ist sie gestorben.« Aus seiner Kehle drang ein Schluchzen, er wandte sich ab und wankte hinaus.

Schüldaneres oder *Schdanieriss*, Peter hatte recht gehabt. Schuld an Iris. Jetzt ergab das einen Sinn. Sie starrte einen

Moment ins Leere, dann stürzte sie ihrem Vater hinterher und holte ihn kurz vor dem Aufzug ein. »Was hat Krallinger gesagt, nachdem er dich angeschossen hat?« Carina schüttelte ihn. Sollten *ihm* doch die Gehirngefäße platzen, dachte sie. Sie war so voller Wut. Scheppernd fiel der Stecken zu Boden. Ihr Vater packte sie, umschlang sie und hielt sie fest. Erst wollte sie sich losreißen, doch in seiner Wärme löste sich ihr Widerstand auf. Sie spürte seine Tränen an ihrer Wange.

Dann folgte er ihr wieder zurück in die Werkstatt und sank auf einen Hocker, der an der Wand hinter der Tür stand. Mir hat sie das Leben gegeben und dann nur noch weitere zwölf Jahre durchgehalten, dachte Carina. Ausradiert, ausgelöscht. »Wehe, du sagst mir jetzt nicht alles.« Sie baute sich vor ihm auf und presste die Sätze durch die Zähne. »Wenn sie schon zwanzig Jahre tot ist, warum hat das dann so lange ein Geheimnis bleiben müssen?«

Er bewegte die Lippen, aber es kamen keine Worte.

»Schuld an Iris. Deine Nachricht auf meiner Mailbox, Krallinger hat das gesagt.« Sie stieß ihn wieder an, als wäre er ein kaputter Apparat, der nicht wieder anspringen wollte. Hoffentlich redete er, flehte sie innerlich und spürte zugleich, wie sich eine Grube, ein Schlund in ihr auftat. Wie viel konnte sie noch ertragen? Was, wenn er …?

»Mailbox?« Er sah sie aus zugeweinten Haschpapiaugen an.

»Als Krallinger dich angeschossen hat, hast du mir draufgesprochen, und neulich, als ich die Nachrichten löschen wollte, war da noch ganz am Ende sein Geflüster.« Schuld an Iris t… Sie schluckte. T wie Tod. »Hast du sie umgebracht?«

Er nickte langsam, als würde ihm erst jetzt alles wieder

einfallen. »Nein. Ich dachte, sie lebt irgendwo unter neuem Namen.«

Neuer Name, das klang nach Zeugenschutzprogramm. Und das war noch nicht alles, Carina spürte es. Aber sie war froh, dass er mit irgendwas angefangen hatte, wenn auch mit ihrem Tod. Sonst hätte sie womöglich noch die nächsten Jahrzehnte gegrübelt, wo ihre Mutter stecken mochte.

»Ich wusste nicht, dass Iris schwanger war, als wir uns trennten. Mir sagte sie nur, dass sie zum Innendienst nach Ostdeutschland versetzt wird, dabei hat das BKA sie mit Krallingers Hilfe abgeworben. Wir versprachen uns, zu telefonieren und zu schreiben. Ich wollte sie auch besuchen, wenn sie sich etwas eingelebt hatte, aber daraus wurde nichts. Ich fing bei der Drogenfahndung an und lernte Silvia kennen. Ein Dutzend Mal nahm ich den Hörer in die Hand. Als ich es endlich schaffte, beim BKA anzurufen, sagte man mir, sie sei beim BND, aber dort wollte man mich nicht mit ihr verbinden, erst behaupteten sie sogar, es gäbe niemanden mit diesem Namen. Vielleicht ließ sie sich auch verleugnen.«

»Beim Bundesnachrichtendienst?« Ein Wunder, ihr Vater erzählte! Carina wagte kaum zu atmen, aus Angst, er könnte verstummen.

»Sie arbeitete in der Terrorabwehr. So nannte man das auch vor dem elften September schon. Schreibtischarbeit, verdächtige Briefe und Abhörbänder auswerten. Eigentlich sollte Iris in die Baader-Meinhof-Gruppe oder Rote Armee Fraktion, wie es offiziell hieß, eingeschleust werden. Doch die Unterwanderung ist aus dem Ruder gelaufen. Es gab Gerüchte, dass die Geheimdienste eine eigene Truppe rekrutiert hätten, die die linke Gewalt schürte, Waffen und Bombentechnik an die Terroristen lieferte und sogar die Attentate selbst verübte, damit man sie dann der sogenannten *dritten Generation* der RAF zuschreiben konnte.«

RAF. Olivias Teppichzeichen fielen ihr ein. »Dann war meine Mutter eine Scharfschützin?«

Matte nickte. »Die beste, schon auf der Polizeihochschule, als ich sie kennenlernte. Sie traf präzise auf große Entfernungen, vermutlich wurde deshalb auch der Geheimdienst auf sie aufmerksam. Nach den Schießübungen sind wir oft ins Filmmuseum am Jakobsplatz gegangen und haben uns Karl-Valentin-Filme angesehen, den hat sie geliebt und konnte fast alles von ihm auswendig. Besonders ›Der Firmling‹, darin kommt auch ein Erlacher vor.«

»Erlacher?«

»Iris Erlacher, so hieß sie.«

Endlich: der vollständige Name ihrer Mutter! »Mit *Attentat* meinst du das auf den Bankmanager Alfred Herrhausen, bei dem Krallinger als BKA-Beamter beteiligt war?«

»Genau, und auch die Ermordung von Rohwedder, dem Chef der Treuhand, der in seiner Düsseldorfer Villa durch einen gezielten Schuss hingerichtet wurde.«

»Du glaubst, das mit Rohwedder war meine Mutter, eine Auftragskillerin? Weißt du denn, wie sie gestorben ist, gibt es ein Grab von ihr?«

Er wischte sich mit dem Handrücken die Tränen ab. »Du fragst mich das jetzt aber nicht als Rechtsmedizinerin, oder? Sie ist von einer Mainbrücke gesprungen, im Spessart. Warum ausgerechnet dort, weiß ich noch nicht. Ihr Leichnam wurde nie gefunden.«

Die Bilderwand in Carinas ehemaligem Kinderzimmer,

die Zeitungsausschnitte und Brückenfotos, nun kapierte sie. Ihrem Vater ging es nicht nur um Krallinger, er forschte auch nach Zusammenhängen zu ihrer Mutter. »Was hat Krallinger dir noch gesagt?«

»Der Wenn-wir-Kurti dachte, ich verblute sowieso, und er geht kein Risiko ein, wenn er mir von dieser Agententruppe erzählt, der er und Iris angehörten. Als die Polizeisirenen ertönten und die Kollegen endlich anrückten, lief er ins Erdgeschoss. Ich habe geglaubt, er haut ab. Da habe ich dir die Nachricht auf die Mailbox gesprochen, und als er dann doch wieder zurückkam und mir die Schuld an ihrem Tod gab, hat er mir kurz darauf das Handy weggenommen und den Anruf unterbrochen.«

»Aber wieso sollst du schuld sein, wenn es Selbstmord war?«

»Ich weiß nicht, was er genau damit meint, vielleicht, dass ich ihr nicht geholfen habe, als sie mich brauchte.« Er schniefte.

Sie schwiegen, und Carina fiel das Ticken wieder auf, das aus den alten Sachen kam. »Hörst du das?«

»Was?« Ihr Vater sah auf.

»Na, dieses Ticken.«

»Ich höre nichts.«

Carina stieg über die ausrangierten Geräte und folgte dem Geräusch. An einem Stapel großer Blumenübertöpfe lehnte eine rostige Wanduhr, die wie eine Bahnhofsuhr mit römischen Ziffern aussah. War die gerade erst angesprungen, oder tickte sie schon länger? Und was hatte eine Uhr für einen Sinn, wenn sie keine Zeiger mehr besaß?

53.

Neumaising, 1994

Hofi hat wieder Geburtstag.

Am Morgen hatte sie die Anzeige geschaltet, und am Abend, gleich nachdem sie die Tote präpariert und mithilfe der Schaufeltragen in den Leichenwagen gewuchtet hatte, fuhr sie mit dem Zweitwagen zum Schwedenhäuschen. Nur so konnte sie sicher sein, dass nicht einer der *Vier* vor ihr da war. Erst das, was sie am nächsten Tag in der Zeitung lasen, sollte sie zu ihrem Treffpunkt locken. In der Abenddämmerung, als es noch hell genug war, um ohne Taschenlampe hinzufinden, aber dunkel genug, damit sie auf keine Spaziergänger oder Jogger traf, schlich sie durch den Wald, wartete hinter Bäumen, wenn sie auf einen Ast trat, um zu sehen, ob sich im Haus etwas rührte oder sich jemand von hinten an sie heranpirschte. Sie lauschte lange an der Tür, holte schließlich den Schlüssel aus dem Brennholzschuppen und sperrte auf. Die ganze Zeit schlug ihr Herz wie wild. Bei ihren Einsätzen beherrschte sie sich meistens, aber seit der Vergewaltigung schien ihr Körper empfindlicher geworden zu sein. Vielleicht lag es auch daran, dass sie an den Ort ihrer Schändung zurückkehrte.

Drinnen lagen noch immer Spuren der Besäufnisse herum. Sie stieg über leere Flaschen, Kronkorken und Süßigkeitenpackungen. Die obersten Zeitungen zum Anheizen neben dem Ofen waren von letzter Woche, also mussten die *Vier* erst kürzlich hier gewesen sein. Auf der Bretterkante der Wandverkleidung prangten noch die drei Patronenhülsen des Rohwedderattentats. Im Flur standen Zementsäcke herum. Die Klappe in den Erdkeller, wo sich der Wasseranschluss befand, stand offen. Sie spähte hinunter und schaltete die Taschenlampe ein. Etwas blitzte auf. Ihr Lichtstrahl war auf eine Scheibe getroffen. Sie widerstand der Versuchung hinunterzusteigen, es interessierte sie nicht, für wen die *Vier* ein Verlies planten, sie wollte nur für immer aus ihrer Welt verschwinden. Deshalb platzierte sie den Brief mit ihrer Forderung zwischen einer Wursthaut und dem überfüllten Aschenbecher auf dem Tisch. Schweigegeld, eine Million, geteilt durch vier, das würde angesichts der geringen Abfindung, die sie erhalten hatten, für alle schwer zu beschaffen sein. Und sie wusste, dass sie damit ihr eigenes Todesurteil verfasst hatte.

54.

Carina drehte die Bahnhofsuhr um und suchte das Batteriefach oder den Schalter, an dem man sie abstellen konnte, fand aber nichts.

»Ja, was machst du denn hier?« Nusser war hereingekommen und pfiff durch die Zähne. Meinte er ihren Vater, der hinter der Tür an die Wand gelehnt hockte? Nein, sein Blick ging in Richtung Tisch.

»Dass ich dich noch mal wiedersehe, hätte ich nicht gedacht. Feine Arbeit. Edgar, wie er leibt und lebt, na ja, gelebt hat, also obenherum, wenn auch mit deutlich mehr Zähnen damals.« Nusser zuckte zusammen, als Matte sich hinter ihm erhob. »Oh, störe ich etwa?«

»Sag bloß, du erkennst den Kopf?« Carina hatte keine Zeit für Erklärungen.

Wie einen alten Freund strahlte der Präparator die Gesichtsrekonstruktion an. »Klar, das ist doch Edgar Schwalbe, der Bestatter aus Grünwald. Ein Unikum, der Schwalbe Edi. Ich war noch ein Frischling hier im Institut, da hat er einen Toten im Boot hergebracht.«

»Im Boot?« Eine kuriose Vorstellung, dachte Carina. Die Isar entlangschippern auf dem letzten Weg ins Institut. »Wo ist da die Anlegestelle, beim Tierpark Hellabrunn?«

»Unsinn. Boot nennt man den Beiwagen eines Gespanns.«

Nusser verdrehte die Augen. »Mo-tor-rad-ge-spann«, ergänzte er. »Edi hat damals behauptet, es wären gerade alle Leichenwagen unterwegs. Dabei war es einer seiner Kumpel, der bei einem Unfall umgekommen ist und dem er so die letzte Ehre erweisen wollte. Kurz danach ist Edgar selbst mit seiner Maschine tödlich verunglückt, irgendwo am Starnberger See. Dass sein Kopf nie gefunden wurde, habe ich für eine der typischen Bestattergeschichten gehalten.« Er kicherte. »Das der wirklich bei uns im Institut rumliegt, hätte ich nie gedacht. Sagt einer von euch bei Gloria und Michael Bescheid?«

Michael Schwalbe, klar, den Bestatter kannte Carina. Nicht besonders gut, meist wechselte man nur ein paar Höflichkeiten und Unterschriften, wenn ein Leichnam gebracht wurde. Am Freitag hatte sie ihn und seine Frau im Mordhaus Loos zuletzt gesehen, wie sie die Särge über die Treppe trugen.

Carinas Handy klingelte und zeigte eine Münchner Nummer. Sie zögerte, eigentlich war sie viel zu nervös, um dranzugehen.

»Mach ruhig«, sagte Nusser. »Ich wollte dich eigentlich nur um ein paar Glasaugen bitten, für meinen neuen Schützling. Dann bin ich weg.«

»Such dir welche aus.« Sie zeigte auf die Schachtel im Regal und nahm den Anruf an. »Ja?«

»Hallo, Carina, ich habe den USB-Stick ausgewertet …« Ohne Umschweife redete Peter drauflos. »Leider ist das tatsächlich eine magere Ausbeute, wie Vincent schon gesagt hat. Das meiste ist zerstört, nichts von einem neuen Projekt, an dem Olivia Loos arbeitete, ist erhalten, nur ein paar Kartenausschnitte hat sie sich gespeichert, die ich wiederherstellen konnte.« Er holte Luft. »Äh, passt es dir jetzt gerade überhaupt?«

»Ja, doch. Erzähl weiter.« Was sollte sie auf die Schnelle sagen: Mutter gefunden, Mutter tot, dafür ein Schädel identifiziert? Sie nickte Nusser zu, der sich ein Paar Glasaugen geschnappt hatte und mit einem Winken nach draußen verschwand.

»Einverstanden, also …« Sie hörte Peter erneut Luft holen, er klang aufgeregt. »Die Karten zeigen Neumaising, ein Dorf am Starnberger See, das zur Gemeinde Pöcking gehört, na ja, Dorf ist zu viel gesagt, eher ein paar Häuser in einem Wald. Ziemlich dicht bewaldet sogar, ich habe da lange rumgepfriemelt, bis ich die Bienenkästen des Imkers erkennen konnte. Die Dateien heißen alle Imker eins, Imker zwei, Imker drei und so weiter.«

»Ein Imker? Wie heißt der?« Mit der freien Hand suchte Carina nach dem Zettel, den ihre Chefin von der Starnberger Polizei erhalten hatte. Verflixt, wo war der nur? Im Regal über ihrem Schreibtisch lag nur das Farnblatt, das aus dem Gehörgang des Schädels stammte.

»Lorenz Waasberger, der wird auch in den Aufzeichnungen über das Rohwedderattentat erwähnt. Ich fahre jetzt zu ihm.«

»Ich komme mit«, sagte sie kurz entschlossen. Sie atmete auf, ihre Vermutung war richtig gewesen. Waasberger, da stand es. Sie hatte den Zettel mit seinem Namen unter ihrem Laptop entdeckt und steckte beides, Farnblatt und Zettel, in ihre Umhängetasche.

»Fein.« Peter klang fröhlich. »Ich dachte, ich müsste dich erst überreden, indem ich dir von ihrem Profil erzähle.«

»Welchem Profil?«

»Ich weiß jetzt, wer die Luftpostmemoiren aus dem *Green-Mile*-Buch geschrieben hat. Ich warte vor dem Institut auf dich, bis gleich.« Er legte auf.

Ihr Vater telefonierte ebenfalls, folgte Carina aber auf den Stock gestützt aus dem Arbeitszimmer, alles mit dem Handy am Ohr. Erst am Aufzug, als sie die Treppe nehmen wollte, hielt er sie am Arm zurück. »Einen Moment, Rüdiger, bleib dran.« Er umarmte Carina.

Wenn er sie fragte, was sie vorhatte und mit wem, würde sie es ihm verraten. Sie schloss die Augen in Haschpapis Wärme.

»Es sind wieder zwei kleine Mädchen verschwunden«, sagte er. »Ich muss sofort ins Präsidium zurück.«

»Heißt das, der oder die, die Flora haben, haben zwei weitere Mädchen in ihrer Gewalt?«

»Wir wissen es noch nicht.« Er nahm das Handy wieder ans Ohr.

Als sie sich auf der obersten Treppenstufe ein letztes Mal umwandte, stand er noch immer am Aufzug und telefonierte.

55.

Eigentlich hatte Iris nach der Anzeige und ihrer Geldforderung nie mehr hierher zurückkehren wollen. Das war jetzt über zwanzig Jahre her. Doch nun musste sie noch einmal nach Neumaising, ein allerletztes Mal. Nur noch zwei der *Vier* waren übrig, und sie ahnte, wo sie sich versteckten. Sie versuchte sich die verhassten Gesichter in Erinnerung zu rufen, doch da war nichts, genau wie bei Calimero, der in ihr gelöscht gewesen war, bis sie ihn im Hospiz wiedersah. Womöglich war das Schwedenhäuschen verfallen oder einem Neubau gewichen, sie würde es herausfinden. Wie 1994 versteckte sie das Auto unter den Bäumen mitten am steilen Berg Richtung Aschering und schlug sich zu Fuß quer durch den Wald nach Neumaising durch. Sollte ein Pilzsammler den Leichenwagen bemerken, würde er hoffentlich nicht gleich die Polizei alarmieren.

Gleich nachdem sie sich durch das knirschende Laub vom Vorjahr über Krallingers Grundstück vorangetastet hatte, nahm sie eine Bewegung hinter den Fenstern des Häuschens wahr. Hatten sie sie bemerkt? Sie presste sich hinter einen Baumstamm und lugte vorsichtig zur Tür. Felix stützte Salamander, der eine Verletzung am Bein hatte. Warum besaß sie keine Waffe mehr? Zwei Schüsse, und weg wären sie.

»Den Rest kann ich selber«, hörte sie Salamander zischen. »Oder willst du mir etwa noch den Hosenschlitz öffnen?«

Felix rauchte, an den Türstock gelehnt, bis Salamander in die Büsche gepisst hatte, und half ihm dann wieder über die Schwelle ins Haus zurück. Sie spähte hinauf. Äußerlich hatte sich am Schwedenhäuschen kaum etwas verändert, nur die ochsenblutrote Holzverkleidung zeigte mehr Risse und fügte sich dadurch noch besser in die Umgebung ein. Alles lag in einem satten, dunklen Grün, als hätte der Wald zu spielen aufgehört und die Leuchtfarben des Frühlings gezähmt. Nichts deutete darauf hin, was hier geschehen war und geschehen würde. Ein Ort der Unschuld, aber waren Orte das nicht immer, bis sie von Leuten wie ihnen befleckt wurden? Das Dach aus Nadeln und Blättern klammerte die Sommerhitze aus, und der Lärm der übrigen Welt verwandelte sich in eine kühlende Hülle aus Summen und Wohlgerüchen. Sie hockte sich auf den Waldboden, duckte sich zwischen die Baumwurzeln, wenn sich Spaziergänger auf der Fahrstraße näherten. Alles war beim Alten geblieben, sogar den Imker gab es noch. Seine bemalten Bienenkästen leuchteten durch das dichte Grün. Minuten verstrichen, dann Stunden. Ihr Magen knurrte. Sie hatte vergessen, sich Brote zu schmieren. Michael würde sich wundern, wo sie blieb, und sicher bald die Angehörigen von Verstorbenen abzuklappern beginnen, die sie angeblich persönlich besuchte.

Der Mikrokosmos der Insektenwelt vertrieb ihr die Zeit. Schwertransporte von Ameisen, der Ziehharmonikagang einer Raupe über die Rinde, Fressgelage von Blattläusen, die nur noch Astskelette übrig ließen. Fast hörte sie das Gras wachsen, so still belauerte sie den Ort ihres Martyriums.

Wie hatte sie nur so naiv sein können, zu glauben, sie würde für immer unentdeckt bleiben? Auch wenn Calimero oder Claudio Meier oder wie er hieß, sie wirklich nicht verraten hatte, war es nur eine Frage der Zeit, bis Felix und Salamander sie fanden und umbrachten, wie sie es mit dem Ehepaar Loos getan hatten. Vermutlich waren sie ihr längst auf der Spur. Nicht nur um ihr eigenes Leben bangte sie, auch das ihrer Tochter war in Gefahr. Carina, die Totengesichter formte wie sie.

Dabei gab es nichts Wichtigeres als Familie. Damals, kurz nach Carinas Geburt, hatte sie geglaubt, ja sie war davon überzeugt gewesen, dass ihr Weg ein anderer als der einer treu sorgenden Ehefrau und Mutter war. In ihrem Job hätte sie ihr Kind in Lebensgefahr gebracht, vielleicht wäre Carina überhaupt nicht erwachsen geworden. Aber trotz allem lief ein Film in ihr an, sobald sie an ihre Tochter dachte, morsch und knisternd, an den Rändern zerfranst. Ein alter Super-8-Film, wie sie in den Achtzigerjahren in den meisten Familien gedreht wurden. War da, in ihrem Gedächtnis, nicht sogar eine Fliege im Bild, wie die, die sie in der Rohweddervilla abgeschossen hatte? Bilder, die sie nie gesehen hatte, liefen in ihrer ganz privaten Vorstellung. Das langsame Aufrichten, als Carina zum Krabbeln aufhörte und stehen konnte, die ersten Schritte, das Ausblasen der Geburtstagskerzen, wie sie Fahrrad fahren lernte und schwimmen. Staunende Augen, versunkenes Spiel, das stumme Lächeln, Tränen, die getrocknet, Pflaster, die auf Blasen an den Zehen geklebt wurden, gemeinsame Purzelbäume einen Abhang hinunter. Vielleicht gab es reale Fotos davon, in Mattes Familie, in der ihre Tochter aufgewachsen war. Sie würde es nie erfahren.

Manchmal beschlich sie der Gedanke, dass ein ominöser Kinovorführer diesen Film ganz gezielt in ihr Unterbewusstsein einlegte. Besonders wenn sie hungrig war und nichts zu essen in der Nähe hatte. War das der Gott, an den sie zuletzt als kleines Mädchen geglaubt hatte? Damals hatte sie sich noch die Finger wund gebetet, damit ihre Mutter wieder gesund wurde. Und als sie trotzdem gestorben war, hatte sie aufgehört zu glauben. Von Jahr zu Jahr hoffte sie, dass nach dem Tod einfach nichts mehr kam, man sich auflöste und nicht mehr denken musste.

Mit der Gottesfrage wurde sie in ihrem neuen Beruf tagtäglich konfrontiert. »Frau Schwalbe, glauben Sie, dass unser Papa nun bei Gott ist?« Aus Geschäftsgründen log sie jedes Mal. Eine Bestatterin musste offiziell an ein Weiterleben nach dem Tod glauben: ohne Hoffnung keine Beerdigung. Das Bestatterethos duldete alle Religionen. Alles, was die Trauer linderte, den Abschied leichter machte und die Würde des Toten nicht verletzte, war erlaubt. Das hatte sie damals auch am alten Schwalbe, ihrem Schwiegervater, fasziniert. Edgar sah die Dinge klar und konkret. So war es, und so wurde es gemacht. Nichts wurde zergrübelt oder durchdiskutiert. Wenn jemand Hilfe brauchte, dann half er. Ob er einen Obdachlosen gratis einsargte, einem Millionär die Berührung seines verstorbenen Sohns ermöglichte, mit dem er seit Jahren nicht mehr gesprochen hatte, oder ob er einer Fremden, die er Gloria nannte, Unterschlupf gab. Vor dem Bestatter waren alle gleich, das war sein Lebensmotto und seine Geschäftsidee gewesen. Schwalbe für alle.

Sie starrte auf eine Amsel, die im Waldboden scharrte. Lange hatte sie mit sich gerungen, ob sie sich an Matte wenden sollte. Was, wenn sie plötzlich vor seiner Tür stünde, wie würde er reagieren? Ein warmes Gefühl durchströmte sie, wenn sie an ihn dachte. Das letzte Mal, als sie miteinander sprachen – das war ebenfalls zwanzig Jahre her –, hatte er den Kontakt abgebrochen. Kein Wunder, sie hatte seine Liebe mit Füßen getreten. Die Beziehung zu Michael Schwalbe glich eher einer Zweckgemeinschaft. Er behauptete sie zu lieben, und vielleicht tat er das auch, und es lag nur in ihrer von Grund auf misstrauischen Natur, dass sie es ihm nicht abnahm. Bei einer gefühlskalten Frau, wie sie eine war, gefror sogar der Totenwäscher im Bett neben ihr. Nachts hörte sie Michael manchmal neben sich, wie er sich selbst befriedigte. Einmal, als ihm auffiel, dass auch sie wach lag, bat er um ihre Hand, sie sollte sie ihm nur auf den Kopf legen, weiter nichts.

Sie wusste aber auch, dass er sich mit anderen Frauen traf, und ignorierte die Belege für Essen und Hotelrechnungen, die er hin und wieder unter die Abrechnungen der Kundengespräche schmuggelte. Gerade machte er Elena, der dreißigjährigen Azubine zur Bestattungsfachkraft, den Hof. Sie hatte die Berührungen bemerkt, wenn Michael der jungen Frau die Handgriffe im Umgang mit den Toten erklärte. Es erinnerte sie an die Zeit, da sie selbst als Gloria in die Schwalbe-Familie aufgenommen worden war. Die Ehe perfektionierte ihre Tarnung, dafür nahm sie seine Seitensprünge in Kauf. Er bezahlte mit seinem Namen, beschützte sie mit der Schwalbe-Bestatterdynastie und löschte so ihre Vergangenheit aus. Ihre ersten Ehejahre hatte sie auch fast als Glück empfunden, sie fühlte sich als Gloria Schwalbe, wenn sie morgens erwachte. Ihre Legende war ein Teil von ihr geworden, und sie selbst glaubte daran. Bis vor ein paar Monaten, als Calimero sie im Hospiz anflehte, ihn von seinen Qualen zu erlösen. Sie hatte nie wieder töten wollen. Doch nun zwangen sie sie erneut dazu. In Olivia Loos hatte sie eine Chance gesehen, der Öffentlichkeit die Wahrheit über die angeblichen RAF-Attentate zu sagen und damit die Agententruppe zu enttarnen.

Dank ihrer Bleistiftnotizen, die sie in das Buch *The Green Mile* gelegt hatte, hatte die Journalistin angebissen, wollte mehr und lud sie schließlich zum Frühstück ein.

Und so hatte Iris am Freitag um halb zehn ein Taxi in die Menterschwaige genommen. Mit dem Leichenwagen wäre es viel zu auffällig gewesen. Vorsichtshalber stieg sie eine Straße vorher aus, bezahlte den Fahrer und ging zu Fuß in die Rabenkopfstraße. In den Einfahrten standen viele protzige Autos; den BMW bemerkte sie erst, als einer der Insassen zum Rauchen ausstieg und sich an das Fahrzeug lehnte. Das alte Nummernschild mit dieser fiktiven Stadt stach ihr ins Auge. Der geschrumpfte Rest der Gruppe musste sich sehr sicher fühlen. Am liebsten hätte sie kehrtgemacht, doch dann hätten sie sie sofort erkannt. Felix saugte an seinem Glimmstängel, als versorgte der ihn mit Strom. Hagerer war er mit den Jahren geworden, trug seine Haare jetzt in einem Pferdeschwanz, was ihm von hinten etwas Feminines verlieh. Sie drückte sich in den Eingang eines Computerladens, tat so, als würde sie die Angebote lesen, und spähte aus dem Augenwinkel zu ihm hinüber. Die Scheiben des Wagens waren verdunkelt, aber da Felix an der Beifahrerseite ausgestiegen war, nahm sie an, dass noch einer drinhockte. Calimero war ein Häufchen Asche in einem anonymen Grab, Krallinger saß in Haft, dann blieb nur noch einer, einer, der sich genauso sicher und überlegen fühlte wie Felix, der vor dem Observierungsobjekt rauchte. Salamander. Vielleicht hatten sie im Alter nachgelassen, abgehalfterte Agenten, die vor zwanzig Jahren ihre Abfindung kassiert hatten. Sie konnte sich nicht vorstellen, dass sie jemand Neues angeheuert hatten und damit noch andere einweihten.

Sollte sie Olivia warnen, dass sie beobachtet und wahrscheinlich auch abgehört wurde? Am Telefon hatten sie nur über die Beerdigung der Schwiegereltern gesprochen und dass sie sich noch mal wegen ein paar Formalitäten treffen sollten. Noch hatte Olivia Loos keinen Artikel veröffentlicht, also wie waren sie der Journalistin auf die Spur gekommen? Vermutlich hatte sie zu recherchieren begonnen, und in der Zeitungsredaktion war etwas durchgesickert. Kam darauf an, wem sie es angeboten hatte. BND-Spitzel gab es überall. Der beste Schutz würde sein, wenn Iris nicht reagierte, hatte sie gedacht, dann konnten sie Olivias Quelle nicht aufspüren und würden sie in Ruhe lassen. Oder umgekehrt, war das Treffen von vornherein eine Falle gewesen? Arbeitete Olivia für *Das Geld*, wie sie selbst es einst getan hatte, war alles nur eine Taktik, um Iris aus der Reserve zu locken? So oder so, sie musste hier verschwinden!

»Kann ich Ihnen helfen?« Iris hatte sich zu lange vor dem Schaufenster herumgedrückt. Die Verkäuferin war herausgekommen und hielt ihr die Tür auf.

»Danke.« Schnell las sie die Messingschilder an der Fassade. Im Souterrain lag eine Arztpraxis, wie ein gezackter Pfeil nach unten verriet. »Wie komme ich zu dem Frauenarzt?«

»Sie können bei uns durchgehen und dann rechts, wenn Sie wollen.« Iris hastete durch den Souterrain-Eingang der

Arztpraxis über ein Stück Rasen zur Parallelstraße. Der Himmel war schwarz bewölkt, jeden Moment würde ein Gewitter losbrechen.

Zurück im Bestattungsunternehmen grübelte sie, wie sie Olivia warnen konnte, nahm den Telefonhörer in die Hand, wählte jedoch nicht, ließ es tuten und starrte in den Garten. Nach einem kurzen, aber heftigen Wolkenbruch nieselte es noch immer. Die Elster war zurück, hockte im Kirschbaum und pickte nach den letzten verdorrten Früchten vom Vorjahr. Auch Iris hätte jetzt etwas Süßes gut gebrauchen können.

Sie zuckte zusammen, als Michael die Bürotür aufriss. »Die Polizei hat mich auf dem Handy angerufen, weil bei uns besetzt ist. Es hat eine Schießerei in der Menterschwaige gegeben. Eine echte.«

»Wie, eine echte?«

»Na ja, die Anwohner hielten es zuerst für einen Dreh der Filmstudios, die sind die Herumballerei von der Filmstadt gewöhnt. Dazu das Gewitter, ein Wunder, dass die zwei Leichen überhaupt jemand bemerkt hat. Sie sollen ins Institut für Rechtsmedizin überführt werden. Kommst du?«

»Zwei Leichen in der Menterschwaige?« Sie starrte ihn an. Salamander und Felix würden sich wohl kaum gegenseitig erledigt haben, oder doch?

»Ein Ehepaar, Olivia und Jakob Loos.« Er las von einem Zettel ab. »Rabenkopfstraße sechsundzwanzig. Loos, Loos? Hatten wir da nicht schon letztes Jahr was?«

So wie ein Lokführer hoffte, ihm würde nie einer ins Gleis fallen, wünschte sich eine Bestatterin, nie einen nahestehenden Menschen einsargen zu müssen. Olivia war Iris nähergekommen als sonst irgendwer in den letzten Jahren. Nicht einmal ihr Mann wusste von ihrer Vergangenheit.

Michael freute sich, dass die Familie, warum auch immer, nun zum zweiten Mal Bestattungen Schwalbe in Anspruch nahm. Kundenbindung, das Erfolgsrezept ihres Unternehmens. Erst jetzt bemerkte er, dass sie noch immer den Hörer in der Hand hielt. »Mit wem hast du telefoniert?«

»Nur mit der Krankenkasse«, sagte sie schnell und legte sich eine Ausrede zurecht. »Die wollten mich mit irgendeinem Fitnessangebot beschwatzen. Nimm doch die Elena mit, bitte. Ich habe heute so Kreislaufprobleme.«

Wieder war jemand gestorben, und sie war schuld. Schuld daran, dass zwei Kinder zu Waisen geworden waren. Aber nun lauerte sie den Tätern auf. Wenn das allerdings beim Schwedenhäuschen so weiterging, würde sie die Nacht im Leichenwagen verbringen müssen. Doch dann rührte sich etwas, die Tür wurde aufgerissen. Sie hielt den Atem an. Felix stützte Salamander, und beide stapften direkt auf sie zu.

Montag
Siebenundsiebzig Stunden nach dem Ursprung

Wohin fliegen Worte?

Egon Schiele

56.

Kaum saß Carina in Peters Auto auf der Fahrt zum Starnberger See, legte er los. »Der Handschrift nach zu urteilen, schreibt sie viel, fast wie eine Grundschullehrerin, gleichmäßig hohe und breite Buchstaben, vermutlich hat sie Karopapier daruntergelegt, damit ihr das gelang.« Peter brannte sichtlich darauf, Carina zu berichten, was er über die *Luftpostmemoiren*, wie er die Notizen aus dem *Green-Mile*-Buch nannte, herausgefunden hatte.

»Sie? Du glaubst, dass der Verfasser eine Frau ist?«

»Der Knappheit der Aufzeichnungen wegen dachte ich zuerst, es wäre ein Mann. Keine überflüssigen Worte und Ausschmückungen, eigentlich untypisch für eine Frau.« Er betrachtete sie von der Seite und lachte. »Von Ausnahmen mal abgesehen. Die Verfasserin verwendet durchgehend die alte Rechtschreibung, aber das deutet eher auf das Alter der Person hin und darauf, dass diese Notizen nicht zur Veröffentlichung bestimmt sind. Sie redet von einer Fünfergruppe, und obwohl sie durchgängig *wir* schreibt, nie *ich*, lese ich eine gewisse Distanz zu den anderen vier Beteiligten heraus. Die Aufzeichnungen brechen ab, als die Gruppe sich nach dem Rohwedderattentat noch mal zu neuen Planungen trifft. In diesen letzten Zeilen ist viel radiert worden, so als ob sie sich noch umentschlossen hätte bezüglich dessen, was sie preisgibt. Eine Frau und Scharfschützin, das ist nicht gerade alltäglich.«

»Iris Erlacher heißt sie.« Für Carina setzte sich jetzt alles zusammen. Ihre richtige Mutter hatte den Treuhandmanager Rohwedder erschossen, und als die Journalistin Olivia Loos das herausfand, musste der Rest der Scharfschützentruppe unbedingt verhindern, dass das ans Licht kam.

»Woher weißt du das?«

»Mein Vater hat es mir gerade gesagt. Es ist der Name meiner richtigen Mutter. Karl-Valentin-Fan und Auftragskillerin.«

»Karl Valentin?«

»Ja, ›der Firmling‹ war ihr Lieblingsfilm.« Carina musterte ihn. Jeder andere wäre bei *Auftragskillerin* vom Stuhl gekippt, aber Peter fragte nach dem Komiker. Vielleicht war das Ganze für jemanden von der Mordkommission alltäglicher. »Dass wieder zwei Mädchen verschwunden sind, weißt du schon, oder?«

Er nickte. »Die Leute sind aufgeschreckt, wenn ihre Kinder nicht sofort nach Hause kommen. Verständlich – heute stand das mit Flora in allen Zeitungen –, aber es muss nicht gleich mit dem Fall zusammenhängen. Trotzdem arbeiten alle verfügbaren Einsatzkräfte bereits an der Suche. Ich kriege Bescheid, wenn sich was ergibt.«

»Was macht das für einen Sinn, die Eltern umzubringen – wobei es hauptsächlich um die Mutter ging, die als unbequeme Journalistin arbeitete – und dann deren Kind zu entführen?«

»Ich weiß es nicht, aber ich versuche es rauszufinden. *Wir*, besser gesagt.« Er lächelte sie an.

»Wie alt, glaubst du, sind die Aufzeichnungen auf dem Luftpostpapier?«, fragte Carina.

»Vincent ist dran, diese Tests dauern. Wir haben auch Fingerabdrücke gefunden, von Olivia Loos natürlich, aber auch einige andere.« Er machte eine Pause. »Hat dein Vater dir alles gesagt?«

Carina zuckte mit den Achseln. »Wie man's nimmt, jedenfalls alles, was er bereit war, zu sagen. Ihr habt die Fingerabdrücke einer Toten gefunden, stimmt's?«

Peter nickte. »1994 verstorben, sagt der Computer, deine Mutter war BND-Mitarbeiterin. Es tut mir leid, Carina. Ihre Karte zu deinem zwölften Geburtstag, das war das letzte Lebenszeichen.«

»Und das einzige.« Carina atmete aus. »Egal, ich kannte sie nicht, sie hat mich loswerden wollen, auch wenn mein Vater es abstreitet, und sie war eine Mörderin. Kaum ein Grund, um traurig zu sein.« Sie holte Luft. »Aber jetzt zu diesem Imker. Ich arbeite gerade an einem Schädel, den die Starnberger Polizei in ihrem Archiv gefunden hat. Lorenz Waasberger hat ihn dort abgegeben.«

»Na, dann befragen wir ihn mal gleich.«

Nur der Wegweiser für Wanderer verriet, in welcher Richtung Neumaising lag. Nach einer Serpentine unter der Umgehungsstraße durch parkten sie am Waldrand und stiegen aus. Peter zog ein braunes Basecap mit großem Schirm aus seiner Sporttasche, in der er seine Unterlagen aufbewahrte, und setzte es auf, sobald sie aus der Kühle des Wageninneren in die Sommerhitze traten. Fehlten nur noch die Spiegelbrille und das Goldkettchen, fand Carina. Trug er die Kappe zur

Tarnung, oder war das sein Kommissarlook für Ermittlungen außerhalb Münchens?

»Honig vom Imker: Mo – So, 8–20 Uhr«, verkündete ein Schild in gepinselter Schreibschrift am Zaun eines Gartens mit Obstbäumen und einigen Bienenkästen in verschiedenen Formen und Größen.

»Der hat auch einen langen Arbeitstag.« Peter sah auf die Uhr – zwanzig nach zwei – und schob die Gartentür auf. »Vielleicht verrät der Imker mir auch was über die Sprache der Bienen, diesen Schwänzeltanz, mit dem die Arbeiterinnen einander den Weg zu den besten Futterquellen zeigen.«

Nach einigem Suchen entdeckten sie hinter einer Reihe bunt bemalter Bienenkästen an der Wand eines kleinen, halb zugewachsenen Hauses einen Mann in einer blauen Latzhose; seine Hände ruhten auf seinem kugeligen Bauch. Die Mittagssonne hatte sein Gesicht zum Glühen gebracht. Als sie sich um einen rostigen Wassertank, der mit Brennnesseln zugewachsen war, zu ihm vorhangelten, dachten sie zuerst, er schliefe.

»Herr Waasberger?« Peter redete ihn an. »Wir sind von der Münchner Po…«

Der Rotgesichtige schreckte auf und fuchtelte mit den Händen, als wollte er Peter abwehren. Damit brachte er die Bank, auf der er saß, zum Kippeln. »Den Schirm umdrehen, schnell, sonst denken die Immen, da kommt ein Bär.« Er gurgelte die Worte mehr, als dass er sprach. Peter nahm hastig die Kappe ab und stopfte sie in seine Sporttasche zurück.

Besser so, dachte Carina, Bienen haben eben Geschmack. Auch Waasberger schien zufrieden, er beruhigte sich wieder und klopfte auf das freie Sitzkissen neben sich. Wie sollten sie sich beide da draufquetschen? Peter folgte der Aufforderung und setzte sich neben ihn. Stumm deutete der Imker auf das Beet vor sich. Außer Strünken und ein paar Knospen konnten sie nichts erkennen, nicht einmal, ob sich Zucchini unter den großen Blättern verbargen. Sie starrten eine Weile durch die Perspektive des Imkers, eine Schnecke kroch vorbei, ein Zitronenfalter torkelte zwischen den Blättern herum, als hätte ihn eine gärige Blüte betrunken gemacht. Carina lehnte sich an einen Obstbaum und versuchte die Gedanken auszublenden, die in ihrem Kopf herumschwirrten wie die Bienen an den Fluglöchern der Kästen ringsum. Ihre Mutter war tot. Auch wenn sie sich mit dem Gedanken, sie irgendwann kennenzulernen, noch gar nicht angefreundet hatte – jetzt gab es auf keinen Fall mehr eine Gelegenheit dazu. Sie sog den würzigen Duft ein, der in der Luft lag, und schloss für einen Moment die Augen. Eine Mischung aus Rauch, Blütenduft und warmem Wachs.

»Hossa, das waren jetzt mindestens drei, wenn nicht vier.« Waasberger klatschte sich auf die Schenkel.

»Vier was?«, fragte Peter und kratzte sich am Kopf.

»Millimeter.« Der Imker zeigte es zwischen Daumen und Zeigefinger. »Der Tentakel da, der ist ein Stück über den Boden gekrochen, und jetzt hat er ein kleines Blatt vornedran.« Er verankerte seine Hände wieder unter den Hosenträgern. »Schade, dass ihr es nicht gesehen habt.« Wie ein beleidigtes Kind schob er die Unterlippe vor.

»Die Neumaisinger Version von ›Warten auf Godot‹«, flüsterte Peter Carina zu.

Sie nickte grinsend und prägte sich Waasbergers Konturen

ein. Die kleine Nase zwischen den wuchtigen Wangen, die runde Stirn mit dem tiefen Haaransatz. Am liebsten hätte sie ihn gezeichnet, aber sie hatte ihr Skizzenbuch im Auto gelassen und, verdammt, auch das Farnblatt lag dort in ihrer Tasche. Wo war sie nur mit ihren Gedanken?

»Herr Waasberger?« Peter räusperte sich, wurde wieder ernst und zog eine Mappe aus seiner Sporttasche. »Wir sind wegen was anderem da.« Er zeigte ihm ein Foto der Journalistin, das vergrößerte Passbild aus ihrem Personalausweis. »Kennen Sie die Frau hier, eine Journalistin namens Olivia Loos? War sie vielleicht bei Ihnen und hat Honig gekauft?«

»Kann sein.« Waasberger schmollte noch immer.

»Und diese beiden Männer. Sind Ihnen die schon mal aufgefallen, hier in der Gegend?« Peter hielt ihm die Fotos von Felix Jering und Sascha Lambert direkt in die Blickrichtung. »Sie sehen vielleicht heute etwas anders aus, tragen einen Bart, eine andere Haarfarbe, sind vielleicht mit den Jahren dicker geworden.«

»Kann sein.« Waasberger duckte sich unter den Bildern durch, womöglich hatte ein Tentakel gerade einen Wachstumsschub.

»Hatten die beiden Männer ein Kind dabei?« Peter blieb hartnäckig.

Waasberger seufzte. »Es gibt so unvernünftige Leute. Die rennen herum, schauen nicht nach links und rechts. Und wie endet das?«

Peter und Carina sahen sich an, als säßen sie in einem Suaheli-Schnellkurs.

Der Imker fuchtelte in Richtung Wald. »Na, im Leichenwagen. Da hinten steht einer.«

»Ein Leichenwagen?« Peter richtete sich auf. Er schien bis aufs Äußerste gespannt.

»Jo.« Waasberger sackte in sich zusammen und wackelte mit den Zehen, die aus seinen vorne aufgeschnittenen Gummistiefeln ragten. Sommergummistiefel sozusagen.

»Apropos Leiche. Sie haben einen Schädel gefunden und bei der Polizei in Starnberg abgeliefert«, setzte Peter neu an.

»Jo.« Waasberger zeigte wieder in den Wald. »Dort drüben, am Ascheringer Berg. Hab ihn den Erdwespen weggenommen.«

»Den Schädel?«

»Jo.«

»Und war da noch mehr, also, noch weitere Knochen, vielleicht sogar ein ganzes Skelett?«

»Nur der hier.« Waasberger drehte an einem mit Totenköpfen verzierten Silberring, den er am kleinen Finger trug. »Den habe ich zuerst gefunden, und dann hab ich geschaut, ob da noch was rumliegt, und da war tatsächlich was Weißes vergraben.« Er beugte sich vor, stöhnte, als er dabei seinen Bauch zusammenquetschte, und krempelte ein Hosenbein hoch. »Die wollten den Totenkopf gar nicht hergeben. Ich bin davon, so schnell wie ich kann, und die sind mir alle hinterher. Eine von denen war noch ein paar Stunden später in meiner Hose drin, hat sich da verfangen.« Er tippte auf eine Stelle an seinem Bein, als wäre noch immer eine Wespe in seine Wadenhaare gewickelt. »So, und wer von euch zwei mag jetzt kurbeln?«

»Äh, kurbeln?«, fragte Peter.

»Na, an der Honigschleuder. Wer fragt, darf als Erstes.« Waasberger erhob sich, hakte einen Imkerhut mit Schleier von der Hauswand und stülpte ihn Peter über.

»Ich hol nur noch kurz mein Skizzenbuch.« Carina wollte zum Auto laufen.

»Solange es nicht der Fotoapparat ist.« Peter gab ihr den Autoschlüssel.

57.

Dicht an ihr vorbei und weiter bis zur Fahrstraße waren sie gegangen. Kurz darauf hörte Iris eine Autotür zuknallen, dann das Starten eines Motors. Jetzt oder nie. Schnell rannte sie zum Haus, duckte sich unter den Fenstern und spähte ins Innere. In der Stube saß niemand. Sie drückte die Klinke der Haustür und zog daran, bis die Tür mit einem Ruck nachgab. So weit sie vom Flur aus durch die Luke sehen konnte, war der Keller inzwischen fertig gebaut. Irgendein Tier mit einem buschigen Schwanz flitzte heraus, als wäre es unten in dem Verlies, oder was auch immer das sein sollte, für längere Zeit eingesperrt gewesen. Diesmal wagte sich Iris nach oben und stieg die Treppe hinauf. Ihr ehemaliges Zimmer glich einer Baumarktfiliale. Zwischen Kabelbindern, Werkzeug, Drähten und Kanistern lagerten Waffen. Freie Auswahl für sie. Schmiedeten die beiden noch immer Attentatspläne? Ganz schienen sie ihrem alten Job jedenfalls nicht abgeschworen zu haben. Vielleicht hatte sich ein neuer Auftraggeber gefunden, oder sie arbeiteten in Eigenregie, wie Söldner, die mordend durch die Lande streiften, weil sie nichts anderes gelernt hatten. Sogar einen Kühlschrank hatten sie hier heraufgeschleppt, doch er enthielt nur ein paar Bierdosen, keine Chemikalien oder Munition. Eigentlich hatte sie sich nur eine Waffe besorgen wollen, aber nun hatte sie einen besseren

Einfall. Außerdem war sie aus der Übung, womöglich würde einer, wenn sie den anderen erschoss, noch entkommen. Sie suchte weiter. Die Emailschüssel in Hofis altem Waschtisch war mit Asche und Chipstüten zugemüllt. Iris nahm die kleine Schublade neben der Vertiefung heraus, in der anstatt einer Bürste verrostete Mausefallen lagen. Die Schublade war kürzer als das Fach, und dahinter hatten sie die Zünder versteckt.

Als sie wieder in die Stube trat, fiel ihr Blick auf die Trophäen des Rohwedder-Attentats, die da immer noch standen. Sie fegte den Tisch leer, um das Werkzeug auszubreiten. Bilder, wie von einem Kind gemalt, flatterten vom Tisch. Hatte Felix doch Familie, kleine Kinder sogar? Sie wischte jeden Gedanken an ein Gewissen fort und konzentrierte sich auf das, was sie schon x-mal, in der Vorbereitung auf die Attentate, geübt hatte. Zuerst zog sie zwei Drähte aus der Lampe über der Eingangstür und schraubte einen Bewegungsmelder am Türstock an. Dann verband sie den ersten Draht mit ein paar Stangen Dynamit und einem Zünder, den anderen mit dem Bewegungsmelder. Bevor sie die Tür von außen schloss, drehte sie die zwei losen Enden zusammen und drückte den Draht in eine Holzfuge neben dem Eingang, sodass er so gut wie unsichtbar war. Dann verkroch sie sich wieder hinter einem Baumstamm und wartete. Warum nicht zwei Fliegen gleichzeitig vernichten?

58.

Ins Schrankeck gekauert, traute Flora sich kaum zu atmen. Selbst ihre Farben verstummten, alles blieb bleich, wie mit zu viel Weiß gemischt. Hoffentlich musste sie nicht ewig warten, bis sie aufsperrten und nach ihr suchten. Über und über mit Tarnfarbe bemalt, im Braunton der Schrankinnenseite, sogar die Linien im Holz hatte sie sich aufgemalt, würden sie sie nicht finden. Unsichtbar wie sie war, würden sie denken, sie sei irgendwie aus dem Zimmer geflohen, würden wieder gehen und die Tür offen lassen. Warum dauerte das nur so lang? Das Wasser oder was das für ein Getränk gewesen war, war verbraucht. Sie würde verdursten, wenn sie nicht bald kamen und ihr Nachschub brachten. Auf einmal näherten sich Schritte. Sie schloss die Augen.

Bitte, bitte, lass sie nicht meinen Herzschlag hören, flehte sie, presste die Augen zusammen, so fest es ging, und versuchte, nicht mal mit den Wimpern zu zucken.

59.

Vielleicht sollte sie doch einen Schnappschuss machen, dachte Carina auf dem Weg zum Auto. Peter, wie er Bienisch lernte, das war ein Foto wert. Sie blieb stehen. Ein BMW mit verdunkelten Scheiben parkte am Waldrand, der war ihr vorhin gar nicht aufgefallen. Es war ein älteres Paar; sie, mit ergrautem Pferdeschwanz, ging um den Wagen und half ihm, der verletzt zu sein schien, beim Aussteigen. Dann verschwanden beide zwischen den Bäumen. Für einen Augenblick hatte Carina die breiten Koteletten der Pferdeschwänzigen gesehen, die ihr bis zum Kinn reichten. Das war keine Frau, sondern ein Mann, der wie Polizist Rüdiger mehr Haare im Nacken als oben am Kopf besaß. Und sie hatte ihn erkannt: Felix Jering, der vom Foto, nur zehn Jahre älter und magerer. Der andere musste Lambert sein. Was machten die hier? Vermutlich waren sie nicht zum Pilzesammeln unterwegs. Carina folgte ihnen, ohne schneller zu gehen, und blickte so beiläufig wie möglich zu der Stelle, wo sie abgebogen waren. Ein paar Meter seitlich des Wegs verlief ein Maschendraht, der an einer Stelle niedergetreten war. Sollte sie Peter Bescheid geben? Aber bis der aus dem Schleierhut herauskam, waren die beiden vielleicht längst weg. Am besten, sie rannte zum Auto, holte ihr Handy und forderte Verstärkung an. Carina spähte durch das Dickicht der Bäume und meinte oben am Hang etwas Rotweißes zu erkennen. Ein Zweig verfing sich in ihren Haaren, es ziepte. Beim Versuch, sich loszureißen, stolperte sie über den Zaun. Sie rappelte sich auf. Autsch! Eine lange Strähne ihres hellen Haars hing noch immer an dem Zweig fest. Jering und Lambert waren nirgends zu sehen. Carina folgte dem Trampelpfad, der sich als weicher Nadelbelag hell zwischen den Wurzeln der Bäume abzeichnete. Ein Haus lag ganz versteckt am Ende des Grundstücks, und Jering öffnete gerade die Tür. In diesem Moment riss ihr etwas die Beine weg, sie landete mit Bauch und Gesicht auf dem Waldboden. Jemand warf sich auf sie und drückte sie nieder. Ein mächtiger Knall ließ ihre Ohren klingeln und dämpfte alle Geräusche ringsum. Als sie wieder losgelassen wurde, war anstelle des Hauses nur noch eine riesige Staubwolke zu sehen.

Montag

Achtundsiebzig Stunden nach dem Ursprung

Coffey stieß wieder diesen erstickten, kehligen Laut aus und wandte dann den Kopf wie jemand, der im Mund Schleim hat, den er ausspucken will. Stattdessen atmete er eine Wolke schwarzer Insekten – ich denke, es waren Insekten, und die anderen sagten das Gleiche, aber bis heute bin ich mir nicht sicher – aus Mund und Nase aus. Sie wogten um ihn herum wie eine dunkle Wolke, hinter der seine Gesichtszüge vorübergehend verschwanden.

The Green Mile, Stephen King

60.

Carina hörte etwas vibrieren, registrierte es aber nur als ein Geräusch unter vielen. Feuerwehr, THW, Notarzt, Polizeiwagen, Spurensicherung. Hochbetrieb in der kleinen Siedlung. Wie durch einen getönten Bildschirm beobachtete sie durch die Frontscheibe von Peters Wagen seinen Einsatz, geschickt koordinierte er die Teams. Nachdem sie ihm versichert hatte, dass es ihr gut ging, hatte er versprochen, so bald wie möglich wieder nach ihr zu schauen.

Aber wehe, sie würde aussteigen, drohte er, als er sie zum Auto begleitete, dann würde er sie eigenhändig zum Notarzt tragen.

Von dem Blut hinter ihrem Ohr sagte sie nichts, nicht dass ihm noch schlecht wurde, was vermutlich unvermeidbar war, bei allem, was er am Sprengort zu sehen bekam. Leichenteile und das, was sich womöglich im Keller verbarg, den die Pöckinger Feuerwehr zusammen mit dem Technischen Hilfswerk ausräumte. Hoffentlich tauchte nicht Floras Leiche unter dem Schutt auf. Peter hatte ihr verboten, im Schutt mitzuwühlen. Das übernahm jemand anders vom rechtsmedizinischen Notdienst; sie drückte innerlich die Daumen, dass es nicht einer von der neuen Konkurrenz war, das würde ihrer Chefin den Rest geben.

Mit Fichtennadeln in Haar, Mund und Nase war Carina

vom Waldboden aufgestanden, unverletzt. Sogar ihre Brille war unbeschädigt. Sie wischte sie mit dem T-Shirt sauber und bemerkte auf einmal, dass Blut daran klebte. Das musste von der Person stammen, die ihr das Leben gerettet hatte. Warm und weich hatte sie sie mit ihrem ganzen Körper geschützt und war dann verschwunden. Carina richtete sich gerade auf, als auch schon Peter auf sie zustürmte. Nachdem sie ihm geschildert hatte, was geschehen war, verpflanzte er sie ins Auto mit der Begründung, sie stehe unter Schock und könne jetzt nicht arbeiten. Dabei ging es ihr gut, ihr war wirklich nichts passiert.

Jetzt umkurvte ein schwarzer Geländewagen alle Fahrzeuge, als käme der Ministerpräsident höchstpersönlich an den Tatort. Feininger und Dr. Herzog stiegen aus. Er war also an Carinas Stelle angefordert worden, obwohl seine Frau entband, oder war das bereits überstanden? Über einen Mangel an Obduktionen konnte sich die Chefin nun wenigstens nicht mehr beklagen. Carina duckte sich auf dem Sitz – sie wollte jetzt nichts erklären müssen, wenn sie schon nicht mitarbeiten durfte. Ihr fehlte doch nichts, dachte sie verärgert und wischte auf den Insektenschuhen herum; das helle Gelb war jetzt braun verkrustet. So konnte sie die Schuhe nicht mehr in Olivias Regal zurückstellen. In ihrer Tasche suchte sie nach Taschentüchern und spürte auf einmal wieder das Vibrieren. Es war ihr Handy. Das Display zeigte mehrere Anrufe von einer Münchner Nummer. Sie drückte auf Annahme und presste das Handy ans Ohr.

»Frau Dr. Kyreleis? Endlich erreiche ich Sie, ich hab es schon mehrmals versucht. Schneidt, von der Kinderklinik, Dr. Boes hat mir Ihre Nummer gegeben. Wir haben erneut ein Kind mit Verdacht auf Schütteltrauma. Es ist sehr kritisch, und ich dachte, vielleicht können Sie …«

»Ich komme sofort.« Hier war sie sowieso überflüssig. Sie wollte nicht dabei zusehen, wenn die anderen ihren Job für sie erledigten. Sie legte auf und rief sich ein Taxi. Als sie aus Peters Wagen stieg, zitterten ihr plötzlich die Knie, und sie erbrach sich gleich neben der Autotür.

61.

Iris ließ ihre Tochter los, rappelte sich auf und wischte sich übers Gesicht. Es brannte. Ein paar Holzsplitter hatten sie getroffen. Hoffentlich hatte es auch wirklich beide erwischt. Sie zupfte sich einen Schiefer aus der Stirn und rannte zur Fahrstraße. Als sie über den Zaun stieg, sah sie eine helle Haarsträhne an einem Ast hängen. Die musste von Carina stammen!

Fast hätte sie ihre Tochter getötet. Da hatte sie jahrzehntelang versucht, sie vor allem zu beschützen, und nun wäre es um ein Haar zu spät gewesen. Sie riss die Strähne ab und steckte sie ein. Sie würden sich nicht wiedersehen. Ein weiteres Mal würde Iris alles hinter sich abbrechen, Michael verlassen und irgendwo neu beginnen müssen.

62.

Gleich beim Einsteigen versuchte der Taxifahrer sie über das Geschehen in Neumaising auszuquetschen, ließ aber von ihr ab, als er Carinas bleiches Gesicht sah. Peter glaubte, sie würde sich nach Hause bringen lassen; er wollte sie später anrufen, sobald er dazu Gelegenheit bekam. Carina nickte auf der Rückbank ein und musste von dem Taxifahrer geweckt werden, als sie vor der Kinderklinik anhielten. Als Erstes bat sie die Stationsschwester um einen Kasack und eine Hose.

»Was ist Ihnen denn passiert?« Die Schwester reichte ihr die Kleidung und eine Tüte für ihre schmutzigen Sachen. »Wollen Sie auch ein Paar neue Schuhe?«

»Danke, ich schlüpfe mit denen in ein paar größere Clogs, wenn Sie welche haben.« Sie zog sich hinter der Stationstheke um und verteilte dabei Fichtennadeln auf dem Boden wie ein alter Weihnachtsbaum. »Ich hatte keine Zeit mehr zum Umziehen, als Dr. Schneidt mich angerufen hat. Es gibt einen neuen Fall von Kindesmisshandlung?«

Die Schwester winkte ab. »Da können Sie in jedes zehnte Zimmer hier schauen, Kinder, die sich an Schränken anhauen, die Treppe runterfallen, von der Schaukel stürzen. Das mag ja hin und wieder stimmen, aber wenn man die Kleinen fragt, wie das wirklich passiert ist, schweigen sie.« Sie griff

Carina ins Haar und zog ein kleines Aststück heraus. »Waldspaziergang?«

»Kann man so sagen.«

»Dann gebe ich Bescheid, dass Sie da sind. Die kleine Lea hat es leider nicht geschafft.«

»*Was*?« Carina war entsetzt, sie hatte so gehofft, dass es dem Mädchen inzwischen besser ginge.

»Sie wurde noch operiert und ein Teil des Schädeldachs abgenommen, aber es war zu spät, wenige Stunden später ist sie gestorben.«

Carina sah die Kleine noch vor sich; sie hatte gerade gelernt, den Kopf selbst zu halten, vielleicht wäre sie bald gekrabbelt und hätte die Töpfe in Mamas Schrank ausgeräumt. Sie dachte an ihren Neffen Sandro und daran, was der in dem Alter schon alles angestellt hatte. Die ersten Lebensjahre hatte sie als Tante noch mitgekriegt, doch als er in den Kindergarten kam, war sie nach Mexiko gegangen. Trotz Jammerei und Überforderung, geschüttelt hatte Wanda ihren Sohn zum Glück nicht. Carina setzte sich auf einen Stuhl im Gang. Auf einem Regal zwischen Broschüren zu Stillberatung, Nachsorge und Impfaufklärung lag ein Faltblatt mit dem Titel: Vorsicht, zerbrechlich! Die Zeichnung zeigte ein Baby, das in einem Pappkarton mit der Aufschrift »Fragile« lag, darunter stand: *Babys sind zart und kostbar. Niemals ein Baby schütteln! Anders als bei anderen kostbaren Waren, kommen Babys nicht mit einer Gebrauchsanleitung auf die Welt.* Der Kinderschutzbund erklärte mithilfe von Cartoons, wie man sein Kind richtig hielt und was man falsch machen konnte. Vielleicht sollte sie das Faltblatt dem HNO-Arzt, Dr. Boes, geben. Vor Lea schien er noch nie was von einem Schütteltrauma bei Kleinkindern gehört zu haben.

»Frau Dr. Kyreleis?« Dr. Schneidt, ein ergrauter Mittfünfziger, lief auf sie zu. »Nett, dass Sie extra gekommen sind, aber wir konnten leider nicht mehr mit der OP warten, um bei dem Jungen das Gehirn zu entlasten. Darf ich Sie dennoch kurz in mein Büro bitten?« Er eilte voraus.

»Wie alt ist das Kind?« Carina versuchte mit ihm Schritt zu halten.

»Zwölf Wochen. Subduralblutung, Schädelbruch, Rippenfrakturen, Retina-Blutungen.«

»Haben die Eltern zugegeben, das Kind geschüttelt zu haben?«

»Die Mutter hat berichtet, dass der Kleine beim Wickeln schläfrig wurde und dann das Bewusstsein verlor. Er hat sich erbrochen, als sie ihn auf die Seite drehte.«

Carina brauchte in einem Fall wie diesem so viele Indizien wie möglich, um als Gutachterin in einem Prozess überzeugend argumentieren zu können. Kindesmisshandlung gehörte zu den allerniedrigsten Delikten. Eltern, die ihr Kind schüttelten, wussten, dass sie es nicht tun sollten, aber sie waren sich über die Folgen nicht im Klaren und stritten vor Gericht alles ab. Doch da nun die Gesundheit des Kindes vorging, würde Carina nach der Operation, bei der der Junge narkotisiert und intubiert worden war, vermutlich nicht mehr beweisen können, dass die blauen Flecken von dem starken Druck schüttelnder Hände stammten.

Dr. Schneidt führte sie in sein Büro und zeigte auf einen Bildschirm. »Dieser schwarze Hohlraum im Schädelinnern, was denken Sie darüber?«

Carina beugte sich vor, betrachtete die CT-Aufnahmen. »Das ist geschwollenes, verwaschenes Hirngewebe. In diesem Stadium kann man es noch nicht genau sagen, aber hier könnte in den nächsten Wochen oder Monaten ein Black Brain entstehen.«

Dr. Schneidt nickte. »So was habe ich bisher zum Glück nur in der Fachliteratur gesehen.« *Black Brain* hatten die Amerikaner bei Carinas Fortbildung in Atlanta die Hirnflüssigkeit bezeichnet, wenn die Hirnmasse schrumpfte und der entstandene Hohlraum mit Flüssigkeit aufgefüllt wurde. Im Schädelinneren, wo sonst Hirn war, würde dann nur noch Wasser sein.

»Hoffen wir, dass der Kleine es trotz allem schafft. Rufen Sie mich an, wenn er stabil ist, dann untersuche ich ihn.«

»Mache ich.« Dr. Schneidt gab ihr die Hand.

Carina ging zurück. Ihr war immer noch etwas schwindelig, sie zog sich einen Trinkbecher am Wasserspender. Als sie damit am Warteraum vorbeiging, stutzte sie. Was tat Anja Loos denn hier? Enrico lag doch in Harlaching. Carina kehrte um, klopfte noch mal an Dr. Schneidts Tür und trat ein. Der Stationsarzt war bereits weg. Sie drückte auf die Tastatur, bis die CT-Aufnahme erneut erschien, klickte dann auf Minimieren, um die gesamte Patientenkartei zu sehen. Der Name des Kindes erschien: Fabian Loos. Die nächsten Verwandten ermordet, der Neffe schwer verletzt, die Nichte verschwunden, und nun kämpfte auch der Sohn von Richard und Anja Loos ums Überleben. Die Aussicht auf ein gesundes Leben war weggeschüttelt, für immer.

63.

Flora erwachte auf dem Bett. Sie trug ein sauberes Oberteil. Warum kriegte sie das bloß alles nicht mit, sie fiel anscheinend jedes Mal in einen Tiefschlaf, kaum dass sie die Augen schloss. Ihre Shorts waren noch die alten, voller Farbe, wahrscheinlich hatten auch die Kinderfänger sie nicht über die zusammengebundenen Füße gebracht. Sie musste die verschmutzte Hose tragen, bis sie von selbst von ihr abfiel.

Wie hatten die sie nur sehen können? Dann fiel es ihr ein. Vor lauter Augenzupressen war ihr eine Träne herausgekullert, die hatten sie bestimmt entdeckt. Wieder hatte ihre Heulerei ihr alles verpatzt. Dabei war ihre Kehle so trocken, sie brauchte dringend was zu trinken. Sie schüttelte die Flasche, saugte daran. Sie war immer noch leer. Über sich hörte sie auf einmal wieder Geräusche wie Schritte. Sie holte tief Luft und rief, schrie, kreischte, bis Blitze vor ihren Augen zuckten. Die Schritte entfernten sich. Es war wieder still. Im Spiegel sah sie, dass jemand sie sauber gewischt hatte, an den Nasenlöchern und an den Haaren klebten noch Farbreste, die juckten. Überall juckte es, am Hals auch. Die Mücke hatte sie schon wieder gestochen. Sie kratzte, rieb und scheuerte, wälzte sich herum, bis wieder alles brannte. Keinen Mückenstich länger wollte sie hier liegen, sie zerrte am Laken, rollte aus dem Bett und hob die Matratze an. Vielleicht konnte sie eine Latte aus dem Rost herausbrechen, ihre Fußfessel aufsäbeln und dann die Tür aufbrechen. In Filmen klappte das doch auch immer. Ihr Spiegelbild lachte schrill, als sie am Bettgestell rüttelte. Sie würde hier nie wieder rauskommen! Auch die Kekse waren aufgegessen. Sollte sie etwa auch noch verhungern? Sie versuchte, das Kopfteil hochzuklappen, um an den Lattenrost zu gelangen. Die Matratze war im Weg, sie rollte sie ein, legte sich darauf und zerrte an den Stangen des Lattenrosts, die wackelten etwas, ließen sich aber nicht herausnehmen. Dafür rutschte das Kopfteil aus der Verankerung und krachte zurück. Flora stieß gegen die Lampe. Augenblicklich war es finster. Sie tastete nach dem Schalter, drückte ihn. Es blieb dunkel. Vielleicht war der Stecker herausgerutscht. Sie kroch vom Bett, hangelte sich am Kabel bis zur Steckdose vor. Der Lampenstecker war an seinem Platz. Sie zog ihn heraus und wollte ihn dann wieder einstecken, aber es ging irgendwie nicht. Vorsichtig fuhr sie mit den Fingern in die Steckdose. Die Löcher waren im Halbkreis verschoben, eine Kindersicherung. Zu Hause hatten sie das auch noch an einigen Steckdosen. Wieder und wieder versuchte sie den Stecker hineinzudrehen, aber er wollte einfach nicht in die Löcher rutschen. Warum hatte sie nicht im Hellen aufgepasst, ob es irgendwo eine weitere Steckdose gab? Die waren bestimmt auch vor Kindern gesichert, aber vielleicht gelang es da besser. Auf Knien robbte sie an der Wand entlang; das Kabel fest umklammernd, schleifte sie die Lampe hinter sich her.

Bald hatte sie jeden Winkel abgesucht. Sollte sie nun im Dunkeln ausharren? Ihr Magen knurrte, und ihr war schwindlig vor Hunger und Durst. Nun hatten sie ihr auch noch das Licht genommen. Was kam als Nächstes? Sollte sie hier herumliegen, bis sie starb, wirklich starb, ohne dass jemand bei ihr war? Selbst ihre Farben waren irgendwie weg, als hätten die Kinderfänger alles verschmiert. Flora wollte nicht mehr schlafen und sich wegträumen, sie wollte nicht mehr im Schlaf angefasst, umgezogen und gewaschen werden. Sie wollte gar nichts mehr. Nur weg von hier. Sie riss am Kabel und schleuderte die Lampe mit voller Wucht gegen die Wand. Es klirrte, der Spiegel zersprang, und Scherben prasselten auf sie nieder.

64.

Carina konnte es nicht genau benennen, aber irgendetwas musste sie bei dem Loosfall übersehen haben. Sie wollte nur schnell ins Institut, dann gleich nach Hause, ein Bad nehmen und endlich ins Bett. Sie überprüfte ihr Handy. Es war kurz vor sechs. Peter hatte nicht angerufen, sie schrieb ihm eine SMS, in der sie fragte, wie es ihm ging; dann löschte sie sie wieder. Er hatte jetzt bestimmt keine Zeit, darauf zu antworten, und so ein Klingeln störte nur.

Carina trat durch die Sicherheitstür und freute sich über Frau Schauers Anblick. Es sah hier ein bisschen nach Detektivbüro aus, nur dass die Sekretärin keine Zigarre paffte, sondern Kuchen mampfte. Die Welt draußen wurde zerbombt, zerschossen oder gesprengt, aber Frau Schauer saß unverrückbar an ihrem Platz, wenn auch ihre Beine, auf einem zweiten Stuhl abgelegt, in Stützstrümpfen steckten.

Ihr fiel das Kuchenstück von der Gabel, als sie Carina bemerkte. »Wie geht es Ihnen denn? Sind Sie wirklich unverletzt? Eine Explosion ist ja nicht gerade alltäglich.«

»Mir fehlt nichts, danke. Sind die Professorin und Dr. Herzog schon zurück?«

»Noch nicht. Die Bergung der Leichenteile dauert noch. Die Chefin hat gerade angerufen.« Sie schob sich ein weiteres Stück Kuchen in den Mund und kaute.

»Hat sie Ihnen gesagt, wie viele Tote es sind?« Innerlich flehte Carina, dass kein Kind darunter war.

Frau Schauer schüttelte den Kopf. »Ein Haufen Waffen wurden auch gefunden und deshalb rücken jetzt das BKA und LKA und ich weiß nicht was noch alles an. Sie meldet sich später wieder.«

Carina nickte. »Wie geht's denn Ihren Beinen?«

»Wenn ich sie hochlagere, dann tut nichts weh.«

»Ich brauche bitte noch mal den Obduktionsbericht zu Olivia und Jakob Loos.«

»Den habe ich vorhin einsortiert.« Frau Schauer wedelte mit der Kuchengabel nach hinten in den Aktenraum. »Buchstabe ›L‹, das sind die zwei Ordner im mittleren Fach ganz oben. Ein zweites Mal steige ich da nicht hoch.« Sie schob sich den restlichen Kuchen in den Mund und leckte sich die Finger ab.

Carina räumte einen Hocker ab, auf dem ein paar nagelneue Overknee-Stiefel glänzten, ging damit zu den Regalen und angelte sich den Ordner LI – LU heraus.

»Wollen Sie auch ein Stück oder zwei?« Aus ihrer Schreibtischschublade zog Frau Schauer ein Tablett mit noch mehr Kuchen.

»Haben Sie Geburtstag?«

»Martin hat nächste Woche Konditorprüfung und muss üben. Nur leider passe ich in keine Stiefel mehr, wenn das so weitergeht. Also helfen Sie mir bitte, und sagen Sie dann bitte, wie er ihnen geschmeckt hat, ja?«

Carina nahm aus Höflichkeit ein Stück Käsekuchen, obwohl sie eigentlich keinen rechten Appetit hatte. Ihr Magen brannte noch.

Oskar – ach nein, er hieß Edgar – glotzte Carina an, als sie in ihren Arbeitsraum kam. »Na, was hältst du davon? Meine Mutter ist eine Scharfschützin, dann haben wir einen Doppelmord, einen siebzehnjährigen Geisterfahrer und ein vermisstes Mädchen. Dazu jetzt noch ein kleiner Junge mit Schütteltrauma aus dieser Familie.« Sie legte den Ordner auf die Glasplatte ihres Seziertisches, goss sich ein Glas eiskaltes Wasser aus der Leitung ein und trank gleich zwei Gläser hintereinander. Dabei musterte sie den rekonstruierten Schädel, an dem davor die Erdwespen so säuberliche Arbeit geleistet hatten. Erdwespen, das passte; was hatten sie nicht alles aufgescheucht, BND, BKA, ungeklärte RAF-Morde. Und jetzt ermittelten die auch an diesem Fall weiter. Vermutlich wurde alles weiter vertuscht.

Das Wasser gurgelte in ihrem Bauch. Vielleicht war es doch besser, wenn sie etwas aß. Sie brühte sich einen Getreidekaffee auf und schnitt eine Packung Sojamilch auf. Heißes mit Heißem vertreiben, bei Wanda hatte es auch geholfen. Silvias Worte hatte sie so verinnerlicht. Ob ihre Adoptivmutter nach dem, was Carina an Verwüstung bei ihnen angerichtet hatte, jemals wieder mit ihr redete? Als sie ein paar heiße Schlucke geschlürft hatte, wagte sie es, in den Käsekuchen zu beißen. Er schmeckte nach Zitrone und erfrischend kalt wie Eis. Sie hatte das Gefühl, dass bei dem raschen Wechsel zwischen heiß und kalt ihre Zähne wackelten. Hatte Frau Schauer ein Kühlfach in ihrem Schreibtisch?

»Deine Angehörigen wissen auch noch nicht, dass wir dich identifiziert haben.« Sie verstrich eine Unebenheit an der Rekonstruktion. Bestattungen Schwalbe. Ausgerechnet in der Nähe des Schädelfundortes wurde ein Haus in die

Luft gesprengt. Konnte das Zufall sein? Wahrscheinlich brachte das Unternehmen die Leichenteile ins Institut, dann konnte sie Michael Schwalbe gleich das mit seinem Vater sagen.

Ihre Gedanken schweiften zu ihrem eigenen Vater. Ob er inzwischen die zwei Mädchen gefunden hatte? Wenigstens sie. Bei Flora gab es nach drei Tagen nur noch wenig Hoffnung, dass sie lebend gefunden wurde. Leben und Tod lagen so nah beieinander. Auch sie selbst hatte gerade nur knapp überlebt. Nach dem Autounfall in Mexiko, wo sie sich im letzten Moment aus dem Autowrack befreien konnte, war sie nun von jemand Unbekanntem gerettet worden. Ein Schauder überlief sie, wenn sie daran dachte. Noch immer spürte sie die Hände, die sie gepackt hatten, das Gewicht der Person, die sie zu Boden gedrückt und mit ihrem Körper geschützt hatte. Ein seltsam vertrautes Gefühl, das ihr die Angst genommen hatte. Für einen Moment hatte sie geglaubt, es sei Peter, der ihr gefolgt war. Sie betrachtete ihre eigenen Hände, etwas Plastilin und Käsekuchen klebten an den Fingern. Eine Frau war das gewesen, die Hände einer Frau, lange, schmale Finger. Sie atmete tief durch, rieb sich über die Arme, um die Gänsehaut zu vertreiben, und schlug den Ordner auf. Eigentlich wusste sie gar nicht, nach was sie suchte. Nach weiteren Verwandten von Flora vielleicht? Es gab drei Register zum Familiennamen Loos. Sie überflog die Daten. Der erste Karl-Heinz Loos war 1984 obduziert worden, 1902 geboren, wohnhaft in Dachau. An einer Birne erstickt. Sie blätterte weiter. Günther Loos, geboren 1967, war 2001 durch mehrere Messerstiche tödlich verletzt worden und zu jung, um der Vater von Richard und Jakob zu sein.

Als Letztes folgte der Obduktionsbericht des ermordeten Ehepaars. Also nichts. Carina blätterte weiter und stieß auf das Register »Krematorium«. Darin waren Kopien der Totenscheine vor der Einäscherung nach Datum abgeheftet. Diese Leichname wurden nur obduziert, wenn bei der zweiten Leichenschau, die ein Rechtsmediziner vornahm, etwas Verdächtiges entdeckt worden war. Carina sah sie durch. Fast alle, meist alte Leute, waren an Herzinsuffizienz gestorben und dann eingeäschert worden. Die zwei letzten Blätter auf der Pappseite des Ordners gaben »Unfall« als Todesursache an. Carina war plötzlich wie elektrisiert. Victor Loos, geboren 1934 in München-Sendling, und Sophie Loos, geboren 1935 in Polling, wohnhaft in München, Thannheimer Straße. Ob das die Eltern von Jakob und Richard Loos gewesen waren? Was genau ihnen zugestoßen war, stand hier nicht. Die zweite Leichenschau im Krematorium vor einem halben Jahr hatte Dr. Herzog abgezeichnet. Hastig kramte sie ihr Handy heraus und wählte seine Nummer. Vermutlich würde jetzt am Tatort ein Froschquaken ertönen, hoffentlich nahm er das in Neumaising überhaupt als Klingeln wahr. »Der Teilnehmer ist momentan nicht erreichbar«, sagte eine Automatenstimme. Mist, nicht einmal die Mailbox war angeschaltet. Carina versuchte die Unterschrift des Notarztes zu entziffern, der den Totenschein ausgestellt hatte. Warum mussten die alle so schmieren? Damit man sie wie in diesem Fall nicht ausfindig machen konnte? Der erste Buchstabe konnte ein »U« oder gleich ein Doppel-L sein und dann irgendwas mit -inger oder -ringer. Sie klemmte sich den Ordner unter den Arm und lief hinaus in den Gang. Vorhin hatte sie einen Lichtschein hinter Nussers Tür gesehen, der wie sie im Keller arbeitete, allerdings besaß seine Kammer keine Fenster. Sie klopfte. Als er nicht reagierte, weil drinnen irgendeine Maschine lief, trat sie ein. Nusser föhnte und bürstete das Fell eines zusammengekauerten Tieres. Diesmal schienen ihm auf den ersten Blick keine Metallteile oder andere Fundsachen anmontiert worden zu sein, wie seinen Monstrositäten an den Wänden und in den Vitrinen ringsum. Was war es überhaupt? Ein Eichhörnchen mit Hängeohren und eingedätschter Nase, nein, ein … Carina riss die Augen auf. »Das ist doch nicht etwa Feiningers Pekinese, oder?«

»Doch.« Nusser stellte den Föhn ab und bürstete die Schlappohren. »Sieben Jahre hat er das Bett mit ihr geteilt, warum sollte er das nicht auch weiter tun? Danke für die Augen, damit wirkt er fast menschlich, findest du nicht?« Nusser grinste.

Carina schluckte. Allzu menschlich, er sah ihrer Chefin sogar ein bisschen ähnlich.

»Keine Angst. Ich hab ihn mir nicht einfach so gekrallt. Die Professorin hat mich ganz offiziell damit beauftragt.« Sein Blick fiel auf den Ordner. »Was wolltest du eigentlich?«

Carina blätterte zu den letzten beiden Seiten. »Kannst du die Unterschrift des Arztes entziffern?«

Nusser nickte. »Das ist die Schnellschrift von Dr. Meitinger, einem Allgemeinmediziner, der arbeitet auch bei der Rettung. Brauchst du seine Telefonnummer?«

»Die finde ich, danke.«

Zurück in ihrem Arbeitsraum suchte Carina Meitingers Nummer im Computer und gelangte auf seine Homepage. Er habe Urlaub, stand da. Sie ließ sich von der Auskunft seine Handynummer geben und rief von der Institutsleitung aus an. Erst mal dröhnte laute Musik. Sie glaubte schon in einer Warteschleife gelandet zu sein. Gab es die jetzt auch für Mobilfunk? Dann ertönte eine Kinderstimme. »Hallo, hier Larissa Meitinger.«

»Kann ich bitte deinen Papa sprechen?«

»Geht nicht, der ist in Mamorka. Ich bin bei Oma und Opa, obwohl ich heute Geburtstag habe.«

Mamorka sollte wohl Mallorca sein, oder vielleicht eher so was wie Takatuka? »Herzlichen Glückwunsch. Gibst du mir bitte kurz deinen Opa?«

»Geht auch nicht.« Larissa kicherte. »Mein Opa macht gerade einen Kopfstand, weil ich sein Handy als Pfand habe.« Carina hörte ein lautes Durcheinander, Gekreische, Lachen und Geraschel.

Dann nach einer Weile doch eine Männerstimme: »Hier Meitinger, was gibt es?« Er keuchte, hatte anscheinend sein Pfand eingelöst.

Carina las ihm den Totenschein vor und bat ihn, sich an Margarete Loos zu erinnern.

»Wissen Sie, wie viele Autounfälle wir rings um München haben?« Meitinger atmete immer noch schwer.

Carina hielt den Hörer etwas vom Ohr weg. »Ich verstehe, aber es ist wichtig.«

»Tut mir leid, aber wenn ich mich an alle Toten in den letzten Jahren erinnern würde, könnte ich bestimmt nicht mehr ruhig schlafen.«

Carina wusste, was er meinte. Man durfte die Schicksale nicht an sich heranlassen, musste seinen Job machen und die Gefühle ausblenden. Aber manchmal gelang das nicht.

»Wir feiern gerade den achten Geburtstag meiner Enkelin, also entschuldigen Sie mich bitte.« Er wollte auflegen.

»Die Enkelin, ja, um die geht es«, sagte Carina hastig.

»Larissa? Was ist mit ihr?«

»Die Enkelin von Victor und Sophie Loos. Die neunjährige Flora, ihre Großeltern starben bei einem Unfall, und jetzt wurden ihre Eltern ermordet, und sie wird seit bald …«, Carina sah auf die Werbegeschenk-Pillenuhr im Regal, »achtzig Stunden vermisst.«

»Ach, der Loos-Fall, warum sagen Sie das nicht gleich? Vom Namen allein habe ich das jetzt nicht so schnell begriffen. Ich habe das heute in der Zeitung gelesen, ihr Bruder ist doch der Geisterfahrer vom Wochenende, richtig? Wenn ich Dienst gehabt hätte, hätte ich das live mitgekriegt, aber ich muss auch mal abschalten, wenigstens zwei Wochen. Und es gibt noch keine Spur zu dem Kind?« Das Zuschlagen einer Tür, dann waren die Hintergrundgeräusche plötzlich gedämpfter.

»Dazu kann ich Ihnen keine Auskunft geben, ich bin von der Rechtsmedizin und wollte nur die Totenscheine überprüfen.«

»Warten Sie, ich schließe noch die Fenster, die Rasselbande ist draußen.« Nun war es still. »Wann war der Unfall genau?«

»Am dreizehnten Mai dieses Jahres in Lautstetten oder so ähnlich.«

»Landstetten, ein Dorf zwischen Ammersee und Starnberger See. Ja, jetzt erinnere ich mich, genau dort sind sie zwar nicht verunglückt, sondern etwas weiter nördlich mitten auf dem Feld, aber der Einsatz wurde von dort geleitet. Es ist bei der Landung passiert.«

»Mit einem Flugzeug?«

»Nein, in einem Heißluftballon, der ist an einer Stromleitung hängen geblieben. An der Absturzstelle fand man die Reste der Ballonhülle, den angekohlten Korb und die drei Leichen – der Fahrer verstarb auch. Und der Sohn hat das alles mit angesehen.«

»Der Sohn?« Carina hoffte, dass er sich noch weiter erinnerte. Sie holte ihr Handy und klickte zu Olivias und Jakobs Hochzeitsfoto. Es war in einem Ballonkorb aufgenommen worden.

Larissa unterbrach mit ihrer Quietschstimme das Gespräch. »Opa, der Grill geht nicht an. Hilfst du uns?«

»Der *Grill*?!« Auch Meitinger schrie auf. »Ich hab doch gesagt, dass ihr die Finger davon lassen sollt. Tut mir leid, ich muss …« Er sprach wieder ins Handy.

»War das der ermordete Jakob Loos oder sein älterer Bruder Richard?«, fragte Carina schnell.

»Ach, da gibt es noch einen weiteren Sohn? Das weiß ich leider nicht mehr. Was stinkt denn hier so, ja, spinnt ihr?« Es klickte, er hatte aufgelegt.

65.

Vor Schreck über den Krach rührte sie sich eine Weile nicht. Dann wischte Flora vorsichtig den Boden rings um sich frei, kehrte im Dunkeln mit den Händen die Scherben zur Seite. Langsam richtete sie sich auf und berührte die Wand. Auf Höhe ihres Gesichts ertastete sie den Spiegelrahmen, sie fuhr mit den Fingerspitzen hinein. Dahinter fühlte sie Ziegelsteine und eine Mauer. Der Spiegel hatte vor einem Fenster gehangen! Draußen war es genauso finster wie in ihrem Gefängnis, sie erkannte keine Umrisse. Keine Bäume, keinen Himmel, keine Sterne oder ein Stück Mond. Auch die Luft roch nicht anders als in ihrem Gefängnis. Kein Windhauch oder das Geräusch von Autos, nicht mal eine Grille zirpte. Aber sie war frei! Nun wollte sie nicht warten, bis es hell wurde und sie zurückkamen. Sie zog sich am Rahmen hoch und hievte sich in das Fenster. Mit einer Scherbe versuchte sie das Plastikband durchzuscheuern, aber das war schwer. Sie glaubte schon, sich eher die Finger aufzuschneiden und die Wunden an den Füßen wieder aufbrechen zu fühlen, als dass das Plastikband zwischen den Zacken nachgab. Doch auf einmal war es geschafft, und sie hatte die Fessel zwischen ihren Knöcheln durchtrennt. Dann kam die größte Hürde, sie musste das Band aus ihren Füßen ziehen. Ihre Hände zitterten, und sie konnte das Ende kaum greifen, so glitschig waren ihre Finger plötzlich. Sie dachte daran, wie ihr der Kinderarzt einmal ein Pflaster auf dem Arm entfernt und alle Haare mit weggerupft hatte. Dann würde sie das hier auch aushalten. Sie packte das Plastikteil, das ihre Füße noch verband, und zog. Der Schmerz war so stark, dass sie glaubte, ihr eigenes Fleisch mit herauszureißen. Alles drehte sich in ihr, und in den Ohren rauschte es. Sie verlor den Halt, kippte durch den Rahmen und fiel.

Montag

Einundachtzig Stunden nach dem Ursprung

A Komiker is' doch der traurigste Mensch von der Welt. Net amal über sein eigna Schmarrn kann er lacha.

Karl Valentin

66.

Es ließ ihr keine Ruhe, Carina musste noch einmal in die Rabenkopfstraße, und wenn es nur wegen der Schuhe war, die sie endgültig zurückgeben würde. Sie packte sich ein Paar Rechtsmedizinerclogs ein und fuhr mit der Straßenbahn in die Menterschwaige. Als sie aufsperrte, behielt sie die Nachbartür im Auge, spähte durch die Hecke, aber sie konnte weder Richard noch Anja Loos sehen. Die verbrachten die Stunden bestimmt im Krankenhaus, aufgeteilt zwischen Enrico und ihrem schwer verletzten Sohn. Der Tatort war so oft umgekrempelt worden, sie selbst war zum vierten Mal hier. Sonst konnte sie sich immer auf ihren Elsterblick verlassen, aber diesmal war alles aus den Fugen geraten.

Die Katze der Nachbarin beispielsweise. Wie war sie hereingekommen? Die Terrassentür hatte die Polizei zugemacht, aber natürlich hatte eine Katze viele Möglichkeiten, vielleicht gab es ein Schlupfloch, oder sie hatte sich irgendwo versteckt, als die Spurensicherung da war. Floras Onkel behauptete, Bingo lauere ständig an der Tür. Womöglich gab es eine Verbindung zum Nachbarhaus, die der Kater benutzte? Sie stieg die Kellertreppe hinab, an den Einschusslöchern vorbei. Dank Olivias Schuhen würde sie keine neuen Spuren hinzufügen. Sie inspizierte die Waschküche und das Zimmer daneben, das mit seinem glänzenden grünen Boden wie eine Miniaturturnhalle wirkte. Eine Reihe edler, aber kaum benutzter – oder sorgfältig geputzter – Fitnessgeräte stand herum. Eine weitere Tür führte zur Steuerung der Solaranlage auf dem Dach, einem riesigen Wassertank und der Zentralheizung. Ganz hinten, direkt unter dem großen Wohnzimmer oben, befand sich ein Büro mit einem alten Eichenschreibtisch. Nicht so fein wie ihr Seziertisch, aber auch nicht schlecht, dachte Carina. In einem Regal, das mit seinen wellenförmigen Leisten eigentlich für Weinflaschen gedacht war, lagerten Papierrollen, und überall standen filigrane Modelle von Häusern herum. Sie las die Inschrift auf einer Minianlage für die tierärztliche Fakultät in Oberschleißheim: Ralf Loos, 1972. Jakobs Vater, richtig, der war auch Architekt gewesen; so was stand nicht auf einem Totenschein. An den Wänden hingen exakte Zeichnungen von Gebäuden. Die Ludwig-Maximilians-Universität, das Hornbad an den Isarauen und das Terzgebäude mit verwinkelten Türmen und einem Labyrinth-Garten. Falls Loos senior und Loos junior das alles verwirklicht hatten, dann erklärte das ihren Wohlstand. Carina zog zwei Rollen aus dem zweckentfremdeten Weinregal und entzifferte die Beschriftungen: *Loos I* und *Loos II*, Rabenkopfstraße vierundzwanzig und sechsundzwanzig. Sie breitete sie auf dem großen Schreibtisch aus und beschwerte die sich wieder einrollenden Ecken mit einem Tacker, einem Locher und einem versteinerten Skorpion. Es dauerte eine Weile, bis sie die Baupläne und den Maßstab begriff und was sich wo befand. Die beiden Häuser ähnelten sich in der Grundidee. Auf den ersten Blick war nicht zu erkennen, welches Richards und welches Jakobs Haus war. In Loos I las sie *Therapieraum*, an der entsprechenden Stelle war in Loos

II der *Fitnessraum* eingezeichnet. Richard besaß einige Quadratmeter Wohnfläche mehr, dafür aber einen kleineren Garten. Sie zählte die Fenster im Büro, zwei auf jeder Seite, wie auf der Bauzeichnung. Ein fünftes sollte sich an der breiten Wand befinden, an die das Nachbarhaus unterirdisch grenzte. Im Erdgeschoss war an dieser Stelle die Terrassentür, doch hier stand ein wuchtiger Schrank, der bis unter die Decke reichte und Carina an einen Beichtstuhl erinnerte. Genauso muffig wirkte er jedenfalls. Wie hatten sie den nur hier reingeschafft? Vielleicht war zuerst der alte Kasten da gewesen, und sie hatten die Wände darum herum gemauert? Carina versuchte ihn zu öffnen. Vergeblich. Sie sah noch einmal auf den Plan. Gegengleich zu *Büro Jakob*, in dem sie sich befand, hieß der Raum in Richards Keller *VB*.

VB, was bedeutete das? Wahrscheinlich ein übliches Kürzel unter Architekten. Carina fielen dazu nur Fachbegriffe aus der Polizei ein. Verbindungsbeamte, Verantwortlicher für den Brandschutz; sie war eben durch und durch Polizistentochter. In der Medizin stand das »V« für Verdacht. Verdacht auf …? Na ja, das hatte nichts mit Raumbezeichnungen zu tun. Sie presste sich an die Wand und spähte dahinter. Es war zu dunkel, um irgendetwas zu erkennen. Sie tastete die Wand ab und schob den Arm hinter den Schrank.

Zuerst konnte sie es kaum glauben, aber da war eindeutig eine Tür – wenn auch ohne Türklinke. Als sie sich gegen den Schrank stemmte, um ihn zu verrücken, gab er ohne weiteres nach, rollte zur Seite, auf Rädern, die sich unter dem wuchtigen Schranksockel befanden und auf den ersten Blick nicht zu sehen gewesen waren. Carina schob die Tür auf. Roter, schwerer Samt hing auf der anderen Seite, vielleicht zur Wärmedämmung. Sie lupfte ihn ein Stück vom Boden, und der Vorhang teilte sich. Vorsichtig spähte sie in den Keller des Nachbarhauses.

VB, das musste dieser Raum sein. Spätestens jetzt durfte sie nicht mehr weitergehen. Sie überschritt mehr als nur ihre Kompetenzen, sie riskierte alles. Bestimmt hatte die Spurensicherung oder auch Peter diese Verbindungstür deshalb nicht erwähnt, weil es nichts Außergewöhnliches war, zwei Familien, die so nah beieinander wohnten, konnten sich auf die Art auch bei Regen gegenseitig besuchen, ohne nass zu werden. Wo auf Jakobs Seite naturbelassene Dielen waren, war hier der Boden mit schwarzem Linoleum belegt. Carina hatte Richard für einen Sauberkeitsfanatiker gehalten, aber hier war der Boden verschmiert. Sie trat näher. Durch die Kellerfenster in den gekiesten Schächten fiel spärliches Licht auf merkwürdige Kreidezeichnungen. Erst dachte Carina an ein Himmel-und-Hölle-Spiel, das jemand auf den Boden gekritzelt hatte wie auf eine Tafel. Dann fiel ihr wieder ein, wie sie als Kinder mit ihrem Vater seine Mordfälle im Keller nachgespielt hatten. Sie tastete nach dem Lichtschalter neben der Tür. Mehrere Spots flirrten auf, in einer Ecke ging eine Stehlampe an. *Sofa, Kommode, Fenster, Schrankwand* und *B…n* entzifferte sie, in Kreideumrisse geschrieben. Quer durch die Umrisse verlief eine Schleifspur, als hätte jemand etwas Schweres über den Boden gezogen. Vielleicht war das eine 1:1-Bauzeichnung. Hatten die Brüder Loos hier etwas entworfen? Sie betrachtete das Ganze aus der Elsterperspektive, von oben unter der Decke schwebend und zugleich von ganz nah, sodass sie den Kreidestaub riechen konnte. *Kamera I – IV*, *Beleuchtung* stand da halb verwischt, und *Tun*, nein:

Ton. Carina hätte fast ein paar breite Stufen übersehen, hinter denen der Raum tiefergelegt weiterlief. Sie fing sich noch rechtzeitig ab, stieß allerdings gegen ein paar Stühle, die in einer Reihe aufgestellt waren. Aus dem Halbdunkel blickte sie zurück – wie auf eine beleuchtete Bühne. Die Schauspieler konnten durch die Verbindungstür aus dem Nachbarhaus treten. Vielleicht hingen in dem wuchtigen Schrank drüben die Kostüme? *Richard Loos' Kabarettl* verkündete eine gelbe Tafel mit schwarzer Schrift, ähnlich einem Ortsschild, oberhalb des Samtvorhangs, der sich über die Wände zog. An der vierten Wand hing ein großer leerer Bilderrahmen. In einer feuerfesten Kassette auf einem Stuhl lag ein Schnellhefter, er war mit *VB* beschriftet. Sie blätterte in den vielen Klarsichthüllen, die meisten waren leer, in einigen wenigen steckten kleine Zettel mit Notizen, viel war durchgestrichen oder ausradiert, manches mit Leuchtstift markiert. Auf einem hatte Richard verschiedene Titel für sein Programm ausprobiert:

VB-Loos
Richard Loos'sche Volksbühne ✓
Bei Loos geht's los
~~Kabarett im Keller~~
Kabarettl
Aus tiefstem Grunde
Weltenbühne Richard Loos
~~Sezierplatz~~
Weltbrettl ✓

An seiner Kabarettkarriere musste Richard noch arbeiten, dachte sie, wenn er seinen großen Vorbildern nacheifern wollte. Witzig war er jedenfalls überhaupt nicht, aber das waren die wenigsten Kabarettisten privat. Karl Valentin, das hatte sie gelesen, verbot seiner Familie sogar, seine Vorstellungen zu besuchen; über ihren Vater sollten sie nicht lachen. In einer Ecke stand eine Musikanlage, deren Startknopf grün blinkte. Sie kletterte auf die Bühne und steckte die Stehlampe aus und in die Dreifachdose am CD-Spieler wieder ein. Dann suchte sie die Eject-Taste und drückte drauf. *Legend:* Eine Bob Marley–CD fuhr heraus. Hatte den Brüdern dieselbe Musik gefallen? Reggae war doch auch gelaufen, als sie Jakobs Haus das erste Mal betreten hatten. Neben der Anlage standen ein Besen und ein Eimer mit Scherben darin. Carina hob eine auf. Auf einer Seite waren die Glassplitter verspiegelt, und was sie für einen großen leeren Rahmen an der Wand gehalten hatte, entpuppte sich im Licht der Lampe als Fenster in einem Raum mit Kindermöbeln. Ein Bett, ein Schrank, ein Schreibtisch, ein Regal. War das als Nebenbühne gedacht oder als Requisite? Aber warum dann das Spezialglas, wie man es in Vernehmungszimmern verwendete? Der Boden glitzerte, überall lagen noch winzige Spiegelscherben. Sie hielt inne, als sie von oben ein Niesen hörte. Die Katzenallergie. Richard. Sie war schon viel zu lange hier. Was, wenn er in den Keller kam? Sie lauschte, hörte aber nur ein fernes Rauschen, vermutlich von den Heizungsrohren oder der Wasserleitung. Sie stellte die Lampe so, dass sie alles ausleuchtete, und stieg in den Raum. Als sie die Bettdecke anhob, entdeckte sie angetrocknetes Blut, das am Fußende auf dem Laken klebte. Dabei stolperte sie über etwas Rundes, rutschte fast darauf aus und landete auf dem Bett. Eine Trinkflasche rollte über den Boden. Carinas Herz pochte heftig. Flora? Wurde das Mädchen *hier* gefangen gehalten? Wenn ja, wo war sie jetzt?

Mit zitternden Fingern tippte Carina Mattes Handynummer. Die Mailbox sprang an. Sie probierte es auf dem Festnetz, vielleicht war er inzwischen zu Hause. Sie verwählte sich, versuchte es erneut.

Endlich hob jemand ab. »Kyreleis.« Silvias Stimme.

»Ich bin's, Carina.« Sie flüsterte, doch ihre Worte kamen ihr in dieser Stille trotzdem zu laut vor. »Ist Papa da?«

»Nein.« Eine Pause entstand. Silvia atmete schwer. Dann hörte Carina sie schluchzen. Auch das noch, das konnte sie jetzt gar nicht gebrauchen.

Absurde Situation in einem fremden Keller, dachte sie. Am liebsten hätte sie aufgelegt. Aber sie rang sich zu einer Frage durch: »Was hast du?«

»I-ich bin nur noch f-fertig mit den Nerven.« Nun heulte Silvia richtig.

Carina presste das Handy fester ans Ohr, viel zu laut dröhnte die Stimme aus dem Gerät. »Es tut mir leid, das mit der Verwü…-«, flüsterte sie und hielt inne. Über sich glaubte sie Schritte zu hören.

»Du kannst ja zum … zum Aufräumen kommen.« Silvia schniefte. »Aber deswegen ist es nicht.«

Carina legte beide Hände um ihr Ohr und ihren Mund, um den Ton zu dämpfen. »Deine Nase, ist es wieder schlimmer geworden?« Ihr Blick fiel auf einen Malkasten, der in einer Ecke lag. Die meisten Farbnäpfe fehlten.

»Die Nase ist mir egal.« Silvias Stimme klang wieder fester. »Nein, meine ganze Arbeit steht auf dem Spiel, wegen diesem … diesem …« Sie rang mit sich, wollte wohl ein Schimpfwort vermeiden. »Ein Vater hat sich während der Geburt seines Sohnes so aufgeführt, dass ich ihn rausschmeißen musste. Er wollte eine Tochter, keinen Sohn, schrie er die ganze Zeit. Der kleine Junge ist in Steißlage mit den Füßen zuerst zur Welt gekommen. Am liebsten hätte er ihn zurückgestopft oder umgetauscht. Ich hab ihn rausgeschmissen, und als ich wieder ins Gebärzimmer kam, ist seine Frau unter das hydraulische Geburtsbett gekrochen und hat da das Kind gekriegt. Der kleine Junge war so zwischen dem Gestänge eingezwängt, dass es beinahe zu spät war. Er hat sich das Nasenbein gebrochen. Und so was passiert mir! Jetzt soll ich Schmerzensgeld zahlen, oder der Vater zeigt mich an! Er behauptet, ich hätte schon mehrere Totgeburten auf dem Gewissen und …« Silvia redete und redete.

Was sie erzählte, erinnerte Carina an etwas, aber es wollte ihr nicht einfallen. »Können wir nachher reden?«, unterbrach sie flüsternd und hasste sich dafür. Sie würde wie ihr Vater werden, nur noch die Arbeit, sonst nichts. Nicht mal ein paar Minuten ertrug sie die Sorgen ihrer Adoptivmutter. »Ich bin gerade … Also wenn Papa heimkommt, soll er mich sofort anrufen, ja?«

»Geht klar.« Silvia klang eingeschnappt. »Es ist nur, wenn ich nicht binnen zehn Tagen zahle, droht dieser Loos mit einer Klage.«

»Wer?« Carina war plötzlich wie elektrisiert.

»Na der, der mich angezeigt hat. Richard Loos. Warum flüsterst du eigentlich? Und wie geht's deiner Beule?«

»Die Beule? Äh ja, die ist weg, danke. Du sprichst von Richard Loos aus der Rabenkopfstraße? Und seinem Sohn Fabian?«

»Das stand bei der Geburt noch nicht fest. Sie hatten eine Liste mit Mädchennamen, aber bei den Bubennamen konnten sie sich nicht einigen. Er wollte irgendwas Altmodisches, Sixtus oder so ähnlich, das wollte seine Frau nicht.«

»Severin.« Carina tippte auf den Namen von Richards Onkel, bei dem er als Kind oft gewesen war.

»Kann sein, woher weißt du das? Matte ist an dem Fall dran. Du etwa auch? Sein Bruder und seine Schwägerin wurden doch ermordet und jetzt ist seine Nichte verschwunden. Deshalb wundere ich mich, dass er für meine Sache noch Energie hat.«

»Ich komme am besten gleich vorbei, ja?« Sie beendeten das Gespräch. Carina beschloss, gleich zu Silvia zu fahren. Dort konnte sie auch auf ihren Vater warten. Wenigstens redete ihre Adoptivmutter noch mit ihr. Nasenbeinbruch eines Neugeborenen. Wie winzig klein war so ein Nasenbeinknöchel, und wie verzwickt musste der kleine Fabian auf die Welt gerutscht sein, dass so etwas passierte. Obendrein noch eine Steißgeburt. Und nun kämpfte er wieder mit dem Leben, weil er geschüttelt worden war. Sie stand vom Bett auf, wollte die Decke zurückklappen, damit alles wie vorher aussah, und spürte eine Erhebung. Sie schlug die Bettdecke ganz zurück. Darunter lag Olivias Brautschuh.

Sie starrte den Schuh an. Über sich hörte sie Gepolter, als wäre etwas zu Boden gefallen. Dann wurde eine Tür aufgerissen. Jemand rannte die Treppe herunter. Carina schwang sich durch den Rahmen zurück zur Lampe, stürzte zum Schalter und schlug fast das Licht aus. Schnell schlüpfte sie hinter den Samtvorhang, tastete hektisch umher. Verflixt, wo war die Verbindungstür? Zu spät. Die Schritte kamen näher. Carina wagte kaum zu atmen, presste sich an die Wand, stellte sich auf die Zehenspitzen und zupfte vorsichtig den Stoff gerade. Sie hoffte, dass sich der Vorhang nicht allzu sehr ausbeulte und im Dämmerlicht bewegte.

67.

Jemand trug sie ins Helle, doch sie wollte noch nichts sehen. Sie spürte Papas Arme um sich wie ein Nest und kuschelte sich an ihn. Er flößte ihr etwas zu trinken ein. Wellen in allen Farben trieben in ihrem Inneren vorbei. Rot und Grüngefranst, Hellblau und Dunkelrand, Tropfensilber und Glitzergelb. Alle waren zurückgekehrt, Flora freute sich so. Aber sie wollte die Augen noch nicht öffnen, denn dann würde sie erkennen, dass es nicht ihr Papa war. Seine Stimme sagte, sie solle ganz austrinken, dann würde es ihr gleich besser gehen. Er behauptete, sie im Garten gefunden zu haben. Bestimmt in einem Zwiebelbeet, alles roch wieder danach.

»Wo bist du nur gewesen?«, fragte er.

Das hätte sie selbst gerne gewusst. In Omas Beeten gab es keine Zwiebeln und auch kein Spiegelfenster in ihrem Haus. Ein Schreck durchfuhr sie. Mamas Schuh, den hatte sie auf dem Bett liegen lassen, als sie auf das Fenster geklettert war. Wie konnte das nur passieren? Flora wand sich in seinen Zwiebelarmen. »Lass mich runter.« Sie riss die Augen auf und schrie ihn an.

»Ruh dich aus.« Er umwickelte sie mit einer Decke und legte sie auf sein Sonntagssofa. So hatte sie sein Ledersofa genannt, als sie es zum ersten Mal sah. Weiß wie der letzte Tag der Woche, weil da alles wieder von vorne anfing und

Papa ihr erklärt hatte, dass Weiß alle Farben gleichzeitig enthielt, wie das Licht. Als sie es mit dem Malkasten ausprobiert hatte, war nur ein Grau herausgekommen. So eines wie das, das ihr vorhin alle Farben genommen hatte. Hatte der Zwiebler denn keine Angst, dass sie mit ihren blutigen Füßen und der schmutzigen Hose alles dreckig machte? Er duldete doch keinen Krümel, saugte mit dem Tischstaubsauger alles sofort weg, und man musste die Schuhe ausziehen, bevor man ihn besuchte. Er aber kam mit Dreckschuhen zu ihnen rübergelatscht. Bei uns ist es ja egal, sagte Mama dann immer. Manchmal hatte Mama laut darüber nachgedacht, wie das wohl wurde, wenn sein Sohn größer war, ob er ihm dann einen Putzlappen um den Bauch band, damit er seinen eigenen Schmutz beim Herumkrabbeln gleich wieder aufwischte?

Flora trug jetzt keine Shorts mehr, nur noch ihre Unterhose und das fremde Shirt. Ihre Füße steckten in weißen Socken, die ihr viel zu groß waren, und sie konnte Verbände darunter spüren. Die Löcher in ihren Knöcheln pochten zackendunkelrot, tock, tock, wir sind da, und wir heilen nie, nie mehr zu. Flora fing zu weinen an.

»Mama kommt gleich. Ich habe sie angerufen«, sagte er und wollte ihr übers Haar streicheln. Sie schlug seine schrupplig vom Wasser aufgeweichte Hand mit den welligen Fingernägeln weg.

»Wo ist …« Sie merkte, wie schwer es ihr fiel, Worte zu formen. Dabei hatte sie geglaubt, Sprechen könne man nicht verlernen, aber vielleicht war es wie mit Schwimmen und Radfahren, auch da musste man wieder üben, sonst ertrank man oder stürzte. »En-ni?«, presste sie heraus.

»Im Krankenhaus. Er hatte einen Unfall.«

»Mit dem Auto?«

Er nickte, musterte sie aus zusammengekniffenen Augen. Sie biss sich auf die Lippen, vom Auto hätte sie nichts sagen dürfen. Jetzt wusste er, dass sie es wusste, aber sie war sowieso schuld. Hätte sie ihren Eltern alles verraten, wäre ihrem Bruder nichts passiert. Sie hätten ihm verboten, Auto zu fahren, bevor er den Führerschein besaß.

Auf einmal klingelte es. Er stopfte die Decke rings um sie fest und ging zur Tür.

68.

Wenn Richard den Vorhang zur Seite riss, würde er sie entdecken. Sie atmete in kurzen Zügen durch den Mund, drückte sich noch fester gegen die Wand. Mit einer Hand hielt sie den Stoff von sich weg, damit ihre Konturen nicht zu erahnen waren, mit der anderen Hand tastete sie fieberhaft umher. Sie stieß auf einen Hohlraum, ein eingebautes Regal. Carina kroch darunter, brachte mit ihrem Körper das unterste Regalbrett zum Wackeln. Hoffentlich fiel nicht gleich alles heraus, was darauflag! Sie umklammerte das Fach, wollte die Sachen wieder nach hinten schieben und griff in runde Löcher von Aktenordnern. So eng wie möglich kauerte sie sich zusammen. Das Atmen fiel ihr schwer, ihr Rücken schmerzte und ihre Knie zitterten. Die Schritte kamen auf sie zu, näher, immer näher. Sie hielt die Luft an. Dann rauschte Richard durch den Vorhang. Für den Bruchteil einer Sekunde glaubte sie, er würde vor dem Durchgang stehen bleiben, zwischen Vorhang und Wand spähen und sie finden. Doch er ging weiter, nach drüben, in Jakobs Haus. Sie atmete auf, hörte sein leises Tappen, dann Papiergeraschel. Die Pläne! Sie hatte sie einfach so auf dem Tisch liegen lassen, ganz offen. Von wegen das Zeug zur Polizistin, stümperhafter konnte man sich nicht verhalten! Nun blieb nur die Flucht nach vorne. Als sich Richards Schritte entfernten, kroch sie aus dem

Fach. Hoffentlich täuschte sie sich nicht und er lauerte ihr auf, würde sie gleich packen, wenn sie hinter dem Vorhang herauskam. Einer der Ordner rutschte herab, wäre um ein Haar zu Boden geknallt. Mit verschwitzten Händen fing sie ihn auf, umkrallte ihn fest, zog sich samt Ordner Stück für Stück an der Wand bis zum Vorhangende zurück und schlich zur Treppe. Zwei Stufen auf einmal nehmend, hastete sie hoch. Oben drückte sie die Klinke der Kellertür und spähte in die Wohnung. Saß Anja etwa hier irgendwo? Carina lauschte und schluckte gegen das laute Pochen ihres Herzschlags an. Langsam versuchte sie die Tür ganz zu öffnen. Sie spürte einen Widerstand. Was lauerte dahinter? Anja? Als sie nichts hörte und sich nichts bewegte, drückte Carina sich durch die Tür und sprang dahinter rasch zur Seite. Auf dem Boden vor einem Bücherregal lag nur ein aufgeschlagener Duden, der die Tür blockiert hatte. Carina schlich weiter, spähte um die Ecke ins Wohnzimmer. Dort saß niemand. Auch hinter der Durchreiche zur Küche, von der aus man in die Couchecke sehen konnte, war niemand. Anja schien noch nicht da zu sein. Aber was, wenn Richard von außen in sein eigenes Haus zurückging? Nein, das ging nicht. Der Schlüssel steckte von innen, er musste also durch den Keller zurück. Sie wagte es nicht, sich umzudrehen – womöglich tauchte er gleich hinter ihr auf und griff nach ihr –, stattdessen presste sie den Ordner noch fester an sich und hechtete mit ein paar Sätzen den Flur entlang bis zur Haustür und riss sie auf. Endlich draußen, rannte sie so schnell sie konnte auf die andere Straßenseite zu Frau Mayerhofer. Fast hätte sie losgeheult, so erleichtert war sie, als sie schwer atmend den Spruch auf dem Fußabstreifer las. *Das Bier ist im Kühlschrank.*

Noch immer zitternd hockte sie sich auf das Pflaster, drückte die Notrufnummer, legte den Daumen auf die grüne Taste und hielt inne. Was sollte sie sagen? Matthias Kyreleis und Peter Schuster mussten so schnell wie möglich an den Tatort Loos kommen, weil sie, Carina Kyreleis, Rechtsmedizinerin, Spuren von der vermissten Flora gefunden hatte? Plötzlich kamen ihr Zweifel. Spuren? Sie hatte nicht mal eine Faserprobe des Bluts genommen. Was, wenn es doch nur ein für Fabian eingerichtetes Mädchenzimmer war, mit Nasenbluten am Laken, oder wenn Richard das Bettzeug wechselte, bevor die Polizei eintraf? Sie schreckte auf, als sie etwas ansprang, und ihr Finger rutschte vom Handy. Bingo war ihr auf den Rücken gesprungen, legte sich ihr um die Schultern und stupste mit seiner Nase an ihre. Sie behielt das Haus gegenüber, in die Einfahrt geduckt, im Blick. Dabei kraulte sie den lebendigen Pelzkragen, bis sich langsam ihr Atem beruhigte. Was sollte sie tun? Am besten fuhr sie zu Silvia wie geplant und wartete dort auf ihren Vater. Allerdings war das keine gute Idee, wenn Richard Flora tatsächlich versteckt hatte. Sie schlug den Ordner auf. Richards Patientenakten. Die Buchstaben K bis P. Befunde, psychologische Gutachten, Sitzungsprotokolle. Ähnlich mager wie seine Klarsichthüllen in der feuerfesten Kiste, mehr Ordnung als Inhalt. Die Diagnosen lagen über zehn Jahre zurück und waren alle mit Richard Loos unterzeichnet, wobei die schwungvolle Unterschrift fast eine Zeile ausfüllte. Nur eine Patientenakte erstreckte sich über mehrere Seiten: *Anja Loos.*

Carinas Handy vibrierte in ihrer Hosentasche. Haschpapi. Endlich. Sie ging dran.

Matte platzte gleich damit heraus, dass Enrico aus dem Koma erwacht war und behauptete, die Mörder seiner Eltern gesehen zu haben. »Er wollte sich am Freitagvormittag Sachen aus seinem Zimmer holen und fand seine Eltern im Schlafzimmer tot vor. Neben seinem Vater lag die Waffe, er dachte zuerst, sie hätten sich selbst umgebracht, da hörte er im Keller Geräusche.«

»Papa, ich…«, versuchte sie ihn zu unterbrechen. Ihre Lippen zitterten. Jetzt, da sie seine Stimme hörte, machte sich die Erleichterung breit, entkommen zu sein. Tränen tropften auf das Pflaster. Carina wischte sich übers Gesicht. Aber ihr Vater redete weiter.

»Zwei Männer haben dort das Büro durchsucht. Enrico hat auf sie geschossen, einen der beiden am Bein getroffen und sich den Laptop seiner Mutter aus der Küche geschnappt. Den hat sie immer zu den Backblechen in die Schublade unter dem Ofen gelegt. Er wusste, dass sie an einem wichtigen Artikel schrieb. Aus Angst, sie würden ihn ebenfalls töten, ist Enrico mit dem Auto seines Vaters geflohen. Die beiden haben ihn quer durch München verfolgt. Mit einem Mini kommt man vermutlich in der verstopften Innenstadt schneller durch als mit so einem klobigen BMW, trotzdem hat Enrico sie aber erst auf der Autobahn abhängen können, als er verkehrt aus dem Rastplatz fuhr.«

Carina atmete schwer. Sie konnte kaum folgen. Sie schubste Bingo herunter, rieb sich die Brust und erhob sich. Hinter den Fenstern von Olivia und Jakobs Haus bewegte sich etwas. Schnell duckte sie sich wieder. Richard war am Küchenfenster aufgetaucht, als wäre das ganz selbstverständlich. Er hatte ebenfalls einen Hörer am Ohr und winkte ihr sogar, als er sie bemerkte. Sie erschrak, stolperte rückwärts bis zum Fußabstreifer und ließ sich fallen.

»Lamberts Blut auf der Kellertreppe, die Einschüsse in der Wand, es könnte durchaus so gewesen sein.« Ihr Vater schien nichts zu bemerken. »Bisher ist nur der Leichnam von Felix Jering in Neumaising gefunden worden, Sascha Lambert ist flüchtig. Peter hat da ganze Arbeit geleistet, der macht sich, der junge Kriminalmeister. Jetzt ist er bei dem Jungen im Krankenhaus. Enrico hat die beiden aus einer Reihe Fotos eindeutig als seine Verfolger wiedererkannt.« Matte stockte. »Wo warst du eigentlich, als dieses Waldhäuschen in die Luft flog? Peter wollte es mir nicht sagen. Was ist überhaupt los? Wo bist du, ich hör dich keuchen. Geht's dir nicht gut?«

Sie setzte sich wieder auf und atmete mehrmals tief ein und aus. Jetzt war keine Zeit für große Erklärungen. »Hast du Richard Loos überprüft?«

»Meinst du zur Tatzeit des Doppelmords oder im Zusammenhang mit dem vermissten Mädchen?«

»Beides. Hast du?«, drängte sie, schlug noch einmal den Ordner auf und überflog Anja Loos' Diagnose.

»Sie waren beim Babyschwimmen, als das Ehepaar erschossen wurde, mit ihrem Sohn, einem Schreikind, das schläft so gut wie nie. Ich hab den Kleinen kennengelernt, er ist erst ein paar Wochen alt.«

Carina konnte sich vorstellen, wie ihr Vater bei der Heulvorführung zusammengezuckt war. Bei Kleinkindern war er hilflos, vielleicht weil sie auf seine Vernehmungskunst nicht ansprachen. »Anja oder Richard haben ihren zwei Monate alten Sohn fast zu Tode geschüttelt, er wird oder wurde vorhin operiert und liegt auf der Intensiv. Silvia kennt alle drei von der Entbindung. Richard ist der, der sie angezeigt hat.« Das wusste er doch hoffentlich schon von seiner Frau selbst. »Kannst du herkommen? Ich bin hier vor Ort, in der Rabenkopfstraße. Flora ist vermutlich …«, sie biss sich auf die Zunge. Rechtsmediziner stellten keine Vermutungen an, das taten nur Polizisten. Ach was, scheiß drauf! »Sie ist vermutlich in seiner Gewalt. Und ich habe Olivias zweiten Brautschuh gefunden. Er liegt in Richards Keller.« Matte am anderen Ende der Leitung war verstummt; sie blätterte jetzt die letzte Seite von Anjas Akte um. Auf die Rückseite war der Name *Flora* gekritzelt, und daneben stand: *Malt ungewöhnliche Bilder, Synästhetin. Kann mir vielleicht die Angst nehmen.*

Welche Angst?

Montag

Zweiundachtzig Stunden nach dem Ursprung

Ich sah die Sonne hängen – mystisch geflecktes Grauen,
Und violett, geronnen, Leuchtstreifen, endlos weit,
Und sah die Fluten schaufeln und groß die Bühne bauen,
Ein Schauspiel sah ich spielen, das alt war wie die Zeit!

Arthur Rimbaud

69.

Als Carina den Ford ihres Vaters in die Rabenkopfstraße einbiegen sah, lief sie ihm entgegen. Noch immer fiel ihr das Atmen schwer. Sie keuchte und bedeutete Matte, gleich hier zu halten. Er parkte in der nächstgelegenen Einfahrt. Aus Angst, er würde sie unterbrechen, verhaspelte sie sich fast bei ihrem Bericht, kaum dass sie ins Auto eingestiegen war. »Im Keller … sind Kindermöbel … und es gibt eine Verbindungstür, und dort haben sie auch die Reggaemusik, die du abgestellt hast, als wir zum ersten Mal herkamen.«

»Langsam, ich versteh gar nichts. Abgestellte Musik und Kindermöbel? Hier, trink erst mal, hab ich extra für dich gekauft.« Er klappte das Handschuhfach auf und reichte ihr eine Flasche stilles Mineralwasser.

Sie trank fast die ganze Flasche leer und atmete auf. Endlich, der Knoten in ihrer Brust schien sich aufzulösen. »Ich denke, dass es Floras Sachen sind, die Richard in einem Raum im Keller aufgebaut hat, wahrscheinlich hat er seine Nichte da unten gefangen gehalten. Wer weiß, wo er sie jetzt hingebracht hat. Und hier ist die Diagnose seiner Frau, sie war mal seine Patientin. Und dann hat er Flora therapiert oder ist gerade dabei.« Sie legte ihm den Ordner auf den Schoß. Jetzt, wo sie es aussprach, klang es alles andere als verdächtig. Wieso sollte ein Psychologe nicht seine Angehörigen therapieren dürfen? Auch wenn er befangen war, verboten war es, soviel sie wusste, nicht.

»Für einen Durchsuchungsbefehl reicht es nicht.« Matte überflog die Seiten in dem Ordner. »Und außerdem müsste ich dem Staatsanwalt erklären, was du dort im Keller verloren hattest. Aber der Kioskbetreiber aus der Schwimmhalle hat sich aus dem Urlaub gemeldet. Er hatte am Freitag schon zu, Richard ist also nicht wie sonst bei ihm gesessen und hat auf Frau und Kind gewartet. Wir gehen da jetzt mal rein, vielleicht kann er was zu Enricos Behauptung sagen, es seien mehrere Täter gewesen.«

»Gibt es was Neues zu den beiden anderen vermissten Mädchen?«

»Ja, die sind wieder wohlbehalten bei ihrer Familie. Weil sie nicht in Urlaub fahren durften wie alle anderen, sind sie selbst ausgebüxt mit Koffer und allem Drum und Dran. Kaum war die Fahndung angelaufen, haben wir sie kurz vor dem Hauptbahnhof aufgespürt. Aber sie weigerten sich bei uns einzusteigen, so sehen keine Polizisten aus, haben sie gesagt, noch dazu einer mit einem Blindenstock. Das wäre bestimmt nur ein Trick, um Mitleid zu erregen und sie ins Auto zu locken. Erst als ich Rüdiger verständigt habe und der mit Blaulicht im Streifenwagen angebraust kam, sind sie mitgefahren.« Er hievte sich zur Tür, griff nach dem Walkingstock und stakste damit die Straße entlang, bis zur Nummer vierundzwanzig. Carina folgte ihm.

Es dauerte eine Weile, bis Richard öffnete. Bevor Matte mit der üblichen Floskel, dass sie noch ein paar Fragen hätten, um Eintritt bitten konnte, fiel ihm Richard ins Wort. »Ich wollte Sie gerade anrufen, aber da habe ich Ihre Tochter schon gesehen. Es ist überstanden.« Er wies ihnen mit ausgestrecktem Arm den Weg ins Wohnzimmer. Carina wusste nicht, was ihr Vater erwartet hatte, aber ihr verschlug es die Sprache, als sie das Mädchen in eine Decke gewickelt auf der weißen Ledercouch liegen sah.

»Flora ist wieder da. Sie hat sich irgendwo versteckt, mir aber noch nicht verraten, wo. Hauptsache, sie ist wohlbehalten zurück, finden Sie nicht auch? Ruhe ist jetzt das Allerwichtigste.« Das Mädchen zog fast unmerklich die Beine an, als ihr Onkel sich neben sie setzte.

Carina trat vorsichtig näher und kniete sich auf den Teppich zwischen Tisch und Couch, um auf Augenhöhe mit dem Mädchen zu sein. Flora presste die Fäuste an die Ohren und kniff die Augen fest zusammen. Für einen Moment glaubte Carina so etwas wie einen Injektionsnadeleinstich an Floras Hals gesehen zu haben. Sie beugte sich zu dem Mädchen vor. »Nichts sehen, nichts hören, nichts sagen, dann wird man unsichtbar«, flüsterte sie ihr ins Ohr. »Das habe ich auch schon oft versucht.«

»Sie schämt sich, dass sie sich so lange versteckt hat. Ist doch verständlich, meinen Sie nicht?« Richard schlug die langen Beine übereinander, entblößte einen Streifen schwarzbehaarter Waden zwischen Hosensaum und heruntergerutschten cremefarbenen Socken. Seine weißen Schuhe wirkten im Gegensatz zum letzten Mal abgenutzter. Das Leder war matt und an den Kanten grau, so als hätte er Fußball damit gespielt.

Oder geputzt, dachte Carina. Sie kochte innerlich. Was für eine Inszenierung! Warum schritt ihr Vater nicht ein? Am liebsten hätte sie die Kleine gepackt und wäre hinausgerannt.

Aber sie wollte sie nicht noch mehr ängstigen. »Darf ich mal sehen, wie es dir geht, Flora? Ich würde gern nur kurz schauen, ob dir auch nichts fehlt, ja?«

»Als Gerichtsmedizinerin ...?« Richard betonte *Gericht* mit gerümpfter Nase. »*Sie* wissen, glaube ich, nicht, was lebenden Kindern fehlt.«

Carina musste sich beherrschen. Er hatte womöglich seinen Sohn fast zu Tode geschüttelt, und jetzt hockte er da und tat so, als wäre er eine Koryphäe der Kindermedizin und könnte Floras Zustand beurteilen. Sie fummelte nach dem Handy in ihrer Tasche, fand es jedoch nicht. Hatte sie es auf Frau Mayerhofers Fußabstreifer liegen lassen? Nein, in der hinteren Hosentasche fühlte sie es. »Ich rufe einen Krankenwagen.«

»Warte.« Matte klopfte neben sich auf die Couch, wie um einen Hund herzulocken. »Setz dich einen Moment. Bitte«, fügte er leise an, mit diesem Blick, dem sie eigentlich nicht mehr hatte nachgeben wollen. Aber nun zwang sie sich zur Ruhe und setzte sich an die Kopfseite der Couch, so nah wie möglich bei Flora, auch wenn sie sie nicht so bedrängen wollte wie ihr Onkel.

»Jetzt wäre ein Chai recht.« Matte lächelte Richard an. »Zur Feier des Tages. Wie ich Sie einschätze, sind Sie ein Teekenner.«

Carina glaubte sich verhört zu haben. Tee? Jetzt?

Richard war anzusehen, dass er sie keine Sekunde mit Flora allein lassen wollte. Widerwillig erhob er sich.

Sobald er in der Küche war und der Wasserhahn lief, flüsterte Matte: »Flora lebt und ist nicht verletzt. Gib mir ein paar Minuten, dann fahren wir ins Krankenhaus, ja?«

Carina antwortete nicht, beugte sich über das Mädchen und berührte es sanft am Arm. »Hast du Schmerzen? Wir helfen dir gleich, wir gehen nicht ohne dich weg, versprochen.«

Flora zuckte unter der Decke und kniff die Augen nur noch fester zusammen.

Mit einem Tablett, darauf eine Teekanne, Tassen, Löffel und eine Zuckerdose, kehrte Richard zurück.

»Mmh, das riecht gut. Vanille Chai?« Matte schnupperte übertrieben.

Wie konnte er jetzt nur über Teesorten reden?

»Der muss noch drei Minuten ziehen.« Richard rutschte näher an seine Nichte heran, legte den Arm um das Coucheck. Flora drückte das Gesicht in die Decke und zog die Beine noch weiter an den Körper. »Ich kümmere mich um sie, ich kenne mich mit Kinderseelen aus.« Er wandte sich an Matte, hoffte anscheinend von dort ein wohlwollendes Nicken zu erhalten. Doch Mattes Miene war keine Reaktion zu entnehmen. Er hatte den neutralen, gleichmütigen Blick aufgesetzt, wie ihn nur ihr Haschpapi beherrschte. Plötzlich ahnte Carina, was er vorhatte … aber das konnte er doch auch noch später im Präsidium machen. Sie wollte das Mädchen hier heraushaben, so schnell wie möglich. Wo war sie bloß drei Tage lang gewesen? Allein im Keller, und keiner, nicht mal ihr Onkel, sollte es gemerkt haben? Er hatte ihr das Zimmer im Heizungskeller eingerichtet, und die Beweise dafür würden sich finden!

»Sie praktizieren aber seit Jahren nicht mehr. Ich habe mit einem Ihrer Kollegen telefoniert.« Matte hob den Deckel der Teekanne und wedelte sich den Vanilleduft zu. Log er, oder hatte er wirklich mit jemandem telefoniert, der Richard als Psychotherapeuten kannte?

Richard schwieg, starrte sie abwechselnd an. Vielleicht hoffte er, wenn er sie nur durchdringend genug fixierte, würden sie endlich abhauen.

Das leise Keuchen des Mädchens war zu hören. Kurze, schnelle Atemzüge, als presste sie die Luft regelrecht heraus. Carina musste sich dazu zwingen, ruhig zu bleiben. Was, wenn sie innere Verletzungen hatte, was, wenn sie ... Doch Spekulationen waren sinnlos. Das alles ließ sich klären, wenn das Kind erst hier raus war.

»Tagaus, tagein diese Leidensgeschichten, ich kann Sie verstehen.« Matte lehnte sich zurück.

»Nein. Sie verstehen mich nicht, keiner versteht mich«, zischte Richard. »Und ich sage das nicht, um Mitleid zu erregen. Es ist eine Tatsache. Keiner versteht den anderen, Psychologie ist eine Lüge. Traumata, echte Tragödien sind selten. Das meiste ist harmloses Geplänkel. Jammereien, Selbstmitleid, künstlich geschaffene Probleme von Leuten, die sich langweilen oder bedauert werden wollen. Das war mein täglich Brot. Jetzt versuche ich das alles als Kabarettist zu verarbeiten. Nur auf der Bühne kann ich jeden aufs Korn nehmen, auch meine ehemaligen Klienten.« Er griff Flora ins Haar. Das Mädchen zuckte weg, wimmerte.

»Klienten?« Matte schien Floras Leid zu ignorieren.

»Ja, ich war der Anwalt ihrer Seelen. Aber die wussten das überhaupt nicht zu schätzen! Manche haben mich belagert, mir aufgelauert. Eine von diesen Weibern hat sogar versucht, sich mir anzubieten, wieder und wieder, und ihr Exliebhaber hat mich bedroht. Ich habe sie angezeigt.«

Carina unterdrückte ein Schnauben. Anzeigen, das schien so eine Art Sport von ihm zu sein.

»Aber Sie haben die Anzeige doch zurückgezogen.«

Wann hatte ihr Vater das überprüft? Carina staunte, sie hatte eigentlich gedacht, er hätte diesen Richard komplett aus den Ermittlungen gestrichen.

»Und wie ist es überhaupt ausgegangen? Hat sie aufgegeben?«

Richard nahm das Teesieb aus der Kanne und stellte es in eine Tasse. »So jemand gibt nicht auf.« Er sagte das so leise, dass es kaum zu verstehen war. »Ich habe die Klientin … geheiratet. Schließlich ist Anja eine gute Partie, sie hat Anteile an Toppfresh.«

Der Einwegtütenhersteller? Carina konnte kaum glauben, was sie da hörte. Er heiratete seine Stalkerin, um sie zu beschwichtigen und nebenbei zu Geld zu kommen? Jetzt würde sie jedes Mal, wenn sie ein Asserviertütchen verwendete, an Anja Loos' Zwangsehe denken.

Matte goss sich Tee ein, schrammte mit dem Löffel beim Umrühren über den Tassenrand, hob die Tasse an und nippte daran. »Mmm. Wirklich gut. Haben Sie noch etwas Akazienhonig oder nein, besser Lindenblüte? Und etwas Sahne, Ihr Kollege sagte, Sie schwören darauf.«

Richard riss die Augen auf. »Dr. Höllrigl? Was weiß der denn über mich?«

»Sie hatten immerhin drei Jahre eine Praxisgemeinschaft in Pasing, und wehe, es war kein Schlagrahm im Kühlschrank, sagte er.«

Richard lachte und klopfte auf die Sofakante.

Flora schreckte auf und starrte ihren Onkel an. »Das stimmt, Mama kauft extra immer nur für dich Sahne, wenn du in der Früh zum Kaffeetrinken kommst.« Sie redete! Als sie Carinas Blick bemerkte, vergrub sie sich wieder in der Decke.

»Das ist schließlich nicht zu viel verlangt. Der eine mag dies, der andere das. Du magst auch nicht alles, oder?« Er wollte sie wieder streicheln. Flora schlug seine Hand weg und wickelte sich die Decke bis über die Nasenspitze, als müsste sie ihren Mund verbergen.

»Haben Sie am Freitag auch gemeinsam Kaffee getrunken?« Matte zupfte ein Katzenhaar von seiner Hose. »Wir wissen, dass Sie nicht in der Schwimmhalle waren.«

Ausreden, Lügen, wie würde Richard reagieren? Carina war mit jeder Faser ihres Körpers gespannt.

»Nach einer schlaflosen Nacht wollte ich mit ihnen wie immer morgens meine neuen Kabarettideen durchgehen. Ich hab meine Frau und Fabian zum Babyschwimmen gefahren und bin dann rübergegangen.«

»Und was haben Ihre Schwägerin und Ihr Bruder zu Ihrem Text gesagt?«

»Den brauchte ich gar nicht vorlesen, den spielten mir die beiden gleich selber vor, mit perfektem Bühnenbild.« Richard breitete die Arme aus und ließ endlich von Flora ab. Carina rutschte dem Mädchen noch ein bisschen näher.

»*Sie* putzte den Kühlschrank und heulte dabei, und mein Bruder wollte sie davon abbringen. Ich habe mich stillschweigend amüsiert, setzte mich an den gedeckten Frühstückstisch auf die Terrasse, bediente mich selbst und hörte zu, wie sie Jakob gegen mich aufwiegeln wollte. Ich sollte gehen, weil sie Besuch erwarteten, irgendeine Informantin. Als ob die in den Kühlschrank schauen würde.« Er lachte auf. »Außerdem ging es um Enrico, der seit Tagen nicht mehr nach Hause kam, kein

Wunder bei der Mutter. Unzählige Male habe ich ihr erklärt, dass sie dem Jungen seine Freiheit lassen, ihn nicht so einengen soll. Sie hörte mir gar nicht zu, verdrehte die Augen und sah immer nur Jakob an, als sollte der was gegen mich sagen. Aber mein kleiner Bruder würde nie die Stimme gegen mich erheben. Der weiß, wo sein Platz ist! Mein Vater war zu schwach, um eine Autorität für uns zu sein, also habe ich das schon als Jugendlicher für meinen Bruder übernommen.« Mit großer Geste schenkte er Matte Tee nach. Carina ignorierte er.

»An dem Tag flippte sie aus, weil ich schon zu essen angefangen hatte und ein paar Krümel auf die Tischdecke fielen.« Nun kicherte er sogar. »Ich habe extra noch etwas Kaffee verschüttet, als ich mir eingoss. Da ist sie komplett ausgerastet und hat mich beschimpft. Es war genauso, wie ich es schreiben wollte, zum Nachsprechen. Ich verlangte Sahne, Milch schmeckt mir nicht, das wusste sie doch. Anscheinend dachte sie, wenn ich meinen Kaffee getrunken habe, verschwinde ich, also stampfte sie wieder in die Küche. Ich legte inzwischen meine Lieblings-CD ein. Sie schaltete sie ab, als sie mir einen Becher Sahne brachte.«

Bob Marley, fast hätte Carina es laut gesagt.

»Ich machte den Deckel von der Sahne besonders langsam auf und roch daran. Die Sahne war frisch, nur nicht mehr kühl, da sie schon eine Weile draußen gestanden hatte. Also hab ich behauptet, sie wäre sauer. Die willst du doch deinem Gast nachher nicht vorsetzen, sagte ich. Ihr fetter Hängebusen bebte, und sie ballte sogar die Fäuste gegen mich. Am liebsten hätte sie mir die Sahne ins Gesicht geschüttet. Dann fauchte sie, ich sollte doch meinen Kaffee drüben trinken, am besten immer und jeden Tag. Ich hätte eine eigene Familie, um die ich mich kümmern könnte, und bräuchte nicht immer bei ihnen herumzuhängen. Und mein ganzes Geschreibsel sei einfach nur herausgekotzt, Ideen allein machten noch keinen guten Text. Sie, die Frau Oberjournalistin, urteilte über *meine* Werke. Eine, die es nur in irgendwelche Käseblätter geschafft hat!« Richard öffnete die Zuckerdose, kleine runde Kugeln waren darin.

»Möchten Sie auch? Silberzwiebeln, die sind lecker.« Er warf sich einige ein und trank seine Tasse in einem Zug leer.

Flora rührte sich nicht, hockte eingedreht wie ein Kätzchen im Coucheck.

Matte schwieg und betrachtete die Kabarettistenporträts an den Wänden, als säße er bei einem Teekränzchen. Dann sagte er in nachdenklichem Ton: »Manchmal staut sich was auf, über Jahre. Anfangs ist es nur eine Kleinigkeit, aber nach und nach wird es zu einem Berg, einem Fels, der einem das Herz zerklumpt. Am zwölften Geburtstag meiner Tochter …«, er fixierte Richard, »hat mich ihre richtige Mutter angerufen und um Hilfe gebeten. Über elf Jahre hatte ich nichts mehr von ihr gehört.«

Carina klappte der Mund auf, aber Matte schenkte ihr nicht einen Blick.

»Wenn ich mich mit ihr getroffen hätte, dann wäre vielleicht alles anders gekommen. All die Jahre hatte ich nach ihr gesucht, doch je mehr ich ihr auf die Spur kam und über sie erfuhr, desto mehr Abstand versuchte ich zu kriegen. Bloß als ich dann ihre Stimme hörte, vergaß ich alles. Sie klang noch genauso wie früher, ich spürte erneut meine Liebe zu ihr.« Er stockte, wandte sich leicht in Richtung Carina und sah an ihr vorbei. »Ich habe sie so sehr geliebt.«

Wieso kriegte das dieser Richard zu hören, so, als wäre sie gar nicht anwesend? Und wieso hatte er ihr das heute Mittag nicht gesagt? Sie hatte also richtig vermutet und wieder nur einen Teil der Wahrheit erfahren. In der Stille war Floras gleichmäßiges Atmen zu hören. Vermutlich durch Medikamente betäubt, war sie eingeschlafen. Wie sonst auch hatte er das Mädchen drei Tage ruhigstellen können?

Richard schlug die Beine übereinander, stieß dabei mit seinen langen Schuhspitzen fast an Mattes Knie. »Wenn Sie Carinas Mutter so geliebt haben, was wollen Sie dann mit dieser unfähigen Hebamme, mit der Sie jetzt verheiratet sind?«

Matte fuhr fort, als hätte Richard nichts von Silvia gesagt. »Das kann nicht dieselbe Frau sein, dachte ich, dieselbe, die jetzt als Scharfschützin Menschen abknallt. Obwohl ihre Stimme noch genauso klang wie früher. Iris rief also am zwölften Geburtstag unserer gemeinsamen Tochter an, aber nicht, um Carina zu gratulieren. Sie verlangte nicht mal nach ihr. Da betrachtete ich die Kinder inmitten der Geburtstagsfeier und wollte nur noch, dass sich Iris aus unserem Leben heraushält, für immer.«

Richard musterte ihn nun mit fast so etwas wie Anerkennung. »Ich weiß, was Sie meinen. Es geht darum, wie es vorher war, in den guten Zeiten. Um den Urzustand, um das, was noch nicht beschmutzt war! Ich wollte auch den Ursprung wiederherstellen, bevor dieser Eindringling, diese Wanze, ja, diese Wanze von einer Journalistin sich in unsere Familie eingenistet hat.« Jetzt ballte Richard die Fäuste. »Alles hat sich verschoben, alles, was ich über Jahrzehnte aufgebaut habe, hat sie vernichtet. Der Gipfel der Frechheit war es dann, als sie mir vorwarf, ich würde meine Frau unterdrücken.

Angeblich hätte Anja sich wochenlang bei ihr beklagt und würde sich nicht trauen, mit mir zu sprechen.«

Carina hielt es nicht mehr aus. »Wer von Ihnen beiden hat Fabian so misshandelt?«, platzte sie plötzlich heraus.

»Misshandelt? Anja würde Fabian nie was tun.«

Dann war er es, dachte Carina, er hatte seinen Sohn geschüttelt.

Doch auch darauf ging Matte nicht weiter ein. »Olivia hatte also ein Ohr für jeden in Ihrer Familie?«

»Ein Ohr! Das klingt so entgegenkommend. In Wirklichkeit horchte sie uns aus und mischte sich ein! Da musste ich eingreifen, um wenigstens das Mädchen noch vor all ihrem Dreck zu bewahren.«

Mattes Bein zuckte. Die ganze Zeit war von seiner schmerzenden Hüfte nichts zu merken gewesen.

»Ich sagte, ich hätte Flora auf dem Schulweg abgefangen und in den Kofferraum meines Autos gesteckt. Und Anja hätte mir geholfen; wir würden endlich das Mädchen kriegen, das wir uns gewünscht hätten. Ich bin aufgestanden, um zu gehen, und meinte, ich wollte meine Frau und meinen Sohn vom Schwimmen abholen und auch mal nachsehen, wie es Flora ging, vielleicht wäre sie ja schon erstickt. Da fing sie an, auf mich einzuprügeln. Ich wäre ein Sadist und so weiter.« Er lachte kurz und verächtlich auf. »Das mit dem Kofferraum stimmte gar nicht. Ich hatte Flora in Gauting eingefangen, sie auf die Rückbank meines Wagens gesetzt und ihr ein Schlafmittel gegeben, das war's.«

Und endlich begriff Carina. RAF: Richard, Anja und Flora, das Teppichzeichen, das Olivia kurz vor ihrem Tod noch in den Teppich geritzt hatte. Nicht die Rote Armee Fraktion war gemeint, sondern die Sterbende wollte festhalten, wer ihre Tochter in der Gewalt hatte.

Mattes Handy klingelte. Er zog es aus der Hemdtasche, hielt es ans Ohr, hörte nur zu und beendete mit einem »Ja« das Gespräch. Richard wippte mit einem Bein, musterte Carinas Vater, als würde er ergründen wollen, zu was dieser gerade seine Zustimmung gegeben hatte.

»Die Glock gehörte, laut Waffenschein, einem Eckhart Schötzel aus Bregenz. Sagt Ihnen der Name was?«

Richard nickte. »Ein Klient von mir, er wollte sich mit der Pistole umbringen, aber ich konnte es ihm ausreden.«

»Sich auf diese Weise umzubringen, meinen Sie. Schötzel hat sich 2008 im Speicher seines Hauses erhängt. Die Glock hat er bei Ihnen gelassen, stimmt's?«

»Ich habe sie in meinen Schreibtisch gelegt. Wenn ein Klient reinkam, griff ich in die Schublade und spannte sie. Das half mir weiterzuarbeiten und mir den ganzen Müll der Leute anzuhören. Ich konnte ja schlecht die Beruhigungsmittel einnehmen, die ich meinen Klienten verschrieb.«

Die Angst, erinnerte sich Carina, er hatte Angst vor den Leuten, denen er eigentlich die Angst nehmen sollte.

Richard rieb sich die Stirn. »Von Sitzung zu Sitzung wurde es schlimmer. Schweißausbrüche, Zittern, ich hielt es einfach nicht mehr aus. Nachdem ich endlich mit der Praxis aufgehört hatte, zogen wir um. Mein Bruder und ich, wir wollten uns hier was Neues aufbauen, ein Kellertheater, eine Volksbühne, Stoff für Stücke hatte ich über Jahre reichlich gesammelt.«

Hauptsächlich nur leere Klarsichthüllen, dachte Carina.

»Und Ihr Bruder und Ihre Schwägerin, wollten die mitmachen?«, fragte Matte.

»Wir haben alles gemeinsam geplant, erst die beiden Häuser, dann mein Kabarettprogramm. Anfangs ging es gut mit ihr. Das war, bevor ich Anja kennenlernte.«

»Hatten Sie ein Verhältnis mit Olivia?«

»Nicht im sexuellen Sinn, eher hatte ich das Gefühl, sie hört mir wirklich zu und versucht mich zu verstehen. Aber in Wirklichkeit hat sie sich einfach bei jedem eingeschleimt, besonders bei meinem Vater, dem sonst keiner mehr richtig zuhörte. Die alten Kamellen von seinen großen Erfolgen, seinen genialen Bauten und was für ein verkanntes Genie er doch war, das konnte keiner in der Familie mehr ertragen, beim Essen lachten wir nur noch über ihn. Aber sie, sie hörte sich das alles an, drängte ihn regelrecht dazu, mehr zu erzählen. Eben wie eine Wanze, ja, das passt wirklich. Mir hörte sie kaum noch zu. Jedes Mal, wenn ich zu ihnen rübergegangen bin, fühlte ich mich weniger erwünscht. Erst machte ich ihr im Guten klar, dass sie sich aus unserer Ursprungsfamilie heraushalten soll. Aber sie wollte es einfach nicht einsehen. Sie ging über Leichen.«

Carina musterte ihn stumm. Aus dem Mund eines Mörders klang das mehr als grotesk.

»Sprechen Sie von dem Unfall Ihrer Eltern?« Matte wusste also auch davon.

Richard nickte. »Eigentlich war die Ballonfahrt ein Geschenk an die Wanze und meinen Bruder, zu ihrer Hochzeit. Aber sie behauptete, Höhenangst zu haben, posierte zwar gerade noch für den Fotografen, weigerte sich dann aber, mit dem Ballon in die Luft zu steigen. Da haben meine Eltern es statt ihrer gemacht und sind dabei … sie würden noch leben, wenn …« Er stockte.

»Sie besitzen noch eine weitere Waffe, oder?«, fragte Matte.

Richard sprang auf. »Sie wollten Sahne, ich hole Ihnen welche.« Beim Aufstehen blieb er an Floras Decke hängen, und sie verrutschte ein Stück. Floras Füße kamen zum Vorschein, durch die Verbände an den Knöcheln nässte es rosa. Was hatte er ihr angetan?

Als Richard in der Küche war, flüsterte Carinas Vater: »Das war Peter am Telefon, er hat verhindert, dass Anja Enrico im Krankenhaus umbringt. Sie behauptet, Richard hätte sie dazu gezwungen. Pack Flora und renn raus, jetzt. Schnell.« Zu Richard rief er hinüber: »Warum musste Ihr Bruder sterben, er gehörte doch zu Ihrer Familie?«

»Jakob war einfach zu schwach, um sich von ihr zu lösen. Er war dieser Wanze verfallen. Ich wollte ihm noch eine Chance geben, sich endgültig von ihr zu trennen, also hab ich erst sie erschossen, aber er weigerte sich bis zum Schluss.«

»Herr Loos, die Kollegen werden gleich da sein, mit einem Durchsuchungsbefehl.«

»Ich weiß.« Richard öffnete den Kühlschrank und zog das Gemüsefach auf.

Carina schob ihre Arme um die schlafende Flora und drückte sie an sich. Sie war leichter als erwartet, ihre Haut fühlte sich trocken an, und in den Armbeugen und Kniekehlen klebten Farbreste. Mit großen Schritten rannte sie los.

»Warum hast du Mamas Schuhe an?« Flora erwachte an der Haustür. »Die Insekten da drauf hab ich gemalt.«

»Damit ich dich finde«, flüsterte Carina.

Als sie mit Flora endlich draußen stand, hörte sie einen Schuss.

70.

Iris erinnerte sich noch, als wäre es gestern gewesen. Sie hatte wirklich mit allem abgeschlossen, hatte Matte angerufen und wollte ihn bitten, ihre Tochter noch einmal sehen zu dürfen. Obwohl sie sich auch davor fürchtete wie vor sonst nichts, wollte sie nicht so aus dem Leben scheiden. Ihre Tochter sollte eines Tages verstehen können, dass es nur diese Möglichkeit für sie gegeben hatte. Und wenn nicht, dann sollte sie wenigstens an sie denken können, an diesen einen Tag ihrer letzten Begegnung. Mit zwölf verstand man alles, war schlauer als so manch Großer, an der Grenze zwischen Kindheit und Erwachsenwerden. Aber Matte ließ es gar nicht erst so weit kommen, dass sie nach Carina fragen konnte. Seine Stimme am Telefon klang verändert. So wie er sie früher angefleht hatte, noch einmal alles zu überdenken, bei ihm zu bleiben und gemeinsam neu anzufangen, so wies er sie nun ab. Dann sagte er, Carina sei nicht mehr ihre Tochter, sie sei sein Kind und das Kind seiner Frau. Absurd. Und doch stimmte es in diesem Moment. Sie hatte sie verloren. Zugleich hatte sie ihr damit den bestmöglichen Schutz verliehen. Wenn sie als ihre Mutter nicht mehr existierte, dann konnten die *Vier* Carina nichts antun. Blieb also nur noch, sich selbst auszulöschen.

Und jetzt musste sie wieder weg, wieder alles hinter sich lassen. Calimero hatte Salamander und Felix nicht verraten, dass sie als Bestatterin arbeitete, sonst wären sie ihr zuvorgekommen und hätten nicht vor Olivias Haus gewartet. Noch war Michael nicht in Gefahr. Sollte Salamander ihn trotzdem aufspüren und umbringen, würde ihre Tochter nie erfahren, wie alles zusammenhing. Vielleicht war das auch besser für sie. Edgar, der ihr damals Unterschlupf geboten hatte, hatte seine Neugier mit dem Tod bezahlt, als er bei einer seiner Motorradtouren noch einmal nach Neumaising fuhr. Ihr lag noch Calimeros Flehen in den Ohren, wenn sie daran dachte. Sie hatte es nicht erhört. Wenige Stunden nachdem sie ihm das blutverschmierte Kissen frisch überzogen hatte und gegangen war, starb er. Michael nahm den Anruf aus dem Hospiz entgegen und führte die Bestattung aus. Für ihn war es ein Routinefall, mehr nicht.

71.

Enni schlief mit offenem Mund und seinen fetten Kopfhörern auf den Ohren über seinem Verband im Krankenhausbett. Sein Gesicht war rot, die Haut ging ihm ab. Wo hatte er sich so einen starken Sonnenbrand geholt? Die Frau, die Carina hieß und Mamas Schuhe trug, hatte sie hierher gebracht und war bei ihr geblieben, als andere Leute sie untersuchten und ihr viele Fragen stellten, auf die sie keine Antworten wusste. Sie blieb bei ihr, als sie sie auszogen, ihr die Verbände an den Füßen abnahmen und Fotos machten. Sie weinte sogar mit ihr mit, als der Verband am rechten Fuß festklebte, das Loch wieder aufbrach und sie nach ihrer Mama schrie. Die ganze Zeit hoffte Flora, dass endlich ihre Eltern kamen, aber keiner antwortete ihr auf die Frage, wo sie blieben. Irgendwann war sie auf Carinas Schoß eingeschlafen. Sie roch grüngelb wie eine Zitrone, und das vertrieb endgültig Richards Zwiebelgeruch.

Wenigstens war Enni jetzt da, er sabberte auf die Schulterschlaufe, in der sein Arm lag. Auch seine Hand war bandagiert, hoffentlich war sie nicht auch von irgendwas durchbohrt worden. Sie strich über seine abgeknabberten Fingernägel, die aus dem Verband ragten.

Er fuhr zusammen, nahm die Kopfhörer ab und breitete die Arme aus. Sie drückte sich vorsichtig an seinem Verband zu ihm. »Hey, Große, ich hab dich so vermisst«, flüsterte er ihr ins Ohr, das sich plötzlich nass anfühlte von seinen Tränen. »Wie geht's dir denn?«

Das wusste sie nicht genau, ihre Farben waren verstreut, als hätte jemand Wasser über sie geschüttet und alles verdünnt. »Ist das mit dem Auto passiert?«, fragte sie stattdessen, ging um das Bett herum und lehnte sich lieber an seine unverletzte Seite.

Er nickte. »Sozusagen. Vorläufig wird es wohl noch nichts mit dem Führerschein. Alles andere heilt wieder, bei dir auch, hat der Arzt gesagt.« Er nahm ihre beiden Hände in seine eine und drückte sie zusammen. Diese Geste kannte sie nur von ihrem Vater, und der machte das auch bloß dann, wenn er ihr etwas Wichtiges erklärte. Zum Beispiel, als er ihr sagte, dass ihr Geburtstagswunsch verspätet geliefert werden würde. Was hatte sie sich eigentlich gewünscht, sie wusste es nicht mehr so genau, irgendwas zum Spielen, nein, neue Möbel, jetzt fiel es ihr ein. War sie überhaupt noch neun oder vielleicht schon zehn? Sie kam sich uralt vor. Ihr Hände schuppten sich, weil sie zu wenig zu trinken gekriegt hatte; Carina hatte ihr das erklärt. Ob sie die Insektenfrau noch mal wiedersah?

»Bist du stark genug, dass ich dir was sagen kann?« Enni drückte sie fester an sich, drehte sie dann so zu sich, dass er ihr in die Augen sehen konnte. Wieder lösten sich ein paar Tränen und tropften von seinem Kinn.

»Ist es wegen Dirk und seinem Freund, habt ihr sie umgebracht?«

»Was? Das glaubst du? Nein, es ist … Unsere … also …«

Was druckste er herum? »Sag, was habt ihr mit ihnen gemacht?«

Er seufzte und tupfte sich das Gesicht mit der Bettdecke ab. »Wir sind zu dem Parkplatz am Forstenrieder Park gefahren, den kennst du auch. Da bei dem Jägerstand, wo die Leiter zusammengebrochen ist und Papa uns abseilen musste, weißt du noch?« Seine Lippen zitterten, als er *Papa* sagte. Fror er? »Komm, leg dich her, wenn du magst.«

Sie schlüpfte aus den Plastikclogs, die sie ihr gegeben hatten, kletterte aufs Bett und kuschelte sich zu ihm. Natürlich erinnerte sie sich an den Jägerstand. Mama, die Höhenangst hatte und auf so ein Ding nie hinaufgeklettert wäre, war heimgefahren, um das Seil zu holen, aber ewig nicht wiedergekommen, weil sie den Parkplatz nicht mehr fand. Inzwischen hatte Papa aus ihren Jacken und T-Shirts ein Seil geknüpft und sie gerettet. »Und mussten die beiden auch auf den Jägerstand?«

Enni legte den Arm um sie, wie früher, wenn er sie ins Bett gebracht hatte, ohne Vorlesen, dafür mit Musikhören, ein Kopfhörer für zwei. »Nein, den gibt's nicht mehr, ist nur noch ein Bretterhaufen im Gras. Wir sind ausgestiegen und haben auf den Kofferraum gehauen und dabei laut überlegt, was wir mit den beiden anstellen sollen. Alex hat mich gefragt, ob ich so was schon mal gemacht habe. Mit einer Katze, habe ich gesagt, aber ich habe nicht richtig getroffen.«

»Was war mit der Katze?« Flora richtete sich auf und blickte ihn an.

»Nichts, so was würd ich doch nie tun. Du kannst dich wieder herlegen. Das war alles nur Show, damit die beiden richtig Angst kriegten. Ich hab also behauptet, dass ich nicht richtig getroffen hätte bei der Katze, und Alex meinte, dass wir es bei den beiden trotzdem noch mal versuchen sollten.

Ich habe dann eine Plastiktüte aufgeblasen und zerplatzen lassen. Das klingt total echt.«

Flora nickte. Das Geräusch steckte auch ihr noch in den Ohren, vielleicht würde sie das nie wieder dort rauskriegen. Richard hatte sich nämlich in echt erschossen, als Carina mit ihr davonlief. Ob Enni wusste, dass ihr Onkel tot war? Aber der redete weiter von Dirk und dem anderen.

»Tja, und dann haben wir den Kofferraum aufschnappen lassen, nur einen Spalt, uns hinter den Bäumen versteckt und gewartet.«

»Auf was?«

»Na, dass sie endlich abhauen. Aber es hat ewig gedauert. Und Alex hat einen Mega-Anschiss gekriegt, weil der Kofferraum so gestunken hat. Die beiden haben sich die Hosen bis zum Anschlag vollgeschissen.« Für einen Moment blitzte ein Grinsen in seinem Gesicht auf, dann, als er sich zu ihr drehte, verfinsterte sich seine Miene wieder. »Flora, Mama und Papa sind tot.«

»Ich weiß. Das war Richard mit seiner Knalltüte, die keine war. Er wollte, dass Anja meine neue Mama ist.«

Enrico drückte sie ganz fest an sich, in Dunkelgrünzickzackhelllila. »Wir haben jetzt nur noch uns.«

»Und die Gautingoma.«

»Und die Gautingoma. Du und ich, wir beide.«

72.
Zellingen, 1994

Nur noch wenige Augenblicke. Der Mond verschwand hinter dichten Wolken, als hätte er Feierabend, nachdem er ihr zu Diensten gewesen war. Wind blies ihr Regen ins Gesicht und kühlte ihre Wangen. Wie ein Halt suchender Arm ragte die halb fertige Brücke zum Mainufer hinüber. Es war nicht leicht gewesen, eine passende Baustelle zu finden. Intensiv hatte sie die Zeitungen durchforstet, bis sie endlich auf diesen Neubau gestoßen war.

Ein letzter Blick in den Betonkranz tief unten, wo sie die präparierte Tote abgelegt hatte. Der Geruch des rauschenden Flusses stieg ihr in die Nase. Das letzte Schiff hatte die Strecke schon vor Stunden passiert. Iris schwankte, bis sie auf den Brettern voller Kies und Betonresten wieder festen Tritt fand. Es begann zu nieseln. Noch einmal, ein letztes Mal, drückte sie auf die Leuchttaste ihrer Uhr mit den kleinen Steinanhängern, die ihr Michael vor zwei Wochen zur Verlobung geschenkt hatte. Das Zifferblatt war nur daumennagelgroß, sie strich darüber und wischte einen Regentropfen ab. Die Uhr glich eher einem verspielten Armband, war vermutlich nicht stoßfest und passte überhaupt nicht zu der Frau, die sie vor Michael gewesen war. Zwei Uhr siebenundfünfzig. Noch drei Minuten. Die Koordinaten 49° 54′ 12.5″ N, 9° 48′ 40″ O hatte sie ihnen im Schwedenhäuschen hinterlegt. Der Regen wurde dichter, machte sie unsichtbarer. Bald würde von ihr nichts mehr übrig sein, wie auch immer sie geheißen hatte. Schon als Kind war ihr richtiger Name hinter all den Fantasienamen, die sie sich selbst gegeben hatte, verschwunden. Was blieb, wenn man ein Niemand war? Nichts? Sie hörte ein Flattern in der Dunkelheit, vermutlich war am Ufer eine Ente aufgeflogen. Sie musste lächeln, als sie an Karl Valentin dachte und seinen Ententraum. Das Stück hatte sie schon lange nicht mehr gelesen. Wie ging das doch gleich? Ich träumte, ich sei eine Ente, oder war ich eine Ente, die träumte, sie sei ein Mensch? Sie sah in den Abgrund, hörte das Wasser des Mains tief unter sich rauschen. Endlich blitzten am Ufer die Lichter zweier Autos auf. Sie schlüpfte in den gepunkteten Regenmantel und zog den Reißverschluss zu. Kies knirschte, ein dritter Wagen rollte von der anderen Seite zwischen Zementlastwagen und Baustellenfahrzeugen auf die Brücke. Typisch Salamander, er nahm den direkten Weg und durchfuhr die Absperrung, durch die auch sie gekommen war. Sie hatte gehofft, dass er als Erster hier sein würde, und er hatte ihren Wunsch erfüllt. Seine Wut musste am größten sein. Die Waffengefährtin, der er vertraut hatte, falls das bei Salamander überhaupt möglich war, hatte ihn gelinkt und erpresste ihn nun. Sie drohte an die Öffentlichkeit zu gehen, wenn er nicht zahlte, und würde alles ausplaudern wie ein Marktweib. Scheinwerferlicht fiel auf sie. Er schoss sofort, traf zielgenau ihre Brust, noch bevor Krallinger, Felix und Calimero aus ihren Autos gestiegen waren. Sie fiel in die Tiefe.

73.

Zwei Wochen später

Carinas Sachen waren schnell gepackt. Mexiko. Ein Kribbeln breitete sich in ihrem ganzen Körper aus. Sie hatte nicht geglaubt, dass sie dieses Land und ihre mexikanischen Freunde so schnell wiedersehen würde. Ihre Türklingel ertönte. Besuch erwartete sie keinen, und vor allem musste sie in fünf Minuten zur S-Bahn. Sie drückte auf den Summer, trank noch einen Schluck, drehte dann den Wasserhahn extra fest zu und schloss überall die gekippten Fenster. Ein letztes Mal spähte sie durch das Turmfenster über die Silhouette Münchens und auf die Straße hinunter. Vor dem Haus parkte ein Umzugswagen. Anscheinend zog irgendjemand im Haus schon wieder um, noch bevor sie ihn oder sie kennengelernt hatte. Nur noch Wandas altes Sofa stand in ihrer Wohnung herum, weitere Möbel besaß sie noch keine, und die Isomatte und den Schlafsack nahm Carina mit nach Mexiko. Vielleicht würde sie sich nach ihrer Rückkehr endlich nach einem Herd umsehen, um sich abends selbst etwas kochen zu können.

»Hier sind wir also!« Wanda, vollbepackt mit Rucksack und mehreren Handtaschen über den Armen, stellte eine Ladung Kartons ab. »Puh. Ich wusste gar nicht mehr, dass es hier keinen Aufzug gibt. Na ja, ich werd mich dran gewöhnen. Dann kann ich mich im Fitnessstudio abmelden, spart auch was. Ralf bringt gleich den Rest rauf.«

»Welchen Rest?« Carina begriff nicht. »Was willst du hier mit all den Sachen?«

»Sag bloß, du hast vergessen, dass wir aus der Wohnung rausmussten. Eigenbedarf. Du hast mir doch deine Hilfe angeboten. Schau, das war gar nicht nötig. Ralf arbeitet bei einer Umzugsfirma, er hat heute den Wagen gekriegt, und da haben wir gleich …«

»Das ist nicht dein Ernst.« Carina wollte gar nicht wissen, wer Ralf war und in welcher Beziehung ihre Schwester zu ihm stand. »Du kannst hier nicht wohnen, ausgeschlossen.«

»Jetzt beruhig dich. Ist doch nicht für lange. Ralfs Eltern haben ein Ferienhaus am Pilsensee, das ist zwar nicht winterfest und ein bisschen klein, aber …«

»Wanda, ich hab Nein gesagt.« Carina hob die Kartons auf und wollte sie ihrer Schwester wieder in die Arme drücken.

»Hallo, Tante Carina!« Sandro war die vielen Treppen heraufgestapft. Er schleifte seine Bettdecke hinter sich her, unterm Arm hielt er irgendein haariges Ding. »Ich hab Kerstin wiedergefunden.« Er strahlte sie an. »Die hat sich in einer Wollkiste von Mama versteckt.«

Das war also Kerstin, nach der er das letzte Mal, als er bei ihr übernachtete, verzweifelt gesucht hatte.

»Wir wohnen jetzt bei dir, hat Mama gesagt, weil wenn es regnet, können wir nicht auf der Straße schlafen. Und wir dürfen nichts schmutzig machen und nur im Sitzen pieseln, und das Spielzeug muss in den Kisten bleiben, und wenn wir doch eine aus Versehen ausleeren, dürfen wir sie nicht mit den anderen vermischen, weil es sonst ein Saustall wird.« Wie selbstverständlich kroch er samt Schuhen auf Wandas altes Sofa und deckte sich mit seiner schmutzigen Decke zu.

In der S-Bahn erzählte ein Mann seinem Sitznachbarn von der Terrorwarnung, die frühmorgens im Radio durchgegeben worden war. Carina hörte nur mit halbem Ohr hin; nach der Explosion des Waldhäuschens kam ihr so was schon fast normal vor. Am Kolumbusplatz hatten sie irgendein mysteriöses Gepäckstück gefunden. Wahrscheinlich hatte bloß Wanda dort einen Teil ihrer Sachen verloren, dachte sie. Hoffentlich zerstörte das SEK es sofort an Ort und Stelle.

Ihre Schwester hatte ihr versichert, dass sie nur für ein paar Tage bei ihr wohnen würden, allerhöchstens bis Carina aus Mexiko zurückkehrte. Nur bis sie etwas Passendes aufgetan hätten. Drei Zimmer, Küche, Bad, mit allem Komfort, zum Nulltarif, ist mitten in München bestimmt einfach zu finden, hätte Carina am liebsten gesagt, doch sie überreichte ihrer Schwester nur wortlos den Wohnungsschlüssel. Ihr fehlte einfach die Kraft für Diskussionen; und sie versuchte die Vorstellung auszublenden, wie ihre leere Wohnung Stück für Stück zugebaut worden war, wenn sie zurückkehrte.

Wider Erwarten verlief die weitere Fahrt ohne Verspätungen, und auch am Flughafen beim Einchecken gab es nur die übliche Schlange. Nach einem Milchkaffee und einer Käsesemmel erfolgte der Aufruf, dass die Maschine startbereit war. Endlich saß Carina im Flugzeug. Sie würde in Madrid zwischenlanden und dann weiter nach Mexiko-Stadt fliegen, wo Doña Lupita sie abholen wollte. Deren Freudenschrei, als Carina sie angerufen hatte und ihr sagte, dass sie zu ihrer Hochzeit käme, klang ihr noch immer in den Ohren.

Die Maschine rollte an, und die zwei Stewardessen erklärten mit großen Gesten, was im Falle eines Notfalls zu tun war. In wenigen Stunden würde alle Zeit auf morgen verschoben werden. Mañana. Carina schloss die Augen und versuchte die mexikanische Stimmung auf sich einströmen zu lassen. Da stoppte das Flugzeug. Der Kapitän verkündete, dass sie noch auf die Starterlaubnis warten müssten, und entschuldigte sich für die Verzögerung. Carina spähte zum Fenster hinaus. Ein Mini Cooper mit Warnblinklicht und kreisender Leuchte raste heran. Vielleicht hatten sie eine Schraube am Flieger vergessen, dachte sie, und der Mechaniker brachte sie persönlich vorbei?

Ganz ähnlich hatte es doch angefangen, mit einem Geisterfahrer, der seine Verfolger abhängen wollte. Sie musste an Enrico denken, der jetzt, noch nicht volljährig, erwachsen sein musste und für seine Schwester verantwortlich war. Vielleicht konnten sie bei der Oma in Gauting leben; sie hoffte es für die beiden, damit Flora nicht in ein Heim kam. Der kleine Fabian Loos war nach der Operation stabil, aber wie er sich weiterentwickelte, musste abgewartet werden.

»Ist was wegen der Terrorwarnung?«, tuschelte die Frau in der Reihe vor ihr.

»Die Polizei würde hier kaum mit einem Matchbox-Auto antanzen«, versuchte ihr Mann sie zu beruhigen. »Außerdem hätten wir dann längst alle aussteigen müssen.« Das Flugzeug fuhr wieder an. »Na siehst du, alles in Ordnung.«

Carina lehnte sich zurück und beobachtete durch das Bullauge, wie das Flugzeug in einer Sicherheitsposition geparkt und eine Fahrtreppe herangerollt wurde. Wer aus dem Auto stieg, konnte sie nicht erkennen. Dem Tumult nach zu urteilen, der im Cockpit entstand, war es anscheinend doch nicht nur eine letzte Schraube, die es noch anzuziehen galt. Die Tür wurde geöffnet, und sie erkannte Peter Schuster, der mit dem Copiloten und mit einer der Stewardessen diskutierte. Was machte der denn hier? Dann hangelte er sich an den Sitzen vorbei, musterte die Passagiere, entdeckte Carina und quetschte sich zu ihr durch. Der Typ neben ihr sprang eilig auf, als wäre sie eine Terroristin und würde gleich verhaftet werden.

Peter stieß mit ihm zusammen, stolperte und fiel fast auf sie. Als wäre es das Selbstverständlichste von der Welt, küsste er sie. Nur ganz leicht und sanft, fast hätte sie nichts davon gespürt. »Ich hab's entschlüsselt. Die Buchstabensuppe. Tut mir leid, dass ich die Karte einfach eingesteckt habe, ohne dir was zu sagen, aber ich wollte dich überraschen.« Er setzte sich auf den Platz, den der Mann neben ihr geräumt hatte.

»Welche Karte?« In den letzten Tagen hatte es so viele Karten gegeben, das Bärenbild von der verschwundenen Flora, Olivias Kartenausschnitte im Computer …

»Die Geburtstagskarte von deiner Mutter.« Er wedelte mit dem gelben Umschlag und zog die Klappkarte heraus. »Die kleinen Zahlen zwischen den Buchstaben hier vorne drauf sind offensichtlich Seiten- und Zeilenzahlen. Solange man nicht weiß, in welchem Dokument man darin suchen soll, ist es aussichtslos. Die RAF-Leute zum Beispiel haben sich über Melvilles Moby Dick verständigt oder BURDA Nähschnitte benutzt. Als du gesagt hast, dass deine Mutter Karl Valentins Stück ›Der Firmling‹ am liebsten mochte, habe ich es damit probiert.« Er machte eine Pause und strahlte sie an.

»Und deswegen stoppst du ein Flugzeug?« Carina spürte die Aufmerksamkeit aller Passagiere auf sich. »Meine Mutter ist tot. Was bringt mir noch irgendeine Botschaft von ihr?« Sie wollte nicht mehr darüber nachdenken, wie und wann sie gestorben war.

»Das könnten wir doch zusammen herausfinden, oder? Also, es heißt: ›Ich lebe, auch wenn sie Dir was anderes erzählen, und bin immer in Deiner Nähe.‹«

Carina stöhnte und lehnte sich zurück. Was sollte sie damit? Erst verklickerten sie ihr, dass sie ein halbes Kuckuckskind war, dann, dass ihre Mutter als Auftragskillerin Selbstmord begangen hatte, und nun lebte sie noch – wenn es überhaupt stimmte, was auf einer uralten Geburtstagskarte stand. Sie atmete aus. »Na toll, von allen Seiten werde ich behütet und beschützt. Noch mehr Kontrolle. Mir reicht mein Vater.«

»Wegen dem bin ich auch hier, der ist außer sich.« Peter strich ihr über die Wange.

»Das ist nichts Neues.« Allmählich entspannte sie sich etwas. Ja, fast amüsierte es sie, dass Peter wegen einer Karte und einem Kuss ein Flugzeug angehalten hatte.

»Dein Vater tobt, weil der Prozess abgesagt ist. Krallinger wurde in seiner Zelle tot aufgefunden. Er wird gerade in die Rechtsmedizin überführt.«

Jetzt sprang Carina auf und zerrte ihre Reisetasche aus dem Handgepäckfach.

Mañana, Mexiko, bis irgendwann.

Nachwort

Wie das Attentat auf den Bankmanager Alfred Herrhausen (1930–1989), um das es im ersten Teil der *Elster*-Reihe »Die Gesichtslosen« ging, ist auch der Mordanschlag auf Detlef Karsten Rohwedder (1932–1991), Vorsitzender der Treuhandanstalt, bis heute ungeklärt. Behauptet wird nach wie vor, dass es die bis heute gesichtslose, sogenannte »dritte Generation« der RAF war, die Rohwedder mit Scharfschützenpräzision erschoss und seine Frau schwer verletzte. Doch ähnlich dem Fall Herrhausen weisen zahlreiche Widersprüche bei der Mordaufklärung im Rohwedder-Fall eher auf einen Auftragskiller als auf die selbst ernannten »Stadtguerilla«-Terroristen der Rote Armee Fraktion. Aber solange die Geheimdienstakten gesperrt bleiben, wird die Öffentlichkeit nicht die Wahrheit erfahren und eine Thrillerautorin die Freiheit zur Spekulation nutzen können.

Seit 2000 besitzt in Deutschland jedes Kind das verbürgte Recht, gewaltfrei aufzuwachsen. Auch Eltern machen sich strafbar, wenn sie ihre Kinder schlagen. Anstelle von Schlägen wenden viele das Schütteln an, was bei Kleinkindern irreparable Schäden anrichtet. Eine Rechtsmedizinerin wie Carina Kyreleis untersucht nicht nur Tote, sondern auch Lebende, die in ein Verbrechen verwickelt wurden. Misshandelte Kinder haben, ähnlich wie pflegebedürftige Menschen, keine Lobby, die für sie spricht. Deshalb ist die Aussage einer rechtsmedizinischen Gutachterin vor Gericht entscheidend dafür, ob ein Täter verurteilt wird oder nicht. Rechtsmediziner kriegen meist nur die schlimmsten Fälle zu Gesicht, Kleinkinder, die zu Tode geschüttelt wurden oder – wenn sie überleben – schwer behindert sind. Viele immer wieder geschüttelte Kinder leiden später unter Entwicklungsstörungen, da Synapsen im Gehirn, die noch im Entstehen waren, durch das Schütteln für immer zerstört wurden.

Zum Glück gehen auch in der Realität Geschichten oft gut aus. Während ich an *Die Verstummten* schrieb, verschwanden am Starnberger See zwei kleine Mädchen. Als sie kurz darauf von einer Zivilstreife gefunden worden waren, gestanden sie, dass sie nur aus Langeweile ausgerissen waren, sie weigerten sich jedoch, in das fremde Auto einzusteigen. Da könnte ja jeder daherkommen! Erst als die Kriminalbeamten ein echtes Polizeiauto bestellten, mit einem Beamten in Uniform, stiegen sie ein.

In Anlehnung an wahre Ereignisse ist dieser Roman rein fiktiv, alle Figuren und Zusammenhänge sind erfunden.

Folgenden Personen danke ich herzlich für die kritische Lektüre und Unterstützung bei der Recherche:

Dr. Constanze Niess, Rechtsmedizinerin und Gesichtsrekonstrukteurin; Markus Enders, Präparator; Raimund H. Drommel, Sprachprofiler.

Quellenangaben

(Trotz intensiver Recherche konnte der Verlag nicht alle Rechteinhaber ermitteln. Bitte wenden Sie sich gegebenenfalls an den Heyne Verlag.)

Albert Camus: Der Mensch in der Revolte, Übersetzung von Justus Streller, © 1953 Rowohlt Verlag GmbH, Hamburg

Janne Teller: *NICHTS*, Übersetzung von Sigrid Engeler, © Carl Hanser Verlag GmbH & Co. KG, München

Antonio Skármeta: Das Mädchen mit der Posaune, Übersetzung von Willi Zurbrüggen, © Antonio Skármeta

Kevin Brooks: Killing God, Übersetzung von Uwe-Michael Gutzschhahn, © 2011 Deutscher Taschenbuch Verlag GmbH & Co. KG

Tim Bendzko: Wenn meine Worte Sprache wären, © Tim Bendzko, Freibank Musikverlag- und Vermarktung GmbH, Hamburg

Jouni Inkala: Aus dem Hause und dem Geschlechte. Gedichte und ein Versuch über Poesie, München- Berlin 1995

Truman Capote: Kaltblütig, Übersetzung von Kurt Heinrich Hansen, © Limes Verlag, Verlagsgruppe Random House GmbH

Thomas Brasch: »Halb Schlaf« aus: *Wer durch mein Leben will, muss durch mein Zimmer*, Gedichte, © Suhrkamp Verlag GmbH und Co. KG, Berlin

Egon Schiele: Ich ewiges Kind,© Prestel Verlag, Verlagsgruppe Random House GmbH

Karl Valentin: Mein komisches Wörterbuch, © 1986, 2006 Piper Verlag GmbH, München

Arthur Rimbaud: Mein traurig Herz voll Tabaksaft, Hrsg. Karlheinz Barck